U0529805

Jodi Picoult

〔美〕朱迪·皮考特 著
李丹莉 译

LEAVING
TIME

离别时刻

人民文学出版社

著作权合同登记号　图字　01-2016-8873
LEAVING TIME
Copyright © 2014 by Jodi Picoult
"The Elephant" from NATURAL HISTORY by Dan Chiasson,
copyright © 2005 by Dan Chiasson
Chinese (Simplified Characters) copyright © 2017
by People's Literature Publishing House
This translation published by arrangement with Ballantine Books,
an imprint of Random House, a division of Random House LLC

图书在版编目(CIP)数据

离别时刻/(美)朱迪·皮考特著;李丹莉译.—北京:人民文学出版社,2016
ISBN 978-7-02-012019-2

Ⅰ.①离… Ⅱ.①朱…②李… Ⅲ.①长篇小说—美国—现代 Ⅳ.①I712.45

中国版本图书馆 CIP 数据核字(2016)第 222003 号

责任编辑　翟　灿
装帧设计　李思安
责任印制　苏文强

出版发行　人民文学出版社
社　　址　北京市朝内大街 166 号
邮政编码　100705
网　　址　http://www.rw-cn.com

印　　刷　三河市宏盛印务有限公司
经　　销　全国新华书店等

字　　数　324 千字
开　　本　880 毫米×1230 毫米　1/32
印　　张　13.5　插页 3
版　　次　2017 年 5 月北京第 1 版
印　　次　2017 年 5 月第 1 次印刷

书　　号　978-7-02-012019-2
定　　价　45.00 元

如有印装质量问题,请与本社图书销售中心调换。电话:010-65233595

献给琼·科利森

真正的朋友会伴你走过漫漫长路,共同经历雨雪风霜,始终不离不弃。

序　篇

珍　娜

过去有人相信大象墓地真的存在，那些年老病衰的大象会专门寻路到这个墓地赴死。这些大象会默默地脱离所在的象群，就像我们中学里读到的《希腊神话》里描写的那些巨人一样，拖着硕大的身躯，步履沉重地在荒野上踏尘而行。传说这个墓地是在沙特阿拉伯，传说那里是超自然力量的源头，传说那里有一本写满咒语的书能给世界带来和平。

那些想找寻大象墓地的人会连续几个星期跟随在那些垂死的大象身后，可到头来却发现大象只不过在带着他们绕圈圈。这些人当中，有的人完全失踪了；有的人根本想不起来见过什么；而那些声称找到了墓地的人竟然没有一个人能再次找到那个地方。

其实原因很简单：大象墓地根本就只是个神话传说。

那些搞研究的人的确发现过大量的大象尸骨集中在同一个地方，而且很多是短时间内集中死亡的大象尸骨。而我妈妈艾丽斯要是在的话，她就会说，在同一个地方看到大量的大象尸骨绝对能说得通呀：比如由于找不到食物或没有水，一群大象便一起饿死或渴死了；或者被猎取象牙的人成群猎杀了。甚至是非洲大陆的强风把分散的象骨吹到了同一个地方也是有可能的。她会跟我说，珍娜，世间万物都是能找到合理的解释的。

有大量关于大象及其死亡的资料，那可不是什么寓言故事，而是冰冷、无情的科学。我妈妈要是在的话也会这么跟我说的。我们会肩并肩地坐在那棵巨大的橡树下面，大象莫拉就喜欢在这个地方乘凉。我们会看着它用长鼻子摘下橡果，然后投掷出去。我妈妈会像奥林匹克比赛的裁判一样给它的每一次投掷打分，8.5，……7.9，噢！完美的10分。

也许我会在旁边静静地听着。不过我也有可能会闭上眼睛。也许我会努力记住妈妈身上喷的驱虫剂的味道，或者努力记住她心不在焉地给我编辫子的样子，编完以后还要在辫梢系一根青草当头绳。

也许，一直以来我都希望真的有大象墓地存在，这可并不仅仅是为了那些大象。因为那样我就能找到妈妈了。

艾丽斯

在我九岁的时候——在我长大成为一个科学家之前——我认为自己无所不知，或者说至少我想要无所不知，而在当时，这两者在我脑子里边没什么区别。那时候我对动物非常痴迷。我知道一群老虎被称作"streak"。我知道海豚是肉食动物。我知道长颈鹿有四个胃。我还知道蝗虫的腿部肌肉很发达，比等重量的人体肌肉强一千倍。我知道北极熊白色的毛下面是黑色的皮肤，我还知道水母没有大脑。这些都是我从《时代生活》杂志每月一次的动物知识卡片上学到的。这些卡片是我的"继父"送我的生日礼物。他一年前就搬出去了，现在和他最好的朋友弗兰克住在旧金山。我妈妈会称弗兰克为"男小三"，她这么称呼的时候还以为我没听见呢。

每个月都会有新的卡片寄过来，而我最喜欢的那张卡片是1977年10月寄来的，介绍的知识是关于大象的。我说不清楚我为什么最喜欢大象。也许是因为我的房间里地上铺的那块儿有着绿色丛林图案的粗呢地毯，还有满屋墙纸镶边上那些跳舞的卡通厚皮动物。也许是因为我刚会走路时看过的第一部电影就是《小飞象》。也许是因为妈妈那件裘皮大衣。那是我妈妈的妈妈留给她的，裘皮大衣的丝绸衬里源自一件印度纱丽，上面印着大象的图案。

从那张卡片上，我了解了关于大象的基本常识。大象是地球上最大的陆地动物,有的能重达六吨多。它们每天能吃三百到四百磅的食物。大象妈妈在陆地动物中怀孕时间最长,达二十二个月。同一家族的大象会生活在一起,"族长"由一头母象担任,通常都是族中最年长的母象。每天由它来决定象群要去哪儿,象群什么时候休息,在哪儿觅食在哪儿饮水。族中所有的母象共同承担养育和保护小象的任务,时刻不离小象左右。但是,公象长到十三岁左右的时候便会脱离原来的象群,有时候它喜欢独行天下,而有时候则选择与其他公象结伴而行。

可这些知识是**大家都**知道的。我跟大家不一样,我对大象非常痴迷,所以钻研得更深些。我会想办法在学校的图书馆里查找资料,从老师那里和书本中了解学习。所以除了上面所说的,我还可以告诉你大象会被晒伤,所以它们会把泥巴甩到脊背上,在泥里打滚。现存动物中与大象血缘最近的是岩狸,是一种长得像豚鼠一样的小小的毛茸茸的动物。我知道小象有时候会吮吸自己的长鼻子来慰藉自己,和人类的小孩子吮吸手指的道理是一样的。我还知道1916年在田纳西州的厄文,有一头叫玛丽的大象因为谋杀的罪名而受审并被吊死。

现在回忆起来,我敢说我妈妈一定是听够了大象的事。也许正因为如此,某一个周六的早晨,天还没亮她就把我叫了起来,对我说要去探险。我们住的康涅狄格州那时还没有动物园,但是在马萨诸塞州的斯普林菲尔德市有个"森林公园动物园",那里有一头真正的、活生生的大象,我们就是要去看那头大象。

兴奋这个词根本不够形容我当时的心情。去动物园的路上连续几个小时我一直喋喋不休地跟妈妈玩味着关于大象的笑话:

什么动物很漂亮,灰颜色,穿着水晶玻璃鞋?——灰象姑娘。

大象身上为什么有褶?——因为熨衣板太小了放不下它们。

怎样才能从大象身上下来?——不可能,从鹅身上才能拔毛①。

为什么大象长个长鼻子？——因为长着汽车前置储物箱就太滑稽了②！

到达动物园后，我一路飞奔跑到了大象摩根内塔的面前。

可是它跟我想象中的样子完全不同。

它不是我在《时代生活》卡片上以及我在书上看到的那种威武的样子。首先它被一条链子拴在笼子中间一个巨大的水泥墩子上，无论朝哪个方向走都受到束缚。它的后腿上有好几处镣铐造成的伤口。它瞎了一只眼睛，而它那只好眼睛根本都不瞅我。在它看来，我只不过是又一个来盯着看它坐牢的人而已。

我妈妈也对它的状况感到非常吃惊。她拦住了一个动物饲养员询问情况。那个人介绍说摩根内塔曾经是当地各种庆祝游行会上不可或缺的角色，也曾玩过特技，跟附近一个大学的学生进行拔河对抗赛。可是年纪大了以后它就变得喜怒无常，非常暴躁了。有参观者太靠近它的笼子它就会用长鼻子抽他们。它曾经把一个饲养员的手腕给弄折了。

我开始放声大哭。

妈妈搂着我回到车上，又开了四个小时回到家，而我们在动物园总共只待了十分钟。

我问妈妈："我们不能帮帮它吗？"

以此为机缘，九岁的我便开始提倡对大象进行保护。到图书馆查了一番资料后，我回到家中坐在餐桌上给马萨诸塞州斯普林菲尔德市的市长写了封信，呼吁他给摩根内塔更多的活动空间，更多的行动自由。

---

① "Get down"即有下来的意思，也有拔毛的意思。
② "Trunk"既有象鼻的意思，也有汽车后备箱的意思。

他不仅给我回了信,还把他的回信寄给了《波士顿环球报》,在上面刊登了。然后就有一个记者打来电话说要写一篇报道,告诉人们一个九岁的小女孩如何说服市长给大象摩根内塔搬家,把它搬到了动物园里占地更大的水牛园里。在我们小学的全校大会上,我被授予了"爱心市民"的特别荣誉奖励。在祝贺大象新家启用的隆重仪式上,我被请去和市长一起剪彩。我们面前闪光灯咔嚓咔嚓地直晃眼睛,而我们身后摩根内塔百无聊赖地闲晃着。这一次,它用那只好眼瞅了瞅我。而我知道,我就是知道,这头大象仍然没有摆脱痛苦。它所经历的那些事:那些锁链和镣铐,牢笼和鞭笞,也许还有它从非洲的某个丛林中被掳走时的记忆,又与它一起搬到了那个水牛园里,填满了每一寸增加的空间。

需要声明的是,迪莫洛市长的确坚持不懈地努力改善大象摩根内塔的生活条件。1979年,在森林公园的北极熊死后,动物园便关门了。摩根内塔移居到了洛杉矶动物园。它在那里的家更大了,里面有一个池塘,有很多玩具,还有另外两头年纪更大的象跟它住在一起。

当时市长以为把一头大象与其他大象放在一起,久而久之它们就会成为朋友,我现在知道这是不可能的。大象就跟人一样,都有各自独特的个性。我们不会认为随便两个人都能成为好朋友,大象也一样,不会因为都是大象就会产生友情。当时的我也不知道这个道理,否则的话我一定会劝说市长放弃这种想法的。摩根内塔的抑郁症越来越严重,体重下降,身体越来越糟。它搬到洛杉矶大约一年以后,人们发现它沉尸于象栏里的池塘之中。

这个故事告诉我们,我们可以努力让这个世界变得不一样,可是到头来仍会发现是螳臂当车。

这个故事同样告诉我们,不管我们多么努力,不管我们多么渴望,有些事情就是不会有皆大欢喜的完美结局。

第一部分

　　如何解释我的英勇和谦恭？我感觉身体被一个淘气的男孩充了气。

　　我曾经是猎鹰之身,雄狮之样,
　　却未曾是我业已成为的大象。
　　我的毛皮松弛,老态已现,主人的呵斥响耳边,
　　皆因整夜帐中演练,欲睡昏昏,表演失准。
　　人们把我和悲伤还有理性联系在一起,
　　兰德尔·加瑞尔把我比作美国诗人华莱士·斯蒂文斯,
　　常在笨拙的三行诗韵中踪影得觅,内心里
　　我却更认同艾略特,一个欧洲的文明绅士,
　　教养深厚,如此讲究,却逃不过精神的折磨不休。
　　我讨厌高空表演,那平衡的实验只为惊天。
　　象之谦卑形象,正因我们赴死路上的悲壮。
　　你可曾得悉,象蹄也曾学写过希腊古老的字母?
　　受尽苦难,我们终于项背着地,仰面向天,

可四蹄举起,不为求祈,而是消遣。

在我们漫长生命的最后旅程,你眼见的并非谦卑:而是种延宕。延宕我的沉重身躯倒下时的痛感。

——丹·契亚松,《象》

珍 娜

说到记忆,我可算是个专业人士。我开始认真研究它的时候,可能只有十三岁。而与我同龄的孩子眼睛盯着的还只有那些时尚杂志呢。有的记忆是关于周围世界的常识,比如炉子是热的,冬天户外不穿鞋会被冻伤。有的记忆来自于我们的感官,比如看太阳的时候得眯着眼睛,虫子可不是什么好吃的东西。我们还能记住一些在历史课上知道的日期,然后从脑海里调出来应付期末考试,因为这些日期在浩瀚的宇宙之中很重要(或者人们告诉我说很重要)。我们还会记得一些个人的琐事,比如生活中的某些巅峰时刻,这些时刻无关别人,只对我们自己意义重大。去年在学校里,我的科学老师就让我完全独立地进行了记忆方面的研究。教我的大多数老师都会让我进行独立研究,因为他们知道我不爱上课。而且不客气地说,我觉得他们是害怕我知道的比他们多,而他们又不想承认这一点。

我能记住的第一件事有点模糊,就像闪光灯太亮拍出来的照片效果:我妈妈手里举着一个蛋筒,上面有一团棉花糖。她把手指按在嘴唇上说:这是我们俩的秘密哦。然后她用手指撕下一点棉花糖放在了我嘴边,糖立刻就化了,我用舌头卷住她的手指使劲舔着。Iswidi,她告诉我说。甜。这不是我的奶瓶;这个味道我没尝过,不过味儿不错。然后她俯下身子亲亲我的脑门,对着我说:Uswidi。甜心宝贝。

那时我也就九个月大。

这确实不可思议，因为绝大多数孩子能记起来的最早的事儿都是发生在两岁到五岁之间。这不是说小孩子都记不住事儿，小孩子的记忆早就有了，比他们掌握语言的时间可是早很久呢。可奇怪的是，他们一开口说话，这些记忆就调不出来了。我能记住这段关于棉花糖的事，也许是因为我妈妈当时说的不是我们的语言，而是她读博期间在南非学的科萨语。或许我能有这段随机记忆是大脑给我的补偿，补偿我特别想记住却没能记住的那件事，也就是我妈妈失踪那天晚上所发生的事。

我妈妈是个科学家，有一段时间她甚至还做过记忆力方面的研究。那是她研究创伤后压力和大象内容的一部分。你知道有格言说大象从来不忘事儿吗？那可是事实。如果你不信，我可以给你看我妈妈的所有研究数据来证明。说实话，我能记住她所有的研究数据。她正式出版的研究成果表明，记忆力与强烈的情感密不可分，而那些负面记忆就像是用墨水在大脑的墙上所做的抹不掉的涂鸦。但是负面记忆和创伤记忆还是有细微差别的。负面记忆你能想起来，而创伤记忆会被遗忘，或者说它们变形得太厉害让你认不出来，或者它们变成了一大片冷冰冰的空白和虚无，我努力想要回想起那天晚上发生的事情时，我的大脑就是这样的状态。

我知道的只有这些：

一、当时我三岁。

二、我妈妈在大象收容站被人找到，人事不省，在她北边一英里的地方有一具尸体。警方报告上是这么写的。她被送往医院就医。

三、警方报告上没提到我。后来我外婆把我带到她家跟她一起住。因为我爸爸当时正在紧张地处理死去的大象饲养员的善后事宜，还有一个失去知觉的妻子。

四、天快亮的时候，我妈妈恢复了意识，然后从医院消失了，没人看见她离开。

五、从此我再也没有见过她。

有时候我觉得我的人生就像火车的两节车厢，连接点就是我妈妈消失的那一刻。而每当我想看清楚它们是怎么连接在一起的时候，铁轨上就会发出刺耳的声音吓得我扭头不敢再看。我知道以前的我有一头略带红色的金发，像个小疯子一样到处乱跑，而与此同时，我妈妈在没完没了地给大象做记录。而现在的我，是一个非常严肃认真，跟自己的年龄不太相称的小姑娘，而且太聪明不一定是好事。尽管我对科学数据记忆深刻，可是一涉及日常生活，我就玩不转了，比如我不知道Wanelo是一个网站，而不是一个热门的新乐队。如果说初中二年级是人类青少年时期社会阶层的缩影（对我妈妈来说，那就是），那么可以记住博茨瓦纳图利风景区内五十个象群的名字，还比不上认出英国"单向组合"的那区区几个成员。

我很不合群的原因好像不是因为我是学校里唯一一个没有妈妈的孩子。有很多孩子没有爸爸妈妈，也有人只字不提自己的父母，还有些孩子的爸爸妈妈又组成了新的家庭，又生了孩子。可是我在学校里真是没什么朋友。午餐时我坐在餐桌的最边上，外婆给我带什么就吃什么。而那些称自己为"冰锥"（我对天发誓没记错）的酷女孩儿们，聚在一起聊着她们长大以后要去OPI指甲油公司工作，如何设计不同颜色的指甲油，并以那些著名的电影来命名，比如"洋红柠檬喜欢金发女郎"或者"紫红色好男人"。我大概有那么一两次想加入她们，但是，每当我想插话的时候，她们看我的眼神都好像是闻到我身上有种怪味似的，小小的翘鼻子一抽，然后又接着聊她们的话题去了。可以说她们的无视对我不算太大的打击，我想可能是因为我脑子里有更重要的事吧。

除了我妈妈失踪这件事，其他的记忆也一样是零零星星的。我可以清楚地记得在外婆家我的新卧室是什么样子,那里有一张女孩用的大床,也是我的第一张大床。床头柜上放着一个编织的篮子,不知道为什么里面放满了粉色的小糖袋儿,上面印着"低脂糖",而旁边并没有放咖啡机。甚至在我会数数之前,我每天晚上都要往篮子里瞄一眼看看这些袋子还在不在。我现在还是这样。

我能给你讲当初去见我爸爸的情景。哈特维克精神病院的走廊里有股氨水和尿的味儿。我外婆催着我跟爸爸说话,我战战兢兢地爬到他的床上,面对一个认识却很陌生的人,心里非常忐忑。我爸爸没跟我说话,也没有动一下。我清楚地记得他的眼泪夺眶而出的样子,就好像那是非常自然和常见的现象,就跟夏天里冰冷的易拉罐外面凝结着的一层水珠一样。

我还记得那些噩梦,其实也不算是噩梦,只是熟睡中的我听到大象莫拉的象吼声惊醒了而已。即便外婆跑进来告诉我那头母象现在已经在田纳西州的一个新收容所生活,离我好几百英里远了,我还是很不安,感觉莫拉有话想告诉我,而我要是像妈妈那样能听懂大象说的话,我就一定能知道它要说什么。

我妈妈给我留下来的只有她的研究成果。我认真研读她的日记,因为我知道,总有一天那些文字会重新排列组合,给我指引方向找到她。虽然她不在身边,我还是从她那里学到了一个道理,即一切科学研究都始于一个假说,也就是一个被华丽的词藻包装起来的直觉。而我的直觉就是,我妈妈永远不会自愿地抛下我不管。

哪怕这是我要做的最后一件事,我也要证明我的直觉是对的。

* * *

我睁开眼睛,发现格蒂趴在我脚上,就像一条大狗皮毯子。它扭动着身体,好像在追逐着只有梦里才看得见的什么东西。

那种感觉我太能理解了。

我起了床,尽量不弄醒它,可是它跳了起来,对着关着的卧室门叫了起来。

"放松。"我边说边用手指梳理着它脖子上的毛。它舔着我的脸,可就是放松不下来。它盯着卧室的门,仿佛能透视看到门外的情形。

就我那天打算要做的事而言,这一切很有讽刺意味。

格蒂跳下床,摇着尾巴砰砰地敲着墙。我开了门让它爬下楼,外婆会放它出去,给它喂食,然后开始给我做早饭。

我到外婆家一年后格蒂也来了。之前它住在那个大象收容所里,在那里它最好的朋友是一头叫西拉的大象。它整天与西拉在一起形影不离。在它生病的时候西拉甚至守护在它身边,用象鼻子温柔地揉着它的身体。这并不是第一个关于狗和大象成为好朋友的故事,但却是最具有传奇色彩的。它们的故事写在了儿童故事书里,新闻里还做了专门的报道。一个著名的摄影师还给那些产生了跨界友情的动物拍了一套日历,格蒂是七月小姐。当收容所关门以后西拉被送走了,而格蒂就被遗弃了,就像我一样。没人知道它怎么样了。几个月后的一天,有人按门铃,外婆开门一看,门口站着一个动物救助人员问我们认不认识这条狗,是他们在附近发现的。它仍旧戴着它的项圈,项圈上面绣有它的名字。格蒂瘦得皮包骨头,满身跳蚤,但是它一看到我就开始舔我的脸。外婆把它留下了,很可能是因为她觉得小狗能帮我适应这里的生活。

如果让我说实话,我得承认这只是外婆的一厢情愿。我一直就是个独来独往的人,我从来没有真正觉得这里是我的家。我就好像是读简·奥斯丁作品中毒很深的那些女人一样,仍然心存希望,觉得达西先生有一天会出现在门前。或者像那些表演内战情景的演员,假装在战场上怒吼厮杀,现如今那地方布满了棒球场和公园长椅。我就是一个生活在象牙塔里的公主,只不过这座塔的一砖一石都是历史,我自己把自己禁锢其中。

曾经，我在学校确实有过一个好朋友，她可以算是个知己。我只告诉过查塔姆·克拉克一个人关于我妈妈的事情，还有我要想办法找到她的事。她跟她姨妈住在一起，因为她妈妈是个瘾君子正在坐牢。而她从来没见过她爸爸。"这很高尚，"查塔姆跟我说，"你这么想见到你的妈妈。"我问她这话什么意思，她给我讲了有一次姨妈带她到监狱去看望服刑的妈妈。她那次好好打扮了一下，穿着百褶裙，黑皮鞋擦得锃亮。可是她妈妈当时灰头土脸毫无生气，两眼发直，牙齿全被冰毒腐蚀了。查塔姆说，她妈妈说她真希望能抱抱她，可她却很庆幸，幸亏在探视隔间里她和妈妈之间隔着一道塑料墙。自那以后她再也没去看过她妈妈。

查塔姆给了我很多方面的帮助。她带我去买了我的第一个胸罩，因为我外婆根本想不到没有胸的女孩需要戴胸罩，而（就像查塔姆说的）必须在学校更衣室换装的女孩，超过十岁就应该戴胸罩。她在英语课上给我传纸条，上面是简笔画的老师肖像，我们老师涂了太多的皮肤晒黑油，散发着一股猫味儿。在走廊里她总是挽着我的胳膊，所有野生动物研究人员都会告诉你一个道理，那就是要想在恶劣的环境中得以生存，出双入对绝对要比单独行动安全得多。

某一天早上开始，查塔姆就再也没到学校来了。我打电话给她家没人接。骑车去她家却看到了卖房的牌子。我不相信她会这样不辞而别，尤其是她非常清楚我因为妈妈的失踪而有多么神经兮兮。我替她找了各种各样的理由。可是一个星期过去了，又一个星期过去了，这些理由我自己也越来越难以相信了。我开始不做作业，考试不及格，而这完全不是我的风格。学校的心理辅导老师舒格曼女士把我叫到了她的办公室。她是个很老的老太太，我觉得有一千岁了。她的办公室里放了很多木偶，我猜是为了那些心理创伤太重而对"阴道"这个词无法启齿的孩子准备的，她们可以通过扮演《潘奇和朱迪》的故事指出来到底哪里受到侵害了。不管怎么说，我觉得舒格曼女士不可能帮我摆脱眼前的困境,更不用说抚慰破碎的友谊所带来的伤痛了。当她问我我认为查塔姆是怎么回事的时候,我说我认为她上了天堂,而我被抛在了后面。

这种事也不是第一次发生了。

舒格曼女士再也没叫我到她办公室去过。如果说这之前我在学校里只是个怪人,现在就完全是一个超乎寻常的怪胎了。

我外婆对查塔姆的消失感到很不解。吃晚饭的时候她问我:"她没告诉你吗?这可不是好朋友该做的事儿。"我不知道怎么跟外婆解释,查塔姆一直以来都是我的"犯罪同伙",我一直知道会有这么一天。当有人遗弃过你一次,你就会认为这种事情还会再发生的。到了最后,你就会拒绝让别人在你的生活中占据很重要的位置,这样当他们从你的世界中消失的时候你就不会在意了。我知道这对一个十三岁的孩子来说太消极,但这总比被迫接受自己永远是那个公分母的感觉要强得多。

我可能无法改变我的未来,但是我绝对会努力弄清楚我的过去。

所以我每天早上都有一件例行公事。有些人的习惯是喝咖啡读报纸,有些人浏览"脸书",还有些人拉直头发或做一百个仰卧起坐。而我呢,我穿上衣服就坐到电脑前。我会长时间浏览因特网,大多数时间都在看www.NamUs.gov,这是司法部公布失踪和身份不明人员的官方网站。我快速地浏览一下"身份不明人员"的数据库,看看有没有法医输入新的无名女尸信息。然后我再快速浏览一下"无人认领人员"数据库,看看那些死去后找不到亲属的人员名单有没有增加。最后,我登录到"失踪人员"数据库,直接进入到我妈妈的信息栏。

状态:失踪

名:艾丽斯

中间名:金斯顿

姓:梅特卡夫

昵称/别名:无

失踪时间:2004年7月16日,晚上11:45

失踪时年龄:36岁

现在年龄:46岁

人种:白种人

性别:女

身高:65英寸

体重:125磅

城市:布恩

州:新罕布什尔

详情:艾丽斯·梅特卡夫是新英格兰大象收容站的自然学家和研究人员。她于2004年7月16日晚上约十点左右被人找到,当时不省人事。她所处位置的北面一英里处发现一具收容站女员工的尸体,是大象踩踏致死。艾丽斯被送入新罕布什尔州布恩市仁慈联合医院救治后,于当晚十一点左右恢复意识。最后见到她的人是一个检查她各项生命体征的护士,时间是夜里11:45。

网站信息无任何变更,这一点我很清楚,因为信息发布者就是我。

还有一页写着我妈妈头发的颜色(红色)和眼睛的颜色(绿色);身上是否有伤疤、畸形、文身或者假肢等有助于识别身份的特征(无)。还有一页要求写出她失踪时的衣着情况,我只能空着,因为我对此一无所知。还有一个空白页面要填的是她可能乘坐的交通工具,另一页要填她的看牙记录,还有一页要填她的DNA样本。还有她的一张照片。那是我把在家里找到的唯一一张照片扫描后传上去的,其他照片都被外婆藏在阁楼里了。那是妈妈抱着我拍的一张近景照片,大象莫拉站在我们后面。

接下来一页是警察局的联系人。其中一个人叫杜尼·博伊兰,已经退休并搬到了佛罗里达,患上了老年痴呆症(你一定想不到在谷歌上都能查到什么样的信息)。另一个叫弗吉尔·斯坦霍普,在警方的内部通讯中最后一次提到他是2004年10月13日,那天为他被提升为警探举行了一个仪式。从我在网上查到的情况看,他已经不在布恩市警察局工作。不仅如此,他好像彻底从地球上消失了。

这都算不上什么离奇的事情。

有的人家电视开着,水壶在火上烧着,地板上到处是玩具,全家人却抛下房子不见了。有的人家的车子被发现丢弃在空空如也的停车场或者沉在当地的池塘里,却没有发现任何尸体。有些女大学生在酒吧里的餐巾纸上给男人写下了自己的电话号码,之后便失踪了。有的老爷爷到树林里遛弯后就从此杳无音信。有的小宝宝晚上睡觉前还被妈妈亲吻过,第二天天不亮却发现婴儿床里空无一人。有的妈妈写好了购物单,开车去了便利店,却再也没有回家来。

"珍娜!"我外婆的喊声打断了我,"我可不是开饭馆的!"

我关掉电脑准备从房间里出去。略一转念,我伸手从放内衣的抽屉最深处拽出一条精美的蓝色丝巾。虽然和我穿的牛仔短裤和背心一点也不搭,可我还是把丝巾缠在了脖子上,跑下楼,爬到一个高脚椅上面坐了下来。

"我可不是除了一心一意伺候你就没事干的。"我外婆背对着我,一边说一边还在煎锅上翻着一张薄饼。

我外婆可不是电视上演的那种和蔼可亲的白发天使般的老奶奶。她在我们这儿的停车场管理处做管理员,她笑的次数寥寥无几,我用一只手就能数过来。

我多么希望能跟她聊聊我妈妈的事儿。我是说,她的那些回忆是我完全不知道的。因为她跟我妈妈生活了十八年,而我跟妈妈在一起的时间少得可怜,只有区区三年。我多么希望在我小的时候,我外婆能跟我一起翻看失踪的妈妈的照片,在她生日的时候烤个蛋糕,而不是一味地鼓励我把自己的情感密封在一个小盒子里。

别误会我的意思,我是爱我外婆的。她到学校里听我在合唱团里表演。虽然她很喜欢吃肉却给我做素食。她允许我看限制级电影,因为(如她所说的)电影里的那些镜头我在课间的走廊里司空见惯。我爱我外婆,可她代替不了我妈妈。

我跟外婆撒了个谎,说今天我要去给我最喜欢的老师看孩子,就是初一时教我数学的艾伦先生。小男孩儿的名字叫卡特,可我叫他"节育",因为他是反对生育的最好例证。他是我见过的最不招人喜欢的小孩。他长着个大脑袋,每次他看着我的时候我都觉得他能看透我的心思。

外婆用铲子托着几张薄饼转过身来,看到我围着的丝巾时愣住了。没错,丝巾是跟衣服不搭,但她抿着嘴唇可不是因为这个。她无声地审视我,摇了摇头,用铲子把薄饼啪的撂在我的盘子上。

"我想打扮一下。"我撒谎说。

外婆绝口不提我妈妈。如果说妈妈的失踪让我感到内心空落落的,我外婆的心里却是充满了怒气。她不能原谅妈妈的离去(假如事实就是这样),她更不能接受另一种可能,那就是妈妈回不来了,因为她已经不在人世了。

"卡特,是那个长得像茄子的孩子吗?"外婆轻松地转移到之前的话题上。

"不是全都像茄子,只是脑门像。"我纠正她说,"上次我带他的时候,他一直哭了三个小时。"

"带个耳塞去吧,"外婆建议,"你回来吃晚饭吗?"

"说不准。但我一定回家。"

每次外婆出门我都会这么说。我这么说是因为我们俩都需要听到这句话。外婆把煎锅放在水槽里,然后抓起她的包。"出门的时候别忘了放格蒂出去。"她吩咐我说。她从我身边经过的时候特别把眼神避开不看我,也不看我脖子上那条妈妈的丝巾。

* * *

我十一岁那年开始积极地寻找我妈妈。那之前,我虽然很想念她,可不知道该做些什么。妈妈失踪这件事,我外婆不想去报警,而我爸爸据我所知也从来没报过警,因为事发当时他由于紧张性精神症在精神病院接受治疗。我也曾经多次就此事问过他,可是因为我问一次就会让他精神崩溃一次,后来我就不再提了。

后来有一天,我在牙医诊所里从《人物》杂志上读到了一篇文章,介绍了一个十六岁的男孩如何让他妈妈被杀的悬案得以重新调查,并让凶手伏法的故事。我开始想,虽然我没钱,也没有可动用的资源,可是我有绝对坚定的信念,于是就在那天下午,我下决心要试试。没错,我的办法可能会行不通,但是之前不是也没有谁找到过我妈妈吗?再说了,也从来没有人像我这么认真地计划过。

大多数情况下,我去找的人要么是不理我,要么是表示同情而已。布恩市警察局拒绝提供帮助,理由有三:1)我是未成年人,必须得到监护人的同意。2)我妈妈的案子已经过了十年了,线索无处可寻。3)在他们看来,与之相关的谋杀案已经结案,已经认定为意外死亡。当然,新英格兰大象收容站早已经关门了,而唯一能告诉我那个死去的大象饲养员到底发生过什么事的人,也就是我爸爸,甚至连自己的姓名和星期几都说不清楚,更不要说让他讲明白导致他精神崩溃的那场事故了。

于是,我决定由我自己来解决这个问题。我曾试着找私家侦探帮忙,但是我很快了解到他们不像有些律师那样提供公益服务。也是从那时起我开始给老师们看孩子,计划在今年暑假结束时能攒一些钱，至少够让某个人动心帮我。然后我开始学习让自己成为一个最棒的侦探。

几乎所有网上寻找失踪人员的搜索引擎都是付费的，还要求填信用卡号，而这两样我都没有。但是我在一个教堂义卖会上成功地找到了一本指南书《如何成为一个私家侦探》。我花了好几天时间去牢记其中一章的内容："如何找到失踪的人。"

书上说，失踪人员有三个类型：

第一类人：他们不是真正意义上的失踪，他们有正常的生活和朋友圈，只是不跟你联系了而已。前男友或失去联系的大学室友就属于这一类。

第二类人：他们也不是真正意义上的失踪，只是躲起来了，比如那些赖账不还的父亲或者是犯罪活动的目击证人。

第三类人：除上述两类以外的人，比如离家出走的人，还有那些印在牛奶盒上面的小孩子，他们是被那些变态用没有窗户的白色厢式货车给偷走了。

私家侦探之所以能找到某个失踪的人，其根本原因是很多人都确切地知道这个人在哪儿。你不知道要找到的人在哪儿，所以你得想办法找到知道的人。

一个人消失不见的理由有无数个。有的人可能进行了保险欺诈或者是不想让警察抓住。有的人可能想改头换面重新开始生活。有的人可能被债务逼得走投无路。有的人可能有不想被人发现的秘密。《如何成为一个私家侦探》这本书里写道，要想找到一个失踪的人，你需要先问自己一个问题：这个人是不是想被找到？

我得承认，我不知道我是不是想得到这个问题的答案。如果我妈妈当初是自愿离家出走，那么也许我所做的一切只是为了让她知道我一直在找她，让她知道十年后的今天我还没有忘记她，从而能让她回来见我。有时候我觉得，如果十年前她就离开了人世，而不是她还活着却不愿意回来，我还更容易接受些。

　　书上说，寻找一个失踪的人，就像在玩猜词游戏。你手上有所有的线索，得试着理清它们拼成一个有用的地址。收集各种数据是私家侦探的利器，事实信息是你的助手。姓名，出生日期，社会福利号码。念过的学校。参军的时间，工作经历，已知的亲朋好友。你的网撒得越大，就越有可能碰到一个曾跟这个失踪的人有过交谈的人，知道他想去什么地方度假，或者梦想做什么样的工作。

　　掌握了这些信息以后该做什么呢？告诉你吧，你应该利用这些信息先开始做排除法。我在十一岁那年第一次上网搜索，就是到社会保障总署死亡人员数据库去找我妈妈的名字。

　　死亡人员名单中没有她，但是这还不够。她有可能活着，或者以另外一个身份活在世上。她也可能死了，没有被确认身份，成了一具"无主女尸"。

　　脸书上或推特上找不到她，同学网或者她读过书的瓦萨学院校友网都没有她的踪迹。回头一想，我妈妈总是那么专注于她的工作和她的那些大象，让她拿出时间分心上网简直不可想象。

　　网络电话簿里有三百六十七个叫艾丽斯·梅特卡夫的人。我每周给其中两三个人打电话，以免我外婆看到电话账单上那么多长途电话费跟我发飙。我给这些人留了许多留言。有一个住在蒙大拿州的亲切的老妇人说会为我妈妈祈祷。还有一个在洛杉矶新闻电台的制作人许诺要把这事告诉她的老板，做一个有人情味的报道播出去，可是我打过电话的这些人都不是我妈妈。

　　书里还给了其他的建议，比如：可以查询监狱的数据库，商标申请记录，甚至"后期圣徒教会"的家谱记录。我查了这些地方可还是一无所获。我在谷歌上查询后发现，叫艾丽斯·梅特卡夫的人太多了，有一百六十万之多。于是我缩小范围，改为搜索"艾丽斯·金斯顿·梅特卡夫，大象，悲伤"，结果出来了一长串她的学术成果，大多数都是2004年以前完成的。

可是，谷歌搜索相关内容翻到第十六页时，我看到了一个在线心理学博客，上面登载了一篇文章，介绍的是动物的悲伤进程。文章的第三段之后，引用了艾丽斯·梅特卡夫的话："认为只有人类才有悲伤这种情感是非常自我中心的看法。在大象世界里可以找到大量的证据证明它们也会因为痛失所爱而悲伤不已。"这只是一小段节录，从各方面来说都微不足道，而且还是她在此前其他期刊和学术论文中重复过一百遍的东西了。

可是这个博客是2006年写的。

是在她失踪两年之后。

尽管已经在网上搜了一年了，我始终没有发现妈妈活在世上的其他证据。我不知道这篇网络文章标注的日期会不会是打字打错了；不知道文章里所引用的是不是我妈妈多年以前说过的话；又或是我妈妈——看起来她在2006年还活得好好的——现在也活得好好的。

我只知道我发现了它，而这是个起点。

*　　　*　　　*

因为下决心要查个水落石出，所以我的调查就不仅仅限于《如何成为一个私家侦探》这本书给出的建议了。我在失踪人员列表服务发了帖子。我曾经在一个嘉年华活动上主动充当一个催眠师的实验对象，在很多吃着玉米热狗和炸洋葱球的人面前，希望他能把我大脑深处的记忆给释放出来。可是他能够告诉我的，却是我前世在一个公爵宫殿后厨做粗使丫头。我曾经参加过一次图书馆举办的关于解梦的免费研讨会，以为会上介绍的办法会让我的榆木脑袋开开窍，结果却发现他们只是谈论学术论文而没有太多其他内容。

今天，平生第一次，我要去求助于一个灵媒。

以前之所以没找灵媒是有原因的。首先，我没有那么多钱。其次，我不知道在哪儿能找到一个靠谱的灵媒。第三，它不是很科学。虽然我妈妈不在身边，可是如果说我从她那里学到了什么的话，那就是要相信冰冷、确凿的事实和数据。但是，两天前，我重新整理妈妈的笔记本时，从其中一个本子里面掉出来一张书签。

其实也算不上是书签。是一张一美元的纸币折成的小象。

突然之间，我眼前浮现出了妈妈折纸的情景，记起了当时她拿着一张纸币，双手翻飞，叠来折去。幼小的我停止了哭闹，被迷住了，目不转睛地盯着她给我变出来的小玩意儿。

我抚摸着这个折纸小象，生怕它会"噗"地一股烟儿就消失不见了。然后我的目光落到了翻开的那页期刊上，其中的一段文字就像闪烁的霓虹灯一下子吸引了我：

我认为最好的科学家都知道这样一个道理，不管你研究的是什么，其中都有2%—3%的内容是不可量化的。也许是魔法、外星人，或是偶然的变异，这些都不能被真正排除。每当我这样告诉我的同行们的时候，他们脸上的表情总是让我忍俊不禁。如果我们要保持科学家应有的诚实……我们必须承认也许有一些事情是我们没法知道的。

我认为这是个启示。

这世上所有的人都更愿意看折好的成品，而不愿意看那最初的一张平展展的纸，而我跟别人不一样。我，得从头开始。于是我花了好几个小时小心翼翼地拆开妈妈的手工作品，假装我仍然可以感觉到她手指留在折纸上的温度。我一步一步地折啊折，好像做外科手术一样小心，终于重新把那张美元按照妈妈的折法折回小象的模样；终于桌面上出现了六只绿色的折纸小象，组成了一个象群。我又花了一整天不断练习检验，确定自己记住了该怎么折。每折对一次都会骄傲得脸上发烫。那天夜里我做了一个梦，梦境犹如电影情节,令人难忘。梦里的我终于找到了失踪的妈妈,可是她不知道我是谁。于是当着她的面我把一美元折成了一只小象。然后她把我抱在了怀中。紧紧地不松开。

*　　*　　*

看到当地黄页上有那么多的灵媒登记在册,你一定会非常诧异的。"新时代灵魂指引""劳雷尔通灵指导""异教女祭司的塔罗牌解读""凯特·基梅尔占卜""凤凰涅槃:爱情、财富、前程占卜"。

"塞拉妮蒂的预言",布恩市,坎伯兰大街。

塞拉妮蒂的广告不起眼,没有1-800开头的电话,也没有标注姓氏。但是她那儿离我家近,我骑车就能过去。而且她是唯一承诺占卜只要十美元特价的人。

坎伯兰大街所在的地方是我外婆一直不许我靠近的地方。那里基本上就是一条小巷子,有一间因为破产而关门歇业的便利店和一个狭小的酒吧。人行道上立着两块木牌子,一块写着下午五点前特价酒两美元,另一块写着:塔罗牌,十美元,14R。

14R什么意思?是年龄要求吗?还是文胸尺寸?

我不敢把自行车扔在街上,因为没有车锁。我一般要去的地方不用锁车,比如学校或者主街。于是我把车推进了酒吧入口左边的过道里,又把它拽上了楼,楼道里混杂着啤酒味儿和汗味儿。楼顶上有一个小门厅,一扇门上标着14R,门脸上挂着牌子:**塞拉妮蒂占卜**。

小门厅墙上的棉绒墙纸已经剥落,天花板上到处是黄色的污迹,空气中弥漫着呛人的香味。一个快散架的小桌子用一个电话簿垫着腿靠边立着。桌上放着一个瓷盘子,里面堆满了名片,名片上写着:塞拉妮蒂·琼斯,灵媒。

我和自行车把小门厅挤得满满的,我把自行车的前轮拧了半圈,想把它斜靠在墙上。

我能听见房间里面有两个女人在低声说话。我不知道该不该敲门告诉塞拉妮蒂我来了。接着我意识到如果她真那么灵验的话,她一定早就知道我来了。

但是,为了保险起见,我大声地咳嗽了一下。

我用胯骨抵着自行车架子,耳朵贴在门上听她们说话。

你现在面临着一个重大的决定拿不定主意。

另一个声音倒吸一口气。你怎么知道?

你极度怀疑自己的决定是不是正确的决定。

又是第二个声音:没有伯特的生活真是太难了。

他现在就在你身边。他想让你知道你可以相信自己的心。

短暂停顿。听起来不像伯特说的话。

当然不像。是有别人在照顾你。

露易丝姨妈?

对呀!她说她最喜欢的人就是你。

我忍不住扑哧一声笑了。掩饰得漂亮,塞拉妮蒂。我想。

她可能听见我笑了,因为门里面没再传出谈话的声音。我靠近一些想更仔细听听,结果碰倒了自行车。我跌跌撞撞地想站直了,却在妈妈的丝巾上绊了一下,它不知道什么时候松开滑了下来。就这样,我和自行车一起摔在了那个小桌子上,上面的碗掉下来砸个粉碎。

我正蹲着想把歪七扭八的自行车架子底下那一堆碎片捡起来,房门猛地拉开了。"这儿发生了什么事?"

我抬头一看,塞拉妮蒂·琼斯个子高高的,顶着一头粉红色棉花糖一样蓬松的卷发。她的唇膏和发型很搭配。我有一种奇怪的感觉,觉得以前在哪儿见过她。"你是塞拉妮蒂吗?"

"你是谁?"

"你难道不知道吗?"

"我是有先见之明,但不是无所不知。如果我能无所不知,这里就是纽约派克大街,而我会把红利都藏到开曼群岛去。"她用嗓过度,就像弹簧坏掉的沙发发出的声音一样。接着她注意到了我手上的碎瓷片,"你在耍我吗?那可是我外婆的占卜碗呀!"

我不知道占卜碗是什么玩意儿。我只知道我有大麻烦了。"对不起,完全是意外……"

"你知道这只碗有多古老吗?这可是我们的传家宝!感谢上帝我妈妈死了,没看见这一切。"她把碎片抢过去,把碗碴对在一起,好像它们会魔术般地粘起来似的。

"我可以想办法修一下……"

"除非你会变魔术,否则我看是不可能了。我妈妈和我外婆在棺材里都不得安生了,全是因为你的脑子还不如猪脑子。"

"如果它那么值钱,你干吗随随便便就把它放在门口?"

"可你为什么偏偏把自行车推到这壁橱一样大的房间里来啊?"

"我觉得如果我把它放在过道里会被人偷走的。"我一边说一边站起来,"好吧,我赔你碗钱。"

"小甜心,女童子军卖饼干的那点钱根本不够赔一个1858年的古董。"

"我不是来卖饼干的,我是来占卜的。"我跟她说。

这句话阻止了她的滔滔不绝。"我不给小孩占卜。"

不做还是不想做?"我就是看着小。"这是事实。大家都觉得我还是五年级小学生,而不是初二的中学生。

刚才在屋里占卜的那个女人突然也出现在门口:"塞拉妮蒂,你没事儿吧?"

塞拉妮被自行车绊了一下。"我没事。"她挤出一个笑容,"我帮不了你。"

"你说什么?"那位主顾问道。

"不是说您,兰厄姆太太。"塞拉妮蒂回答,然后对着我小声说,"如果你现在不自己离开,我就叫警察来然后起诉你。"

也许兰厄姆太太不想找一个对孩子这样刻薄的人占卜吧,也许她不想让警察看到她在这儿。不管是什么原因,她看了一眼塞拉妮蒂,欲言又止的样子,然后从我们两人身边挤过去,逃也似的奔下了楼。

"哦,真是太好了,"塞拉妮蒂嘟囔着,"现在你欠我一个无价的传家宝,还有我刚才没赚到的十美元。"

"我给你双倍的钱。"我脱口而出。我有六十八美元。这是今年我给人家带小孩挣的全部的钱。我攒这些钱是想用来请私家侦探的。我不相信塞拉妮蒂有真本事。但我还是乐意交二十美元学费来证明一下。

听到我的话,她两眼放光。她说:"对你,我就破个例暂不考虑年龄了。"她敞开了门。我眼前看到的就是一间普通的客厅,一个长沙发,一个茶几,还有一台电视机。看上去跟我外婆家一样,让我有点失望。没有一样东西能彰显灵媒这个名号。"你有什么问题吗?"她问道。

"我还以为我会看见一个水晶球和珠帘呢。"

"那得额外付钱才行。"

我看了看她,因为拿不准她是不是在开玩笑。她一屁股坐在沙发上,指了指一把椅子。"你叫什么名字?"

"珍娜·梅特卡夫。"

她叹了口气说:"好吧,珍娜,我们速战速决吧。"她递给我一个记事簿,让我把姓名、地址和电话号码写下来。

"干吗用?"

"以便以后和你联系。说不定哪位神灵有信儿了或是诸如此类的。"

我打赌这很有可能是要给我发广告邮件,告诉我下次占卜会给我打八折之类的,但我还是接过那个皮面的本子登了记。我的手心在冒汗。事情已经到了这一步,我又重新想了一下。最坏的情况不过是证明塞拉妮蒂·琼斯是个骗子,我妈妈的谜案还是一筹莫展,毫无结果。

不对,最坏的情况是证明塞拉妮蒂·琼斯确实是个有本事的灵媒,而我得知的不外乎是这两种情况之一:我妈妈主动抛弃了我,或者我妈妈已经死了。

她拿了一副塔罗牌开始洗牌。"在占卜过程中我跟你说的话可能现在听起来没什么,但是要记住这些信息。因为有那么一天你可能会听到什么,然后就会明白今天神灵想向你传递的旨意是什么。"她说这些话的语气就跟空乘人员告诉你如何系上和解开安全带一样。接着,她把牌递给我,要我把牌分成三摞。"好吧,告诉我你想知道什么?有谁爱上你了?英语考试能不能得A?应该申请哪所大学?"

"这些都不是我想知道的。"我把牌原封不动地还给了她。我说:"我妈妈十年前失踪了,我想让你帮我找到她。"

* * *

我妈妈的实地考察日志里有一段文字我都能背下来。有时候,我上课感到无聊的时候,甚至会在我自己的笔记本上默写这段文字,并尽力模仿妈妈的笔迹。

那是妈妈在博茨瓦纳做博士后研究的时候,对大象悲伤情绪所做的记录。她在图利风景区记录了一头野象的死亡。死亡的小象是十五岁的象妈妈卡基索的孩子。她在天刚亮时生下了小象,可是小象没活下来,或许是死胎,或许是一出生就死了。根据我妈妈的记录,象妈妈的头胎发生这样的事很常见。而让人不解的是卡基索对这件事的反应。

Leaving time

星期二

09:45　烈日下,一片空地上,卡基索站在小象的尸体旁边。它抚摸着小象的头,撩起小象的鼻子。从06:35到现在一直守在小象身边。

11:52　另外两头母象阿维乌和柯继萨过来查看小象尸体的时候,卡基索对它们进行了威吓。

15:15　卡基索继续站在小象的尸体旁边。用象鼻子抚摸着小象,想把它拎起来。

星期三

06:36　很为卡基索担心,它一直没去水塘喝水。

10:42　卡基索把地上的灌木踢到小象尸体上面,把树枝折断盖在小象身上。

15:46　酷热难耐。卡基索去了趟水塘,回来仍然待在小象身边。

星期四

06:56　三头母狮子走过来,开始拖拽小象的尸体。卡基索冲过去,它们向东逃去。卡基索站在小象尸体旁边低吼。

08:20　仍然在低吼。

11:13　卡基索仍然站在小象尸体旁边。

21:02　三头狮子分食小象的尸体。卡基索不见了踪影。

在那页纸的最下面,我妈妈写了这么一段话:

卡基索在它的孩子身边守护了三天后弃尸而去。

许多研究文献都提到了两岁以下的小象如果失去了父母就难逃一死。

可是,没有人写过母象失去了孩子会怎样。

我妈妈写下这些文字的时候还不知道,她当时已经怀了我。

* 　* 　*

"我不给失踪的人占卜。"塞拉妮蒂又说了一遍,语气坚决,丝毫不给我辩白的机会。

我掰着手指头说:"你不给小孩占卜,你不给失踪的人占卜,那你到底给谁占卜呀?"

她眯起眼睛说:"你想要校正你的能量吗?没问题。塔罗牌算卦?来吧。跟去世的人说说话?你找对人了。"她把身子探过来跟我说,"可我就是不管失踪的人。"我看出来了,我是结结实实地撞上南墙了。

"可你是个灵媒。"

"不同的灵媒有不一样的天赋。第六感,观气场,通灵术,传心术,等等。不能因为我有些本事就要我什么都管。"

"她十年前失踪的,"我继续说道,就当没听见塞拉妮蒂说的话,"那时我只有三岁。"我犹豫了一下,不知道要不要告诉她大象踩人的事,要不要说我妈妈被送到医院的事。最后还是决定不说。我不想给她提供任何可参考的信息。

塞拉妮蒂说:"大多数失踪的人都是有意消失的。"

"可不全是,"我回答说,"她绝不是要抛下我的,我知道。"我迟疑了一下,解下妈妈的丝巾推到她跟前,"这是她的。也许能有帮助……?"

塞拉妮蒂碰都不碰那条丝巾:"我没说我找不到她,我说的是我不想找。"

我设想过很多种与她见面的情形,却无论如何也没有想到会这样。我呆住了,问她:"如果你能帮我,为什么不愿意帮我呢?"

她厉声说道:"因为我不是他妈的特瑞莎修女!"她的脸涨红了,像西红柿一样;我不知道她能不能算出来她可能会因为高血压而丧命呢。"对不起。"她说着沿着过道走开,消失在走廊的尽头。过了一会儿,我听见水龙头放水的声音。

她已经离开了五分钟。十分钟。我起身在这个起居室里转了一圈。壁炉架上放着塞拉妮蒂与乔治·布什和夫人芭芭拉的合影,还有与歌手雪儿,以及与《名模祖兰得》片中那个小伙子的合影。看到这一切我弄不明白了。一个与这么多名人过从甚密的人,怎么能窝在新罕布什尔一个不知名的小地方靠十美元一次的塔罗牌占卜度日呢?

当听到厕所的冲水声时,我赶紧跑回到沙发上坐下,假装我一直待在那儿没动过地方。塞拉妮蒂走了回来,已经平静下来。她蓬松的粉色头发贴在了脑袋上,像是往脸上撩过水了。"今天你虽然占用了我的时间,但我不收你的钱了。"她说道。我不屑地哼了一声。"对你妈妈的事我真的很抱歉。也许有别的什么人能给你一个满意的回答。"

"比如呢?"

"我不知道。我们这样的人又不是每周三晚上都聚集在'超能咖啡馆'里。"她走到门口,把门敞开,示意送客,"如果我听说有谁能做这事,我会联系你的。"

我怀疑这是个彻头彻尾的谎言,就是为了把我轰出去。我跨进门厅把自行车扶正。我说:"就算你不愿意帮我找到我妈妈,那你至少可以告诉我她是不是还活着吧?"

我都不知道自己是怎么问出来的,可是话已出口,就好像在我们之间竖起了一道屏障,让我们看不清彼此。有那么一瞬间,我只想赶紧抓起自行车逃出门去,不想听到答案了。

塞拉妮蒂好像中枪了似的一激灵:"她还活着。"

当她在我面前将门关上的瞬间,我在想这句话会不会也是个彻头彻尾的谎言呢?

* * *

我没有回家,而是骑车穿过布恩市郊,沿着一条土路骑行了三英里,到了斯塔克自然保护区的入口。它是以独立战争时期的斯塔克将军的名字命名的,他的名言"不自由毋宁死"成了我们的州训。但是十年前,它的前身却是我爸爸托马斯·梅特卡夫建立的新英格兰大象收容站。那时候,收容站占地两千多英亩,周边与最近的居民区相隔两百英亩。现在,一多半的土地变成了一家购物中心,一家科思科连锁超市,还有一片住宅开发区。余下的部分归州政府所有,变成了自然保护区。

我把自行车放在门口,走了二十分钟的路,穿过了桦树林,还有以前大象来喝水的湖泊,现在这里已经杂草丛生。最后来到了我最喜欢的地方,一棵巨大的橡树下,它的虬枝扭曲着像个巫师。尽管每年的这个时候,大部分林地上都覆盖着青苔和地衣之类的植物,但大橡树底下却总是长着一层厚厚的紫色蘑菇。如果真有传说中的精灵仙女,这里看起来就应该是她们的家园。

它们被称为紫蜡蘑。我在网上查过。这好像是我妈妈的风格,如果她看到了也一定会这样做的。

我在蘑菇中间坐了下来。你一定觉得我会把蘑菇压坏了,可是蘑菇自动给我的体重让开了路。我摸着旁边一棵蘑菇的伞背面,那上面全是一片片的像手风琴折页一样叠起来的褶皱。摸着的感觉像天鹅绒,又像一条条的肌肉,就跟象鼻子尖一样。

这个地方就是莫拉埋葬自己孩子的地方,那是唯一的一头出生在这个收容站里的小象。我那时候太小根本不记事,但是在妈妈的日记里读到了这件事。莫拉在来到这个收容站之前就怀孕了,只不过运它过来的那家动物园那时候不知情。它在这个收容站怀胎近十五个月后才产下小象,而且是个死胎。莫拉把小象运到这棵大橡树底下,用松针和松树枝条将其掩埋,最终收容站的员工将小象正式葬在树下。第二年春天,那里就长了一大片最漂亮的紫色蘑菇。

我从口袋里把手机掏出来。收容站原址上的一半房产都销售出去了,而这种情况所带来的唯一好处就是在附近建了一个巨大的手机信号塔,使得这里成了可能是新罕布什尔州手机信号最好的地方。我打开浏览器,敲进去"塞拉妮蒂·琼斯,灵媒"这几个字。

我先看了维基百科里她的相关词条。塞拉妮蒂·琼斯(出生于1966年11月1日)是美国的一个灵媒。她多次参加过《早安美国》节目,还有自己专属的电视节目《塞拉妮蒂!》,在节目中她给观众做冷读术占卜,也做一对一的个人占卜,但她擅长的是对失踪案件进行占卜。

对失踪案件进行占卜?开什么玩笑?

她曾与多个警察局和FBI合作破案,成功率高达88%。然而,她在预测参议员约翰·麦考伊儿子的绑架案中失手,经过媒体连篇累牍的报道之后,参议员一家对她提起了诉讼。自2007年起琼斯再也没公开露过面。

一个著名的灵媒,即使是蒙羞的灵媒,有可能在地球上销声匿迹了十年以后重新在新罕布什尔的布恩附近露面了吗?毫无疑问。如果想要找一个地方低调生活的话,我的家乡正合适。这个地方,一整年当中只有7月4号国庆节举办的"奶牛扑通宾果锦标赛"算是最激动人心的大场面了。

我迅速地扫了一遍她曾在公众面前做出的占卜。

1999年,琼斯告诉提亚·卡塔诺普利说,她失踪七年的儿子亚当还活着。2001年,亚当被找到了,他当时在非洲沿海一条商船上工作。

琼斯准确地预测了O.J.辛普森的无罪判决以及1989年大地震。

1998年,琼斯说下届的总统大选会推迟进行。尽管2000年的大选如期进行了,但是大选结果却推迟了三十六天才公布。

1998年,琼斯告诉失踪的女大学生凯瑞·拉希德的妈妈说,她女儿是被人刺死的,DNA证据最终会证明当时被判为凶手的人无罪。

2004年，奥兰多·伊克斯被无罪释放，而他的同屋才是真正的凶手。

2001年，琼斯跟警方说钱德拉·利维的尸体会在一个山坡上的密林中找到。次年尸体在马里兰州的岩溪公园里一处陡坡上找到。她还预测说被认为在9·11事件中牺牲的纽约消防员托马斯·昆塔诺斯四世还活着，结果世贸大厦遇袭五天后人们真的把他从瓦砾中解救了出来。

2001年，琼斯在她的电视节目中，在镜头前指引着警察来到了邮递员厄尔兰·欧杜尔位于佛罗里达州彭萨科拉的家中，在他家的地下室发现了一个紧锁着的秘密房间，找到了当时已经被认定死亡的贾丝廷·福柯尔。她被绑架时只有十一岁，到被发现时已经失踪了八年时间。

2003年11月，琼斯在节目直播时告诉参议员约翰·麦考伊和他妻子说，他们被绑架的儿子还活着，在佛罗里达州奥卡拉的一个公共汽车总站能找到他。结果在那个地方只找到了男孩已经腐烂的尸体。

从那以后，塞拉妮蒂的占卜生涯开始走下坡路。

2003年12月，琼斯告诉一个海豹突击队员的遗孀说她会生下一个健康的男婴，结果14天以后她流产了。

2004年1月，琼斯跟犹他州奥勒姆的尤兰达·罗尔斯说，她失踪的五岁女儿维尔维特已经被洗脑，生活在一个摩门教家庭。此言一出引发了盐湖城一片抗议之声。半年后，尤兰达的男朋友供认杀害了小姑娘，并带警察在当地的一个垃圾填埋场里找到了小姑娘被草草掩埋的尸体。

2004年2月，琼斯预测说吉米·霍法的尸体会在洛克菲勒家族在佛蒙特州伍德斯托克建造的一处地下炸弹库的水泥墙里发现，结果证明预言错误。

2004年3月，琼斯宣称威斯康星–麦迪逊大学失踪的学生奥德丽·塞勒是连环谋杀案的受害人,会找到一把刀来证明其所言不虚。结果发现塞勒是为了引起她男朋友的关注自己上演了一起绑架案。

2007年5月,她预测与父母在葡萄牙度假时失踪的玛德琳·麦卡恩会在8月之前找到,结果这个案子至今悬而未决。

此案之后,她再也没有在公开场合做过任何占卜预测。在我看来,倒是她失踪了。

怪不得她不给小孩占卜。

这么说吧,她的确在麦考伊一案中在公众面前栽了大跟头。但是凭良心说,她也说对了一半:他们确实找到了那个失踪的男孩。只不过不是活的。她很不走运,之前有着一连串辉煌的成绩,头一回犯错就遇到了一个超级有名的政治家。

网上有塞拉妮蒂在格莱美颁奖仪式上与说唱歌手史努比狗狗的合影,白宫记者协会晚宴上与小布什的合影。还有一张照片登在《美国周刊》的"时尚警察"版面,她身穿一件连衣裙,胸前缀有两朵巨大的丝绸玫瑰花饰。

我打开我的YouTube应用程序,敲进去塞拉妮蒂和那个参议员的名字。网上有一段视频,视频里塞拉妮蒂在电视节目现场,卷曲的粉色头发好像冰激凌盘在头顶上,穿着比头发颜色深一些的粉红色套装。她对面紫色的沙发上坐着参议员麦考伊,四四方方的下巴都能够用来做直角尺了,两鬓泛着漂亮的银光。他妻子坐在他身边,紧紧抓着他的手。

我对政治不太了解,但是上学的时候我们学到过参议员麦考伊是个典型的政治失败者。他曾被举荐参与总统大选,在海厄尼斯港跟肯尼迪家族一起出游,在民主党全国大会上做过主旨发言。但在那之后,他七岁的儿子在其就读的私立学校操场上被人绑架。

在视频中,塞拉妮蒂身子前倾,对这位政治家说:"麦考伊参议员,我看到了。"

镜头切向现场的唱诗班。"看到了!"他们唱道,好像用音乐作为标点。

"我看到了你的小宝贝……"塞拉妮蒂顿了顿,"他还活得好好的。"

参议员的妻子闻听此言一下子瘫在丈夫的怀里,抽泣起来。

我在想她是不是故意选择参议员麦考伊来上她的节目;她是不是真的看到了那个男孩,抑或她只是想让媒体也来大肆报道她。

镜头转换到了奥卡拉的公共汽车总站。塞拉妮蒂陪着麦考伊一家进入大楼,神情恍惚地走到男厕所旁边的一排存物柜跟前。塞拉妮蒂让一个警察把341号柜子打开的时候,麦考伊参议员的妻子哭喊着:"是亨利吗?"里面有一个污迹斑斑的箱子,警察把它拽出来的时候,其他所有人都因为箱子里发出的尸体臭味而倒退了几步。

顿时摄像机摔落下来,镜头偏向了一边。接着摄像师镇定了下来,正好录到了塞拉妮蒂在呕吐,吉妮·麦考伊昏死过去,而参议员本人,这个民主党的宠儿,对着他大声叫嚷让他别录像了,摄像师没听他的,结果挨了参议员的拳头。

塞拉妮蒂·琼斯不仅仅是丢了脸,她是焦头烂额地彻底栽了。麦考伊一家起诉了塞拉妮蒂,最后塞拉妮蒂解决了这事。麦考伊参议员后来因为酒驾被逮捕过两次,从参议院辞职,到某个地方去"疗伤"了。他妻子一年以后因为服用过量的安眠药去世。而塞拉妮蒂则无声无息地迅速从人们的视线中消失了。

这个把麦考伊一家的事彻底搞砸了的女人,也是曾经找到了几十个失踪的小孩的女人。她还是这个住在城里最不起眼的地方而且很缺钱的塞拉妮蒂·琼斯。但是她是失去了寻找失踪人员的能力……还是她一直都在蒙人?她曾经真是个灵媒,还是一直在撞大运?

就我所知，超能力就像骑自行车一样。就我所知，只要你肯尝试，你的超能力就会恢复。

所以尽管我心里确知塞拉妮蒂再也不想见到我出现在她家门口，但我也知道，寻找我妈妈的这件事正好可以助她恢复超能力。

艾 丽 斯

"他的记性跟大象一样好。"我们都听过这个说法。事实证明,这并不是什么陈词滥调,而是有科学依据的。

我曾经在泰国见过人们教会一头亚洲象变魔术。它被圈在一个保护区里,所有来这儿看它的小学生都被要求坐成一排,然后让他们把鞋子脱掉堆在一起。养象人指示这头大象把鞋子找出来还给孩子们。这头大象听从指示,用鼻子在鞋堆里仔细挑拣,然后把鞋子分别扔到所有者的怀里。

在博茨瓦纳,我曾经见过一头母象先后三次袭击一架直升机,因为上面坐着一个兽医要给它打麻醉针来进行研究。我们不得不要求把大象保护区设成禁飞区,因为医用直升机从头顶上飞过的时候,大象会聚集在一起,紧紧地挤成一堆。这些大象见过的仅有的一些直升机就是五十年前有选择捕杀期间,那些公园管理员乘坐的用麻醉枪射击它们家人的那些直升机。

有传言说那些亲眼见到象群成员死于象牙盗猎者之手的大象,会在夜里冲进村子,把那个开枪的人给找出来。

在肯尼亚的安博塞利生态系统中,有两个在历史上与大象有过接触的部落。一个是马赛人,他们身穿红色服装用长矛猎杀大象。一个是坎巴人,他们靠农耕为生,从不猎杀大象。有一个研究表明,相对于坎巴人的气味,大象闻到马赛人以前穿过的衣服上的气味时会表现出更大的恐惧。闻到马赛人的气味以后,大象们会聚堆,远离那种气味,要花更长的时间才能恢复平静。

值得注意的是,在这项研究中,大象根本就没看见这些衣服。它们只是依靠嗅觉分辨不同的气味。这两个部落的气味不同可能是由他们的饮食和信息素分泌不同造成的(马赛人比坎巴人吃肉多,而坎巴人的村子里有着刺鼻的牲畜味)。有意思的是,大象能分辨出谁是朋友谁是敌人。相比之下,我们人类还会被旁氏骗局所害,从二手车推销员手里购买残次品,简直就是在夜里穿行于黑暗的峡谷,根本分不清是非好坏。

我想,从以上这些例子来看,这绝不是大象有没有记忆力的问题。也许我们需要问的是,**大象到底都记住了什么?**

塞拉妮蒂

我八岁的时候意识到,这个世界到处都是只有我才看得见的人。我在学校体育场吊在攀爬架上的时候,发现一个男孩趴在铁架底下偷看我的裙底。一个满身百合花香味的黑人老妇坐在我的床边唱歌助我入睡。有时候,我跟我妈妈走在大街上的时候,会觉得我就像一条逆流而上的鲑鱼:对面的来人成百上千,我很难让自己不撞上人群。

我妈妈的曾祖母是百分百的易洛魁族萨满。我奶奶曾经在工作的间休时间,用茶叶给她在饼干厂的同事算命。她们的这种天分一点儿也没有遗传给我的爸爸或妈妈,但是我妈妈能讲出我小时候刚会走路时发生的一大堆事例,说明我是有这种天赋的。比如,我会跟妈妈说珍妮姨妈正在打电话来。果然五秒钟之后电话铃声响起。或者响晴的天我去幼儿园的时候非要穿上雨鞋,果不其然,老天爷就会出其不意地降下瓢泼大雨。我脑子里的朋友不全是小孩子,还有内战时期的士兵,维多利亚时期的贵妇人,甚至有一次是一个叫"蜘蛛"的逃跑的奴隶,他脖子上有一道绳子的勒痕。学校里别的孩子都觉得我很奇怪,远远地躲着我。如此一来,我父母就决定从纽约搬到了新罕布什尔。我二年级开学的头一天,他们让我坐下然后对我说:"塞拉妮蒂,要想不受伤害,从现在起必须把你的天赋藏起来。"

我照做了。我走进班级，坐在一个女孩旁边。可等到有另外一个学生跟她讲话以后我才跟她讲话，确保我不是唯一一个能看见她的人。我的老师德坎普女士拿起一支钢笔，我明知道笔会爆开，墨水会洒在她白衬衫上面，我还是咬着嘴唇眼睁睁看着一切发生而没有警告她。班级的沙鼠逃出去的时候，我就知道它会跳到校长的办公桌上。我就当不知道，随后听到校长办公室里传来了惊叫声。

就像我父母说的那样，我交到了朋友。其中有一个女孩名叫莫林，她请我到她家一起玩她收集的波莉口袋娃娃，她还把她家的一些秘密告诉了我，比如她哥哥在床垫底下藏《花花公子》杂志，她妈妈有满满一鞋盒子钱，就藏在她的衣柜里一块松动的板子后面。有一天我跟莫林在游乐场上荡秋千，她要跟我比谁站在秋千上跳得最远。我眼前突然闪现出了一个情景：她躺在游乐场的地上，远处正有救护车闪着灯驶来。所以你能够想象到我当时的心情吧？

我想告诉她我们不应该跳，可我又不想失去我最好的朋友，因为我没告诉她我有超能力。所以我没做声。当莫林数到三，开始在空中飞落的时候，我待在秋千上没动，闭上了眼睛。那样我就不会眼睁睁地看着她摔在地上，一条腿压在身下，"啪"的一声折成了两截。

我父母曾告诉我说，如果我不把我的"第三只眼睛"藏起来的话，就会受到伤害。可是我当时想的是我宁愿自己受伤也不要别人受伤。从此以后，我发誓如果我的超能力让我看到了将要发生的事情，不管会付出什么样的代价，我一定要说出来。

这样做的结果就是：莫林认为我是个怪物，转而开始跟那些受欢迎的女孩儿一块玩了。

随着年龄的增长，我越来越清楚跟我说话的不全是活人。因为有时候我在跟某一个人说话的时候，会看到这个人身后有一个灵魂的影子。我也习惯了对此不予理会，就和你们大多数人每天在路上都会遇到无数的面孔，但是你不会真正注意看他们到底长什么样一个道理。我妈妈的刹车坏了，不等她的仪表板上有显示我就已经告诉她该去检查一下了；医生告诉我的邻居说她怀孕了，而一周以前我已经就这件事祝贺过她了。我只要预见到了什么，就直接说出来了，也没有想过该不该说。

可是，我的超能力也不是万能的。十二岁那年，我爸爸经营的汽车配件商店被一把火烧个精光。两个月后他自杀了，给我妈妈留下的是一张字迹潦草的道歉字条，一张他自己的照片和像山那么高的赌债。这些事情我一件都没预见到，为此我受到多少次责问，连我自己都数不清了。跟你说吧，我比任何人都想知道我没有预见到这一切的原因。还有的事我也无法预见，我猜不出来"强力球"彩票的中奖号码，也不知道买什么股票能赚钱。我不知道我爸爸的事，多年以后我妈妈中风，我同样也没预测出来。我是个灵媒，不是《绿野仙踪》里的巫师。我曾经在脑子里反复过电影，琢磨着有没有某个信号被我忽略掉了，会不会我没接收到某个神灵的指示，会不会因为我太专心做法语作业而没注意到。但是经过这么多年，我终于意识到了，也许有些事情是我不该知道的。另外，对于将要发生的事情，我确实也不想什么都知道。我的意思是说，如果我能够预见一切的话，活着还有什么意思呢？

我和妈妈搬到了康涅狄格州，她在那儿的一个旅馆里当服务员，而我一袭黑衣在现代巫术中自得其乐，勉强念完了中学。直到上了大学我才开始真正显露我的超能力。我自学了塔罗牌，还用它为我那些女大学生联谊会的姐妹们占卜。我订阅了《命运》杂志。我不看学校的教科书，而是阅读关于法国占星家诺查丹玛斯以及美国心灵解读家埃德加·凯西的书籍。我戴着危地马拉人的头巾，穿着薄纱裙，在我的宿舍里焚香。我还认识了另一个女孩，她叫沙纳尔，对神秘学很感兴趣。她跟我不一样，她不能与那些过世的人沟通，但是她有感应能力，每次她的室友来例假时她也会感到肚子痛。我们俩一起尝试水晶球占卜。我们会在面前点上几根蜡烛，坐在镜子前，长时间地盯着镜子看，就能看到我们的前生都做过什么。沙纳尔出身于一个灵媒世家，是她告诉我应该让我的通灵导师现身；她还告诉我，她的几个姨妈和外婆都是灵媒，在另一个世界都有通灵导师。于是我正式地与露辛达和德斯蒙德会了面。露辛达就是在我小时候唱歌哄我睡觉的那位黑人老妇，而德斯蒙德则是一个时髦的基佬。他们时时刻刻陪伴着我，就睡在我脚边，很警觉，只要我喊他们的名字，他们马上就会醒来。从此以后，我时不时就会跟我的通灵导师交流，依靠他们的帮助在另一个世界徜徉，让他们带着我到处游走，或者由他们把别人引荐给我。

　　德斯蒙德和露辛达是最好的保姆，他们领着在灵魂世界里蹒跚学步的我去探索超自然的世界，同时又不会受到伤害。他们要确保我不会碰到那些恶魔，也就是那些从未化身为人的灵魂。他们引导我不去询问我还不应该知道答案的问题。他们设立了很多规矩，教会我掌控我的超能力，而不会被超能力所掌控。想象一下，如果一整夜的时间里，电话每隔五分钟就响一次，你会是什么感觉？如果不设定限制条件，灵魂就会那样来烦扰你。他们还解释说，把预知到的事情告诉别人是一回事，而未经邀请主动给别人占卜则是另一回事了。我就曾经遇到过其他灵媒主动给我占卜。这么说吧，那种感觉就好像你不在家的时候有人翻你的内衣抽屉，或者像在电梯里有人贴你太近而你又无处可躲。

　　那时候，我在夏天到缅因州的老果园海滩给人占卜，每次收费五美元。后来通过大家的口碑推荐，我毕业以后有了一些客户，同时也做各种零工来维持生计。我二十八岁那年，在当地一家餐馆做服务员。有一天缅因州长候选人带着家人来拍宣传照片。候选人和他的妻子在面前摆了一堆盘子，盘子里放满了我们餐馆的招牌蓝莓饼。闪光灯对着他们咔嚓咔嚓地拍照,他们的小女儿这时跳到了一个吧台凳上。我说:"好无聊,是不是?"她点了点头。她顶多能有七岁。"来点儿热巧克力怎么样?"当她伸手过来接杯子的时候,她的手碰到了我的手。一刹那,我感到一阵昏黑,前所未有的强烈震惊。我找不出别的词来形容那种感觉。

现在的问题是,这个小女孩并没有让我给她占卜;而这种情况又是我的通灵导师千叮咛万嘱咐的禁忌,他们说我无权插手别人的事。但是,在餐厅的另一头,小女孩的妈妈正微笑着在镜头前挥手拍照,根本不知道我在做什么。当候选人的妻子钻进洗手间的时候,我跟了进去。她伸手想跟我握手,以为我是一个她要争取的选民。"我要说的话听起来可能有点儿怪,"我说,"但是你需要带你女儿去做白血病检查。"

这个女人的笑容僵住了。"安妮跟你讲了她有生长痛的毛病吗?对不起,她不该这样,非常感谢你的关心,但是她的儿科医生说没什么可担心的。"然后她就走开了。

过了一会儿,州长候选人和他的随从以及家人一起离开了。这时候德斯蒙德悄悄地嘲笑我,我怎么跟你说的?我盯着杯子里小女孩喝剩下的巧克力看了许久,然后把它倒在了一个回收盘里。露辛达跟我说,亲爱的,明明知道事情的真相却无能为力,这的确很难受。

一周以后,州长候选人的妻子又来到了餐馆。这次她是一个人来的,换下了那套昂贵的红色羊毛裙,穿着牛仔裤。当时我正在一个隔间里擦桌子,她径直走到了我跟前。她小声跟我说:"他们查出来是癌症。安妮的血液里还没有,我让他们做了骨髓检查。但是因为发现得很早……"她开始抽泣,"……她活下来的可能性还是很大的。"她抓住我的胳膊,"你是怎么知道的?"

本来事情到此就应该结束了,一个灵媒做了一件好事,也让我能对一贯尖刻的德斯蒙德说上一句"我怎么跟你说的"。可是那位候选人妻子的妹妹恰好是"克莉奥!"节目的制片人。美国人非常喜欢克莉奥这个脱口秀节目主持人。她从小在华盛顿高地的贫民区长大,现在已经是世界上知名度最高的女人之一。如果克莉奥读了某一本书,美国的所有女人就都会跟风读那本书。她说她圣诞节送人的礼物是毛茸茸的竹纤维浴袍,卖家的网站就会瘫痪。她要采访哪位大选的候选人,那个候选人就一定赢。她请我上节目去给她占卜,我便一夜成名了。

我跟克莉奥讲的事情都是些傻瓜都知道的事:她会比现在更成功,当年的《福布斯》会公布她为世界女首富,她的制片公司会发行一部奥斯卡大片。但是接下来我的脑子里出现了一件事,因为事先征得了她的允许,我便不假思索脱口而出:"你的女儿正在寻找你。"尽管我本应三思而后行。

克莉奥最好的朋友当时也在节目现场,她说:"克莉奥没有女儿呀。"

这话听起来是没错的。她当时独身,也没听说跟好莱坞什么人有绯闻。但是她的双眼却充满了泪水。"实际上我是有个女儿。"她承认说。

这件事成了当年最轰动的新闻。克莉奥承认她十六岁时跟人约会遭到了强暴。她被送到了波多黎各的一个修道院,在那儿生下了女儿并送人收养。她开始公开地寻找那时已经三十一岁的女儿,后来她们在电视上相聚,泪洒节目现场。克莉奥的收视率因此一飞冲天,并赢得了艾美奖。作为回报,她的制片公司把我从一个餐馆服务员打造成了一个著名的灵媒,并为我设立了一档多家电视台联播的电视节目。

我格外擅长跟孩子有关的占卜。警察局邀请我去发现孩子尸体的树林里,看看我能否算出凶手的信息。我进到那些孩子们被绑架的家庭里,试着为执法者找到追踪的线索。我会穿着保护鞋套走过血迹斑斑的犯罪现场,尝试再现事情发生的经过。我会询问德斯蒙德和露辛达某个失踪的孩子是否还活着。我不会像那些冒牌灵媒那样为了出名自己打热线电话提供线索,而是永远等警察来找我。有时候我在节目中追踪的案子是新近发生的;有时候是陈年旧案。我的占卜准确率极高,再次重申,我可以告诉你的是我七岁的时候就不蒙人。同时,我睡觉的时候开始在枕头底下放一把.38口径的手枪,在家里安装了复杂的报警系统。我雇了一个保镖,名叫费利克斯,他简直就是大容量冰箱和斗牛犬的结合体。我自己成了坏人的眼中钉,因为我用超能力帮助了那些失去了亲人的人们;那些知道我能把他们找出来的罪犯要找我可是易如反掌。

要知道,也有人批判我。对我持怀疑态度的人管我叫骗子,说我骗钱。的确,是有些人通过占卜骗钱。我称这些人是黑巫师,是沿街摆摊的冒牌灵媒。就好像有好的律师,也有专门追着交通事故煽动当事人起诉的律师。有好医生也有庸医,灵媒也有货真价实和江湖术士之分。还有更古怪的人说我利用上帝赐给我的天分赚钱。对这些人我只能抱歉地说,我可不想改变我最爱的生活习惯,即填饱肚子和栖身于屋顶之下。赛雷娜·威廉姆斯和阿黛尔用她们的天分赚钱就没有人提出过异议,不是吗?大多数情况下我都不去理会媒体对我的评价。跟不喜欢我的人理论就好像重新安排泰坦尼克号的局部场景,有什么意义呢?

就是这样,有人诋毁我,也有人是我的粉丝。多亏他们我才得以享受生活中更好的东西:意大利芙蕾特的家纺,马里布的房子,酪悦香槟酒,用一键拨号给詹妮弗·安尼斯顿打手机。突然之间我不仅是在做占卜了,我还在查看尼尔森电视收视率。德斯蒙德说我正在成为媒体的娼妓,我就不再理他了。在我看来,我还是在给人们提供帮助呢,难道我就不应该得到点儿回报吗?

Leaving time

　　当麦考伊参议员的儿子被绑架的时候,正值秋季收视率调查期,我知道这是一个千载难逢的机会,我会因此而成为最了不起的灵媒。毕竟,又有谁能比一个极有可能成为美国总统的政治家更能证明我的超能力呢?我幻想着他会专设一个超能力事务部,让我当部长;我会在乔治城买下那套可爱的小房子。我只要说服这个时刻在公众注目下生活的人相信我,相信这样做不会受到选民的嘲笑,而会让他也大有裨益。

　　他已经动用了一切可调动的力量在全国范围内寻找儿子,但是却毫无结果。我知道让参议员来上我的节目,让我现场直播进行占卜的可能性很小。于是我动用了自己最强有力的武器:我联系到了缅因州长夫人,她女儿现在正在逐步康复。不管州长夫人说了什么,总之对麦考伊参议员妻子的工作奏效了,因为他的人跟我的人取得了联系;而接下来的事情,正如人们所说,已经成为过眼云烟。

＊　　＊　　＊

　　当我年纪还小的时候,我搞不清楚谁是神灵,谁是世人,我只是觉得任何人、所有人都有话跟我说。我出名以后,就已经非常清楚这两个世界的不同之处了。但是我想法太多,已经听不进去忠告。

　　我不该这么狂妄。我不该自以为我的通灵导师会随叫随到。那天的节目现场,我告诉参议员麦考伊一家说我看到了他们的儿子还活得好好的,那是在撒谎。

　　我当时根本没看见他们的儿子。我看到的只是另一座艾美奖。

　　我已经习惯于倚仗露辛达和德斯蒙德为我擦屁股,所以当麦考伊一家坐在我对面,镜头摇下来对着我们的时候,我就等着他们俩来告诉我关于这起绑架案的事情。露辛达把奥卡拉这个城市引到我脑海中,可是德斯蒙德却告诉她闭嘴。从那时起他们便一句话也没说。于是我即兴发挥,跟麦考伊一家以及全美国说了他们都想听到的话。

事情的结果你们已经都知道了。

接下来的日子里,我与世隔绝隐居起来。我不看电视不听广播,因为广播电视已经成了攻击我的阵地。我也不想跟制片人或克莉奥联系。我已经颜面尽失,而且更糟糕的是,我对那对已经心力交瘁的夫妻俩又造成了伤害。我给他们带来了希望,然后又无情地夺走。

我对德斯蒙德大加指责。当他满怀歉意终于出现在我面前的时候,我让他带着露辛达走开,因为我再也不想跟他们讲话了。

你对自己许的愿一定要慎之又慎。

最后,又出现了别的丑闻把我的事情盖过去了,我又继续做我的电视节目。但是我的通灵导师还真是听了我的话,我成了孤家寡人。我靠自己做占卜预测,可预测结果都大错特错。我失去了信心,最终便失去了一切。

尽管曾做过餐厅服务员,可是除此之外我只能做灵媒,其他事情一律做不来。于是我加入了我以前嗤之以鼻的那些人的行列。我成了一个黑巫师,在乡村集市上摆摊,在住的地方附近贴小广告去碰运气招徕走投无路的客户。

我已经十多年没有过真正意义上的灵感一现的占卜了,但是我还是能对付着过,多亏像兰厄姆太太这样的人,她想要联系去世的丈夫伯特,每周到我这儿来一次。她之所以能多次光顾是因为我确实有蒙人的能力,这种能力就跟我曾经具备的真正占卜能力不相上下。这种技巧被称为冷读术,完全依靠肢体语言,察言观色,拐弯抹角地套客户的话来达到目的。这些手段要能够奏效有一个基本前提,即那些求占卜的人一定要特别希望占卜成功,尤其是那些想要跟过世的人建立某种联系的人。他们的心情跟我一样,我特别想给他们提供有用的信息,而他们也特别渴望得到这样的信息。因此,好的冷读术要更多地关注客户,而不在于黑巫师自身。我会抛出一整串前后毫不连贯的词语,比如:姑妈,春天,与水有关的,一个S发音的词,萨拉或者也许是萨莉,跟教育相关的事情?书籍?写作?很有可能出现的情况是,我的客户会对这些东西中的某一个有所反应,竭尽所能要让这个词句与她自己扯上关系。这里唯一跟超能力贴边的就是,每个普通人都有能力将某个偶然现象做出有意义的诠释。我们人类就是能在一段木头墩上看到圣母玛利亚,在彩虹的拐弯处看到上帝,倒过来放一首披头士乐队的歌曲就能听出"保罗死了"的歌词。同样的道理,人类复杂的大脑可以把荒谬的事情解释合理,也就能对那些蒙人的灵媒说的话深信不疑。

那么我是怎么做的呢?能蒙人的黑巫师都是好侦探。我会密切观察我说的话对客户产生了什么影响,比如有无瞳孔的扩散,吸气的动作等。我仔细斟酌要说的每一个词,通过这些词给客人铺垫好线索。例如,我会跟兰厄姆太太说:"今天,我要向你呈现你心里正在想到的一段回忆……",然后我便开始讲某一个节假日,果不其然,那正是当事人心中所想的。我所说的"礼物"①已经先植入在她的脑海中,所以无论她有否意识到,我就已经引导她去回想她曾收到过礼物的某个时间点,也就是说,她会去回忆某个生日或许是某个圣诞节的情景。事情进行到这一步,就像是我知道她的内心所想似的。

当我说的话对她没有任何意义的时候,她就会有失望的表情,虽然这个表情转瞬即逝,我还是会捕捉到,从而知道不能再继续说了,得赶紧换个话题。我会观察她的衣着,她说话的方式,从而判断出她成长的环境。我会提一些问题,而一半的情况下,客人都会提供给我我想要的答案:

我脑子里出现了一个字母B……你祖父的名字以这个字母

---

① "呈现"(Present)也有"礼物"的意思。

开头吗?

不对……是字母P吧?我祖父的名字叫保罗(Paul)。

就这么简单。

如果客人无法提供足够的信息,我会有两个选择。一是编一句鼓励的话,即通常情况下头脑正常的人都乐意听的话,假装是过世的人说的,比如,你祖父想让你知道他现在一切安好,他希望你也安好。或者我会采用"钓鱼"的方式引导客人。虽然我说的话对99%的人都适用,但是她一定会对此作出个人化的解读:你祖父知道你做任何决定都很审慎,但他觉得你偶尔也会冲动。说完这话我就坐等当事人给我提供更多有用的信息。你一定想不到人们是多么渴望把对话中的空缺填补完整。

这些做法是不是会让你觉得我是个骗子?我想肯定有人会这么认为的。我自己倒觉得我应该算是个进化论者:我有适应能力,所以我能够活下来。

可是今天却彻底砸了锅。就在刚刚过去的那一个小时的时间里,我失去了一个很好的客户,失去了我外婆留给我的魔力碗,令我方寸大乱。这全是因为一个瘦巴巴的小孩子珍娜·梅特卡夫和她那辆生锈的自行车。她自己说她实际年龄比看起来要大,我看不是这么回事。天哪,她可能还处在换牙的年龄吧?但她的能量可是巨大得像宇宙的黑洞,一下子把我吸回到麦考伊丑闻的噩梦之中。我不给失踪人员占卜,我是这么跟她说的,也是这么想的。瞎编一段话去蒙某个丧夫的女人是一回事;而给某个想求得答案的人一个不存在的希望则完全是另一回事。你知道这么做的下场是什么吗?那就是住在新罕布什尔州克拉普维尔的一间酒吧的楼上,每周四去领取失业救济。

我喜欢做一个骗子。编一些客人喜欢听的瞎话去骗骗他们比较保险。虽然当我尽力去连接另一个世界却没有得到回应时,会有压倒性的挫败感,但编瞎话不会伤害当事人,也不会伤害我自己。从某种程度上说,如果我没有过超能力,日子可能会好过一些。因为那样的话,我就不会知道我失去了什么。

于是,就来了个想不起来失去了什么的人。

我不知道珍娜·梅特卡夫有什么地方让我这么动摇。也许是她乱蓬蓬的红色刘海下面有一双淡淡的海绿色的眼睛吧,极具魔力,摄人魂魄。也许是她那被咬到露出了指肉的手指甲吧。或许是我告诉她我不会帮她的时候,她身子看似变小了的样子,就像《爱丽丝漫游仙境》里的情景。当她问我她妈妈是不是死了的时候,我也不知道我为什么要回答她。

在那一刻我特别希望能恢复我的超能力,于是我努力试了;几年前我就放弃了这样的尝试,因为失望的感觉就像撞墙一般的痛苦。

我闭上眼睛,试图重建我与通灵导师之间的沟通桥梁,希望能听到点儿什么,一声耳语,一声冷笑,一点气息都好。

可事与愿违,周围一片死寂。

如此一来,我对珍娜·梅特卡夫做了那件我曾发誓永不再做的事:我将可能性的大门打开了,心里非常清楚她会走进那片希望的阳光里。因为我告诉她妈妈还活着。

而当时我真正在想的是:我一无所知。

* * *

珍娜·梅特卡夫走了以后,我吃了一片阿普唑仑。要说有什么事情非得让你吃这种抗焦虑药的话,非此事莫属。这个女孩不仅是让我想起了过去,简直就是让我的脑袋像被木头砸过一样裂成好几瓣了。到凌晨三点钟的时候,我幸福地在沙发上睡着了。

我得说我已经有年头没做过梦了。做梦是一个普通人最接近超自然世界的时刻。在梦里,心中的戒备放下了,隔阂几乎消除,使得人能够一窥另一个世界的模样。所以才会有那么多人说在梦里见到了某个去世的人。可我不一样,自从德斯蒙德和露辛达离开之后我就再也没有做过梦了。

可是今天,当我睡着以后,我的脑子里却如同万花筒般色彩斑斓。我看见了一面旗子在我的眼前挥舞着,但是随后我意识到那不是旗子,是一块蓝色的丝巾,缠绕在一个女人的脖子上,女人的脸我看不到。她仰面躺在一棵糖枫树旁边,被一只大象踩踏,一动不动。仔细再看一下,我又觉得大象好像没踩到她;那只大象抬起后腿从她身上跨过,格外小心翼翼地避免踩着她。大象伸出长鼻子去拽她脖子上的丝巾,她也没动弹。大象用鼻子轻抚她的脸,她的喉咙和前额,然后解开丝巾拽了下来,丝巾便随风飘走了。

这头大象又用鼻子去拿压在女人身下的一个皮面的东西,我看不清楚那是什么,一本书?一个证件卡夹?大象把那个东西快速打开,动作之灵巧让我惊叹。接着大象把鼻子又放在女人的胸前,就像用一个听诊器听了一下,然后默默地走进了林子深处。

我惊醒过来,有点发懵,又很诧异怎么会想到了大象,脑子里好像还是有暴风雨在肆虐。可是我听到的不是打雷的声音,是有人在砰砰敲门。

我起身去开门的时候就已经料到会是谁了。

"先别发飙,我不是来说服你找我妈妈的,"珍娜·梅特卡夫大声说,推开我径直进了屋,"我只是把东西落在你这儿了。特别重要的一样东西……"

我关门的瞬间,眼睛刚好瞥见那辆滑稽的自行车又放在了门厅里。珍娜开始在几小时之前坐过的地方到处找,弯腰看看茶几下面,在椅子下面也瞅了瞅。

"如果我看到了什么会联系你的——"

"我觉得你不会。"她说。她开始打开抽屉翻找,抽屉里面放着我收集的邮票,偷偷藏起来的奥利奥饼干,还有叫外卖的菜单。

"你知道这是谁家吗?"我说。

但是珍娜根本不理会我,她把手伸进沙发靠垫的缝隙里。"我就知道在这儿。"她说道,明显地舒了一口气,如同抽丝一般,她把我梦里见过的那条蓝色丝巾拽出来系在了脖子上。

眼前这条看得见摸得着的丝巾让我也稍微释怀:看来我是把这个孩子戴过的这条丝巾编织进了我的潜意识当中而已。可是,梦里还有别的情景说不通——大象皮上像洋葱皮一样的皱纹;象鼻子的舞动。另外还有一些事情是在此时此刻我才意识到的:那头大象当时正在检查那个女人是否还有呼吸。大象离开那个女人不是因为她停止呼吸了,恰恰相反,大象的离开是因为她仍然在呼吸。

我不清楚我为什么这么肯定,可我就是很肯定。

我这一辈子都是这么定义超能力的:搞不清楚,说不明白,无法否认。

作为一个天生的灵媒,你不可能不相信真的有某些预兆。有时候你可能因为交通拥堵误了要搭乘的航班,而偏偏那架飞机就掉到大西洋里了。有时候花园里洒满了玫瑰花种子,却偏偏只有那一朵开花了。或者有时候,偏偏是你拒绝的那个女孩让你魂牵梦萦。

"对不起打扰你了。"珍娜说,"还有别的事,也对不起了。"

她已经一脚踏出门外的时候,我听见自己出声喊了她的名字。"珍娜,这听起来有点疯狂,可是,"我说,"你妈妈是在马戏团一类的地方工作吗?在动物园做管理员?我……我不知道怎么回事,可是有什么跟大象相关的很重要的事吗?"

我已经有七年的时间没有真正的通灵感觉了。七年呀!我跟自己说,这次只是巧合,是运气,也许是我中午吃的玉米煎饼的副作用吧。

当她转过身来的时候,她的脸上满是惊异而疑惑的神情。
就在那一刻,我知道她是注定要找到我的。
而我呢,我将要帮她找到她妈妈。

艾丽斯

大象很清楚死亡是怎么回事,这一点毋庸置疑。它们可能不会像我们这样对死亡有什么预判;它们也不会像我们这样根据我们的宗教信仰去想象死后的生活具体会是什么样。对于大象来说,悲伤更简单,更纯净,就是一种失去的痛苦。

大象对其他动物的尸骨没什么兴趣,只有同类的尸骨除外。即使碰到的是已经死亡很久的一具大象尸体,由于鬣狗的撕咬而残缺不全,尸骨散落,它们仍然会紧张地聚集在一起。它们成群地走近尸体,它们对待大象尸骨的态度,只能用崇敬来描述。它们用鼻子和后蹄把大象的尸体从头到脚抚摸一遍。它们会嗅一嗅尸体,还会拾起一根象牙或骨头举上一会儿。它们会把哪怕是最小的一块象牙放在脚下轻轻地滚来滚去。

二十世纪四十年代,博物学家乔治·亚当森曾写过他射杀了闯进肯尼亚政府花园的一头公象的事。他把象肉分给了当地人,然后把剩下的大象尸骨移到了离村子半英里的地方。当天夜里,大象们找到了这具尸骨。它们把它的肩胛骨和大腿骨取下来,带到了当初它被射杀的地方。事实上,所有著名的大象研究者都记录过大象的丧葬仪式,比如:伊恩·道格拉斯-汉密尔顿,乔伊斯·普尔,卡伦·麦克姆,露西·贝克尔,辛西娅·莫斯,安东尼·霍尔-马丁。

还有我。

我曾经在博茨瓦纳的保护区见到过一群大象,走着走着,象群的女族长邦托尔突然倒地不起。其他的大象意识到它的痛苦之后,试图用它们的象牙抬起它的身体,想让它站起来。这么做没有起作用,于是几头壮年大象试着把它撑起来,想让它恢复意识。它的孩子科格西,当时大概有四岁,把象鼻子伸进它嘴里,这是小象问候妈妈的一种方式。象群发出吼声,它的孩子也发出一种类似尖啸的声音,但随后大象都安静了下来。这一刻我意识到它已经死了。

几头大象朝林子里走去,收集树枝和树叶带回来盖在邦托尔的身上,其他的大象则往它身上刨土。两天半的时间里,象群一直肃穆地守着它的遗体,期间只有去喝水吃东西才离开,然后还会返回。甚至许多年以后,它的尸骨已经发白,四处散落,它那巨大的头骨卡在一条干涸的河床转弯处,这个象群经过此地的时候仍然会静默几分钟。最近我见到了科格西,它现在已经八岁了,长成了一头高大的公象。它走近妈妈的头骨,把象鼻子放在头骨上原来是嘴的部位。很显然,这些骨头对于它来说意义非凡。但我觉得如果你亲眼得见,你就会相信我所相信的事实,那就是:它能够认出这些骨头曾经是它妈妈身上的。

珍　娜

"再跟我说一遍吧。"我要求。

塞拉妮蒂翻了个白眼。我们已经坐在她的客厅里,用了一个小时的时间听她详细讲述她那十秒钟的关于我妈妈的梦境。我知道那就是我妈妈,因为那条蓝色的丝巾,大象,还有……你知道的,就是因为太想相信某件事是真的,你就会说服自己相信一切。

的确,在我走出她家门的这段时间,塞拉妮蒂可能在网上搜了我的信息,然后编造出了一个关于大象的不可思议的梦境。可是,如果上网搜索"珍娜·梅特卡夫",大概要翻三页才能看到提到我妈妈的信息,即便如此,那篇文章提到我的时候也只是说我是她三岁的女儿。网上有太多叫珍娜·梅特卡夫的其他人,还列举了这些人所做过的那么多的事情,而我妈妈的失踪是很久以前的事了。而且,塞拉妮蒂又不知道我会回来找我落下的丝巾。

除非她料到我会回来,而这又证明她确实有两下子,不是吗?

"听着,"塞拉妮蒂说,"我目前只能告诉你这么多。"

"可我妈妈当时还有呼吸。"

"我梦到的那个女人当时还有呼吸。"

"她当时像是在喘息吗?发出什么声音了吗?"

"没有。她只是躺在那儿。我只是感觉……她活着。"

"她没死。"我小声嘀咕着,与其说是说给塞拉妮蒂听的,不如说是说给我自己听的,因为我喜欢说这句话时的感觉,浑身充满了气泡飘飘然,好像血液里充进了二氧化碳。得到这条不那么确切的证据说我妈妈可能还活着,且遗弃了我十年的时间,我知道我应该很生气或者很沮丧才对,但是一想到如果我这步棋走对了就又能见到她了,我却特别高兴。

那样的话,我就可以决定是恨她,还是亲自问问她,她为什么不来找我。

或者,我可以扑进她的怀里,跟她说我们可以重新开始。

突然间,我睁大了眼睛:"你的梦是一个新证据。如果你把跟我说的这一切告诉警察,他们就会重新开始调查我妈妈的案子了。"

"亲爱的,我们国家可没有任何一个警察会把灵媒的梦当回事儿,把它作为正式的证据记录在案的。这就好像要求检察长召唤复活节兔子来作证人一样荒唐。"

"可是如果这是真的呢?如果你梦到的情景恰好就是过去发生的事情,刚好在你的脑子里再现出来的呢?"

"灵媒获得的信息不是你想的那样。曾经有个客户来找我,她的外婆去世了。她外婆真真切切地出现在我面前,给我看长城,天安门广场,幸运饼。她好像竭尽所能就想让我说出中国这个词。于是我就问她,她外婆是不是去过中国,或者接触过风水等类似的东西。可是我的当事人说这一切好像跟她外婆没关系,都说不通。然后她外婆给我看了一支玫瑰花。我跟当事人说了玫瑰的事,她说,外婆更喜欢野花。于是我就在琢磨中国……玫瑰。瓷器①……玫瑰。然后,我的当事人抬起头来跟我说,想起来了,她过世以后,我继承了她留下的一整套瓷器,瓷器上面是玫瑰花的图案。现在我也不明白当时她外婆为什么给我看的是蛋卷而不是有玫瑰花图案的

---

① "中国"和"瓷器"的英文都是"china"。

汤碗。但是我想说的是,大象可能并不代表真的是大象。它的出现也许另有寓意。"

我看着她,心里非常疑惑:"可是你说她还活着,说了两遍。"

塞拉妮蒂犹豫了一下:"你瞧,你应该知道我的占卜业绩并不完美。"

我耸了耸肩:"不能因为你搞砸过一回,就说你还会再搞砸。"

她张了张嘴,但是又猛地闭上了。

"以前你找到的那些失踪人员,你都是怎么做的呢?"我问道。

"我会拿来属于失踪的那个孩子的一件衣服或一个玩具,然后跟着警察一起出门,尝试着寻找那个孩子最后被人目击到的地方,"塞拉妮蒂说道,"有时候我就会得到某种……"

"某种什么?"

"脑袋里的一闪念:一个路标或是某种景象,某一型号的汽车,甚至有一次出现过一个金鱼碗,后来发现那只碗就在关着那个男孩的那间屋子里。但是……"她很不自在地动了动身子,"我通往灵界的渠道可能堵了。"

我不明白灵媒怎么会失手,就像塞拉妮蒂所说的,她得到的信息有可能与事实丝毫不差,也有可能与事实正好相反。在我看来,这是个大大的铁饭碗。没错,也许塞拉妮蒂梦见的大象是某种隐喻,意味着我妈妈面临的某种巨大的障碍;但是弗洛伊德会说,它可能就是头大象。只有一种办法能够弄清到底是哪种情况。"你有车,对吗?"

"有……怎么了?你要干什么呀?"

我一边穿过客厅,一边把我妈妈的丝巾围在脖子上。然后我把手伸进一个抽屉,我刚进门时就搜过那些抽屉,看见那儿有一串车钥匙。我把车钥匙扔给塞拉妮蒂,从她屋子里走了出来。我也许不是灵媒,但是我清楚地知道,她非常好奇,按捺不住想要知道那个梦到底意味着什么。

＊　＊　＊

　　塞拉妮蒂驾驶着一辆黄色的二十世纪八十年代生产的大众甲壳虫汽车,从副驾驶的门后面开始锈迹斑斑差不多成网眼状了。我把自行车折叠起来塞进了汽车后座。我给她指路,穿过那些人迹罕至的土路和州际公路。途中有两次迷了路,因为我骑车能穿过的小路,汽车开不过去。我们到达斯塔克自然保护区的时候,停车场里就我们这一辆车。"现在你能不能告诉我为什么把我拽到这儿来?"她说。

　　"这个地方以前是一个大象收容站。"我告诉她。

　　她朝窗外看了看,好像现在还指望能看到一头大象:"这里?在新罕布什尔?"

　　我点了点头:"我爸爸是个动物行为学家。他认识我妈妈之前开办了这个收容站。大家都以为大象生活在像泰国和非洲那样极其炎热的地方,然而大象适应能力极强,寒冷的天气甚至下雪的天气都没关系。我出生的时候这里已经有七头大象了,都是他从各个动物园和马戏团里解救出来的。"

　　"它们现在在哪儿?"

　　"这个地方关闭以后,田纳西的大象保护区把它们全都带走了。"我看了看那条小路口处的一道铁链门,"后来这块地又重新被州政府收购。但那时候我还太小不记事儿呢。"我打开副驾驶的门下了车,向后瞥了一眼确认塞拉妮蒂跟上了我,"接下来的路我们只能步行了。"

　　塞拉妮蒂低头看了看她脚上的豹纹人字拖鞋,又看了看那条杂草丛生的小路:"往哪儿走?"

　　"那得你说呀。"

　　好一会儿塞拉妮蒂才弄明白我要让她做什么。"哦,不,"她说,"绝对不行。"她转身开始往回走。

我抓住了她的胳膊:"你跟我说你好几年都没做梦了。但是你梦到了我妈妈。弄清楚你是不是又有灵感了不是什么坏事儿,对吗?"

"十年旧案不是尘封,而是冰封。你妈妈失踪那会儿的东西现在可是消失殆尽了。"

"可我还在这儿呢。"我说。

塞拉妮蒂的鼻翼动了动。

"我知道你最怕的事情就是到头来证明你的梦毫无意义,"我说,"但是,这就像中彩票一样,对吗? 如果不买彩票,那你就永远没有中奖的机会。"

"我每周都买那该死的'强力球'彩票,可从来没中过。"塞拉妮蒂嘟囔着,可她还是跨过那道铁链开始沿着杂草密布的小路往前走去。

在夏日的草长莺飞中,时不时有昆虫掠过我们的头顶。好一会儿工夫我们都是默不作声地走着。塞拉妮蒂一边走一边用手滑着草叶;在一个地方她还停下来扯下一片叶子闻了闻。"我们在找什么?"我小声问她。

"我要知道会告诉你的。"

"我只想告诉你我们就快走出原来收容站的范围了……"

"你到底想不想要我聚精会神?"塞拉妮蒂打断我说。

于是我又沉默了几分钟。可是有些话一直在我心里憋了一路了;如鲠在喉不吐不快。"塞拉妮蒂,"我问道,"如果我妈妈已经不在人世而你也知道了……你会骗我说她还活着吗?"

她停下脚步转过身来,双手叉腰:"小甜甜,我认识你时间太短还没办法喜欢上你,更不用说要去保护你那颗稚嫩的小心脏。我不知道你妈妈为什么没给我递信儿。有可能是因为她还活着,没死。或者可能是我说的那样,因为我不中用了。但是我向你保证……如果我感觉到了你妈妈的神灵,或者甚至是鬼魂,我一定实话实说。"

"神灵或者是鬼魂?"

"这两者完全是两码事。这得怪好莱坞,他们拍的电影让大家觉得它们是一回事了。"她回头看着我说,"人死了,肉体就完结了,完成任务了。躯壳消失了,可魂灵仍然完好无损。如果你生前过得挺好没有那么多遗憾,魂灵可能会逗留一小段时间,可是迟早你都要完成生命的转换。"

"转换?"

"过渡。上天堂。随便你怎么说吧。经过这个过程,你就变成了神灵。但是,假如说你在人世间活着的时候是个蠢货,圣彼得或耶稣或安拉就会根据你可悲的一生判你在死后入地狱或者其他什么鬼地方。或者,也许你自己觉得死得太早了而心生怨气,或许,鬼知道呢,你根本没意识到你已经死了。不管是其中哪一种情况,你都可能觉得自己还没准备好要离开这个人世,或者没准备好去做死人。问题是你已经死了。这是无法改变的事实。于是你就逗留在这儿,成了孤魂野鬼。"

我们又并排走在那条灌木丛生的小路上。"所以,如果我妈妈变成了神灵,那她就已经去了别的什么地方了?"

"说对了。"

"如果她变成了鬼魂,她在什么地方?"

"就在这里。她生活在这个世界里,但是跟你不在一个地方。"塞拉妮蒂摇摇头,"我怎么解释才好呢……"她喃喃自语,然后打了个响指,"我曾经看过一个纪录片介绍迪士尼动画片的制作过程。单单画一个唐老鸭或者高飞,就要有很多层透明的、不同的线条和颜色层层叠叠地重合在一起。我想,鬼魂所在的地方和我们的世界就跟这个是同样的道理。他们待在我们这个世界之上的一层空间里。"

"这一切你是怎么知道的?"我问她。

"他们就是这么跟我说的。"塞拉妮蒂说,"就我所知,这只不过是冰山一角。"

我向四周看了看,试着去发现这些游离在我视野之外的鬼魂。试着去感受我妈妈的存在。如果她真死了可还在我身边没离开,也许这样也不错。"如果她变成了鬼魂,想跟我说话,我能知道吗?"

"你有没有过这样的经历,听到电话铃响,去接电话的时候却发现没有声音?那可能就是一个神灵,想要跟你说什么事儿。他们就是能量,所以他们要想引起你的注意,最简单的方式就是通过控制能量,电话线,电脑故障,开关灯,等等。"

"他们跟你沟通也是用这些方式吗?"

她迟疑了一下:"对我来说,更像是我第一次试戴隐形眼镜的感觉。我无法适应,因为总觉得眼睛里放进去了不应该放的东西,格格不入。没有不舒服,就是觉得不是自己身体的一部分。我从另外一个世界得到信息时就是这个感觉。就像是马后炮,事情发生了才知道,只不过这炮不是我放的而已。"

"有点像你没想听却听到了?"我问她,"像你总是忍不住要去哼唱一首歌?"

"差不多吧。"

"我过去常觉得我总是能看见我妈妈,"我轻声说道,"在人多拥挤的地方,我会松开外婆的手朝妈妈跑过去,但是我从来都没追上过她。"

塞拉妮蒂脸上带着一种奇怪的神情盯着我说:"也许你自己就是灵媒。"

"或许是思念一个人和寻找一个人的感觉有些相同之处吧。"我说。

突然,她停下了脚步。"我有感觉了。"她夸张地说。

我朝四周看了看，所见到的只不过是一小片长得很高的草，几棵树，还有几只黑脉金斑蝶在头顶上翩翩飞舞。"我们周围可没有糖枫树。"我指出这一点。

"梦境就像隐喻。"塞拉妮蒂解释说。

"也很有讽刺意味，因为它是明喻。"我说道。

"你说什么？"

"没事。"我把那条蓝色的丝巾从脖子上解下来，"如果你拿着它会不会起点儿作用呢？"

我把丝巾递给她，可是她向后躲开了，就好像会传给她瘟疫一样。问题是我已经将丝巾脱手了，一阵风吹过来它就飘上了天，风打着旋儿把它吹得越来越远。

"不！"我高声喊着，然后箭步冲出去追它。丝巾随风飘舞，忽上忽下逗引着我，可是就是保持在我够不着的高度。几分钟过后，丝巾缠在了一棵树的树杈上，离地大约二十英尺高的地方。我找到一处蹬脚的地方准备爬上树，可是树干光溜溜的根本没有落脚之处。我十分沮丧，一屁股坐在地上，眼泪在眼眶里打转。

我本来就没有什么妈妈留下的东西。

"过来。"

我看见塞拉妮蒂蹲在我旁边，双手叠在一起想助我一臂之力。

爬树的过程中树枝刮伤了我的脸和胳膊；我的手抠着树干指甲也劈了。但我还是爬到了高处一个树杈处。我用手摸索着，摸到细枝和满手灰尘，还碰到不知哪一只勤快的鸟废弃的鸟窝。

丝巾好像被什么东西卡住了。我用力拉，终于把它拽下来了。拽得树枝和树叶稀里哗啦落在我身上，也落了塞拉妮蒂一身。然后又有一个更沉的东西打在我脑门上，掉在了地上。

"那是什么鬼东西？"我一边问一边把丝巾重新围在脖子上，这回系得牢牢的。

塞拉妮蒂盯着自己的双手,惊呆了。她把掉下来的东西递给了我。

那是一个开裂的黑色皮钱包,里面的东西完好无损:三十三美元。一张老式的带有维恩图解的万事达卡。一张新罕布什尔州的驾照,驾照的主人是艾丽斯·K.梅特卡夫。

* * *

这是证据,真正不掺假的证据。这证据就在我的短裤口袋里发烫呢。有了它,我就能证明我妈妈的失踪很有可能不是出自她本意。她身上既没钱也没信用卡,她能走多远呢?

"你知道这意味着什么吗?警察可以尝试去找到她。"我跟塞拉妮蒂说,在我们回到她车里并启程回城的路上,她一直静默不语。

塞拉妮蒂扫了我一眼说:"已经过去十年了。事情可不会这么简单。"

"就这么简单。新证据的出现就意味着要重新调查一桩旧案。嘭的一声。"

"你觉得那是你想要的,但是结果可能会让你大吃一惊。"她说。

"你在逗我吗?这可是我日思夜想了⋯⋯这么说吧,从我记事起就日思夜想的事呢。"

她噘起嘴:"以前,每当我问起我的通灵导师他们那个世界是什么样的时候,他们都会明确地对我说天机不可泄露。当时我觉得他们是想保护死后世界的某个天大的秘密⋯⋯但是最后我明白了他们是为了保护我。"

"如果我不这样努力去找她,"我跟她说,"那我一辈子都会放不下,会一直想着如果我去找了结果会怎么样。"

她停下车等一个红灯:"那假如你找到她⋯⋯"

"不是假如,是等我找到她。"我纠正她。

塞拉妮蒂说:"等你找到她,你会不会问她为什么这么多年都不来找你呢？"我没说话，她转过脸去："我想说的是，如果你想要答案，最好先做好各种心理准备。"

我注意到她刚好开车经过了警察局。"嗨，停车。"我喊道，她一脚踩住刹车。"我们得进去告诉他们我们的发现。"

塞拉妮蒂把车停在了路边。"我们什么都不用做。我把我的梦境告诉了你。我甚至开车一直把你送到了那个州立公园。我很高兴你得到了你想要的东西。但是，我个人不需要也不想跟警察有什么瓜葛。"

"就这么结束了？"我惊诧地说，"你把信息像手榴弹一样扔进了人家的生活中，然后不等它爆炸就转身走了？"

"我就是个传信儿的，别找我撒气好不好？"

我不知道自己为什么会吃惊。我根本就不了解塞拉妮蒂·琼斯，我不应该抱什么希望她能帮我才对。可是我讨厌并厌倦了那些在我生命中弃我而去的人，而她只不过是又一个这样的人罢了。于是，当我感觉到我又要被丢下的时候，我做出了最快的反应。我下决心要主动离开。"怪不得人们都不喜欢你呢。"我对她说。

听到我的话，她的头猛地抬起来。

"谢谢你的梦境。"我跳下车，把自行车从车后座扭下来，"祝你生活愉快。"

我把车门砰的一声关上了，把自行车停好，走上了警察局的花岗岩台阶。我走到玻璃岗亭里那个调度员跟前。估计她也就比我大个几岁，刚高中毕业。她穿着一件样子难看的马球衫，胸前印着警察的标志，画着特别浓的眼线。在她背后的电脑屏幕上，我能看见她正在浏览脸书的页面。

我清了清嗓子，我知道她能听见，因为那个隔开我们俩的玻璃岗亭上面有网格。"你好！"我说，可她还继续打字不理我。

我敲了敲玻璃，她抬眼跟我对视了一下。我挥挥手让她注意到我。

这时电话响了,她马上就转身去接电话,就好像根本没把我放在眼里。

我敢说,就是像她这样的小孩子败坏了我们这一代人的名声。

这时又一个调度员朝我走过来了。她年龄较大,矮矮胖胖体型像个苹果,一头金发烫成满脑袋卷儿。她胸前的名牌上写着"波莉"。"有什么需要帮忙的?"

"有。"我一边说,一边微笑着,尽力表现得成熟些。因为,说真的,一个十三岁的小姑娘说她想报告一桩十年前发生的失踪案,哪个大人会把她说的话当回事呢?"我想找一个警探谈谈。"

"要谈什么事呢?"

"一句话两句话说不清楚,"我说,"十年前在以前的那个大象收容站里有一个员工被害了,当时是弗吉尔·斯坦霍普负责调查此案……我……我就想直接找他谈谈。"

波莉噘起嘴唇:"甜心,你叫什么名字?"

"珍娜,珍娜·梅特卡夫。"

她把耳麦从头上摘下来,走进了后面的一间屋子,从我眼前消失了。

我把墙上登载的失踪人员和不付抚养费的爸爸名单仔细瞅了一圈。要是十年前我妈妈的照片也贴在这墙上,我今天何苦还要站在这儿?

波莉再次出现,来到我身边,按了下玻璃岗亭那个门把手上的组合锁,她领着我走到一排椅子跟前,让我坐下。"我记得那个案子。"她跟我说道。

"这么说你认识斯坦霍普警探?我知道他已经不在这儿工作了,但是我想你也许能告诉我他现在在哪儿……"

波莉双手轻轻地放在我的胳膊上:"我可不知道你怎么才能联系上弗吉尔·斯坦霍普。他已经过世了。"

离别时刻

* * *

接二连三地出事以后,我爸爸就住进了精神病院。那个地方离我外婆的家只有三英里路,但是我很少去。那个地方令人感到压抑,一是因为那里总是尿臊气熏天,二是因为那座房子的窗户上总是贴着雪花呀、烟花呀或者是南瓜灯一类的剪纸图片,好像那里面是幼儿园而不是精神病院。

那座精神病院叫"哈特维克之家",它会让我联想到某个公共电视台的连续剧,而不会想到那里的可悲现状:一大堆用药过度的行尸走肉在活动室里看美食节目,医护人员在他们周围转悠着给他们灌药让他们保持平静,或者在他们接受完电击治疗昏睡在轮椅上的时候把他们像沙袋一样拖走。我去那儿的时候很少感到害怕,只是感到非常沮丧。可怜我爸爸以前在动物保护界曾被当作是救星般的人物,现在连自己都救不了了。

在哈特维克之家我只有一次真是吓坏了。当时我正在活动室里和爸爸下棋,这时候一个十来岁的女孩从双扇门冲了进来,头发油腻腻地都打绺了,手里拿着一把菜刀。我不知道她从哪儿弄的菜刀,因为在哈特维克之家任何能当作凶器的东西,包括鞋带在内,都不能有,或者锁在柜子里,对凶器的安保程度绝不亚于莱克岛监狱。不管怎样,她击败了这种管制,穿过双扇门冲进屋里,发疯的眼神死死地盯住了我。然后她举起胳膊一抡,菜刀便脱手向我飞来。

我头一缩,身子软软地一滑,钻到了桌子底下。我双手抱头,尽量缩紧身体减小目标,同时,几个魁梧的医护人员抓住了她,给她注射镇静剂,然后把她抬回了她的房间。

你一定觉得会有一两个护士来看看我是不是有事吧?可当时他们都忙于照顾其他的病人,那些人都在尖叫着,心有余悸。我大着胆子从桌子底下探出头又爬到座位上时,还在不住地发抖。

我爸爸既没尖叫也没害怕,他还在下棋呢。"我赢了。"他说,就好像压根儿没发生过什么事。

过了好一会儿我才意识到,在他那个常人无法理解的世界里什么都没发生过。即便是我被那个精神病女孩给劈成两半,像圣诞火鸡那样,他也不会在意,我还不能因此而对他发火。他根本就不明白我的世界跟他的有什么不一样,我又怎能责怪他呢?

今天,当我进到哈特维克之家时,发现我爸爸没在活动室。我看见他在自己屋里,坐在窗户跟前。他手里拿着一束七彩绣花线,拧着劲打成了一个个结。这使我又一次觉得,某个人想出来的富有创意的治疗方法对另一个人来说就是痛苦的深渊。我进屋的时候他抬眼看了看我,没有发火。这对他来说是个好兆头,说明他没有那么焦躁。尽管医生警告我不要在他面前提起我妈妈,我还是决定试试运气。

他用手撕扯着丝线,把丝线揪得乱七八糟的。我在他面前跪下,抓住他的手让他别动,我一边从其他颜色的线里抽出一根橘黄色的线搭在他的左腿上,一边跟他说:"爸爸,你说如果我们找到了她会怎么样呢?"

他没搭腔。

我解下来一根鲜红色的丝线:"我是说,如果发现就是因为她我们才骨肉分离的,怎么办?"

他的手上还缠着两股丝线,我用手紧紧握着他的手,盯着他的眼睛小声说:"你为什么让她走呀?她失踪以后你为什么从来没去报警?"

我父亲精神崩溃了,这不假,可是他在过去的十年间也有明白的时候。也许,即便他说了我妈妈失踪了,也没有人把他的话当回事。可是相反地,也许会有人能听进去呀。

那样,也就有可能重启一个失踪案件的调查。那样,我就不用从头开始费力气让警察去调查一个十年前的失踪案件,因为当年事情发生的时候他们甚至都不知道那是个失踪案。

突然,我父亲的表情发生了变化。挫败的表情渐渐消融,犹如海水渗入沙滩,眼神也明亮起来。爸爸的眼睛跟我一样是深绿色的,绿得让人看起来不舒服。"艾丽斯,"他举着满手的丝线问道,"你看这个该怎么弄呀?"

"我不是艾丽斯。"我告诉他。

他摇了摇头,一脸困惑。

我咬着嘴唇,把丝线解开,打成一个个绳结,编成了一个手环。非常简单,露营过的人都会。我编手环的时候,他的手也随着我的动作翻飞着,像两只蜂鸟在飞。编好了以后,我把它从爸爸裤子上的安全别针上解下来,绑在他的手腕上,俨然一只鲜艳的手镯。

我爸爸欣赏着手环,微笑着抬头看我说:"做这些东西你总是很在行。"

就在那一刻,我终于明白了爸爸为什么没去报警。也许对他来说,她根本就没失踪。他在我的脸上、我的声音以及我的身影里总能发现她的存在。

多么希望我也能做到这一点呀。

* * *

我回到家的时候,外婆正在电视上看《幸运大转轮》节目。每道题一出来还没等参赛者说出答案,她就抢先喊出来了,同时还会对主持人沃娜·怀特的着装评头论足。"你系的那条腰带让你看起来像个荡妇。"她对着沃娜说道,然后看见我在门口,"今天过得怎样?"

我有点不知道说什么,随后意识到她问的是我今天做保姆的情况,我当然是没做呀。我撒了个谎:"还不错。"

"冰箱里有填馅意面,如果想吃热一下。"她说完又转头盯着电视屏幕。"试试F呀,你这个大笨蛋。"她大声喊道。

我抓住这个空当跑上楼,格蒂在后边跟着我。它用枕头在我床上围了个窝,把身子舒服地蜷成了一团。

我束手无策。线索我是得到了,可却不知道该怎么做。

我把手伸进兜里拿出我随身带的那沓钱,从中抽出来一张。完全无意识状态下,我开始把它叠成一只完整的象,但是我又不断把它弄乱,最后团成一团扔到了地板上。我眼前一直晃动着我爸爸生气地用手给绣花线打结的情景。

原先调查大象收容站那个案子的警探中,一个得了老年痴呆症,另一个去世了。但是也许事情还有希望。我得想办法让现任的警探明白,他们十年前搞砸了,他们早就应该把我妈妈当作失踪人员处理。

这可得好好琢磨琢磨才行。

我打开电脑开关,嗡嗡一声,电脑启动了。我输入了密码,然后打开了一个搜索引擎。我把"弗吉尔·斯坦霍普,死亡"这几个字敲了进去。

第一篇跳出来的文章是一个通知,关于举办他的警探升职仪式。还有他的一张照片:浅茶色的头发梳向一边,一张胖脸咧嘴笑着,喉结粗大,像突出的圆形门把手一样。照片上他看起来很滑稽,很年轻,我想十年前他就应该是那个样子。

我又打开了一个新的窗口,登录到一个公共档案数据库(这个数据库我可是每年要花49.95美元的,仅供参考),看到了弗吉尔·斯坦霍普的死亡通知。悲惨的是,死亡记录时间和警探升职仪式是同一天。我猜想他是不是得到了警徽以后在回家的路上遭遇车祸身亡了,或者更惨,在去参加仪式的路上就死了。英年早逝呀。

好吧,我能理解这个。

我点击链接,可是打不开。代之出现了一个页面,指出服务器出错。

于是我又返回到第一个搜索页面,仔细翻看那些文章描述,结果发现一处让我毛骨悚然的文字。

"斯坦霍普私人侦探",我读道,在过往中找到未来。

这个宣传口号可真够烂的,可我还是点击打开了一个新的网页。

证照齐全。家庭及婚姻关系调查。监视服务。保释金追讨。寻人服务。子女监护调查。意外死亡调查。失踪人员调查。

最上面有一个按钮写着:关于我们。

维克·斯坦霍普是一位持照的私人侦探,曾做过警员和警探。在纽黑文大学获得刑事司法和法医学学位。他是国际纵火调查员协会、美国保释执行代理协会,以及全国持照侦探协会成员。

要不是有一张斯坦霍普先生的小照片,我会觉得可能是碰巧重名了。

没错,他是老了一些。真的,他留着圆寸头,男人在头发变稀疏以后就常留这样的发型,他们觉得这让他们看上去就像布鲁斯·威利斯那样的超级硬汉。可是,他的喉结依旧那么突出,在照片中特别显眼,我不会认错人的。

我也想过维克和弗吉尔可能是双胞胎。可好歹是条路。我抓起手机开始拨打屏幕上的联系电话。

铃声响了三下,我听见电话那端有人拿起了听筒。听起来好像听筒掉到了地上,传来了静电干扰声和一声咒骂,然后恢复如常。

"什么事?"

"是斯坦霍普先生吧?"我轻声问道。

"是。"声音怒气冲冲。

"弗吉尔·斯坦霍普吗?"

停顿了一会儿。"早就不是了。"说话的声音含糊不清,然后电话挂断了。

我的脉搏开始加快。弗吉尔·斯坦霍普要么是死而复生,要么可能他根本就没死。

也许他就是想让人们认为他死了,这样他就可以隐身了。

如果这个判断没错的话,那他就是寻找我妈妈的不二人选。

艾 丽 斯

　　一头大象路遇同伴尸骨时的表现，任何人见了都会觉得那就是典型的哀悼场景：极为静默，鼻子和耳朵低垂，欲做还休的抚慰动作；当它们遇到自己家族成员的尸骨时，那种悲伤就好像裹尸布一样笼罩着整个象群。但是对于大象能否区分出哪些尸骨属于自己的旧相识，还存在着疑问。

　　在肯尼亚的安波塞利可以确认身份的大象就有两千两百头，而我有一些同行在那里对大象的研究结果非常有意思。他们每次选取一个象群，把几样重要的东西放在它面前：一小块象牙，一个大象头骨，一段木头。他们就像在实验室里做实验一样，认真地准备好给大象的物品，并通过观察大象把玩每样东西所用的时间，对大象的反应做好记录。毫无疑问，那一小块象牙对大象最有吸引力，其次是头骨，然后才是那块木头。它们敲打那块象牙，把它捡起来，举起来，用后蹄踩着来回滚动。

　　然后，研究人员又在大象家族面前放了一个大象头骨，一个犀牛头骨，还有一个水牛头骨。在这组头骨中，大象头骨最能引起它们的兴趣。

　　最后，研究人员集中研究了三个象群，这三个象群在过去的几年中，都曾失去自己的母象头领。研究人员把逝去的三个母象头领的头骨放在了象群面前。

你一定会认为这些大象最感兴趣的是它们自己母象头领的头骨。毕竟在其他对照实验中都清楚地表明了大象对所提供的物品不是简单地出于好奇随机拣取，而是带着兴趣偏向性拣取的。

你一定会认为它们只会对自己母象头领的头骨表示敬意。因为我曾亲眼见证在博茨瓦纳的大象在自己家族母象头领去世时，似乎表现出了极大的悲伤，而且经过多年仍然不会忘记。

可事实并非如此。相反，这些安波塞利的大象对三个头骨同样感兴趣。它们很可能了解某一头大象并与其生活在一起，在其去世的时候甚至表现出了深深的悲痛，但是在研究结果中却并没有体现出来。

尽管研究证明这些大象对其他大象的骸骨非常着迷，有些人可能会说，这个实验同时也证明了一头大象对另一头大象怀有悲伤情绪完全是臆断。有些人可能会说既然这些大象区分不开这些头骨到底是谁的，那么这些头骨中有一个属于它们自己的妈妈这一点就不重要了。

但是这也许意味着*所有的*妈妈都很重要。

弗 吉 尔

每一个警察都有一个难以解开的心结。

对有些人来说,这个心结变成了传奇故事,变成了他们每年在部门圣诞晚会上与同事喝了太多啤酒以后的谈资。这个心结可能是某一个在他们办案时明晃晃摆在眼前却没看到的线索,某个他们不忍撇在一边的案卷,一个始终未结的案件。它变成了他们时不时就会出现的噩梦,让他们在惊醒时大汗淋漓惊魂不定。

对包括我在内的另外一些人来说,它就是活生生的噩梦,我们每天就生活在其中不能自拔。

它就是我们一回头在镜子里看到的那张脸;是接电话时知道那头有一个人,却只能听到一片神秘的死寂;是总觉得身边有个人存在,即使是一个人独处的时候也摆脱不掉。

每一天的每一刻,它都在提醒着你,你是一个失败者。

杜尼·博伊兰是以前和我一起工作的警探。有一次他跟我说,他的心结是一个家庭纠纷案。他没有将男主人铐上带走是因为他是一个口碑很好的企业主,大家都认识他也很喜欢他。他觉得警告一下就可以了。杜尼离开他们家三个小时以后,女主人身亡。头部中弹。她的名字叫阿曼达,当时怀着六个月的身孕。

杜尼那时候称阿曼达是他的女鬼,这个案子让他很多年不得安生。而纠缠我的女鬼叫艾丽斯·梅特卡夫。就我所知,她并没有像阿曼达那样命丧黄泉。她只是失踪了,同时也带走了十年前发生的那件事的真相。

有时候,我从酩酊大醉中清醒过来,就得眯起眼睛。因为我敢肯定艾丽斯就坐在我的办公桌对面,坐在我那些客户坐的位置上。他们要么让我将他们妻子的风流韵事拍照留证,要么让我替他们找到欠债不还的父亲。我独自作战,除非你把杰克·丹尼①算作我的雇员。我的办公室是斗室一间,混合着中餐外卖和地毯清洗剂的味道。我常常睡在这里的沙发上而不是公寓里,可对于我的客户而言,我的身份是维克·斯坦霍普,一个专业的私人侦探。

直到我又一次醒来,脑袋一跳一跳地胀痛,僵直的舌头还不利索,身旁一个空酒瓶子,而艾丽斯就那么居高临下地盯着我,跟我说,见鬼去吧。

* * *

"这个,"十年前,杜尼·博伊兰一边把一片解酸药片放进嘴里一边跟我说,"这个就不能过两周再发生吗?"

杜尼当时离退休没几天了。我跟他坐在一起,听他唠叨着一切他不需要的东西:头儿让他做的文书工作;红灯;带我这种新手;让湿疹恶化的高温热浪。他不需要的还有早上七点就接到新英格兰大象收容站打来的电话报案,说有一个大象饲养员死了这件事。

受害人是一个四十四岁的长期雇员。"你知道这件事会引起什么样的狗屁风暴吗?"他问我,"你还记得三年前这个地方开张时的情景吗?"

我记得。那时我刚刚加入警队。城里的居民当时抗议接纳那些"问题"大象来到这个地方。这些大象都是因为有暴力行为而被动物园和马戏团给踢出来了。报纸上天天都在谴责规划委员会允

---

① 威士忌品牌。

许托马斯·梅特卡夫在此地兴建大象收容站,尽管建了内外两层围栏,保护市民不会受到大象的伤害。

或者说反之亦然。

大象收容站建立之初的三个月时间里,大门口每天都聚集着抗议者,我们每天都要派出几个警察到收容站的大门口去维持秩序。事实证明没什么可担心的。那些大象待在那儿很安静,居民们也渐渐习惯于家门口这个收容站的存在,至少在那个早上七点的电话之前,都相安无事。

我们在一个小办公室里等着。屋里有七个架子,每个架子上都有标了大象名字的活页夹子:莫拉,旺达,西拉,莉莉,奥莉芙,迪昂,赫斯特。桌子上胡乱堆放着一些纸张,一摞子账簿,三杯没喝完的咖啡,一个心形的镇纸。一些购买药品、果汁,还有苹果的发票。我吹了声口哨,因为看到了买干草的账单总额。"我靠,"我说,"那些钱够我买辆车了。"

杜尼当时很不高兴,不过话说回来,他就没高兴过。"怎么这么长时间?"他问道。我们在那儿等了差不多两个小时了,同时工作人员正想方设法把七头大象赶到象屋里去。这事不干完,我们重案组就不能进到象栏里面去取证。

"你见过有人被大象踩死吗?"我问道。

"你就不能闭嘴吗?"杜尼回答。

我正在研究墙上一行奇怪的类似象形文字的字迹,这时一个男人冲进了办公室。他惊吓过度,紧张不已,眼镜片后面的眼神狂乱。"我简直无法相信发生这样的事,"他说,"这简直就是噩梦。"

杜尼站起身来:"你就是托马斯·梅特卡夫吧?"

"是的,"这个人心烦意乱地回答,"对不起让你们等了这么久。要让这些大象待在安全的地方真是费劲呀。它们很焦躁。我们把其中六头赶进了象屋,第七头大象就是不让靠近,我们没法用食物引诱它进屋。不过我们已经临时拉起了一条带电的电线,你们可以进到象栏的另一侧没问题……"他把我们领出了那座小房子来到了外面,太阳光线非常强烈,整个世界看起来就像是过度曝光的效果。

"你知道那个受害者是怎么进到象栏里的吗?"杜尼问道。

梅特卡夫看着他眨眨眼睛。"你是说妮维吗?她从我们开业就在这儿工作。她跟大象打交道已经有二十多年了。她管记账,同时也管夜间喂食。"他停顿了一下,"原来。原来管夜间喂食。"突然,他停住了脚步,双手捂着脸,"噢,天哪。这都是我的错。"

杜尼看看我。"怎么说?"他问道。

"大象能感知紧张气氛,它们一定很焦躁。"

"是因为这个饲养员吗?"

还没等他回答,突然一声吼叫,声音很响,吓得我跳了起来。树上的叶子也跟着哗啦哗啦响。吼声来自栅栏的另一边。

"要说大象这样的庞然大物也可能偷袭人,是不是有点离谱呀?"我问道。

梅特卡夫回过身来。"你见过大象受惊吗?"我摇了摇头,他阴森地笑了笑:"希望你永远也不要见到。"

我们领着一队重案组的探员走了五分钟以后来到了一个小山岗。我们爬上山时看到一个男人坐在那具尸体的旁边。他简直就是个巨人,肩宽背阔堪比宴会台面,身壮如牛杀个人不在话下。眼圈红红的,眼睛浮肿。他是个黑人,而受害者是个白人。他身高超过六英尺,对付一个身材矮小的人当然是富富有余。我当时是个新手,只注意到了这些。他让死者的头部枕在自己的腿上。

那个女人的头骨碎了。她的衣衫已经被扯掉了,但是身上盖着一件运动衫。她的左腿折成了难以想象的角度,满身青紫。

法医蹲下身子开始工作的时候我走开了几步。不用法医鉴定我也知道她肯定没气儿了。

"这位是吉迪恩·卡特莱特,"梅特卡夫说,"就是他发现他岳母遇害的……"他的声音低了下去。

我判断不出这个人的年龄,不过他与死者的年龄差不会超过十岁。这就意味着死者的女儿,也就是他妻子,一定比他年轻不少。"我是博伊兰警探。"杜尼在这个男人的身边跪下来说道,"事情发生的时候你在现场吗?"

"没在。她在夜里喂食;昨天夜里她是一个人来到这儿的。"他声音嘶哑地说道,"本来应该是我来的。"

"你也在这儿工作吗?"杜尼问道。

重案组的无人机就像蜂群一样覆盖了整个出事区域。它们对着尸体进行拍照,尽量把调查区域限制在一定范围内。可问题是,这个案发现场在室外,根本无法限定区域。谁知道大象到底追了她多长时间才把她踩倒的呢?谁知道能不能找到印证死亡那一刻的线索呢?二十码开外有一个深坑,在深坑边缘能看到人的脚印。也许在树丛中会有零星证据。但是,看到的大多都是树叶、青草、尘土、大象粪便、苍蝇和大自然。只有老天知道哪些东西是重要的犯罪证据,哪些是稀松平常的东西。

法医指挥他的两个工作人员把尸体放进尸袋里,然后走到我们面前。"我来猜猜吧,"杜尼说道,"死亡原因是踩踏?"

"怎么说呢,踩踏肯定是有的。但是不好说是不是直接死因。头骨裂成了两半,有可能踩踏之前就那样了,也可能是踩踏造成的。"

我突然意识到吉迪恩听到了这一切。可是木已成舟了。

"不,不,不,"梅特卡夫突然喊道,"你不能放在那儿,那对大象太危险了。"他指着的是那些重案组用来围挡犯罪现场所用的胶带。那些人正在围起一大片地方。

杜尼眯起眼睛:"大象不会那么快回到这个地方来的。"

"你说什么?我从来没说过让你接管这个地方。这是受保护的动物栖息地……"

"有个女人在这里遇害了。"

"这是个事故,"梅特卡夫说,"我不会让你们影响这里大象的正常生活……"

"很不幸,梅特卡夫博士,对此你没有别的选择。"

他的下巴绷紧了:"需要多长时间?"

我看出杜尼有些忍不住火了。"我可说不准。不过,这段时间我和斯坦霍普警官会与每一个跟大象打交道的人谈话。"

"我们一共四个人。吉迪恩,妮维,我还有艾丽斯,她是我妻子。"最后这句话明显是冲着吉迪恩说的。

"艾丽斯在哪儿?"杜尼问道。

梅特卡夫盯着吉迪恩说:"我想她跟你在一起。"

吉迪恩的脸因为悲伤而扭曲着:"从昨天晚上起我就没见过她。"

"是啊,我也是。"梅特卡夫的脸突然失去血色,"如果艾丽斯不在这儿,那谁带着我女儿呢?"

* * *

我敢肯定我的现任女房东阿比盖尔·奇弗斯有两百岁了,有误差也就相差几个月吧。说真的,你要见到她也一定会这么认为的。从我认识她到现在,她就是一袭黑色连衣裙,领口别着领针,没穿过别的衣服。满头白发在脑后挽个髻,干瘪的嘴巴,每次把脑袋伸进我办公室,开始劈劈啪啪打开和关上柜门的时候,嘴就瘪得更厉害了。她用拐杖咚咚地敲着桌面,离我脑袋也就六英寸远,"维克多,"她说,"我能闻到魔鬼的杰作。"

"真的吗?"我从桌子上抬起脑袋,舔舔牙齿。舌头碰牙,感觉牙齿倒是软绵绵的。"我能闻到的只有廉价酒的味道。"

"我对违法的事情绝不姑息……"

"阿比,我已经有一个世纪没犯法了。"我叹了口气。这种嘴仗我们打了无数次了。我说过没有?阿比盖尔除了是一个不折不扣的禁酒主义者以外,还会时不时地犯老年痴呆,她会叫我维克多,也同样会称呼我林肯总统。当然,这对我也算是好事。比如当她说我这个月又拖欠房租了,我就会骗她说这个月房租我早就交了。

对她这样的一个老妇人来说,她动作可是极为敏捷。她用拐杖使劲敲打沙发靠垫,甚至微波炉里面也不放过。"那东西在哪儿?"

"什么东西在哪儿?"我问道,装傻充愣。

"撒旦的眼泪。大麦醋。忘忧水。我知道你把它藏起来了。"

我拿出最无辜的表情微笑着说:"我会做那种事吗?"

"维克多,"她说,"别跟我扯谎。"

我赌咒说:"向上帝发誓,这屋里没有酒。"我站起身来,摇摇晃晃进到办公室里的小洗手间。那地方不大,刚好够放一个马桶,一个洗手池和一个吸尘器。我把门关上,开始撒尿,然后把马桶的水箱盖打开。我从里面掏出来一瓶酒,是昨天晚上才开瓶的。不多不少地灌了一大口威士忌,就这么一口,脑袋阵阵抽痛的感觉就减轻了。

我把酒瓶放回去藏好,冲了水,把门打开。阿比还在屋里转悠。我没跟她撒谎,只是把实话做了点处理。那是上辈子我做实习警探时学会的。"好吧,我们刚才说到哪儿了?"我问道。正在这时,电话铃响了。

"说到了喝酒。"她指责道。

"阿比,我很吃惊,"我口齿利索地说,"我没想到你这么有酒瘾。"我把她带到门口,电话铃还在响。"我们一会儿再说这事行吗?也许睡前边喝边聊?"尽管她抗议着,我还是把她推出了门。然后我伸手去够电话,勉强抓起了听筒。"什么事?"我对着话筒吼了一句。

"是斯坦霍普先生吧?"

尽管喝了一大口威士忌,我的太阳穴又像被钳子夹住了一样。"是。"

"弗吉尔·斯坦霍普吗?"

一年过去了,两年过去了,然后五年过去了,我开始意识到杜尼跟我说的话是真的:一个警察如果被鬼魂缠上了,就摆脱不掉了。艾丽斯·梅特卡夫就是缠着我不放的鬼魂。所以,我就只好放弃弗吉尔·斯坦霍普的身份。我愚蠢地认为,如果我以新的身份从头开始,我就能开始新的生活,摆脱负罪感和各种质疑。我爸爸是个老兵,做过一个小镇的镇长,各方面都无可挑剔。我借用了他的名字,觉得他的那些优点能让我沾沾光。我觉得也许我也能变成人们信赖的那种人,而不是那种把事情搞砸的角色。

此时此刻之前,还没有人质疑过我的身份。

"早就不是了。"我嘟囔着,把听筒使劲扣在电话机上。我站在办公室中间,两手使劲按着疼痛不已的脑袋,可是那声音还在耳边回响着。我走进洗手间再次把酒瓶从水箱里掏出来,那声音还跟着我。我把酒灌进肚子一滴都不剩了,那声音还是挥之不去。

其实我没听过艾丽斯·梅特卡夫说话。我当时找到她的时候她还处于昏迷之中,我去医院见她的时候她还没醒,接着她就失踪了。可是在我心里,当我想象她坐在我对面接受讯问的时候,她的声音就跟刚才电话里的那个声音一模一样。

* * *

我们接到了一起命案的报案电话,然后被派往那个收容站,接到报案之初我们并没有觉得有什么可疑之处。事实上,我们在十年前的那个早上也不可能想到艾丽斯或她的女儿失踪了。她们有可能是出去买东西了,开心得错过了收容站里发生的事情。她们也可能去逛公园了。我们打了艾丽斯的手机,但是托马斯自己承认说她从来都记不住要带手机出门。而她工作的性质是研究大象的认知能力,这就意味着她常常会到收容站的林子深处去做观察,一去就好几个小时不回来。让她丈夫恼火的是,她还常常带着他们三岁的女儿一块去。

我当时真希望看到她带着孩子回来了,手里拿着杯咖啡,孩子啃着甜甜圈,原来她们一大早就去了邓肯甜甜圈店而已。我最不愿意看到的是她们出现在收容站的某个地方,跟那头"逍遥法外"的第七头大象在一起。

我尽量不去想有可能早已在她们身上发生的事情。

经过四个小时的调查,重案组收集了十箱子证据:南瓜碎皮和一丛丛干草;有黑色印迹的树叶,那些黑色的印迹可能是大象的粪便,也可能是干黑的血液。他们在命案现场工作的时候,我们和吉迪恩一起护送妮维的尸体去收容站的大门口。他脚步缓慢,声音空洞嘶哑。当警察的我见过很多悲惨的事情发生,看着他让我觉得,他要么对岳母的死感到深深的哀痛,要么他的演技堪比奥斯卡获奖演员。"我深表哀悼,"杜尼说道,"我可以想象这件事让你多么难过。"

吉迪恩点点头,抹了把眼泪。他看起来好像刚在鬼门关走了一遭似的。

"你在这儿工作多久了?"杜尼问道。

"从收容站开业就在这儿了。在那之前,我在南部的一个马戏团工作。在马戏团的时候认识了我妻子。是妮维帮我找到了第一份工作。"说到死者的名字,他的声音哽咽了。

"你见过大象攻击人的行为吗?"

"问我见过没见过?"吉迪恩问道,"当然见过,在马戏团的时候。在这儿不多见。如果饲养员用一种糟糕的方式惊到大象,大象会拍人。有一次,一头母象因为听到了一个类似汽笛的手机铃声就发起飙来。你知道人们都说大象从来不忘事儿吗?嗯,那是真的。不过它们记忆力好不一定是好事。"

"就是说可能有什么事刺激到了其中……一头母象……然后它才踩死了你岳母?"

吉迪恩低头看着地面:"我猜是的。"

"你的语气也不是那么肯定呀。"我说。

"妮维知道怎么跟大象打交道,"吉迪恩说,"她可不是愚蠢的生手。也许只是……时机不好。"

"艾丽斯怎么样?"我问道。

"什么怎么样?"

"她对大象了解吗?"

"艾丽斯对大象的了解超过我认识的所有人。"

"昨天晚上你见过她吗?"

他看看杜尼又看看我。"别记录在案行吗?"他说,"她昨晚来找我帮忙。"

"因为收容站有问题了?"

"不是,是因为托马斯。收容站开始入不敷出的时候,他变了。他的情绪不稳定,他们大吵大闹。他整天把自己锁在他的书房里。昨天晚上,他真把艾丽斯吓坏了。"

吓坏了。这个词让人警觉起来。

我感觉他有话没说。我并没有觉得吃惊;因为他要想保住工作,就不会鲁莽地把他老板的家事翻出来讲的。"她还说什么了?"杜尼问道。

"她提到过想带珍娜到一个安全的地方。"

"听起来她挺信任你,"杜尼说,"你妻子怎么看?"

"我妻子去世了,"吉迪恩回答说,"妮维现在……曾经是我唯一在世的家人。"

我们到了那座巨大的象屋跟前,停下了脚步。六头大象在象屋后面的象栏里乱转,轮番移动就像大雨之前的黑云。象蹄踏地无声却摇撼大地。我有一种怪异的感觉,觉得我们说的每一个字它们都能听得懂。

这让我想到了托马斯·梅特卡夫。

杜尼看着吉迪恩的脸:"你觉得会不会有谁想要伤害妮维?我指的是人。"

"大象,它们是野生动物。它们不是人类的宠物。什么事都有可能发生。"吉迪恩把手伸向那些金属栅栏,我们看到一头大象正把它的象鼻子从栅栏中间伸过来。它闻了闻他的手指,然后捡起一块石头丢到我脑袋上。

杜尼大笑起来:"你看,弗吉,它不喜欢你。"

"该喂食了。"吉迪恩说着闪身进到象栏里,大象们开始吼叫,它们知道即将会有什么事发生。

杜尼耸耸肩继续往前走。我不知道当时是不是只有我一个人注意到了,吉迪恩根本就没回答杜尼的问题。

* * *

"走开,阿比。"我大声喊着,至少我觉得我是在喊,因为我觉得我已经大舌头了,嘴巴都装不下下它了,"我跟你说,我现在没喝酒。"

严格意义上说,我没说假话。我现在是没喝酒。我已经醉了。

可是我那房东还在敲门,或许那是电钻的声音。不管怎样,那声音就是持续响着,我只好从地板上爬起来,我猜我之前是在地板上昏睡过去了。我把办公室的门猛地拉开。

我费了好大劲儿才看清楚站在我面前的人,可她根本不是我的房东。她只有五英尺高,背着双肩包,脖子上围条蓝丝巾,看起来像伊莎多拉·邓肯①,或者是雪人弗洛斯蒂什么的。"斯坦霍普先生,"她说,"弗吉尔·斯坦霍普对吗?"

* * *

托马斯·梅特卡夫的桌子上平摊着一摞摞的纸,上面记满了各种符号和数字,像某种密码。上面还有一张图表,图形就像一只八边形的蜘蛛,胳膊腿儿都连在一起。虽然我高中的化学课不及格,可是我还是觉得那看起来像化学图表。我们一进门,梅特卡夫就赶紧把那张纸卷了起来。尽管室外没那么热,可他在冒汗。"它们不见了。"他惊慌地说道。

"我们会竭尽所能找到她们——"

"不,不。我说的是我的笔记。"

虽然我那时作为警察还没去过很多犯罪现场,可我还是觉得很不理解,一个人面临着妻女失踪的情况,怎么似乎更在意丢了几张纸?

杜尼看了看桌上那些纸:"不都在桌子上吗?"

"显然不是,"梅特卡夫厉声说,"很显然,我说的是没在桌上的那几页纸。"

那些纸页上都是一连串的数字和字母。可能是一个计算机程序,也可能是撒旦的密码。那些字迹就跟我之前在墙上看到的一样。杜尼看了我一眼,眉毛一扬:"昨天晚上一头大象刚在这儿杀了人,大多数人应该会更关心他们失踪的家人吧?"

梅特卡夫还在那堆纸和书籍中仔细翻找着,按照自己心里的分类把它们从左边搬到右边:"我就是关心她们才反复叮嘱,让她别总带珍娜往象栏里跑的——"

---

① 美国舞蹈家,现代舞创始人。她的死因是长围巾脱落,被汽车车轮绞住导致颈骨骨折。

"珍娜？"杜尼重复了那个名字。

"我女儿。"

他略一迟疑："你和你妻子总吵架，对吗？"

"谁说的？"他的语气很不屑。

"吉迪恩。他说昨天晚上你惹艾丽斯很不高兴。"

"我惹她？"托马斯反唇相讥。

我按照之前跟杜尼商量好的，向前一步说："用一下洗手间行吗？"

梅特卡夫扬手指给我看走廊那头的一个小房间。洗手间里面有张发黄的已经卷边的剪报，装在一个破碎的镜框里，写的是收容站的事。上面有一张照片，是托马斯和一个怀孕的女人对着镜头微笑着，他们身后是一头闲散的大象。

我把装药品的柜子打开，一样一样检视着。里面有创可贴，消炎软膏，消毒剂，镇痛药。还有三瓶处方药，都是最近才开的，上面都写着托马斯的名字。百忧解，阿立派唑，左洛复。都是抗抑郁药。

如果吉迪恩说的托马斯情绪不稳的话没错，他吃这些药就顺理成章了。

我做做样子冲了下马桶。我回到梅特卡夫办公室的时候，他正在屋里转圈，如同一只困在笼中的老虎。"警探，我无意指导你们怎么办案，"他说，"可我是受害者，不是加害者。她带着我的女儿跑了，还有我一生的研究成果。你是不是应该去找她，而不是在这儿拷问我？"

我走向前去："她为什么要偷你的研究成果？"

他深陷进自己的椅子里。"因为她以前这么干过。干过很多次，闯进我的办公室拿走我的笔记。"他在桌子上展开那个纸卷，"请不要外传，先生们……可是我在记忆方面的研究马上就会有重大突破了。大家都知道记忆是有伸缩性的，然后就会被杏仁核编码固定。

可是我的研究表明,每次将某个记忆调出来后,它还会回到那种不稳定状态。这说明如果在杏仁核蛋白质合成过程中进行药物干预,记忆读取后是能够发生失忆的……你可以想象一下,如果多年的痛苦记忆能够用化学药品去除掉,那将彻底改变我们对创伤后压力心理障碍的治疗方法。那会让艾丽斯对悲伤情绪的行为学研究看起来像是臆想而不是科学。"

杜尼回头看看我。"疯了。"口型显示,没出声,"那么你女儿呢,梅特卡夫博士?你进来找你妻子的时候你女儿在哪儿?"

"在睡觉。"他声音嘶哑地说道。梅特卡夫转身背对着我们,清了清嗓子:"再清楚不过的是,我妻子最不可能在的地方就是这间书房……于是问题来了——你们还在这儿干什么?"

"斯坦霍普警官,"杜尼愉快地说,"我还得再问梅特卡夫博士几个问题。你可不可以去告诉重案组收工呢?"

我点点头,心里觉得杜尼·博伊兰真是警察里最倒霉的杂种。不知怎的,我们到这儿来本来是确认一宗大象踩死人的命案,结果却发现了一个疯子和他老婆的家庭纠纷,纠纷是否导致了两个人的失踪,甚至杀人案件还说不定。我向还在犯罪现场附近区域调查的那些人走去,他们还在收集那些没用的废物。突然,我脖子后面的汗毛都立了起来。

我回头一看,那第七头大象正站在电网围栏里侧,居高临下地盯着我,那个栅栏看着就不怎么结实。

这头母象巨大的身躯离我如此之近,两只大耳朵紧贴在脑袋上,鼻子拖在地上。眉骨上支棱着几根稀疏的毛发。它的两只棕色的眼睛非常深邃。尽管我们之间隔着围栏,它低吼一声还是吓得我仰面跌倒。

它又吼了一声,这次提高了调门,然后走开了。走了几步,它又停了下来,转身看着我。这个动作它又重复了两次。

看样子十有八九它是在等我跟着她走。

看我没动地方,大象转身回来了。这次,它灵巧地把象鼻子从围栏的空档里伸了出来。我都能感到它鼻孔里呼出的热气了,闻到了干草和泥土的味道。我大气儿不敢出,可它只轻柔地碰了碰我的脸颊。

这一次,它开始迈步的时候我跟上了,中间隔着那排围栏。然后它突然转弯越走越远。它走进了一个山谷,在从我的视线里消失之前,再次看了我一眼。

上中学的时候,我们经常抄近路从养牛的牧场穿行。牧场也都是用电栅栏围着。我们会迈上一大步抓住电线飞身跃过去。只要落地之前松开电线我们就不会被电着。

我开始起跑,跃过电线。可飞身起跳的瞬间,我的一只鞋陷在了土里,结果手被电麻了。我摔在地上,浑身是土。我翻身爬起来,朝大象消失的方向追过去。

跑了大概四百码的距离,我看到那头大象站在一个女人的躯体旁边。

"真他妈的。"我低声骂了一句,那头大象也咕哝了一声。我正要迈步向前,它的鼻子一甩打在我肩膀上,把我打倒在地。毫无疑问那是一种警告。它要真想这么做,把我一击打到收容站里半场的距离是没问题的。

"嘿,姑娘,"我轻声细语地盯着它的眼睛说,"我知道你想照顾她。我也一样。你就让我靠近一点点。我发誓她不会有事的。"

我说这话的同时,那头大象的动作放松了。贴在脑袋两侧的大耳朵向前扇着。长鼻子在那个女人的胸前卷曲着。它抬起巨大的象腿,迈步从女人身边挪开,我从来都没想过如此巨大的动物脚步会如此轻盈。

就在这一刻,我才真正明白了。明白了为什么梅特卡夫一家要开办这个收容站,为什么大象杀害了自己的家人,吉迪恩对这些动物竟然没有丝毫怨言。我明白了为什么托马斯想要了解这些动物的大脑。我不知道该怎么形容,不仅仅是一种复杂的东西,或者是有某种关联,还是一种平等,就像我们俩都知道在目前的情况下我们是一伙的。

我对着那头大象点点头,它也对我点了点头,对此我敢对上帝发誓。

也许我太天真了,也许我就是个白痴,离它那么近,它要想的话,随时可以压扁我。但是,我就在那头大象身边跪了下来去摸那个女人的脉搏。她头上脸上满是已干的血迹,身体青紫肿胀,完全没有反应……可她还活着。

"谢谢。"我对那头大象说道。因为在我看来,很显然是它在保护着这个女人。我抬起头,可那头大象已经不见了,它静静地走进了这个小山谷那边的树林里。

我把她拖着抱起来,开始向重案组调查人员那个方向快速跑去。尽管托马斯·梅特卡夫说了那些话,艾丽斯并没有像他说的那样带着女儿,或者是他那些珍贵的研究成果跑了。她就在这里。

* * *

有一次我喝多了,产生了幻觉,觉得自己在跟圣诞老人和一只独角兽打牌。那只独角兽总是在出老千。突然,俄罗斯的黑手党跳进了屋子开始对圣诞老人大打出手。我开始逃跑,爬上了防火梯,他们没抓到我。那只独角兽一直跟我在一起。我们逃到屋顶时,它让我往下跳,然后就飞起来了。就在这时我的手机响了,我清醒了过来。此时我已经有一条腿搭在屋顶的边缘了,就像发疯的彼得·潘。我想那真是托上帝的福了。那天早上我就把所有的酒都倒下水道里了。

我整整三天没喝酒。

那段时间里,有一个新客户上门要我跟踪拍摄她丈夫的照片,因为她觉得他有外遇。他周末的时候动不动就消失好几个小时,说去了五金店,可从没见他买过什么东西回家。他开始删除手机短信。她说,与当初结婚的时候比,他好像完全变了个人。

有一个星期六我跟踪他,他竟然去了一个动物园。他是跟一位女性在一起没错,不过那位女性大概只有四岁的样子。那个女孩跑到了象栏的栅栏边上。那一刹那我突然想起了在收容站看到的情景,那些大象在收容站那开阔的空间里自由活动,而不是像这样困在一个小小的混凝土象栏里。那头大象好像在和着我们都听不见的音乐前后摇摆着身体。"爸爸,"那个小姑娘说,"它在跳舞呢!"

"我见过一头大象用鼻子剥橘子皮呢。"我随口说道,想到了大象饲养员命案后再次去收容站的情景。那是一头名叫奥利芙的大象。它把一颗小小的橘子踩在巨大的象蹄下滚来滚去,踩裂后用象鼻子轻巧地把皮剥掉。我对那个男人,也就是我客户的丈夫,点点头。我知道他们是没有孩子的。"孩子真可爱。"我说。

"是呀。"他回答。我能听出来他的语气是那种刚当爸爸的人,而不是孩子已经四岁的人才有的语气。当然,不排除这个人现在才发现自己当了爸爸。

我得回家去告诉我的客户,她的丈夫不是在她和另一个女人之间分身有术。他的生活她根本就不了解。

不知道是不是冥冥之中的安排,那天夜里我梦到了找到失去知觉的艾丽斯·梅特卡夫那一幕,梦到了我对大象发的誓言:**我发誓,她不会有事的**。可这个誓言却是张空头支票。

从那时候起,我再也没清醒过。

* * *

在我发现艾丽斯·梅特卡夫之后大约八个小时的时间里发生的一切我记得不是很清楚了,因为这短短的时间内发生了太多事情。

Leaving time

她被救护车送到当地医院时还处于昏迷之中。我告诉陪护她的护理人员,等她一醒过来就给我们打电话。我们请求邻镇的警察帮助我们对大象收容站进行地毯式搜寻,因为我们不知道梅特卡夫的女儿是不是还在那地方。大约晚上九点钟我们顺路去了趟医院,得知艾丽斯·梅特卡夫还没醒过来。

我认为应该把托马斯当涉案人员抓起来。杜尼说不可能那么做,因为我们还不知道是否发生了犯罪行为。他说,我们得等艾丽斯醒过来,让她亲口告诉我们发生了什么事,告诉我们她头上的伤,孩子的失踪,或者妮维的死跟托马斯有没有关系。

我们还在医院里等待艾丽斯苏醒过来,这时吉迪恩打来了电话,他惊慌失措。二十分钟后,我们陪他一起来到了收容站。黑暗之中打开手电,看到托马斯·梅特卡夫穿着浴袍光着脚站在那儿,试图给一头大象的两条前腿绑上锁链。那头大象一直想要挣脱对它的束缚。一只狗对着他狂吠,撕咬着他,试图阻止他。梅特卡夫对着狗的肋部踢了一脚,狗呜咽一声肚皮贴地爬了出去。"只要几分钟就可以把U0126号注射到它的身体里——"

"我不知道他到底要干什么,"吉迪恩说,"可是我们这里从来不给大象拴链子。"

那些大象在低吼着,轰隆隆的可怕声音震动着大地,我的腿也感到了震动。

"你们得把他从这儿弄走,"吉迪恩嘟囔着,"可别把大象伤着了。"

或许受伤的是他呢,我想。

花了一个小时才把托马斯劝说离开了象栏。又花了半个小时吉迪恩才得以靠近那头吓坏了的大象,帮它把锁链去掉。我们给梅特卡夫戴上手铐,这么做真是再恰当不过了,然后把他送到了六十英里外布恩市南部的精神病院。在行车过程中有一段时间手机没信号,所以一个小时以后我才看到短信说艾丽斯·梅特卡夫醒过来了。

那时候,我们在这个案子上已经连续工作十六个小时了。

杜尼宣布:"明天吧,明天第一件事就跟她谈谈。现在我们谁都不在状态了。"

于是,酿成了我人生中的最大错误。

在午夜到早上六点之间的某个时刻,艾丽斯从仁慈医院签字出院,在地球上消失得无影无踪。

* * *

"斯坦霍普先生,"她说,"**弗吉尔·斯坦霍普对吗?**"

我打开房门的时候,这个小孩子说这个词的时候带着谴责的语气,好像叫弗吉尔这个名字就跟性传播疾病画了等号。我立马有了戒备。我不是弗吉尔,很久以前就不是了。"你找错人了。"

"你就不想弄清楚艾丽斯·梅特卡夫身上发生了什么事吗?"

我仔细地瞅了瞅她的脸,因为喝太多了,我看她的脸还是模模糊糊的。我眯起眼睛。一定又是幻觉吧。"走开。"我含含糊糊地说。

"除非你先承认,你就是十年前把昏迷不醒的我妈妈扔在医院里的人。"

就这一句话,我彻底清醒了,我知道站在面前的是谁了。不是艾丽斯,这也不是幻觉。"珍娜,你是她女儿。"

光线洒在女孩的脸上,她的脸看起来就像教堂里的油画。那种艺术作品,你只消凝望片刻就会心碎不已。"她跟你说了我的事吗?"

当然,艾丽斯·梅特卡夫什么都没跟我说过。大象踩人事故发生后的第二天早上,我到医院去录口供的时候她已经走了。护士能告诉我的就是,出院手续都是她自己签的字,她提到过珍娜这个名字。

杜尼据此认定吉迪恩说的话可以采信,就是说艾丽斯·梅特卡夫带着女儿如愿跑掉了。考虑到她丈夫是个疯子,这似乎是个皆大欢喜的结局。那时候,杜尼离退休还不到两个星期了。他想把桌上所有的文书工作都结束,包括那个新英格兰大象收容站发生的饲养员命案在内。这只是个事故,弗吉尔。我想让他做深入调查的时候,他这么强调说。艾丽斯·梅特卡夫不是嫌疑犯。没人报案的情况下,甚至都不能认定她失踪。

可是从来没有人对此报过案。当我试图这么做的时候,遭到了杜尼的强烈反对。他告诉我,如果我识相的话,就放手让这件事过去吧。我争辩说他在瞎指挥时,杜尼压低嗓音说:"这可不是我的旨意。"说这话的时候他神秘兮兮的。

十年来,那个案子总让我感到有很多不对劲儿的地方。

可时至今日,十年之后,她的到来证明杜尼·博伊兰当时说对了。

"他娘的,"我一边狠揉着太阳穴,一边说,"我简直无法相信。"我松开了门,珍娜走了进来。看着办公室地板上揉皱的快餐包装纸,闻到陈腐的烟味,她皱了皱鼻子。我用发抖的手从衬衣口袋里抽出一根烟点着了。

"这些东西会毁了你。"

"不会那么快。"我嘟哝着,吸进一口尼古丁。我敢说,有时候就是靠着这玩意儿我才能熬过又一天的。

珍娜把一张二十美元的钞票拍在桌子上。"好吧,那就打起精神再多撑一段时间吧,"她说,"至少我雇你干活这段时间别死。"

我放声大笑。"甜心,省省你那点小钱吧。如果你的狗丢了,贴个告示就行。如果哪个小伙子因为别的辣妹甩了你,那就把胸罩垫高点气气他。这些建议不收费,顺便说一句,因为我就是这么干的。"

她眼睛都没眨一下:"我要雇你完成你的工作。"

"什么?"

"你必须找到我妈妈。"她说。

*　　*　　*

这案子有个情况我从来没对任何人说过。

新英格兰收容站发生命案以后的日子,你可以想象出来,简直就是该死的公关噩梦。托马斯·梅特卡夫待在精神病院,神情恍惚,靠药物支撑着。他妻子擅离职守,吉迪恩是唯一一个留守的饲养员。该收容站已经破产,资不抵债,所有的问题现在都在公众面前暴露无遗。大象的食物无以为继,干草也没了。地产面临被银行扣押的境地,可是这么做之前还需要把此地的"居民"找地方重新安置,那可是总计三万五千磅的重量级居民呢。

给七头大象找个家可不容易,但是吉迪恩在田纳西长大,他知道霍恩沃尔德有一个被称为"大象收容站"的地方。他们知道这是救急的事情,愿意尽其所能收留这些来自新罕布什尔的大象。他们同意先把这些大象安置在一个用作检疫隔离的象屋内,等给它们专门建好一个新的住处再搬家。

那周有一个新案子扔到了我桌上。一个十七岁的临时保姆,被控造成了一个半岁婴儿的脑损伤。那个小保姆是个满头金发的白人小姑娘,一脸迷人的笑容,是个啦啦队员。我全力投入想让她承认她使劲摇晃过那个婴儿。所以,杜尼举办退休晚会那天,我还在伏案工作。就在那天,关于妮维·鲁尔死因的法医报告送来了。

我早就知道内容了,无非是该饲养员的死是个事故,死因是大象踩踏。但是我还是仔细阅读了报告,看到了死者的心脏、大脑、肝脏的重量数据。最后一页附了一张清单,列出了和尸体一起被发现的东西。

其中一项写的是一根红色的毛发。

我抓起报告跑下楼,杜尼戴着晚会的帽子正在那儿吹蛋糕上的蜡烛,蛋糕的形状就像高尔夫球场的第十八个洞。"杜尼,"我小声说,"我们得谈谈。"

"现在吗?"

我把他拉到走廊上:"你看。"

我把法医的报告塞到他手里,看着他快速地把报告读了一遍。"你把我从告别晚会上拽出来就是告诉我早已经知道的事情吗?我已经跟你说过,弗吉,别再管它了。"

"那根毛发,"我说,"红色的。那不是被害人的。她是金发。这意味着很有可能发生过搏斗。"

"也可能是重复使用尸袋遗留的。"

"我很肯定艾丽斯·梅特卡夫是红头发。"

"美国还有另外六百万人也是红头发。即使那根头发真是艾丽斯·梅特卡夫的又怎样?这两个女人彼此认识,微量物证会在她们接触时转移过去。而这也只能证明在某个时刻她们的确有近距离接触。这是法医的常识。"

他眯起眼睛:"我得给你点忠告。哪个警探也不会愿意自己负责的那地方出什么乱子。两天前大多数布恩人都在害怕睡梦中被那些疯狂的凶猛大象给害死。现在,大家终于又放下心来,因为大象要搬走了。艾丽斯·梅特卡夫有可能在迈阿密,用假名字给孩子报名幼儿园呢。如果你现在说这个案子不是偶然事故而是谋杀案,你就是要引起新一轮恐慌。如果你听到了蹄声,弗吉尔,那很有可能只是一匹马,而不是斑马。人们需要警察保护他们远离麻烦,他们不需要警察去寻找那些本不存在的麻烦。你想当警探是吧?那就别做超人,做做他妈的玛丽·波平斯那样的保姆吧。"

他拍了拍我的后背，又回屋加入到纵情欢乐的人群之中。

"你什么意思？"我在他身后喊道，"你那天为什么说这不是你的旨意？"

杜尼停下了脚步，往狂欢的同事堆里看了一圈，然后抓着我的胳膊把我拽到离他们远一点的地方，不想让别人听到我们说话。"你就从来没想过媒体对这件事为什么没大动干戈地进行报道吗？这里是他妈的新罕布什尔。这里什么都没发生过。任何有谋杀迹象的风吹草动都会如星星之火。除非……"他低声说，"那些比你我权势高得多的人不让他们继续在这上面做文章。"

那时候的我还很相信司法制度的公正："你是说头儿觉得这样就行了吗？"

"今年是选举年，弗吉。如果公众认为在布恩这个地方还有一个杀人犯逍遥法外，那么州长就不可能以零犯罪率连任。"他叹口气说，"正是这位州长增加了公共安全预算，所以你才能得到雇佣的。这样你才能专心保护社会，而不必在上涨的生活支出和防弹背心之间做选择。"他直视着我说，"突然之间，怎么做才对也不是那么泾渭分明了，对吧？"

我看着他走开了，但是我根本就没参加他的晚会。相反，我回到了办公桌前，把法医报告的最后一页取了下来，把它折了两折塞进了上衣口袋。

我把剩下的法医报告放进了妮维·鲁尔的结案卷宗里，继续埋头研究那个摇晃婴儿造成伤害的案件证据。两天以后，杜尼正式退休了，我也成功地让那个啦啦队员认了罪。

我听说那些大象在田纳西生活很适应。那个收容站的土地被卖掉了，一半卖给州政府做自然保护区了，另一半卖给了开发商。偿还了所有的债务以后，剩下的钱由一个律师代为管理，用来支付托马斯·梅特卡夫住院治疗的费用。他妻子从来没回来要过一分钱。

六个月之后,我被提升为警探。举行升职仪式的那天早上,我穿上了最好的一套西装,从床头柜的抽屉里拿出那张折叠好的法医报告,把它放进了胸前的口袋里。

我需要提醒我自己,我不是什么英雄。

* * *

"她又失踪了?"我问道。

"什么叫又失踪了?"珍娜回应道。她坐在我办公桌对面的椅子上,盘着腿,像个印度人。

这句话至少让我的大脑从混沌中开出一条路来。我把香烟扔到一杯变质的咖啡里。"她没带着你跑路吗?"

"我得说没有,"珍娜说,"因为我有十年没见过她了。"

"等等,"我晃晃脑袋,"你说什么?"

"你是最后见到我妈妈还活着的人。"珍娜解释说,"你把她扔到医院里,然后,当她失踪的时候,任何一个哪怕长半个脑子的警察也会去找她,你都没做。"

"我没有理由去找她。她自己签字离开医院的。每天都有成年人做这种事……"

"她头上受伤了——"

"医院觉得她离开没问题才会放她走,否则就是违反健康保险携带和责任法案。既然他们没觉得她的离开有什么问题,而且我们也没听说过其他说法,我们就认为她没什么事儿,她是带着你跑路了。"

"那你们怎么从来没有追究过她的绑架行为呢?"

我耸耸肩:"你父亲可从来没有正式报案说她失踪了。"

"我想他是太忙了,电击治疗让他脱不开身。"

"要是你没跟你妈妈在一起,谁一直在照顾你呢?"

"我外婆。"

原来艾丽斯把孩子藏在她那里了。"那她为什么不报案说你妈妈失踪了?"

女孩的脸涨红了:"我那时太小了不记事儿,但是她说我妈妈失踪以后的那个礼拜她去过警察局。我想应该是没有什么下文。"

真是那样吗?我记不起来有什么人针对艾丽斯·梅特卡夫的失踪正式报过案。不过也可能那个女人没来见我。也许她当时见的是杜尼。如果艾丽斯·梅特卡夫的母亲来寻求帮助却没人受理,恐怕也在情理之中。或许是杜尼故意把案卷乱扔,让我不可能无意中发现。因为他知道,我会穷追不舍,让案子延长下去的。

"问题是,"珍娜说,"你本来应该去找她,而你却没有。所以你现在欠我的。"

"你怎么就这么肯定一定能找到她?"

"她没死。"珍娜看着我的眼睛说,"我想我知道,我能感觉到。"

如果每次我听到某个人说他一直希望能找到一个失踪的人,结果最后找到的只是尸体,我就能得到一张一百美元的钞票,那我现在喝的就是麦卡伦威士忌而不是杰克·丹尼了。可我说的是:"有没有可能她不回来是因为她不想回来?很多人会更名改姓以新的身份生活。"

"就像你这样吗?"她直盯盯地看着我问道,"维克多?"

"好吧,是的。"我承认说,"如果你的生活完全毁了,从头开始会更轻松一些。"

"我妈妈可不会决心改变身份,"她坚称,"她喜欢做她自己。而且她也不会不要我的。"

我不了解艾丽斯·梅特卡夫。可我知道有两种生活方式:一种是珍娜的方式,就是你死死抓住手里的东西不放;还有一种是我的方式,即在你很看重的人或事放弃你之前自行走开。不过不论哪种方式,你得到的都一定是失望的结局。

有可能艾丽斯意识到自己的婚姻一塌糊涂,知道她让孩子失望也只是个时间问题。或许,她就跟我一样,当机立断以免让一切变得更糟。

我用手抓了抓头发。"你瞧,谁也不愿意听到是因为自己的缘故妈妈才跑路的。可是我给你的建议是让这件事过去吧。尽管不甘心,还是把它扔在抽屉里锁起来得了。不甘心的事情多了,比如为什么卡戴珊姐妹会风靡世界,为什么长得好看的人餐馆里上菜就快,为什么一个连滑冰都不会的人却因为他爸爸是教练就进了大学冰球队,诸如此类的。"

珍娜点点头,但是她说:"如果我有证据证明她的离开并非自愿,你会怎么想?"

你可以摘下警徽,可你却不可能让本能消失殆尽。我胳膊上的汗毛都立起来了。"你什么意思?"

小姑娘把手伸进背包,从里面拽出一个钱包。她把沾满泥土的、褪了色又开裂的皮钱包递给了我。"我雇了一个灵媒,我们一起找到了这个。"

"你是在开玩笑吧?"我说,我又开始头晕了,"你是说灵媒?"

"嗯,先别说她是骗子,她可是发现了你们在犯罪现场那一整队人马都从来没发现的东西。"她盯着我把钱包打开仔细查看那些信用卡和驾照。"这个东西在收容站里面的一棵树上,"珍娜说,"离我妈妈被发现的地方很近……"

"你怎么知道她被发现的地方?"我马上反问道。

"塞拉尼蒂告诉我的,就是那个灵媒。"

"噢,是吗,很好。因为我刚刚在想或许你的消息来源不那么可靠呢。"

"不管怎样,"她继续说道,根本不理会我的话,"它被很多东西盖住了,因为有一段时间鸟曾在那上面筑过巢。"她把钱包从我手里拿过去,从钱包里放照片的塑料夹层抽出唯一那张照片,不用从近处看也还能看清楚。照片发白褪色了,皱皱巴巴的,但即便是我也能看清楚那是一个没牙的婴儿在笑着。

"那是我,"珍娜说,"如果你想从一个孩子身边永远地逃开……你会不会至少保留一张照片呢?"

"我早就不去考虑人们为什么会做出一些事了。就这个钱包来说,它不能说明任何问题。也可能是她跑路的时候弄掉了。"

"然后它就神奇地飞到了十五英尺高的树上?"珍娜摇着头,"谁把它放在那儿的?为什么那么做?"

我立刻想到了吉迪恩·卡特莱特。

我没有任何根据去怀疑他,我也说不清楚为什么脑子里会跳出他的名字。就我所知,他跟那些大象一起去了田纳西,在那儿生活得很快乐。

继而一想,据说艾丽斯是跟吉迪恩讲过自己的婚姻出了问题。而被害人正是吉迪恩的岳母。

这又让我有了进一步的想法。

杜尼·博伊兰非让我相信妮维·鲁尔的死亡是一次偶然事故,如果事实不是那样呢?如果杀死妮维的是艾丽斯呢?她把自己的钱包藏到了树上,让人觉得她是个谋杀案的受害者,然后还没等人们把她当成嫌疑犯的时候就先跑路了?

我看了看办公桌对面的珍娜,心里想:**甜心,许愿要小心哦。**

答应了孩子帮她找妈妈,却很有可能会把她妈妈与谋杀联系在一起,但凡有点良知都会觉得愧疚吧?可是转念一想,我可以不告诉她我的想法,就让她相信这只是为了找到一个失踪的人,而不是要找潜在的杀人犯。另外,我可能也是在帮她的忙呀。我可知道心

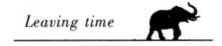

里总有个未了结的事情是多么折磨人。不管真相如何,她越早知道,就会越早放下一切向前看。

我向她伸出手。"梅特卡夫女士,"我说,"我是你的私家侦探了。"

艾 丽 斯

我对记忆问题进行了广泛的研究，我能想到的对记忆的运作机制最贴切的比喻就是：把大脑想成是你身体的中央办公室。你每一天的所有经历就是一个个文件夹，你把它们放在桌面上归档以备后用。你大脑里被称作海马体的那部分就像一个行政助理，在夜里你睡觉的时间把她收件箱里的大量信息处理干净。

海马体把所有的文件夹收走然后分门别类归档。这个文件记的是你和丈夫的一次争吵？很好，那就把它与去年这方面的其他文件夹放在一起吧。这个记的是烟火表演？把它与前不久参加的国庆晚会文件夹放一起互相做个参考吧。她尽量把每一个记忆与尽量多的相关事件放在一起，因为那样的话比较容易调出来。

可是有的时候，你对某件事就是想不起来。比如说，你去看了场棒球赛，有人跟你说你后面第二排有个穿黄色连衣裙的女人在哭，可你就是一点也想不起来有这么个人。这可能有两种情况：一种是针对这件事你根本就没有存过档，因为你一直全神贯注于那个击球手，完全没注意过那个哭泣的女人。另一种情况是海马体搞错了，把这段记忆存错了地方，比如把这个伤心的女人与你的幼儿园老师关联在一起了，因为她那时候也常常穿一件黄色的连衣裙。而你就永远也不可能找到这段记忆了。

有时候你会梦见一个以前见过的人，这个人你根本不记得了，你也想不起来他的名字跟你的生活有什么关系,你知道这是怎么回事吗?这意味着你机缘巧合地走上了某一条路,发现了一些埋藏的宝藏。

你常做的事情,也就是海马体不断重复强化的那些事,会构成强大的关联。伦敦出租车司机们的海马体都很大,因为他们的大脑每天都要处理大量的空间信息。可是我们不知道他们是天生就有很大的海马体,还是由于后天不断磨炼让该器官组织增大了,就像肌肉经过锻炼之后达到的那种效果。

还有一些人从来不忘事。有创伤后应激障碍的人,他们的海马体可能会比普通人小。有些科学家认为皮质激素,即压力荷尔蒙,能造成海马体萎缩从而形成记忆损伤。

另一方面,大象却具有扩容的海马体。你可能听说过大象从来不忘事,我绝对相信这不是传闻,是真事。在肯尼亚的安伯塞利,研究人员回放大象远距离的呼唤叫声来进行试验,证明成年的母象能识别出一百多种不同的大象叫声。如果回放的叫声是来自与自己有关的象群时,受试的大象也会用叫声给予回复。如果叫声来自于一个不熟悉的象群,它们就会聚集在一起远离叫声。

这项试验中也出现了一个不同寻常的反应。在试验过程中,录过叫声的一头年老的母象死去了。在它死后的第三个月和二十三个月分别回放了它的呼唤叫声。在这两次试验中,它的家族成员均给予了呼唤回复,并走到了播放喇叭跟前。这说明它们绝不仅仅是具备大脑处理或记忆能力,它们还有抽象思维能力。去世的大象的家族成员不仅记得它的声音,就在它们走近喇叭的那一刻,我敢说它们还在希望能看到它。

母象随着年龄的增长,记忆力也在增强。毕竟它的家族是指望它做主的。它就是活档案,需要它来告诉象群何去何从:这里有危险吗?我们去哪儿觅食呀?我们去哪儿喝水呀?怎么才能找到水源呀？母象头领可能会知道一些迁徙路径，包括它自己在内的整个象群一辈子都没走过，但是不知道通过什么办法就这样一辈传一辈烙在记忆里了。

我最喜欢的关于大象记忆力的故事则来自南非的兰斯堡国家公园，我在那个地方做过博士研究。在九十年代的时候，为了控制南非的大象数量，进行过大规模的有选择捕杀。动物园的管理人员将象群中的成年大象杀掉，把幼象转送到希望能有大象的地区。不幸的是，这些幼象在精神上受到了极大创伤，行为出现了异常。在兰斯堡，那些转运过来的幼象不知道规矩，它们需要首领来引导整个象群。于是一个叫兰德尔·莫尔的美国驯象师把两头成年母象带到了兰斯堡。这两头母象是多年前在克鲁格国家公园经过有选择捕杀后变成了孤儿，后被送往美国的。

我们给这两头母象起了名字，分别叫诺什和费利西亚，大象很快就接受了这两个替补妈妈，形成了两个象群，一晃十二年过去了。然后费利西亚遭遇了一次悲惨的事故，被一头河马给咬伤了。兽医需要反复给伤口消毒和包扎以便伤口愈合，可是不能每次都给它用麻药。一个月只能给大象用三次麻醉药，否则 M99 麻醉剂会在大象身体内积存过量。费利西亚的健康危在旦夕，而一旦它死了，它的象群就又会回到群龙无首的混乱状态。

这时候我们想起了利用大象记忆力的办法。

自从把这两头大象放养在这个保护区以后，当初跟它们在一起的驯象师已经有十多年没见过它们了。兰德尔很乐意到兰斯堡来施以援手。我们找到了这两个象群，因为那头母象受伤了，所以在这个节骨眼上它们合并在了一起。

当吉普车在象群面前轰鸣着停下时，兰德尔高兴地说："那是我的姑娘们。"他喊道："奥瓦拉，杜尔迦！"

对我们来说，它们的名字叫费利西亚和诺什。可是随着兰德尔的喊声,那两头大象都转过身来。接着他从吉普车上下来朝大象们走去,这是在兰斯堡从来没有人做过的事,因为这里的象群心理脆弱,难以驾驭。

你要知道,当时我已经在野生环境下与大象打了十二年交道。有些象群你可以徒步接近,因为它们对研究人员和他们的交通工具熟悉了,能够信任我们。即便如此,不经过斟酌我也不会轻易那么做。然而,这个象群跟人类并不熟悉,甚至都不算是一个稳定的家族。事实上,那些年幼的大象把兰德尔当成了杀死它们自己妈妈的"两腿野兽",看到兰德尔马上移步而去。那两头母象首领却走过来了。杜尔迦,也就是诺什,走到兰德尔的身边。它伸出长鼻子轻轻地缠住了他的胳膊。接着它回头看了看它那些收养的孩子们,它们还处在紧张之中,在山脊上怒气冲冲地喷着鼻子。它再次转过来对着兰德尔吼了一声,跟它的孩子们一起跑开了。

兰德尔随它去了,转过身来对着另一头母象,柔声说道:"奥瓦拉……跪下。"

我们命名为费利西亚的大象向前迈步,跪了下来让兰德尔骑上去。尽管它有十二年没与人有过直接的接触了,可是它不仅记住了这个男人是它的驯象师,而且还记得他训练时的所有命令。在没用一点麻醉剂的情况下,它听从兰德尔的命令站在那儿不动,抬起腿,转身,使得兽医能够把伤口感染化脓的地方清洗干净,给它打了针抗生素。

在感染的伤口愈合之后,也在兰德尔回国去马戏团训练动物之后,又过了很长时间,费利西亚回到了它在兰斯堡的象群继续执掌首领之职。而对任何研究人员来说,对所有人来说,它就是一头野生大象。

但是,不知怎的,在内心的某个地方,它没忘记自己以前的身份。

珍　娜

　　我有一段关于妈妈的记忆是与她日记中一段潦草记载的对话紧密相连的。她把那段出于某种原因不想忘记的对话记录在一页纸上。也许也正因为如此，我才留有如此清晰的记忆，她所记录的情景才会像电影一样活生生地展现在我眼前。

　　她躺在地上，头枕在爸爸的腿上。他们说话的时候我在揪野雏菊的花朵。我没有特别留意他们的谈话，但是我脑子里的某根弦却肯定没偷懒，记录下了一切。所以直到今天我仍然能听到蚊子的嗡嗡声，听到我父母你一句我一句的闲谈。他们的声音忽高忽低，就像风筝的尾巴飘来荡去。

　　他：你得承认，艾丽斯，有些动物知道要钟情于一个伴侣。

　　她：胡扯，纯粹的胡诌八扯。你能证明在大自然中存在不受环境的限制而形成的一夫一妻制吗？

　　他：天鹅就是。

　　她：没过脑子吧？你错了！四分之一的黑天鹅对伴侣存在不忠行为。

　　他：狼。

　　她：人们都知道如果它们的伴侣被驱逐出狼群或无法生育后代，它们就会找其他狼交配。那是生存所迫，不是真爱。

　　他：我早该知道不该喜欢一个科学家。你对爱情的看法总是基于生物原理。

她:这么想不犯法吧?

她坐起来把他按在地上。于是他躺在她身下,她的头发垂下拂着他的脸庞。他们好像在打架,可两个人却都面带微笑。

她:你知道吗? 如果哪只秃鹫被发现偷情,其他秃鹫就会群起而攻击它。

他:你是在吓唬我吗?

她:我只是随便说说。

他:长臂猿呢?

她:哦,得了吧。谁不知道长臂猿三心二意的。

他翻了个身,于是变成了他在上面俯看身下的她。

他:草原田鼠呢?

她:那不是爱,是它们大脑中释放的后叶催产素和血管加压素所致,只是化学作用的结果。

慢慢地,她的脸上浮现出了笑容。

她:嗯,我想了想……还真有一种动物,琵琶鱼,绝对是一夫一妻制。雄性琵琶鱼的体型是它爱侣的十分之一,它追随它的气味,咬住它不放,最终与雌鱼融为一体,被雌鱼完全吸收。它们终其一生相伴在一起。可是对于雄鱼来说,这一生不可谓不短。

他:我愿意与你融为一体……

他亲吻着她。

他:……嘴对嘴不分开。

他们大笑起来,笑声在我听来如同婚礼上的彩喷一样。

她:很好,就这样把你这个话题永远封存起来也不错。

他们停了一会儿没说话。我把手掌悬在地上。我见过莫拉将一条后腿从地上抬起几英寸高,前后摆动,就好像在滚动一颗看不见的石子。我妈妈说它这么做的时候就能听见其他大象的声音。

它们甚至可以对话交流而我们什么都听不见。我在想我的爸爸妈妈可能就是在这么做，他们在无声地交流。

当我爸爸再次出声的时候，他的声音就好像是从吉他琴弦上发出的音乐声，琴弦太紧，听起来如泣如诉，说不清是音乐声还是哭声。

他：你知道企鹅怎么追求伴侣吗？它要找到一块漂亮的鹅卵石，然后送给心仪的女性。

他递给妈妈一块小石头，她把它紧紧攥在手里。

*　　*　　*

我妈妈在博茨瓦纳期间的日记里面塞满了各种数据：长途跋涉经过图利风景区的大象家族的名字和行进状况；公象发情的时间和母象产崽的日期；那些大象每小时的行为变化记录，记录中的大象要么不在乎，要么根本不知道有人在观察它们。我每一条记录都看了，我可不是在了解大象，而是在想象写下这些日志的那只手。手指是不是抽筋？握笔太使劲了，手指是不是有老茧？我妈妈跑来跑去观察大象，我也在反反复复看她的日记，努力把从中发现的关于她的点点滴滴拼凑起来，更好地了解她。我在怀疑我对她的了解可能跟她对大象的了解一样，只是见到了冰山一角而永远不能揭开全部谜底，因此也就会有相同的沮丧。我猜想科学家要做的事情就是去填充空白。而我就好比看着一幅拼图，却只能看到那块没填上的部分。

我开始设想弗吉尔的感觉也应该跟这差不多，我还得承认，我不知道这对我们俩究竟意味着什么。

他说他接受这份工作，我不大相信他。一个喝得迷迷糊糊的，看起来像中风了似的，穿衣服都费劲的人怎么能让人相信呢？我觉得能让他记得今天我们俩的谈话是头等大事，也就是说得把他从办公室里拉出去清醒一下。"我们去喝杯咖啡再谈怎么样？"我建议说，

"我在来这儿的路上看见有家小餐馆。"

他一把抓起了车钥匙,这可不行。"你喝多了,我来开。"我说道。

他耸耸肩膀,顺从地跟着我走出了大楼,结果看到我打开了自行车锁。

"那是他妈什么东西?"

"这你都不知道,你可醉得不轻呀。"我说,然后跨上了自行车。

"你说你要开车,"弗吉尔嘟囔着,"我还以为你开汽车了。"

"我才十三岁。"我手扶着车把指出这一点。

"你不是开玩笑吧?这是什么,1972年的款?"

"如果你乐意你也可以跟着我的车跑,"我说,"但是我觉得你头很疼吧?要是我,我就选坐车走。"

于是弗吉尔·斯坦霍普叉开腿坐在我的山地车上,而我站在他的两腿之间踩着脚踏板,就这样来到了那家小餐馆。

我们找了一个隔间坐下。"怎么会连张传单都没发过呢?"我问他。

"什么?"

"传单。印上我妈妈相片的那种传单。怎么就没人想过在假日酒店的会议室设一个简陋的指挥中心,放几台电话等着人们提供线索什么的?"

"我不是告诉过你了吗?"弗吉尔回答,"她从来就没被列为失踪人员。"

我不错眼珠地盯着他。

"好吧,更正一下,就算你外婆真的报过警说她失踪了,笔录恐怕也在混乱中弄丢了。"

"你是说我长这么大一直没找到妈妈完全是人为错误造成的?"

"我是说我尽职了。别的什么人失职了。"他把杯子捧起来遮着脸,只露出两只眼睛看着我,"我被派到大象收容站是因为那里出了命案。最终判定那是一起事故,结案了。你要是警察,你也不会没事找事。只要把手头的事情处理好就完事大吉。"

"那就是等于承认说你们非常懒惰,这个案子当中一个证人消失不见了你们都懒得过问。"

他满脸怒容。"不,我当时认为你妈妈是自愿离开医院的,因为没有听到别的说法。我还以为她是跟你在一起的。"弗吉尔眯起了眼睛,"警察发现你妈妈的时候你在哪儿?"

"我不知道。有时候她会把我托付给妮维,但那都是在白天,晚上不会。我只记得最后我跟外婆在一起,在她家里。"

"那么,我应该先跟她谈谈。"

我马上摇摇头:"不行。她要知道我现在做的事会杀了我的。"

"难道她不想知道她女儿究竟发生了什么事吗?"

"说起来挺复杂的,"我说,"我觉得总提起这件事可能太让她伤心了。她那代人遇到坏事情要么咬紧牙关挺过去,要么假装无所谓,就当这件事没发生过。我以前哭着找妈妈的时候,外婆就会想办法转移我的注意力,比如给我吃的东西,玩具,或者让格蒂,我那条狗来陪我。后来有一天我又问起她的时候,她说,她死了。但是她的话听起来就像用刀割她的心一般,于是我马上学会了不再问。"

"那你怎么隔了这么长时间才想起来找她?十年的案子可不仅仅是尘封旧案,简直就是冰封无头案了。"

一个服务员从身边经过,我向她示意让她过来,因为要想让弗吉尔给我帮上忙,就得给他喝咖啡才行。可服务员压根不看我。

"这就是一个孩子的境遇。"我说,"没人把你当回事。人们就当你不存在。就算我在八岁或十岁的时候就知道该怎么去找她……就算我已经找到了警察局……就算你还在当警察,接待处的警官告诉你有个孩子想让你重新调查一起陈年旧案……你会怎么做?你会不会让我站在你的办公桌前跟你讲话,而你一边听一边点头微笑,实际上却什么也没听进去?或者你会跟那些警察同事说,那个女孩来这里就是想装一回侦探玩玩?"

从厨房里又匆忙奔出一个服务员,随着她推开厨房的活门,嗞嗞的煎炸声、乒乒乓乓的砍剁声、叮叮当当的碗碟声等各种声音也从门里传了出来。至少这位服务员直接朝我们走了过来。"我能为你们上点儿什么?"她问道。

"咖啡,"我说,"一整壶。"她不屑地看了看弗吉尔,转身回去。"就像老话说的,"我跟他说,"没人听你说话,你还算是在说话吗?"

服务员拿来两杯咖啡。我没要糖,弗吉尔却把糖递给了我。我迎着他的目光,有那么一会儿,我似乎能看透他那迷离的醉眼。他的眼神让我说不清楚是感到欣慰,还是有点害怕。"我现在就在听你说话。"他说道。

* * *

我能记得的跟妈妈有关的事情少得可怜,让我脸红。

有她喂我吃棉花糖的那一刻:甜。甜心宝贝。

有她与爸爸关于动物是否有终身伴侣的交谈。

有大象莫拉把象鼻子伸出栅栏外,把她的马尾辫解开时她开怀大笑的样子。我妈妈的头发是红色的。不是草莓红也不是橘红,而是那种像内心火焰一样的红。

(好吧,这么说吧,也许我能记住这件事是因为有人用相机将那一刻捕捉了下来。但是她头发的味道,就像肉桂糖的味道,那可是实实在在的,跟照片无关。有时候,如果我特别想她,我就去吃法式吐司,就是因为我可以闭上眼睛体会那种味道。)

我妈妈心情不好的时候,她的声音听起来会让人觉得飘忽不定,如同夏天柏油路上升腾起的热浪。明明哭泣的人是她自己,她却搂着我跟我说会没事的。

有时候,我半夜醒来会发现她正守在旁边看着我睡觉。

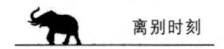

她从来没戴过戒指。但是她戴着一根项链,而且从来没见她摘下来过。

她常常在洗澡的时候唱歌。

尽管我爸爸认为让我待在大象栏里太危险了,我妈妈还是会把我放在她的越野车里跟她一起去观察大象。我会坐在她腿上,她会低下头对我耳语:这会成为我们俩的秘密。

我们俩穿着同样的粉红色运动鞋。

她知道怎样把一张一美元的纸币叠成大象的形状。

到了晚上,她不是给我读书而是讲故事给我听:她讲过一头大象如何把一头陷在泥沼里的小犀牛解救出来;讲过有一个小姑娘离开家,离开她最好的朋友,一头失去父母的大象,去上大学。多年以后回到家,那头大象已经长大了。见到她,大象用象鼻子把她卷着抱起来拉到身边。

我记得妈妈给大象们那些高音谱号一样的大耳朵做速写、画素描,那时她会在画的耳朵上面标上凹口或小洞以区分每头大象。她会把大象的行为记录下来:西拉伸出象鼻子把莉莉象牙上面的塑料袋给拽下来了;因为象牙上面通常都会附着一些植被,所以这种行为说明它们意识到了异物的存在,并且能够通过合作来去掉异物……即使是共鸣这样温柔的事情也会被赋予很重要的学术意义。在她的研究领域里必须注意的一个问题就是不要把大象人格化,而要客观地研究它们的行为,从而推断出事实真相。

我呢,我是通过我记忆中关于妈妈的事实,推测她的行为举止。我做的事情与科学家做的事情正好相反。

我不禁要想,我妈妈要是现在看到我,她会不会很失望呢?

* * *

弗吉尔把我妈妈的钱包拿在手上反复研究,钱包的皮面已经老化得很严重了,在他的反复拿捏下已经开始碎裂。我看着钱包,心里像刀割一般,觉得好像我妈妈又要从我面前消失了。"这并不意味着你妈妈就是谋杀案的受害者。"弗吉尔说,"有可能是她那天晚上失去知觉后把钱包弄丢了。"

我双手合拢放在桌子上:"喂,我知道你怎么想的,你觉得是她自己把钱包放到了树上,就为了消失无踪。但是一个完全失去意识的人很难爬上树去藏钱包吧?"

"如果是她干的,那她为什么不把它放在一个人们能找到的地方?"

"然后呢? 用石头砸自己的脑袋? 如果她真想消失,为什么不直接跑了呢?"

弗吉尔犹豫了一下:"也许有一些情有可原的事由。"

"说说看。"

"你知道那天晚上你妈妈并不是唯一受到伤害的人。"

我突然明白他的意思了,他是说我妈妈很可能努力使自己看起来像个受害者,而实际上她是个罪犯。我的嘴有些发干。过去的十年间我把妈妈想象成各种不同的样子,从来没想过她会是杀人犯。"如果你真认为我妈妈是杀人犯,她消失以后你为什么不去追查她的下落?"

他张了张嘴,却什么也没说。骗子,我想。"这起命案以事故结了案,"他说,"但是我们的确在案发现场发现了一根红头发。"

"这等于说你在《单身汉》节目里看到了一个傻妞。在新罕布什尔的布恩市我妈妈可不是唯一一个红头发的人。"

"我们是在装死者的尸袋里发现那根头发的。"

"那么,可以从两方面理解:一,这很恶心;二,没什么大不了。我看了电视剧《法律与秩序:特殊受害者》。这只能说明她们有过接触。她们一天很可能接触十次。"

"也可以说明在肢体冲突中头发掉在对方身上了。"

"妮维·鲁尔是怎么死的？"我追问道，"法医说了是谋杀致死的吗？"

他摇了摇头："他给的结论是事故，由于踩踏造成的钝力伤害所致。"

"我对妈妈的记忆可能不多，但是我知道她体重可没有五千磅，"我说，"所以我可以设想另一种情形，如果是妮维跟在她后面追击呢？然后一头大象看到了这一切并实施了报复行为？"

"它们会报复吗？"

我不能肯定。但是我记得在妈妈的日记里读过关于大象记仇的事。大象甚至可能等上好多年去报复伤害过它们或它们至亲的人。

"另外，"弗吉尔说，"你刚刚告诉我，你妈妈会把你托付给妮维·鲁尔照看。我想如果她觉得妮维是个危险人物的话就不会让她带孩子。"

"我觉得我妈妈要是想杀妮维的话也不会让她带孩子的。"我明确地告诉他，"我妈妈没杀她。这根本不成立。那天晚上案发地聚集了十多个警察呢，纯粹从可能性来说，他们中间很有可能有人是红头发。你不能确定那根红头发就是我妈妈的。"

弗吉尔点点头："但是我知道怎么能查出来是不是。"

* * *

我还记得另外一件事：屋里，我爸妈在吵架。你怎么能这么做？我爸爸责备妈妈，就知道考虑你自己。

我坐在地上哭，可好像没人听到。我不想动地方，因为就是因为乱动才引发了争吵。这之前我没有待在毯子上玩那些妈妈带到象栏里的玩具，而是追着一只在天上飞飞停停的黄蝴蝶。我妈妈当时正背对着我，在写她的观察记录。这时正好我爸爸开车经过，看见我追着蝴蝶往山坡下面跑……山坡下面刚好有一群大象。

这是收容站,不是野地里。我妈妈说,她不会挡在大象和它的孩子之间。它们都适应人了。

我爸爸大声吼着回答:它们还不适应小孩子!

突然一双温暖的手臂把我抱了起来。她身上有股香粉和石灰混合的味道。她的大腿是我所知道的最柔软的地方。"他们都疯了。"我小声说。

"他们是吓坏了,"她纠正我说,"听起来差不多。"

接着她开始唱歌,紧贴着我的耳朵在唱,这样我的耳朵里就只有她的歌声而听不到其他声音了。

* * *

弗吉尔想出了一个计划,但是要去的地方太远了,不可能骑车去,而我仍然不想让他现在开车。我们从小餐馆里走出来的时候,我同意第二天早晨到他办公室见面。夕阳低垂,一朵云彩像吊床一样正好托住了下移的太阳。"我怎么能知道你明天不会又酩酊大醉呢?"我问他。

弗吉尔干巴巴地提议说:"那就带个酒精测试仪吧。明天十一点见。"

"十一点已经不是早晨了。"

"对我来说还是。"他一边回答一边开始迈步往办公室走去。

我回到家的时候,外婆正在用漏勺给胡萝卜控水。格蒂在冰箱跟前蜷曲着身子,看到我只是用尾巴敲了两下地板就算是跟我打招呼了。小时候我就连从厕所里出来回到屋里,我的狗都会把我扑倒在地,那是它表示再次见到我很高兴的方式。我想,人年纪大了之后,是不是就不会特别想念别人了呢?也许人长大了心里想的更多的是已经拥有的东西,而不是没有的东西了。

头顶上传来了像脚步声一样的声音。我小的时候就敢肯定我外婆家闹鬼,因为我总是能听到类似的声音。外婆向我保证那是生锈的水管或房屋年久沉降发出的声音。我那时常想,用砖石和灰泥造的东西都可以沉下心来,而我为什么好像就做不到呢。

"回来了?"外婆说,"他怎么样?"

我一时语塞,纳闷她是不是一直在跟踪我。这可真够讽刺的,我跟一个私家侦探在寻找我妈妈的踪迹,外婆在寻找我。"啊,有点不舒服。"我回答。

"我希望你可别传染上他的什么毛病。"

不可能,我想,除非醉酒也能传染。

"我知道你觉得查德·艾伦是个大人物,但是,就算他是一个好老师,他作为家长可不负责任。谁能扔下孩子两天不管?"外婆唠叨着。

谁又能扔下孩子十年都不管?

我满脑子里想的都是我妈妈,所以这句话才让我反应过来,原来外婆还以为我一直都在给艾伦先生看孩子呢,外婆现在以为那个长着外星人脑袋的怪孩子得了感冒。明天我还可以拿他做挡箭牌去见弗吉尔。"他不是一个人。他有我啊。"

我跟着外婆进了餐厅,慢吞吞地拿过来两个干净的玻璃杯,从冰箱里取出一盒橘汁。我硬着头皮咬了几口鱼条,有条不紊地咀嚼着,然后用土豆泥把剩下的饭菜埋了起来。我一点都不饿。

"怎么了?"外婆问道。

"没事。"

"我花了一个小时给你做了这顿饭,你至少要吃掉它。"她说。

"怎么就没人搜寻过她呢?"我脱口而出,然后马上用餐巾堵住了嘴,就好像能把这句话塞回去。

我们俩都心知肚明,知道我说的她是谁。外婆一动不动地坐在那儿:"珍娜,不能因为你不记得了就认为没人找过她。"

"没有任何动静,"我说,"十年了。你都无所谓吗?她是你的女儿呀!"

她站起身来把她盘子里几乎没动过的食物一股脑倒进了垃圾桶里。

突然之间,我小时候追赶蝴蝶下山冲着大象跑过去那天的感受又回来了,我意识到我犯了一个战术上的大错误。

这么多年来,我认为外婆对我妈妈的事绝口不提是因为对她来说太痛苦了。而现在,我怀疑她对此三缄其口的原因是因为对我来说太痛苦了。

她不开口我也知道她会说什么。那些话是我不想听到的。我跟格蒂一起跑上楼,使劲把我的房门关上,把脸埋在了狗脖子上厚厚的毛里。

大约两分钟后门开了。我没抬头看,但是能感觉到她就在那儿,一如既往。"你就说吧,"我低声说道,"她死了,对不对?"

外婆坐到床垫子上:"事情没有那么简单。"

我尽管心里没想哭,却突然哭了起来:"就是很简单的事。她要么死了,要么活着。"

但是我尽管跟外婆顶嘴不服软,心里却明白事情没有那么简单。从逻辑上说,如果我说的话没错,也就是我妈妈离开我绝不是出于自愿的话,那么她就该回来找我了。而事实上,很明显,她没来找我。

这是傻子都能看出来的事。

不仅如此,假如她死了,我会没有感觉吗?我是说,我们都听过这样的故事吧?她死了,我的一部分便随她而去,我怎么能没有失落感呢?

我内心里有一个小小的声音在说,真没有吗?

"你妈妈小时候,不论什么事,我让她朝东,她就会向西。"外婆说,"高中毕业典礼我让她穿连衣裙,她就穿条短裤去了。她会指着杂志上的两种发型问我喜欢哪个,然后选我不喜欢的那个。我建议她到哈佛大学研究灵长目动物,她选择到非洲研究大象。"外婆低头看着我,"她也是我见过的最聪明的人。如果她有意为之,她的聪明才智任何警察都赶不上。所以,如果她还活着,逃跑了,我知道我不可能有办法让她回家来。如果我要把她的头像印在牛奶盒上或者设一个热线电话,她只会跑得更远、更快。"

我怀疑这些话是不是真的。我妈妈只是在玩一个游戏?或许是外婆在自欺欺人。

"你说你曾经报过失踪的,具体什么情况呀?"

她从我的椅背上拿起妈妈的那条丝巾,握在手里摩挲着。"我说的是我去报过失踪,"外婆说,"实际上我一共去过三次。但是我从来没进过警察局的门。"

我盯着她,目瞪口呆:"什么?你可从来没这么跟我说过!"

"你现在长大些了,应该知道发生了什么事。"她叹了口气说,"我当时想知道答案。至少我当时是那么想的。我知道你长大些以后也会想知道。但是我没办法走进警察局的门。我害怕知道警察的调查结果。"她看着我说,"我不知道哪个更糟糕,得知艾丽斯死了回不来了,或者知道她还活着可她不想回来,警察带来其中哪个结果都不是好消息。而且从得到消息那时起我们就不会有好日子过了。只剩下你和我相依为命了,所以当时我想我们越快摆脱这件事,就能越早开始新的生活。"

我想起了弗吉尔下午暗示的那种情况,也就是我外婆没想到的第三种结果:也许我妈妈不是想要逃离我们,而是为了逃避谋杀指控。我想这也绝不是一个母亲想要听到的结果。

说实话,我没觉得外婆是个老年人,但是她从床上起身站起来的时候,看起来真有那么老了。她的动作很慢,好像她全身哪儿都疼一样,站在门口的身形像一个剪影。"我知道你在电脑上找什么,我知道你从没停止追问所发生的事情。"她的声音细弱,如同她的剪影周围那些微弱的光线,"可能你比我更有勇气面对真相。"

* * *

我妈妈日记里有一条让人觉得像一个转折点,如果她不在那里转弯的话,她的人生可能就会完全不同了。

也许甚至她此时此刻就会在我身边。

她那时三十一岁,在博茨瓦纳做博士后研究。日记中模糊地提到家里发生了什么不好的事,令她离开了一阵子。等她回来后,全身心投入了研究工作,记录大象创伤记忆的影响。有一天她在那里遇到一头年轻的公象,象鼻子被线圈做的陷阱给卡住了。

我觉得这种事不是个别现象。从我妈妈的日记中我看到,对一些村民来说,丛林中的动物是他们主要的食物来源,时不时地这种需求会上升成为一种生意。但是针对黑斑羚所设的陷阱有时候会套住其他动物,比如斑马和鬣狗,有一天就套住了一头叫做科诺西的十三岁公象。

科诺西在它的这个年龄已经离开母亲所在的家族了。它妈妈洛蕾托虽然还是族群的首领,但是科诺西已经跟其他几头公象一起离开了家族,这些年轻的单身汉聚在一起到处游荡。它在发情期会与玩伴们嬉戏打闹,就像我们学校那些愚蠢的男孩子,为了引起注意,在女孩面前互相推来搡去一样。跟年轻的小伙子一样,它们的行为只不过是发育初期的荷尔蒙作用而已。别的男性因为年长又酷,只要一出现就会抢去他们的风头。在大象的世界里同样存在这种事情。年长的公象在生理上更成熟,会在这种事情上占上风,因为它们基本上要到三十岁才会繁衍后代。

只是科诺西再也不可能找到生命中幸运的另一半了。因为那个陷阱对它的鼻子造成了极大的伤害,而没有象鼻子的大象不可能存活。

我妈妈在实地考察时发现科诺西受了伤,马上意识到它会痛苦地慢慢死去。所以她放下当天手里的工作回到营地找到野生动物部,那是个政府部门,有权把大象从痛苦中解脱出来。但是当时派到这个野生动物保护区的官员罗杰·威尔金斯是个新手,他跟我妈妈说:"我忙不过来,让它顺其自然吧。"

研究人员的工作就是要尊重自然,而不是要控制自然。但即便这些大象是野生动物,可也是她的大象呀。我妈妈不肯就这样袖手旁观,让一头大象活受罪。

日记在这个地方中断了。她原来用铅笔写的字在这儿换成了黑色的钢笔,而且整整一页纸是空白。这一页的空白在我的想象中应该是这样写的:

我走进营地里那间总部办公室,看见我的老板坐在那里吹着台扇,空气里一股霉味。艾丽斯,他说,你回来了。如果你要再请几天假……

我打断了他的话,我来这儿不是为这个。我跟他讲了科诺西的情况,也告了那个混蛋威尔金斯一状。

制度是不太完善,老板承认说。因为他不了解我,所以以为说完我就会走。

如果你不打电话,我威胁道,我就打。但是我会打给《纽约时报》、英国广播公司和《国家地理》杂志。我会打给世界野生生物基金会、乔伊斯·普尔、辛西娅·莫斯以及达芙妮·谢尔德里克夫人。我会引发一大批动物保护者和热心人士到博茨瓦纳来。至于你呢,我会引发人们对这个营地铺天盖地的炮轰,此处的大象研究基金今天天黑前就会撤走。喂,所以,要么你打电话,要么我来打。

不管是不是这样,我想象中她是会这么说的。但是我妈妈随后接着写的日记中,只记录了威尔金斯背着背包,带着一张臭脸来到出事地点的详细情况。他酸溜溜地坐在我妈妈开的吉普车副驾驶座位上，手里抓着步枪。我妈妈开车来到了科诺西和它的家族附近。从妈妈的日记中得知，她的路虎只能停在离公象群四十英尺外的地方，因为公象的行为很难预测。还没等我妈妈把道理解释给威尔金斯听，他就端起了步枪打开了保险。

不能开枪！我妈妈大声喊道，抓住枪管让枪口调转方向对着天空。她挂挡开着路虎朝大象开去，先把围在科诺西旁边的其他公象赶走，然后把车靠边停下，看着威尔金斯说，可以了，开枪吧。

他扣动扳机，子弹穿透了大象的下颌骨。

大象的头骨是蜂窝状的骨头组织，用以保护它的大脑，大脑位于整个结构后面的一个腔洞里。子弹射入它的下颌骨或脑门虽然能造成头骨损伤却不能致命，因为没有伤及大脑。如果想要人道地杀死一头大象，就得准确地朝大象耳后开枪。

我妈妈写道，科诺西痛苦地高声嘶吼着，比之前还痛苦。她用好几种语言骂出了她一辈子都没骂过的脏话。她恨不得抓过步枪给威尔金斯一枪。接着一件突如其来的事情发生了。

科诺西的妈妈洛蕾托，也就是象群的头领，从山上冲下来朝着它那跌跌撞撞、流血不止的儿子跑去。而我妈妈的车正挡在它的必经之路上。

我妈妈知道绝不能挡在大象的母子之间，即便那个孩子已经十三岁了。她挂上倒挡开着路虎极速倒退，给洛蕾托和科诺西母子俩留出一条路。

可是，还没等母象跑到孩子跟前，威尔金斯就又开了一枪，这回打到了该打的地方。

* * *

洛蕾托立即停下了脚步。我妈妈这样写道：

它伸出鼻子抚摸着科诺西，从尾巴一直抚摸到鼻子，尤其是线圈勒进肉里的那个地方。它横跨它那巨大的身躯，站立着，就像一个母亲在护着自己的小孩子。它的颞腺分泌出深色的液体顺着头两侧流下来，留下两道印迹。那个公象群离开了，洛蕾托的象群也来到了它身边，纷纷伸出鼻子抚摸着科诺西，可它就是站在原地不动。太阳落山，月亮升起，它还是站在那儿，不能或不愿离它而去。

人是怎样道别的？

那天夜里，天空出现了流星雨。在我眼里，好像老天也在流泪哭泣了。

日记接下来的两页，我妈妈调整好了情绪，完全是以科学家的角度对发生的一切进行了客观的记录。

今天我遇到了两件我从来没想过会遇到的事情。

第一件事是好事。由于威尔金斯的表现，在保护区内的研究人员现在被给予了一项权利，在必要的情况下，我们可以自己对大象实施安乐死。

第二件事是让人震惊的事。一头母象的孩子已经长大了不需要照顾了，可是孩子受苦的时候，母亲还是会悲愤地回到它身边来。

一旦做了妈妈，就永远放心不下孩子了。

这是我妈妈潦草地写在那页底边的一句话。

她没有写在日记里的是，正是从那天开始，她把自己的研究方向从"大象与创伤"缩小到"大象的悲伤情绪"。

我跟我妈妈的想法不一样，我认为发生在科诺西身上的事情不是悲剧。事实上，我在读这段日记的时候，满脑子都是她提到的流星雨发出的光芒。

不管怎么说，科诺西永远闭上眼睛之前看到的最后情景是妈妈奔回他身边的样子。

* * *

第二天早上，我琢磨着是不是该告诉外婆弗吉尔的事了。

"你觉得呢？"我问格蒂。要能搭上顺风车穿过城区去弗吉尔的办公室,当然比骑车去要轻松得多。到目前为止我的调查只显示出了跟芭蕾舞者相当的腿劲儿。

我的狗摇着尾巴敲着木地板。"同意就敲一下,不同意就敲两下。" 我说。格蒂扬起了脑袋。这时我听见外婆喊我,这已经是喊第二次了,我赶紧噔噔噔跑下楼梯,看见她站在厨房操作台旁边往碗里倒麦片给我当早饭。

"我睡过头了。没有时间给你做热乎的东西吃了。不过,我真不明白,十三岁了你怎么还不会给自己弄吃的。"她气呼呼地说,"我看那些金鱼都比你强。"她递给我一盒牛奶,把手机从充电器上拔下来,"出门去带孩子时把可循环垃圾带出去。看在老天的分上,出门前把头梳一下,看起来像鸟做的窝一样。"

她简直判若两人。完全不是昨天晚上在我房间里毫不设防的那个女人了,不是那个跟我承认她也一直在心里为我妈妈煎熬的女人了。

她把手伸进包里摸索:"车钥匙哪儿去了?我敢肯定老年痴呆症的症状我具备了头三条⋯⋯"

"外婆⋯⋯你昨天晚上说的话⋯⋯"我清了清嗓子,"你说我有足够的勇气去找到我妈妈?"

她摇摇头,动作细微,我要是没紧盯着她看恐怕都注意不到。"晚上六点吃饭。"她宣布说,她的语气宣告谈话就此打住,根本就不容我再挑起话头。

* * *

令我吃惊的是,弗吉尔在警察局里就像一个素食主义者在烤肉大会上一样不自在。他不愿意走前门,所以我们跟在一个警官身后从后门溜了进去。他这么做是不想跟接待处的警官或调度员打招呼。没有一场观光:这是我原来的柜子;这是我们放零食的地方。我原来以为弗吉尔辞掉警察工作是出于自愿,但是现在我开始怀疑,也许是他犯了什么事儿被开了。至少我知道,他有事瞒着我。

"看见那个人了吗?"弗吉尔说,他把我拽到走廊上一个拐角处,从那儿能看到坐在证据保管室办公桌前的那个人,"那是拉尔夫。"

"啊,拉尔夫看起来有一千岁了。"

"我在这儿工作的时候他看起来就有这么老了,"弗吉尔说,"我们那会儿都说他跟他看守的那些东西一样都变成了化石。"

他深吸一口气沿着走廊走过去。证据保管室的门分上下两截,上一半门开着。"嗨,拉尔夫!好久不见呀。"

拉尔夫好像是在水下移动身体似的,先扭动腰部,再转动肩膀,最后才转过头来。近距离看着他,他脸上深深的皱纹就跟我妈妈日记本里夹着的照片里的大象一样多。他有一双浅色的眼睛,就像苹果冻的颜色,眼神看起来也像苹果冻一样黏稠。"是你呀,"拉尔夫说,吐字缓慢,听起来像来自山里的回响,"大家说有一天你走进了积案证据保管室就再没出来。"

"马克·吐温怎么说来着?有关我死亡的报道过于夸大其辞了。"

"我猜要问你跑哪儿去了可能也是白问吧?你不会告诉我的。"拉尔夫回应说。

"我不会告诉你。如果你也不告诉别人我来过这儿,我会万分感谢。被问太多问题会让我浑身不舒服。"弗吉尔从兜里掏出一块有点压扁了的奶油夹心蛋糕,放在拉尔夫和我们之间的台面上。

"那个东西放多久了?"我小声问。

"这些东西里面放了大量防腐剂,摆在货架上能放到2050年。"弗吉尔小声说,"而且,拉尔夫根本看不清那上面的保质期,字太小了。"

果然,拉尔夫满脸喜悦。嘴角咧开,笑容慢慢延展开来,那个样子让我想起了在YouTube上曾经看过的一段视频,记录的是一座楼房崩塌的效果。"你还记得我喜欢什么,弗吉尔,"他说,然后扫了我一眼,"你这个小跟班是谁呀?"

"我的网球搭档。"弗吉尔朝开着的那半扇门探头进去,"喂,拉尔夫,我需要查一下我以前的一个旧案子。"

"你早不在编了——"

"我就是在编那会儿也跟不在编差不多。得了吧,朋友。我又不是在进行中的案子里瞎搅和。我就是帮你腾点儿地方。"

拉尔夫耸耸肩:"如果是已经了结的案子应该没问题吧……"

弗吉尔把门打开,从他身边挤了过去:"不用站起来。我知道在哪儿。"

我跟着他走过了一段长长的狭窄的过道。两侧靠墙放着一排排金属架子,从地面直通到天花板。每一个能利用上的空间都整整齐齐地塞满了纸盒子。那些像银行保管箱一样的盒子上都贴有标签,注明案件的编号和日期。弗吉尔蠕动着嘴唇读着那些标签。"换一排,"他小声说,"这些都是2006年以后的案子。"

又过了几分钟后他停下了脚步,像猴子一样爬上架子拿下来一个盒子,然后把盒子扔到我怀里。比我预想的轻多了。我把盒子放到地板上,他又递给了我另外三个盒子。

"就这些吗?"我说,"我觉得你告诉过我,从收容站拿回来的证据有一吨重。"

"是曾经有那么多。但是案子结了以后我们就只保留跟人有关的东西,那些土壤呀,踩扁的植物呀,还有残渣碎片什么的,如果与案件没有直接关系就处理掉了。"

"既然已经有人彻查过这一切了,我们还再查一遍干吗?"

"因为有可能这一大堆杂物你看了十二遍也没看出来什么,而当你看第十三遍的时候,你想要找的东西突然就出现在你眼前,明晃晃地。"他打开了最上面那个盒子的盖子。里面是文件袋,都用封条封着。封条上和袋子上都写着NO。

"NO?"我读出了声,"袋子里装的什么?"

弗吉尔摇摇头:"那是奈吉尔·奥尼尔的首字母。他是那天晚上负责搜寻证据的一个警察。正规程序要求警官把自己名字的首字母和收集证据的日期标注在袋子和封条上,以形成庭审的证据链。"他指着袋子上其他标记给我看,一个物品编号加上物品名单:鞋带,收据。另一个是受害人的衣服:马球衫,短裤。

"把这个打开。"我说。

"为什么?"

"你知道有时候一件特别的东西会唤醒一段记忆吗?我想试试是不是真的。"

"这里所说的受害人指的不是你妈妈。"弗吉尔提醒我说。

对我来说,我妈妈是不是受害人还有待调查。但他还是打开了那个纸袋子,从架子上的一个盒子里拿出一副手套戴上,从袋子里拎出一条卡其布短裤,一件几成碎片的发硬的马球衫,左胸部位绣着新英格兰大象收容站的标志。

"怎么样?"他催问。

"那上面是血迹吗?"我问道。

"不,那是'酷爱'饮料干了以后留下的印记。想要当侦探,就得像个侦探的样子。"他说。

但我还是有点吓着了。"这件衣服没什么特别,大家都穿这样的工作服。"

弗吉尔继续翻找。"来看看这个。"他说着拽出来一个瘪瘪的袋子,里面不太像有东西的样子。证据标签编号是#859,尸袋里的一根头发。他顺手把袋子放到自己的衣服兜里。然后他抱起两个盒子朝门口走去,一边回头跟我说:"你也别闲着。"

我抱着其他的盒子跟在他后面。我肯定他是故意拿了两个比较轻的盒子,而我手里的盒子就好像装满了石头一样沉。在门口,拉尔夫刚眯了一觉醒来,抬头看着我们:"叙叙旧感觉真不错,弗吉尔。"

弗吉尔伸出一根手指头:"你从来没看见过我啊。"

"我什么都没看见呀。"拉尔夫说。

我们还是从那个后门溜出了警察局,把那些盒子搬到了弗吉尔的卡车上。尽管车后座上堆满了食物包装纸、旧光盘盒、纸巾、运动衫,还有空瓶子,他还是把这些盒子都塞了进去。我爬到了副驾驶座位上:"现在我们要做什么?"

"现在我们要找一家实验室说点好听话,说服他们做一个线粒体DNA测试。"

我不知道那是什么意思,但我听着感觉是要进行彻底调查就必须做的事情。我深感钦佩。我瞥了弗吉尔一眼,我得承认,他现在酒醒得相当不错,不那么醉醺醺的了。他洗了澡,刮了胡子,身上不再是臭烘烘的酒味,而是松林的清香味道。"你干吗离开那儿?"

他瞥了我一眼:"因为拿到了我们要找的东西。"

"我指的是你当初干吗从警察局离职,你不是想当警探吗?"

"显然没你兴趣大。"弗吉尔嘟哝着。

"我想我应该知道我花了钱能得到什么吧?"

他哼了一声:"便宜货。"

他倒车太快,其中一个盒子翻倒,里面的文件袋掉了出来。我解开安全带向后转,想把东西归拢好。"分不出来哪些是案件证据,哪些是你的垃圾。"其中一个棕色纸袋子的封口胶带裂开了,里面的证据掉落出来,跟一堆麦当劳的麦香鱼汉堡包装纸混在了一起。"可真够恶心的,谁能一次吃十五个麦香鱼汉堡?"

"那不是一次吃的。"弗吉尔说。

可是我几乎没听见他说话,因为我用手抓到了那个掉出来的证据。我手里攥着那只小小的粉色康威牌运动鞋,转过身来。

我低头看了看自己的双脚。

从我记事起我就一直穿着康威牌的粉色高帮运动鞋,实际穿它的时间应该更长。这是我的一个嗜好,我向外婆点名要过的唯一一样穿着用品。

我婴儿时期照的所有相片里都是穿着它:靠着一堆泰迪熊坐在一张毯子上,鼻梁上架着一副大太阳镜时穿着它;光着身子站在洗手池边刷牙,脚上穿着它。我妈妈也有过一双同样的鞋,只不过很旧了,穿的年头太久了,那是她从大学时就一直穿的一双鞋。我们以前从来没穿过一样的衣服或留着一样的发型,我们也从来没一起练习过化妆,只有在这件小事上,我们俩是一样的。

我现在还穿着它,差不多天天不离脚。有点像幸运符一样,或许算是一种迷信吧。如果我一直穿着这双鞋,那么也许……嗯,你懂的。

我嘴里发干:"这是我的鞋。"

弗吉尔看着我:"你能肯定吗?"

我点点头。

"你跟你妈妈在大象收容站的时候光脚到处跑过吗?"

我摇摇头。那里规定不允许任何人不穿鞋进入。"那可不是高尔夫球场,"我说,"那里有很多杂草和灌木丛,也有大象挖的坑坑洞洞,不当心就会掉进去。"我拿着那只小鞋反复琢磨着,"那天晚上我肯定在那儿。可是我就是想不起来发生什么事了。"

我当时从床上爬起来溜达进象栏里了吗?我妈妈当时是不是在找我呢?

她的失踪跟我有关吗?

我妈妈的研究结论在我脑海里回响着:不愉快的事情往往都能

记住,造成伤害的事情会被遗忘。

弗吉尔的面部表情令人琢磨不透。"你爸爸说当时你在睡觉。"他说。

"可是,我不会穿着鞋子睡觉。肯定有人给我把鞋穿上又系好了鞋带。"

"有人。"弗吉尔重复我的话。

* * *

昨天晚上我梦见了我爸爸。在收容站象栏里的水塘边,他一边在深深的草丛里向前走,一边喊我的名字。珍娜!快出来吧,你在哪儿呢,快出来吧!

我们在那个地方是没有危险的,因为那里的两头非洲大象当时正在象屋里检查它们的脚。我知道这个游戏的本垒就是象屋那面厚厚的墙。我知道我爸爸总是赢,因为他跑得比我快。可是这次我可不会让他赢。

豆豆,他喊道,这是他给我起的名字。我看见你了。

我知道他在骗人,因为他朝着我藏身处相反的方向走去。

我学大象那样在池塘的岸边挖坑然后藏在里面。我跟妈妈曾在这里观察大象,看它们玩耍,用长鼻子互相喷水,或者看它们像摔跤选手那样在泥里打滚,给身体降温。

我等着爸爸走过妮维和吉迪恩给大象放食物的那棵大树。他们给大象的食物有好几垛干草、蓝色哈伯德南瓜和好几个西瓜,足够一小户人家吃的,却只够一头大象吃。他一走进树荫底下,我就从岸边藏身的地方爬出来开始拼命跑。

说起来容易。我的衣服上沾满泥浆,头发在后背上打成了一绺。我那双粉色的运动鞋踩进了池塘的污泥里。但是,我知道要赢了,笑声已经忍不住从嘴里溜出来了,就像氢气从气球口上跑出来了一样。

这正好中了我爸爸的计。听到我的声音，爸爸转身朝我跑来，想要趁我把泥手拍在象屋的波纹金属墙上之前截住我。

要不是莫拉大声吼着从树丛里钻出来，我爸爸可能也就抓住我了。它的吼声把我吓呆了。它摇动大鼻子正好扫到我爸爸的脸上。他捂着右眼摔倒在地上，那只眼睛瞬间就肿起来了。莫拉在我和爸爸之间紧张地跑来跑去，我爸爸只好滚在一旁以防被它踩到。

他气喘吁吁地说："莫拉，没事，放松，姑娘——"

大象再次嘶吼起来，声音震得我耳朵嗡嗡响。

我爸爸放低声音说："珍娜，别动。"接着又轻声说道，"到底是谁把大象从象屋里放出来的？"

不知道是为自己害怕还是为爸爸害怕，我开始大哭起来。可是我和妈妈那么多次观察过莫拉，还从来没见它有过任何粗暴的行为。

突然，象屋的大门沿着宽宽的电缆轨道打开了，我妈妈出现在巨大的门洞里。她依次看了看我爸爸、莫拉和我。"你把它怎么了？"她问爸爸。

"开什么玩笑？我们刚才只是在玩藏猫猫。"

"你们和这头大象玩吗？"说着话，我妈妈慢慢走到莫拉和我爸爸之间，好让我爸爸安全地站起身来。

"不，看在上帝的分上，是我和珍娜在玩好不好。结果莫拉不知道从哪儿钻出来抽了我一下。"他使劲揉着脸。

"它肯定以为你要伤害珍娜。"我妈妈皱着眉头说，"可你们为什么非要在莫拉的象栏里玩藏猫猫呢？"

"我以为它这个时候应该在象屋里做足部护理呢。"

"不是它，只是给赫斯特做。"

"不是按照吉迪恩贴在白板上的通知来安排的吗？"

"莫拉不愿意进来。"

"我怎么可能知道这个呢?"

我妈妈一直忙着柔声地安慰莫拉,然后这头大象慢慢踱步远去,眼睛却还警惕地盯着我爸爸。

"这头大象看谁都不顺眼,就喜欢你一个人。"他嘟囔说。

"不对。很显然,它喜欢珍娜。"莫拉低吼了一声表示响应,走到树林边上吃草去了。我妈妈伸手把我抱了起来。她身上有股甜瓜味儿,这一定是她在象屋里犒劳赫斯特的,因为要对它的脚掌进行软化刮削,处理裂口,所以要哄着它。"每次我把珍娜带进象栏你都会对我大喊大叫的,这次你倒选了一个玩游戏的好地方。"

"本来这时候不该有大象的——噢,天哪。算了吧,我永远也说不过你。"我爸爸手捂着脑袋龇牙咧嘴地说。

"让我看看。"我妈妈说。

"我半个小时后要跟一个投资人会面。按计划我要向他解释在居民区附近设立大象收容站很安全。现在可好,我得带着大象送给我的乌眼青去跟他慷慨陈词了。"

我妈妈把我换到另一边抱着,伸手用手指轻轻地戳了戳爸爸的脸。这种时刻在我看来是最美好的瞬间,就好像盘子里的馅饼没人动口之前那种完整无缺,这美好的瞬间可以覆盖掉一切不愉快。

"还好没那么严重。"我妈妈说着倚在爸爸的身上。

我可以看得出来,可以感觉出来我爸爸放松了。我跟妈妈实地观察时,妈妈总是要告诉我放松的状态是什么样的:身体姿势的变化,下垂的双肩都会让你知道心里的恐惧已经放下了。"哦,是吗?"我爸爸小声说道,"还会怎么严重?"

我妈妈抬头笑对着他。"我有可能会把你打倒也说不定。"她说。

* * *

过去的这十分钟时间里,我一直坐在一张检查台上观察一个被酒精浸透到血液里的男性和一个欲求不满浮夸过分的母老虎在调情。

我的实地科考记录如下:

此男性焦躁不安,犹如困兽。他坐在那儿,一只脚不停地颠着,随后站起身来回踱步。他今天花工夫捯饬了一下自己,就是为了见那个走进门来的母老虎。

她穿着实验室的白大褂,浓妆艳抹。她身上的味儿闻起来像夹在杂志里的香水卡,太呛鼻子了,让你恨不得马上把它跟杂志一块给扔了,不惜放弃学到男人在床上想要做的十件事,或让詹妮弗·劳伦斯神魂颠倒的秘密。她的金发露出深色发根,而且怎么就没人告诉她穿筒裙显得她屁股很难看呢?

男性先开始进攻。他堆起了两个酒窝作为武器。他说道,天哪,露露,好久不见呀!

母老虎拒绝了他的求欢。那是谁造成的,维克多?

我知道,我知道。你说怎样就怎样。

针锋相对的气氛发生了一丝微妙却重要的变化。这算是承诺吗?

男性咧嘴笑了,露出了很多牙齿。

他说,要小心喽,别到最后收不了场哦。

我从来没觉得我们之间会有这样的问题,你觉得呢?

我坐在观察他们的这个位置上,翻了翻白眼。这要么是自那个八胞胎妈妈之后最好的避孕理由……要么真的是男女之间最受用的胡言乱语,而我,很有可能得到更年期以后才找得着对象吧。

母老虎的感觉就是比那位男性灵敏,从房间的那头就捕捉到了我放的冷箭。她拍了拍男性的肩膀,朝我的方向眨了眨眼睛,之前不知道你有孩子呢。

孩子？弗吉尔看着我，表情就好像我是他用鞋底踩扁的一只虫子。哦，她不是我的孩子。实际上我来这儿就是因为她。

笨蛋，连我都知道他说错话了。那个母老虎抹了口红的嘴巴抿起来了。别让我耽误了你的正事。

弗吉尔极慢极慢地咧开嘴笑了。我看出来那只母老虎口水都要流出来了。他说，嘿，塔露拉，我很想跟你一起耽误正事，可是你知道我得先把我的客户应付好了呀。

那只母老虎的手机响了，她看了看显示的电话号码。"哦，天哪，"她叹了口气，"等我五分钟。"

她从检验室摔门出去了，弗吉尔跳上桌子坐在我旁边，用一只手抹了把脸："你不知道你欠了我多大的人情。"

我听了这话感到很吃惊："你是说你不是真的喜欢她？"

"塔露拉？上帝，不喜欢。她以前是我的牙科保健医，后来她辞职转行做DNA测试。每次见到她，我就会想起她给我去掉牙菌斑的情景。我宁愿跟一条海参约会也不会跟她。"

"海参吃东西的时候会把整个胃都吐出来。"我说。

他想了想："我带塔露拉出去吃过饭。就像我说的，我宁愿去找那条海参。"

"那你为什么还要装作迫不及待要跟她上床的样子？"

他瞪大了眼睛："那不是你该说的话。"

"骑上那匹大红肠小马。"我咧嘴笑着，"在战壕里翻云覆雨……"

"现在的孩子们都怎么了？"弗吉尔嘟囔着。

"要怨就怨我的成长环境吧。我太缺乏家长的教导了。"

"你觉得我也特恶心吧，因为我时不时得喝一口。"

"首先我觉得你不是时不时，而是一直没断过喝。第二，说得具体点，你恶心是因为你在玩弄塔露拉，她还以为你打算跟她要电话号码呢。"

"我是为大局牺牲自己,老天作证。"弗吉尔说,"你想不想知道那根头发是不是你妈妈留在妮维·鲁尔的尸体上的？如果想,那我们有两种选择。我们要么可以试试对警察局里的某个人说点好听话,让他们申请州立实验室给我们做检测。而他们不会答应的,因为案子已经结了,还因为要等一年以上才能排到我们……要么我们可以试试在某个私人实验室来做检测,"他抬头看了看我,"还不用花钱。"

"哇。你还真是做出了牺牲呀。"我说,瞪大眼睛装出一脸的无知相,"我可以给你出避孕套的钱。你知道吗,即使不用害怕她会用怀孕这种事来讹你,我都已经够不舒服了。"

他沉下脸来:"我不会和塔露拉睡觉的。我连带她去吃饭的念头都没有。我只是想让她觉得我会。正因为如此,她才会帮忙给你做口腔黏膜测试而且会尽快出结果。"

我盯着他,被他的计划打动了。如果他这么狡猾,也许他还真有可能成为一个很好的私家侦探呢。"那她回来你应该这么跟她说,"我指点他说,"'我虽然不是猛男,但是我会让你心满意足的。'"

弗吉尔哼了一声:"谢了。我可不需要找你帮忙。"

随着屋门再次打开,弗吉尔从桌子上跳下来,我双手捂着脸开始哭起来。至少,我装得挺像。

"天哪,"母老虎说,"出什么事了？"

弗吉尔看起来跟她一样困惑。"你他妈的怎么回事？"他用口型问我。

我打了一下嗝,哭得更大声了。"我就是想找到我……我妈妈。"我泪眼蒙眬地看着塔露拉,"除了这儿我不知道还能去哪儿。"

弗吉尔一只胳膊搂住我的肩膀,配合着我:"她妈妈多年前失踪了。案子一直没破。我们手里的线索不多。"

塔露拉的脸色有所缓和。我得承认,她这时候看起来就不那么像波巴·费特①了。"你这个可怜的孩子,"她说,然后满怀深情地望着弗吉尔,"而你——就这么帮她?你真是与众不同,维克。"

"我们需要做口腔黏膜测试。我手里有一根头发不知道是不是她妈妈的。我想试试看做一下线粒体DNA比对。至少对我们来说是个开端。"他抬头瞥了一眼,"求你了,露露。帮老……朋友一个忙吧?"

"你没那么老,"她心满意足地说,"你是唯一一个能称呼我露露的人。头发带来了吗?"

他把从证据室拿来的袋子递给了她。

"很好。我们接下来从这个孩子的DNA序列开始查起。"她转过身,从柜子里翻出一个用纸包着的一个小盒子。我想肯定是要拿针头出来了,我吓坏了,开始发抖。我讨厌打针。弗吉尔看到我的眼神,悄声说,你演得有点过了。

但是他很快就意识到我是真吓坏了,因为我的牙齿开始打战了。我的眼睛紧盯着塔露拉的手指头,看着她把无菌包解开。

弗吉尔伸手拉着我的手紧紧地握住。

我想不起来上一次拉别人的手是什么时候了。也许是很多年以前拉外婆的手过马路吧,恍如隔世。可那时候拉手是因为责任,而非同情。这次不一样。

我不再发抖了。

塔露拉说:"放松,只是用一下大号棉签。"她套上一副橡胶手套,戴上口罩,告诉我张开嘴。"我就用这个在你嘴里刮一下两腮部位。不会疼的。"

大约十秒钟,她就把口腔黏膜取好了,把它放在一个小瓶子里,

---

① 《星球大战》里的一个赏金猎人。

贴上了一个标签。然后她又重复了一遍全套过程。

"多久出结果？"弗吉尔问道。

"如果我加班加点，大概要几天吧。"

"真不知道怎么谢你呢。"

"我知道呀。"她的手指像两条腿交替走路一样地顺着他的臂弯一点点向上摸，"我中午有时间可以一起吃午餐呀。"

"弗吉尔没时间，"我脱口而出，"你跟我说你约了医生，还记得吗？"

塔露拉紧贴着他小声说道："如果你还想要扮医生的话，我的卫生刷还在呢。"可是很不幸，我每一个词都听得清清楚楚。

"如果你迟到了，维克多，"我打断他们的话，"你就拿不到你要的伟哥了。"我跳下桌子，抓住弗吉尔的胳膊，拉着他跑出了门。

我们从过道的转角一拐过来就忍不住大笑起来，笑得我都担心出不了大门我们就得瘫在地上了。到了外面，我们俩倚在"健赞美纯"实验室的砖墙上，好不容易才喘过气来。"我不知道是该杀了你还是谢谢你。"弗吉尔说道。

我斜眼瞥着他，用最沙哑的嗓子模仿塔露拉的声音："嗯……我中午有时间可以一起吃午餐呀。"

然后我们忍不住笑得更厉害了。

而当我们止住笑以后，我们俩同时想起了来这儿的目的，也意识到我们其实也没什么好笑的。"接下来干吗？"

"等结果吧。"

"整整一周？应该还有别的事可做吧？"

弗吉尔看了看我："你说你妈妈记了日记？"

"是，那又怎样？"

"日记里可能有线索。"

"我已经看过无数遍了，"我说，"记的都是对大象的研究。"

"也许她提到过同事,或者与他们之间的矛盾。"

我顺着墙根溜下去,坐在了水泥人行道上:"你还认为我妈妈是杀人犯。"

弗吉尔蹲下来:"我的工作就是怀疑一切。"

我说:"确切地说,你以前的工作是。你现在的工作是要找一个失踪的人。"

"那又如何?"弗吉尔回答。

我盯着他说:"你会那么做吗?你会帮我找到她,然后再把她从我身边夺走吗?"

"你看,"弗吉尔叹口气说,"现在还不算晚。你现在可以解雇我然后离开,我向你保证,我会忘了你妈妈的事,不会去想她是不是犯过什么罪。"

"你已经不是警察了。"我提醒他说。同时也让我想起了他在警察局那会儿多么小心翼翼,我们不走正门而是偷偷溜进去,避免了跟他的同事们打招呼。"你为什么不再做警察了呢?"

他摇了摇头,突然收住话头,不再多谈了:"这跟你没有一毛钱关系。"

就这样,他前后判若两人。很难想象几分钟之前我们还在大声说笑。他离我也就六英寸的距离,却好像远在火星上。

也是。我应该想到的。弗吉尔对我本来就不那么上心;他关心的是破案。突然感觉心里特别不舒服,我默默地朝他的车走去。不能因为我雇他来帮我解开妈妈的秘密,我就有权利知道他的秘密呀。

"你瞧,珍娜……"

"我明白,"我打断了他的话,"这只是一桩生意。"

弗吉尔顿了一下:"喜欢葡萄干吗?"

"不太喜欢。"

"那喜欢枣①吗？"

我对他眨眨眼睛："我对你来说太年轻了吧，猥琐大叔。"

"我不是在约你。我是在告诉你塔露拉给我洗牙那时候，我约她出去时就是用这句话来搭讪的。"弗吉尔顿了一下，"我得替自己说句话，那时的我醉得一塌糊涂。"

"这叫替自己说句话？"

"你有更好的理由给我做借口吗？"

弗吉尔咧开嘴笑了，就这样，他又回来了，我说的那些打击他的话不在我们之间噼啪作响了。"我明白你的意思了，"我回答说，尽量显得若无其事，"那可能是我这辈子听到的最差劲的搭讪了。"

"这话从你嘴里说出来，那就真说明问题了。"

我抬起头看着他，微微一笑，回答说："谢谢你这么说。"

* * *

我得说实话，我的记忆有时候也不太清晰。我认为是噩梦中发生的事情实际上可能是真事儿。我觉得我很确定的事随着时间的推移有可能会发生变化。

就拿我昨天晚上做的跟我爸爸玩藏猫猫的那个梦来说吧，我很肯定那不是梦，而是真事。

还有那段关于我爸爸妈妈谈论动物是否会成终身夫妻的记忆。虽然我能记得他们说的每一个字，但是他们说话的声音却不是那么真切。

那一定是我妈妈不会错。一定是和我爸爸在说话。

但有些时候，我看见他的脸，才发现不是我爸爸。

---

① 原文是"date"，也有约会的意思。

艾丽斯

博茨瓦纳的老奶奶会告诉孩子们说,如果想走得快,要独行。如果想走远路,要结伴。对于那儿的村民来说这一点千真万确。但如果说这一点也适用于大象,你可能会感到很吃惊吧。

我们常常看到大象彼此之间表示关怀的亲昵举动,比如互相擦蹭身体,用象鼻子抚摸身体,好朋友遇到了令它紧张的事情,大象就会把鼻子放进它的嘴里安慰它。但是在安博塞利的研究人员贝茨、李、恩基拉尼、普尔等人决心从科学的角度证明大象是有同理心的。他们把大象看似意识到同伴在受苦或处于危险之中并采取措施以图改变现状的行为作了分类:与其他大象进行合作,或者保护一头不能自理的幼象;照顾其他大象的幼崽或者给其哺乳以起到抚慰作用;帮助一头受困或跌倒的大象去除身上扎进去的异物,比如矛尖或陷阱钢丝。

我没有机会以安博塞利的规模进行验证研究,但是我有众多轶事能证明大象具有同理心。野生动物保护区内有一头公象,我们戏称它"树桩",因为它小时候被套索式的陷阱铰掉了一大截鼻子。它不可能用鼻子折断树枝或者像卷意大利面条那样卷起青草,再用脚趾甲切断送进嘴里。它活着的大部分时间里,甚至在它青壮年时期,都是它的家族成员在喂它吃东西。我曾见过大象们为了把一头掉进河里的幼象从陡峭的河岸救上来制定出了一个绝佳方案。那是一个由一系列协调合作构成的行动,包括一些成员对河岸进行破坏来减缓坡度,另一些大象在水里引导幼象涉水,还有更多的大象在努力把它拉上岸。你可能会说树桩或那头幼象能活下来是因为进化优势。

可是,当同理心行为并不能体现进化优势的时候,事情就更耐人寻味了。我曾在兰斯堡看过这样的情景:一头大象遇到了一只困在水坑泥浆里的犀牛幼崽。那些犀牛毫无办法,也让这头大象觉得棘手,它就在旁边跺脚顿足地低吼。但最后它还是让犀牛相信它在这方面很有经验,都让开了道由它来处理。你看,从大的生态系统来看,一头大象救一头犀牛幼崽并没有什么好处。可是它还是走进水坑用鼻子把犀牛幼崽拽了出来。尽管它每次尝试的时候犀牛妈妈都会攻击它,它还是冒着生命危险拯救了一个不同物种的孩子。同样,在博茨瓦纳,我还见过一件事。一头母狮子慵懒地趴在大象必经之路旁边,它的幼崽就在那条路中间玩耍。一头母象族长正好从此地经过。正常情况下,大象遇到狮子一定会发起攻击,因为它知道这种动物对它们是个威胁。但是这头母象族长非常耐心地等着母狮子把孩子聚拢到一起,带着它们离开。没错,幼狮现在对这头大象是没威胁,但总有一天会成为威胁。然而,就在那会儿,这些幼狮只是别的妈妈的孩子而已。

话说回来,同理心也是有限度的。尽管幼象是由象群里所有的母象不分彼此共同抚养的,但是如果生母死了,幼象通常也就活不成了。还在哺乳期的幼象遗孤不会离开妈妈倒下的遗体而去。最终象群就得做出选择:要么与这头悲伤的小象在一起,那就得冒着风险,不能去喂养自己的幼象或者不能去找水源……要么把小象视为母象死亡的连带损失,选择离开。看着这种情景真是让人纠结。我曾亲眼看到类似告别仪式般的场面。家族成员抚摸着那头幼象,低吼着表达悲伤。然后它们弃它而去,幼象便饿死了。

可是有一次我在野外见到了迥然不同的景象。我碰到了一头孤独的幼象，被遗弃在一个水坑里。我不知道发生了什么情况，是不是小象的妈妈死了？还是小象迷路掉队了？不管怎样，另一个家族的象群此时正从这里经过，同时，从另一个方向跑过来一只鬣狗。这头小象成了鬣狗眼中的盘中餐：无助又美味。然而，路过的那群大象的母象头领自己也有一个孩子，可能就比这头被遗弃的小象大一点。它看到鬣狗朝那头小象冲过去时便把鬣狗赶走了。那头被救的小象跑到它身边想吃奶，母象却把它推开自顾自继续赶路了。

从常规来讲，这是很正常的现象。从达尔文的观点来看，象妈妈为什么要把喂养自己亲生孩子的奶水分给一头不相干的小象呢？虽然同一个象群里的妈妈们会给别的象宝宝喂奶，但是大多数的象妈妈却不会给遗孤喂奶；就是因为奶水不够，不能让自己的亲生孩子受委屈。另外，这头象宝宝与母象没有任何血缘关系。

然而，那头小象却发出了最绝望最孤独的哭喊声。

此刻那头母象已经前行了足有一百英尺。听到哭喊声，它呆住了，然后回转身来朝小象冲过去。奔跑的动作生猛，架势十分骇人。可是那头小象就站在原地一动不动。

母象用象鼻子抓住了它，用力把它塞进了自己巨大的象腿之间带着它向前走去。接下来的五年时间，每次看到那头小象，它都是跟这个新家族在一起。

我认为大象对母子关系有一种特殊的同理心，而且不管对方是不是自己的同类。对于大象来说，母子关系有着某种珍贵的意义。从这件事上我们可以看出，大象似乎很清楚地知道，母亲失去孩子会很痛苦。

塞拉妮蒂

我妈妈本来是不愿意让别人知道我的超能力的,却在有生之年看到了我成为灵媒以后世人瞩目的辉煌。我把她带进了我在洛杉矶的摄影棚,让她见到了她喜欢的那位主演过《黑影》的肥皂剧明星,因为他来参加了我的占卜节目。我在马里布我的房子旁边给妈妈也买了个小房子,房前屋后还有地方让她种菜种橘子树。我带她去参加电影首映礼和颁奖礼,带她去罗迪欧大道购物。珠宝、汽车、度假,她想要什么我就给她什么。可是我却没能预测出她最终会罹患癌症。

我眼睁睁地看着她身体渐渐消瘦枯萎,最终离开人世。她去世那会儿,体重只有七十五磅,好像一阵风就能把她吹散架。我的父亲多年前就去世了,但这一次妈妈去世感觉完全不同。我可算是世界上最好的演员,我把公众都给骗了,他们以为我很快乐,很富有,很成功。可实际上我知道自己内心最重要的东西已经离我而去。

母亲的去世使我的灵媒角色做得更好了。我从心底里理解了那些失去亲人的人们,他们为了弥合思念的创伤真是把我的帮助当作了救命稻草。我在录播室的化妆间里的时候,就会对着镜子祈祷我妈妈能现身出来。我跟德斯蒙德和露辛达讨价还价,以求看到些什么。我是个灵媒呀,真该死。我应该得到显灵的信息,不管妈妈在那个世界的什么地方,我得知道她一切都好吧?

三年的时间里,我得到了无数个灵魂给我的信息,要跟现实生活中的亲人联系……却没有从我妈妈那里得到过哪怕只言片语。

后来有一天,我坐进我的奔驰车要开车回家,随手把提包扔到副驾驶的座位上,结果提包落进了妈妈的怀里。

我的第一反应就是:我中风了。

我把舌头伸了出来。我记不得是不是曾在一封病毒式传播的邮件里读到过诊断中风的办法,说如果中风舌头就伸不出来,或者舌头会耷拉到一边。

我在嘴里感觉着,看看舌头是不是耷拉着。

"我能完整地说一句话吗?"我大声说着。当然能,你这个傻瓜。我心想着。你刚刚不就说了吗?

我对一切神明发誓,当时我是一个执业的著名灵媒,但是当我看见我妈妈坐在那儿的时候,我还是肯定我要死了。

我妈妈只是笑眯眯地看着我,没说一句话。

中暑了,我一边想,一边还是目不转睛地看着我妈妈,但是天没那么热啊。

然后我眨了眨眼睛。妈妈便消失了。

接下来的时间里我天马行空,浮想联翩。假如我要是在101国道上,很可能已经引起了大面积的堵车了。我愿意倾尽所有来交换,让她再次跟我说说话。

她跟她去世时那小鸟一般娇小衰弱、不堪一击的样子完全不同,变成了我童年记忆中身强力壮的妈妈模样,那时候我有病了她能抱起我就走,生气了就能骂我一顿。

虽然我很努力地去试,可是从那之后我就再也没见过妈妈。但是那一天我懂得了很多道理。我相信我们都活过好几辈子了,也投胎转世过许多回了,一个神灵就是所有活过的那些灵魂的综合体。但是如果这个神灵找到了一个附体,它就会以某个具体的人格、某种具体的形式转回世间。我以前以为神灵现身的方式一定是为了要让活着的人认出它们。可是我妈妈回来见我以后,我意识到它们现身的方式是希望人们记住它们的样子。

可能你听了会觉得不可信。你这么想也有道理。怀疑论者会对黑巫师避之不及,或者说在我自己成为黑巫师之前我也会如此。假如你没有过与超能力者打交道的切身体验,你应该对人们告诉你的这种事情持质疑态度。

如果我看见我妈妈坐在副驾驶位子上的那天有怀疑论者在我身边的话,我一定会这样跟他说:我妈妈现身时,身体不是半透明的,也不是发着微光,也不是乳白色的。在我看来,她就是实实在在的,跟我几分钟后从车库里开车出来收我停车费的那个人并无两样。就好像我把记忆中的妈妈活生生地再现于当时当下,通过技术手段合成,如同去世的纳金高与他在世的女儿同唱一首歌的影像一样。毫无疑问,我妈妈就像我发抖的双手紧握着的方向盘一样真实。

但是怀疑会像大火烧不尽的野草疯长蔓延。一旦生根,简直就不可能斩草除根。已经有很多年没有灵魂找我帮忙了。如果现在有怀疑论者问我,你觉得你在骗谁呀?

我想我会这样回答,不骗你。当然也不欺骗我自己。

* * *

在天才酒吧里的这个过来帮我忙的孩子,她的交际才能不亚于法国王后玛丽·安托瓦奈特。她一边打开我那个老掉牙的苹果电脑一边嘟哝着,手指轻轻敲着键盘。她看都不看我:"哪儿出了毛病?"

从何说起呢?我是一个联系不上灵魂世界的职业灵媒。我有两个月没付房租。昨天晚上我一直熬夜看《舞蹈妈妈》节目连播,早晨三点才睡觉。今天早晨还能把裤子套上是因为穿了塑形内衣。

噢,我的电脑还坏了。

"我要打印东西,可什么都没有。"我说。

"什么都没有,什么意思?"

我目不转睛地看着她:"一般情况下人们说这话什么意思?"

"你的电脑黑屏了吗?打印机有反应吗?有错误提示吗?你记录下任何东西吗?"

我对这些二十几岁的年轻人有看法。他们孤芳自赏,急功近利,不肯脚踏实地一步步发展。他们想要什么马上就要,实际上他们还觉得那是自己该得的。这种年轻人,我觉得就是那些在越战中阵亡的士兵转世投胎而来。时间上正对,不信你算算。这些孩子为了那场自己都不相信的战争而送掉性命,至今仍耿耿于怀。没礼貌的表现只是换一种方式在说:舔我二十五岁的屁股吧。

"喂,喂,林登·约翰逊总统阁下,"我喃喃低语,"你今天又害死了多少个孩子?"

她眼皮都没抬。

"要做爱,不要作战。"①我补了一句。

这个电脑修理工看着我,眼神好像在说我精神出问题了:"你有妥瑞特抽动症吧?"

"我是个灵媒,我知道你前世是谁。"

"哦,耶稣基督。"

"不,不是他。"我纠正她。

如果她前世是在越战中丧命的,那么她很可能前生是个男人。灵魂没有性别。(实际上,我认识的一些最好的灵媒是同性恋,我觉得那是因为他们本身就有男女特征的平衡。但这是题外话了。)我曾经有一个特别有名的主顾,一个节奏布鲁斯女歌手,她前生死于一个集中营。她现世中的前夫就是当时在背后射杀她的党卫军士

---

① 美国二十世纪六十年代反主流文化口号,最初被用于反越战游行。

兵。她在此生中的任务就是要让他先死。不幸的是,此生中他每次一喝多酒就打她,我敢拿任何东西打赌,她死后再转世,下辈子一定还会与他有交集。人生就是这样,真的:一个重新开始,一次改正的机会……不然下辈子还会让你重新尝试。

这个电脑修理工按了几个键打开了一个新菜单。"你有东西没打印出来。"她说,我在想她会不会对我想打印《娱乐周刊》上《新泽西家庭主妇》真人秀的综述表示轻蔑。"问题可能就出在这儿。"她按了几个按键,电脑突然黑屏了。"啊。"她嘟哝着,眉头紧锁起来。

连我都知道修电脑的皱眉头一定不是好事。

突然我们旁边桌上的那台打印机嗡嗡地启动了。它以疯狂的速度开始往外吐纸,每页纸上满满的都是字,不知道打的是什么。纸片一张接一张厚厚地堆积起来,掉到了地上,我忙不迭地过去捡起来。我迅速扫了一眼,上面天书一般,根本看不明白。我数了十页,然后二十页、五十页。

正当修理工愤怒地努力想让我的电脑停止打印的时候,她的头儿走了过来:"出什么问题了?"

其中一张纸飘下来落到了我手上。这页纸上也满篇天书,只是在中心部位有一个小小的长方形,那地方是一颗颗的心形图案。

修理工看起来要哭了:"我不知道怎么办好了。"

在一连串的心形图案中间是这页纸上唯一能认出来的两个字:珍娜。

真该死。

"我知道。"我说。

* * *

没有比这更令人沮丧的了,明明给了你信号,却不知其所指。这就是我回家后的感受,我将自己完全敞开给上天,却得到了一碗热气腾腾的"虚无"。要在过去,德斯蒙德或露辛达,或者他们两位灵界导师一起，就会帮我解开这个难题，告诉我造成我电脑故障的那个孩子的名字跟灵界到底有什么关系。超自然现象只是通过某种方式显现出来的能量。比如，你没按开关手电筒就自己亮了；暴雨雷电中出现的某一种幻象；手机响了，接起来却没有人说话。通过网络给我传送过来一股能量，可我就是不知道是谁传的。

我不大想跟珍娜联系，因为我能肯定上次我把她丢在警察局的台阶上这件事她还没原谅我。但是我不能否认那个孩子的事情让我在这七年的占卜生涯中头一回这么有感觉。会不会是德斯蒙德和露辛达发给我的信息呢？也许他们想试探一下我的反应，然后再来重新做我的灵界导师吧？

不管怎样，也不管是谁发的信息，我绝对不能置之不理，也许我的全部未来就取决于此了。

幸好我有珍娜的联系方式。还记得那个让来占卜的新主顾填写信息的笔记本吗？我告诉他们是为了有灵界的紧急消息可以随时联系他们，可实际上我这么做是想请他们给我的"脸书"网页点赞。

她留了一个手机号码，于是我给她打了电话。

"假如这是对顾客进行服务调查，如果1分代表糟透了，5分代表灵媒界的丽思卡尔顿，我会给你打2分，只是因为你帮我找到了我妈妈的钱包。如果不考虑这个，我会给你打-4分。什么人能把一个十三岁的小孩子一个人扔在警察局门前？"

"嗯，如果你仔细想想，"我说，"把十三岁的小孩子留在那儿不是最好的选择吗？再说了，你可不是普通的十三岁小孩子，对吗？"

"拍马屁没用，"珍娜说，"你到底要干吗？"

"另一个世界好像有人觉得我帮你没帮到位。"

她沉默了一会儿，消化这个信息："谁呀？"

我坦承："嗯，这还不大清楚。"

"你骗我。"珍娜不高兴了,"我妈妈死了吗?"

"我没骗你。我不知道那是不是你妈妈。我甚至都不知道那是男是女。我只是觉得我应该跟你联系。"

"为什么?"

我可以告诉她关于打印机的事,可是我不想吓坏她。"如果神灵想说话,就像人要打嗝一样。你要打嗝,再怎么忍也忍不住。你可以摆脱打嗝,但是却不能事先预防。你听明白了吗?"我没告诉她的是,我以前常常得到类似的消息,已经腻烦厌倦了。我不明白人们为什么这么把它当回事。对于我这是很自然的事,就像我生来就是粉色头发,会长智齿一样。之所以会有这种态度,是因为你没有意识到你随时都会失去这种能力。现在,为了能得到这些"通灵嗝",干什么我都乐意。

"那好吧,"珍娜说,"我们现在该做什么?"

"我不知道。我刚才在想,或许我们应该回到找到钱包的地方。"

"你觉得那儿会有更多的证据吗?"

突然电话里出现了另一个声音,一个男性的声音。"证据?"他重复说,"你在跟谁打电话?"

"塞拉妮蒂,"珍娜跟我说,"我觉得应该介绍你认识一个人。"

* * *

我丧失了巫术那不假,但是那并不妨碍我一眼就看出来弗吉尔·斯坦霍普对珍娜来说毫无用处。他心猿意马,花天酒地,就像一个过气的高中橄榄球明星,过去的二十年就泡在酒缸里生活着。"塞拉妮蒂,"珍娜说,"这是弗吉尔。是我妈妈失踪那天的当班警探。"

他看着我的手,伸出手来象征性地握了握。"珍娜,"他说,"得了吧,这是在浪费时间……"

"什么办法都得试试。"她坚持说。

我气定神闲地站在弗吉尔的面前:"斯坦霍普先生,我在职业生涯中无数次被请到犯罪现场。有些地方我不得不穿上靴套,因为地上都是脑浆。我也曾去过那些被绑架的孩童的家,然后指引执法者到森林里找到了这些孩子。"

他眉毛一挑:"你出庭作过证吗?"

我的脸红了:"没有。"

"**大跌眼镜呀**。"

珍娜走到他跟前。"如果你们两个玩不到一起去就暂停吧,"她一边说着一边转向我,"说吧,计划是什么?"

计划?我没什么计划呀。我想的是,如果在那个荒废的收容站走一圈,我可能就会有灵感了,可能会成为七年来的首次突破。

突然,一个男人手里拿着手机从旁边走过。我小声问道:"你们看到他了吗?"

珍娜和弗吉尔对视了一眼,然后都把视线转向了我:"看到了。"

"哦。"我看着那个人打着电话钻进他的本田汽车,开车走了。我有点泄气,因为意识到他就是个活人。我以前在拥挤的宾馆大堂里,眼里看到的五十个人里边也许有一半是灵魂。它们不是戴着枷锁或提着切掉的头颅那种样子,而是就在讲电话,或者在路上打车,或者从餐馆前台的玻璃罐里拿薄荷糖。都是稀松平常的情景。

弗吉尔翻着白眼,珍娜用胳膊肘捅了他的肚子一下。

"现在这里有灵魂游弋吗?"她问道。

我向周围瞟了瞟,就好像还能看见它们。"很可能。它们可能附着在人、地点和各种东西上面。它们也可能四处游荡,散养状态。"

"像养鸡那样?"弗吉尔说,"我当警察时见过那么多谋杀案,我就从来没见过哪一具尸体周围有鬼魂的,你不觉得这很奇怪吗?"

"没什么奇怪的,"我说,"你内心那么抵触,它们为什么要现身让你看?就好比你是异性恋,能指望走进同性恋酒吧遇到什么人吗?"

"说什么呢？我可不是同性恋。"

"我没说你是……哦，算了。"

尽管他是个原始人，可是珍娜好像对他挺着迷。"打个比方说吧，我身上有鬼魂附体了，我洗澡的时候它会盯着我看吗?"

"我觉得不会。它们也曾做过人。它们明白隐私的问题。"

"那么做鬼又有什么意思呢?"弗吉尔压低声音说道。我们跨过了大门口的铁链子，心照不宣地走进了收容站。

"我没说做鬼有意思。我见过的大多数的鬼都不太快乐。它们觉得人间还有未竟之事。或许它们前世只顾着偷窥别人，需要做好筹划以应对接下来可能遇到的任何命运。"

"你是说我在加油站厕所逮住的那个偷窥狂在死后会自然而然地良心发现吗？说着有点轻巧。"

我回头看着他说:"有时候人的身体和心灵会发生冲突。造成冲突的原因就是自由意志。你抓的那个人来到世上很可能不是为了在加油站厕所偷看别人，但是他活在这个世上的时候，可能有什么影响了他，比如自负、自恋或其他垃圾事。所以，即使他的心灵可能告诉他别偷看，他的身体却告诉他抓到就算倒霉呗。"我穿过一丛丛高茎草，把缠在我斗篷流苏上的一根芦苇解下来，"这种心理就像吸毒的人或酗酒的人一样。"

弗吉尔突然转过身去:"我走这边。"

"实际上，"我指着跟他相反的方向说，"我有种感觉我们应该走这边。"其实我根本就没什么感觉。只是因为弗吉尔让我觉得那么讨厌，他要说黑的，我就一定要说白的不可。他已经对我做出了定论认为我不行，这让我觉得他肯定知道我是谁，也想起麦考伊参议员的儿子那件事了。事实上，要不是我确信自己此时此刻应该跟珍娜在一起，我会马上披荆斩棘返回车上，直接他妈的开回家。

"塞拉妮蒂,"珍娜问道,她凭着良好的直觉选择跟我走了,"你刚才说的那些关于身体和心灵的话,对做过坏事的人都适用吗?"

我瞥了珍娜一眼:"这不是一个哲学问题。"

"弗吉尔认为我妈妈之所以消失是因为她杀了收容站里的那个大象饲养员。"

"我以为那是个事故。"

"反正当时警察是这么说的。可我猜想弗吉尔有些疑问始终没得到答案,而我妈妈苏醒过来就离开了,他连问的机会都没有。"珍娜摇了摇头,"法医报告说踩踏造成的钝力伤害是致死原因,可我想说的是,如果那个钝力伤害是人为的呢?大象只是在尸体上踩了一脚呢?你能看出两者有什么不同吗?"

我说不出来。如果还能在林子里再碰到弗吉尔,应该问问他才对。但是像珍娜的妈妈那样爱护大象的人,如果有头大象要替她顶罪也不稀奇。宠物爱好者们不是总说有座彩虹桥能让他们重聚吗?那是存在的。偶尔有从另一个世界回来的人告诉我说,在另一端等着他们根本不是人,而是一条狗,一匹马,甚至有一次是一只宠物狼蛛。

假如这个收容站里的那个大象饲养员的死不是事故,艾丽斯有可能还活着,正在潜逃中,这就能解释我为什么没得到明确的信息说她已经变成一个灵魂,在想办法与她女儿联系了。不过,这也不是唯一的解释。

"如果你妈妈真杀了人,你还想找到她吗?"

"想。因为那样我至少能知道她还活着。"珍娜在草丛中坐了下来;那些草很高,几乎盖过了她头顶,"你说过如果你知道她死了你会告诉我的。而你到现在都没说过她已经死了。"

"怎么说呢,我确实没有从她的灵魂那里得到消息。"我附和着。我没明说的是,我没得到消息可能不是因为她还活着,而是因为我没本事。

珍娜开始一把一把地拔草然后把草撒在她那双光腿上。她问我:"弗吉尔那样的人认为你不正常,你生气吗?"

"更难听的话我都听过。再说,我们俩都死了才能知道到底谁对谁错呢。"

她又想了想:"我有个数学老师艾伦先生。他说过,如果你是一个点,你就只看到一个点。如果你是一条线,你会看到那条线加上那个点。如果你在一个立体空间里,你会看到三个维度,许多条线和许许多多的点。就因为我们看不到第四维度并不能说明它不存在。只能说我们还没那个能力。"

"你呢,"我说,"你的智慧远远超过了你的年龄,孩子。"

珍娜低下头:"你以前见过的那些鬼,它们会待多长时间?"

"不一定,它们通常一得到解脱就会离开。"

我明白她想知道什么,还有她为什么这么问。这是一种关于死后生活的神话,我真不愿意说破它。人们总是认为自己死了以后就会跟亲人们团聚,永不分离。我说实话吧,根本就不是那回事。死后生活绝不是此生的延续。你和你深爱的丈夫死后不会在你们分离的地方再次相遇,一起在餐桌上玩填字游戏,或者争论是谁把牛奶喝光。可能有些时候会发生这种事。但情况往往是,先你而去的丈夫已经往前走了,到达了灵魂的另一个层次。或者可能是你更早地完成了灵魂进阶,他还在想办法摆脱此生的时候,你已经与他擦身而过。

以前我的主顾来找我,他们最想从亲人那里听到的话就是:**我在等着你来。**

而十次里有九次他们会听到的话却是:**你再也见不到我了。**

这个小女孩又瘦又小。"珍娜,"我骗她说,"你妈妈要是不在世上了,我会知道的。"

Leaving time

我曾想过我可能会下地狱的,因为我靠着欺骗主顾来赚钱谋生,让他们错误地认为我还有超能力。但是,很显然今天我为自己确保了魔鬼单人表演的前排座位,因为我让这个孩子相信了我,而连我自己都不相信自己。

"哦,喂,你们俩的野餐结束了吗?还是我该继续在周围转悠,在大海里捞针?不,说错了,"弗吉尔说,"不是捞针,针还挺有用呢。"

他站在我们面前如高塔一般居高临下,双手叉腰,满面怒容。

可能我不仅应该为了珍娜到这儿来。可能我还应该为了弗吉尔·斯坦霍普到这儿来。

我站起身来想要抵御他带来的负能量海啸:"你要是开阔思路多想些可能性,没准你就会有意想不到的发现。"

"谢谢,甘地,但是我更喜欢以法律事实为依据,而不是利用莫名其妙的骗人把戏。"

"那个骗人的把戏可是给我赢得了三次艾美奖,"我明确指出,"你不觉得我们所有人都有点冥冥之中的感觉吗?你就从来没有过这种事,比如正想到一个多年不见的朋友,他就打电话来了?完全出乎意料?"

"没有。"弗吉尔回答得很干脆。

"当然了。你根本就没有朋友。那么有没有过这种时候,你用导航开车走在路上,心里想着我要左拐,而正好导航就告诉你该左拐?"

他哈哈大笑:"所以灵媒就是个概率问题。你的占卜结果对错各有一半可能性。"

"你脑子里从来没有过内在的声音吗?本能反应?直觉?"

弗吉尔露齿而笑:"想猜猜看我的直觉现在跟我说什么吗?"

我双手一摊。"我要退出。"我跟珍娜说,"我不知道你哪来的念头认为我是这个合适的人选来——"

"我想起这个地方了,"弗吉尔开始有目的地在芦苇中穿行,珍娜和我跟在他后面,"这地方曾经有棵很大的树,看见雷劈的痕迹没有?那边曾经是个池塘。"他手指着那个方向说道。他转来转去寻找方向,然后向北走了大约一百码。在那儿他以一个点为中心,小心翼翼地向外一圈一圈用脚探查,最后发现一处地面深陷的地方。弗吉尔大喜过望,弯下身子开始清理掉落在地上的树枝和地上湿软的苔藓,一个深洞露了出来。"这是我们发现尸体的地方。"

"被踩踏致死的那个人的尸体。"珍娜有所指地说道。

我退后一步,不想掺和其中。正在这时有个东西晃了我眼睛一下,那东西一半露在外面,一半埋在弗吉尔翻起来的那层苔藓里面。我弯下腰,拽出来一条项链,搭扣完好无损,上面有个小小的吊坠:那是一颗打磨到极致的卵石。

又一个信号。我听到你的声音了,我在心里对那个隔着无形屏障的信息传达者说。我把项链放在手心里:"看看这个。可能是属于那个受害者的东西吧?"

珍娜的脸变得煞白:"那是我妈妈的。她从来都没摘下来过。"

* * *

遇到不相信我的人,我就会拿托马斯·爱迪生举例子。而且,亲爱的,你知道吗,这种人对我有极大的兴趣,就好像蜜蜂看见花蜜一般。这个世界上所有的人都会承认说爱迪生是科学家的典型代表。他那天才的数学头脑让他发明出了留声机、电灯泡、电影摄影机以及放映机。我们知道他是个自由思想家,他认为世界上根本不存在上帝。我们知道他拥有1093项专利。我们还知道他去世前正在着手发明一台能与死人对话的机器。

工业革命的全盛时期也正是"招魂术"发展的高峰时期。不能仅仅因为爱迪生对现实世界中机械方面的突破不遗余力,就认为他对超自然的东西不那么着迷。他推断，如果灵媒可以通过降神会的形式与另一个世界沟通，那么一台精妙的机器也一定能做到。

他对于自己计划要做的这项发明谈得不多。可能是他怕自己的创意被人偷走了，也可能是他还没有想出来具体的设计方案。他对《科学美国人》杂志说那台机器会利用"阀门的原理"，也就是说，只要另一个世界有一点风吹草动，就会触发某根金属丝，带动某个铃声响起，就有可能获得某种证据。

我能不能说爱迪生相信死后生活的存在呢？这么说吧，尽管人们总说他说过生命不可灭的话，他可从未回来亲口告诉我这话。

我能不能说他没想要揭穿招魂术呢？也不完全是。

但是同样可能的是，他想要用一个科学家的头脑去解决很难量化的一个领域的问题。同样可能的是，他尝试着要用实在确凿的证据去证明我曾赖以谋生的职业具有合理性。

我还知道，爱迪生认为清醒与睡梦之间就像隔着一层薄纱，就在两者交替之时我们与自己的灵魂最接近。他坐在安乐椅上打盹的时候，会在安乐椅两个扶手旁边的地板上各放上一个金属盘子，每只手上还握一个滚珠轴承。当轴承砸到盘子上，把他惊醒过来，他会马上把当时的所见、所想及想象到的都记录下来。他非常精于保持那种清醒与睡梦的临界状态。

他可能是想要引导自己的创造力。或者可能是想要引导……嗯……神灵。

爱迪生死后，没找到任何样品或图纸表明他已经开始制造那台与死人交流的机器。我猜这意味着那些处理他的遗产的人对其唯灵论的倾向感到羞耻，或是他们不愿意人们记住一个伟大的科学家的另一面。

而在我看来，托马斯·爱迪生才算是笑到了最后。因为在他的家乡，佛罗里达州迈尔斯堡市的停车场里矗立着他的等身雕像。他的手上就握着那个滚珠轴承。

* * *

我感觉到这儿曾出现过一个男人。

当然,如果让我说实话,那可能是鼻窦炎引起的头痛效果。

"你当然感觉到是一个男人,"弗吉尔一边说着一边把他的辣狗包装锡纸在手里捏成了一团。我从来没见过一个人会像他那样吃东西。他让我想到的词是**大章鱼和湿真空吸尘器**。"除了男人还有谁能给一个妞送项链?"

"你总是这么没教养吗?"

他拿了我一根薯条:"对你,我特别优待。"

"你还没吃饱吗?"我问他,"给你来一大盘热气腾腾的别不服气怎么样?"

弗吉尔怒目而视:"凭什么? 就因为你正好踩着了一件珠宝?"

"那好,你又找到了什么呢?"铁皮车里卖我们热狗的那个男孩满脸粉刺,正盯着看我们俩斗嘴。"看什么?"我冲他喊道,"没见过人吵架呀?"

"他兴许没见过粉色头发的人。"弗吉尔嘟哝了一句。

"至少我还**有**头发。"我一针见血。

这句话,至少触到了他的痛处。他用手摸了摸自己的寸头。"这棒透了。"他说。

"你也只能这么安慰自己吧。"我眼角的余光又看到卖热狗的那个男孩盯着我们看呢。我一方面想要自己相信他可能是被这台"人肉吸尘器"打扫我的午餐的情景给吸引住了,一方面我脑子里还有一个小念头在作祟,或许他认出我是那个曾经红极一时的名人了吧。"你就不能找点活干吗?"我冲他一打响指,他立马从窗口消失了。

我们坐在公园里吃着我买的热狗,因为弗吉尔发现自己身上一毛钱都没带。

"是我爸爸。"珍娜说道,满嘴豆腐热狗。她现在把那根项链戴在了脖子上,吊坠放在她的T恤外面。"项链是我爸爸送给妈妈的。当时我在场,我记得这事。"

"很好。你记得你妈妈项链上有块石头,可是却不记得她消失的那天晚上到底发生了什么。"弗吉尔说。

"试试用手握着它,珍娜。"我建议她,"我以前被请去破绑架案的时候,我摸着某件属于被绑架的那个孩子的东西,就能获得最有效的线索。"

"放狗屁。"弗吉尔说。

"再说一遍?"

他抬起头,一脸无辜:"母狗,不对吗?猎犬不就是这样找线索的吗?"

懒得理他,我看着珍娜把项链握在手里,闭上了眼睛。"什么都没想起来。"过了一会儿她说。

"会想起来的,"我保证说,"我敢说,你越不想,你的本能发挥得就越好。我敢打赌,你今天晚上刷牙的时候就会想起来某件大事的。"

当然,不一定会是那样。我已经等待多年,现在跟盐湖城的酒吧一样处于断流状态。

"别光指望她用这件东西唤起记忆,"弗吉尔把想法说了出来,"也许给艾丽斯项链的人能告诉我们些什么。"

珍娜猛抬起头:"我爸爸?他有一半的时间甚至连我的名字都想不起来。"

我拍拍她胳膊:"没必要为父亲们的罪过不好意思。我爸爸就是个同性恋,还爱扮女装。"

"那又怎么了?"珍娜问。

"没什么。只不过他当女角也很差劲。"

"嗯,我爸爸住在精神病院里。"珍娜说。

我的视线从她头顶上落到了弗吉尔的脸上:"啊。"

"据我所知,"弗吉尔说,"你妈妈失踪以后没有人回去找你爸爸谈过,也许值得一试。"

我对冷读术很有研究,所以一个人要是心里有事我准能看出来。而此时此刻,弗吉尔·斯坦霍普就在耍心眼。我不知道他葫芦里卖的什么药,或者说他想要从托马斯·梅特卡夫那里得到什么,但是我绝不会让珍娜单独跟他去找她爸爸。

尽管我曾发誓再也不踏进精神病院半步。

发生了参议员儿子那件事以后,我经历了一段黑暗的日子。酗酒无度,吃药无数。我当时的经纪人建议我休养一段时间,而她所说的休养是指在精神病院待一段时间。这么做要极为小心,那些名人都会去这种地方重整旗鼓,也就是好莱坞对洗胃、戒酒瘾或电击疗法的代名词。我在那里待了三十天,这段时间已经足以让我认识到,如果不想再回到那个地方就决不能再这么自暴自弃。

我在那里的室友是个漂亮的小姑娘,一个著名的嘻哈音乐家的女儿,叫吉达。吉达把头发都剃光了,后背上沿着脊柱打了一排洞,拴着一根细细的白金链子。我总在想她晚上能平躺着睡觉吗?她总是跟她认为绝对真实而实际上根本不存在的一群武装分子讲话。有一天她想象其中一个人拿着刀子追杀她,于是她跑到了车流不断的大街上,结果被一辆出租车撞了。她被诊断为妄想型精神分裂症。我跟她住一屋的时候,她相信外星人在用手机控制她。每次有人要发短信,她就会发狂。

一天夜里,吉达坐在床上开始一边前后摇晃身体,一边说:"我要遭雷劈了。我要遭雷劈了。"

你要知道,那可是个晴朗的夏夜。可她就是不肯停下来。她就那样一直摇了一个小时,然后闪电开始划破夜空,雷声滚滚。她开始尖叫并使劲抓挠自己的皮肤。一个护士走进来试图安慰她。"亲爱的,"她说,"闪电雷鸣不会进来,你在屋里不会有事的。"

吉达转身看着她,那一刻我看到她的眼神是极其清澈的。"你根本不懂。"她低声说道。

突然一声炸雷,窗户就碎了。一道闪电的弧光射了进来,烤焦了地毯,在吉达的床垫子上她坐着的地方旁边烧出了一个拳头大的洞。她摇晃得更厉害了。"我说过我要遭雷劈的,"她说,"我说过我要遭雷劈的。"

我告诉你这个故事是想说,我们认为精神不正常的人恰恰可能比你我都更正常。

"我爸爸帮不上什么忙,"珍娜坚持说,"我们不用费劲了。"

我的冷读术再次告诉我,她的眼神突然飘向左边,她正在咬指甲的动作都说明她也在撒谎。为什么呢?

"珍娜,"我问她,"你能不能跑到车上,看看我的太阳镜是不是落在那儿了?"

她站起身,显然很高兴不用再聊下去了。

"好吧。"我直视着弗吉尔的眼睛,"我不知道你要干什么,但是我不相信你。"

"非常好。这么说我们俩对彼此的感觉完全一样。"

"你有事瞒着她。"

他迟疑不语,我肯定他是在斟酌要不要跟我说实话。"发现饲养员死亡的那天晚上,托马斯·梅特卡夫很紧张,很烦躁。有可能是因为当时他找不到妻子和女儿了,也可能当时他就出现精神崩溃的前兆了,但是也有可能是因为负罪感。"

我向后靠,双臂交叉抱在胸前:"你认为托马斯有嫌疑。你认为艾丽斯有嫌疑。在我看来,只要谁认为那个饲养员的死是个事故,那他就是有问题的,只有你是好人。"

弗吉尔抬头看着我:"我觉得托马斯·梅特卡夫好像一直在虐待他妻子。"

"这可是个逃跑的充分理由,"我把心里的想法说出了声,"所以你想会会他,看看他什么反应。"

弗吉尔耸耸肩不置可否,我知道我猜对了。

"你想过这样做对珍娜会有什么影响吗?她已经认为是她妈妈抛弃了她。你想让她知道她爸爸也是个混蛋,把她心中所有的美好都夺走吗?"

他不安地动了动身子:"她在雇我做这件事的时候就该想到后果。"

"你真是个混账。"

"我收了钱就是来干这个的。"

"要真是这样,你应该多纳了不少税。"我眯起眼睛盯着他,"你和我都明白,你办这个案子是不会发财的。那么你到底想要得到什么?"

"真相。"

"为了珍娜?"我问他,"还是为你自己,因为十年前你太懒没去查?"

他的下巴抽搐了一下。一时间我觉得自己过分了;他马上就要站起身发飙了。可是他还没来得及发作,珍娜就回来了。"没看见太阳镜。"她说。项链还挂在脖子上,项链坠握在手心里。

我知道有些神经科专家认为,患自闭症的孩子大脑中的神经元突触太密了,相继触发速度太快,所以会引起超意识;所以这些孩子们摇晃身体或喃喃自语的原因之一是为了集中注意力,避免各种感觉同时狂轰滥炸。我觉得超自然感知力跟这个道理都差不多。很有可能的是,这两者都不能算精神病。我曾有一次问过吉达,她那些想象中的朋友是怎么回事。**想象的？**她当时重复了一句,好像是我有精神病似的,因为我看不见他们。这是个启发,我明白了她说的话,因为我经历过。如果看到某个人在跟一个你看不见的人讲话,她可能是妄想型精神分裂症。但是她也有可能是灵媒。不能就因为你看不到跟她讲话的那个人,就认定那个人不存在。

我不太愿意到精神病院去见托马斯·梅特卡夫的另一个理由就是:我很可能会见到一个无法控制其超能力的人,而那种能力正是我不惜一切代价想要再次得到的。

"你知道去那个精神病院怎么走吗?"弗吉尔问。

"说真的,去见我爸爸可不是什么好主意。他对不认识的人不是总那么友好。"珍娜说。

"我想你说过有时候他甚至连你都不认识。那么谁能说我们不是他忘记的老朋友呢?"

我看出来珍娜在反复考虑弗吉尔的逻辑,在纠结她应该保护爸爸还是利用一下他的无助。

"他说得对。"我说。

弗吉尔和珍娜听了我的话都吃惊不小。"你同意他的想法?"珍娜问道。

我点点头:"如果你爸爸能提供你妈妈那天晚上离开的原因,说不定会为我们指明正确的方向。"

"你决定吧。"弗吉尔不表态。

过了好一会儿,珍娜说:"事实上,我爸爸一直都在说我妈妈的事,其他从来不谈。他们怎么认识的。她长什么样。他什么时候知道他该向她求婚的。"她咬着下嘴唇,"我不愿意你们去见他是因为我不想别人知道这些。**谁都不行**。这些事情就好像是我与爸爸之间唯一的纽带。只有他跟我一样那么想念我妈妈。"

当老天召唤你的时候,你怎么会置之不理? 不管是因为这个小女孩的万有引力,还是因为她是一个我注定要被吸进去的黑洞,我都有理由一次又一次地回到她身边。

我给了她最灿烂的笑容。"宝贝,"我说,"我最爱听好听的爱情故事了。"

艾丽斯

那头母象头领死了。

我们叫它玛阿波，昨天，它步履艰难，走走停停，渐渐地落在象群的队尾，最后前腿跪下翻倒在地。我已经连续三十六小时不间断地在观察着它。我看到了它的家族成员，也是它最好的伙伴——女儿欧纳莱娜——是如何尝试用象牙推它站起来的。它做到了，可是最终玛阿波还是倒地不起。它在瘫倒之前最后一次朝女儿伸出长鼻子，宛如一条丝带飘在空中。欧纳莱娜和族群里的其他大象发出了悲伤的吼声，它们用象牙和身体又拉又推玛阿波的尸身，想要让它们的头领再站起来。

六个小时以后，象群离开了它。可几乎就在同时，另一头大象走了过来。我以为是玛阿波族群里掉队的一头象。但是从大象左耳上那个三角形的豁口以及它脚上的斑点，我认出来它是塞森雅，另一个象群的头领，它的象群比玛阿波的象群小。塞森雅和玛阿波之间没有亲属关系，但是靠近玛阿波尸体的时候，塞森雅还是放慢脚步，步履轻柔起来。它低着头，双耳下垂。它用长鼻子抚摸玛阿波的尸身。它抬起左后腿悬在玛阿波的身上，然后跨过玛阿波的身体，让倒地的大象处于自己的肚子下面。它开始前后晃动身体。我记录了时间，一共六分钟的时长。虽然没有音乐伴奏，可还是让人感觉它是在跳舞。一首无声的挽歌。

这个行为要表现什么含义？一头与玛阿波毫无关系的大象为什么会对它的死如此在意？

距离那头被陷阱困住后被人道射杀的大象科诺西的死已经两个月了；而我正式集中我的博士后研究方向，也已经两个月了。跟我一起在禁猎区工作的那些同事们，有的研究图利风景区内大象的迁徙规律及其对生态系统的影响；有的研究干旱对大象繁殖率的影响；有的研究公象的发情期狂躁。而我研究的是大象的认知问题。这无法用地理追踪的仪器完成，也不可能通过 DNA 测试得到。不管我记录下多少大象的行为事例，比如它们会抚摸死去大象的头骨，或者回到以前家族成员死去的地点等，只要我把这些行为解释为悲伤的表示，我就超出了不该逾越的动物研究的界限。因为我给一种非人类动物赋予了情感。

如果有人让我对自己的研究工作做个辩护的话，我会这么说：行为越高级，其中的原理就越缜密越复杂。数学，化学，那都太简单，都是封闭的模型，答案也各自分立。要想弄明白行为问题，不管是人的行为还是大象的行为，你的研究系统都会非常复杂，这也就说明其中的原理一定有**那么**错综复杂。

可从来没有人对我的研究提出过问题。我敢说我的老板格兰特一定认为这只是我研究的一个阶段性问题，我迟早都会放弃大象认知的研究，回到科学研究的正轨上。

我以前见过很多大象死亡的情景，可这次是我改变研究重点以后的头一次。我想把所有的细节都一点不漏地记录下来。我想要确保不忽略掉任何看似稀松平常的事情，任何我日后才会意识到的非常关键的大象哀悼行为。为了这个目的，我不惜牺牲睡眠时间待在那儿观察。我通过识别大象的特征记录下哪头大象来过，这些特征包括它们的象牙，尾巴上的毛，身上的标记，有时候甚至是它们耳朵上的血管分布，因为那地方的血管分布每头大象都不同，就像人类的指纹一样具有唯一性。我将它们抚摸玛阿波的时间长短以及抚摸部位做了记录；我记录了它离开的时间，是否有再返回。我也记录了其他动物，包括一只黑斑羚、一只长颈鹿，从旁边经过。它们根本没注意到那头倒地的母象。但是我待在那儿的主要原因是想看看它女儿欧纳莱娜会不会回来看它。

差不多十个小时以后它回来了。它是黄昏的时候回来的，那时它的象群已经走远了。夜幕像断头台一样迅速降临，它静静地站在妈妈的尸体旁边。它时不时地会吼叫，吼叫之后东北方向就会传来回应的象吼声。好像它是在向姐妹们报到，提醒它们它还在这里。

欧纳莱娜在过去的一个小时内都没动地方。这时，一辆路虎开过来，车灯刺破了黑暗。我吓了一大跳。欧纳莱娜也吓了一跳。它从妈妈尸体旁退后几步，大耳朵扇呼着以应对威胁。"你在这儿呀。"安雅把车开到我身边时说道。她也是研究大象的，在研究由于偷猎造成的大象迁徙路线的改变问题，"对讲机呼叫你没回答。"

"我把音量调小了。我不想打扰它。"我说着话，朝那头紧张的大象点点头。

"好吧。格兰特找你有事。"

"现在吗？"我告诉我的老板要改变研究重点，要研究大象的悲伤情绪时他就不太支持。现在，他几乎不跟我讲话了。他找我是说明他回心转意了吗？

安雅看着玛阿波的尸体："什么时候的事？"

"差不多有二十四小时了。"

"通知管理员了吗？"

我摇摇头。我会的，这不是问题。他们会过来把玛阿波的象牙拿掉，以防引来偷猎者。但是我想过几个小时再通知他们，应该留给它的族群足够的时间来表示悲伤。

"你什么时候去见格兰特，我好告诉他。"安雅问道。

"马上。"我说。

安雅的车开入灌木丛中间,渐渐变成一个粉色的光点,像一只萤火虫一样消失在远处的黑暗之中。欧纳莱娜喷出一口气,满怀愤懑。它把长鼻子伸进了妈妈的嘴里。

还没等我把这一切记录下来,一只鬣狗跑到了玛阿波跟前。借着亮光我看到鬣狗张开的嘴里露出了白亮的门齿。欧纳莱娜吼了起来。它伸直了鼻子,看上去离那条鬣狗太远了根本伤不到它。但是非洲象的鼻子有大约一英尺的长度是像手风琴一样可以伸缩的,会在你不经意的时候甩在你身上。它使劲地打了鬣狗一下,鬣狗连滚带爬地从玛阿波的尸体旁跑开了,嘴里嗷嗷哀嚎。

欧纳莱娜那沉重的脑袋转向了我。它正在从颞腺分泌液体,形成两道深灰色的印迹顺脸流下来。

"你让它安息吧。"我大声说道,但是我也不知道这话是对它说的还是对自己说的。

第一缕阳光照在我脸上的时候我惊醒过来。我的第一个念头就是格兰特会杀了我的。我的第二个念头是欧纳莱娜离开了。它原来站着的位置上有两头母狮子在撕扯着玛阿波的后腿和臀部。头顶上,一只秃鹫在空中来回8字形盘旋,等着轮到自己来享受美餐。

我不想回营地去。我想坐在玛阿波尸体附近的地方看看是否还会有其他大象来表达敬意。

我想找到欧纳莱娜,看看它现在在做什么,象群的行为如何,以及哪头母象会继任为新头领。

我想要知道,它的悲伤之情会不会像水龙头一样可以关闭,它是不是还在思念自己的母亲。多长时间它才能从悲伤中走出来。

   * * *

显而易见,格兰特在惩罚我。

某一个从新英格兰来的混蛋要到这儿来访问一个礼拜,格兰特要找个临时保姆。在格兰特所有能调用的同事中,他偏偏选了我。"格兰特,"我说,"这里不是每天都能碰到母象头领过世这种事。你得清楚这对我的研究有多么重要。"

他从办公桌上抬起头:"一个星期以后那头大象也不会活过来。"

我的研究打动不了他,也许可以用我的工作安排试试。"可是我早就计划好今天带欧文出去的。"我跟他说。欧文是个野生动物兽医;我们要给一头母象戴上项圈,供南非夸祖鲁-纳塔尔大学来的一个研究小组做研究。换句话说就是:我很忙。

格兰特抬头看着我。"太棒了!"他说,"我肯定这个家伙会喜欢看你们给大象戴项圈的。"于是,我就坐在了狩猎保护区的大门口,等着新罕布什尔州布恩市的托马斯·梅特卡夫大驾光临。

每次有人来访都是麻烦事。有时候来访者是赞助了卫星定位项圈的大款,他们带着老婆和生意伙伴来这儿是为了享受合法的"伟大的白人猎手"游戏。他们看到的当然不是真正的猎杀,而是兽医远程注射然后给大象戴上项圈。尽兴之后再为自己的慷慨解囊来两杯杜松子酒,暮后小酌。有时候来访者会是某个动物园或马戏团的驯兽师。那种人基本上都是白痴。上一次来访的是费城动物园的管理员,我开着路虎不情愿地护卫了他两天。当我们看到一头六岁的小象颞腺分泌出腺体的时候,他一口咬定这头幼象要进入发情前的狂躁期了。不管我怎么争辩(我是说,怎么可能?六岁的公象根本不可能进入狂躁期!),可他就是向我保证他说的没错。

我承认,当托马斯·梅特卡夫从非洲出租车(如果你从来没坐过这种车的话,坐坐体验一下吧,绝对不一样)里钻出来的时候,他看上去与我想象的不一样。他年龄跟我差不多,戴着一副圆圆的小眼镜。从车上一下来,蒸腾的湿气就把他的眼镜片蒙上了一层水汽。

所以他瞎乎乎地摸索着抓住了手提箱的把手。他上上下下地打量我一番，从我乱蓬蓬的马尾辫看到脚上那双粉色的康威牌运动鞋。"你是乔治？"他问。

"你看我像叫乔治的人吗？"乔治是我的一个同事，一个博士生。我们都一致认为他不可能拿到学位。换句话说，他是我们所有人取笑的对象，直到我开始进行大象悲伤情绪的研究。

"不像。我是说，对不起。我以为是别人来接我呢。"

"对不起让你失望了，"我说，"我叫艾丽斯。欢迎来到北图利风景区。"

我领他上了路虎车，我们开始沿着保护区内未作标记的蜿蜒土路穿行。一路上，我按照我们对游客讲的那套词儿口若悬河地给他做着介绍。"根据记载，大约在公元700年的时候，第一批大象来到了这里。十九世纪后期的时候，当地的部落首领得到了枪支，从此大象的数量受到了极大的影响。到了'伟大的白人猎手'时代，大象就几乎绝迹了。直到建立起这个保护区，大象的数量才开始逐渐增多了。我们这儿的研究人员一周七天都在做实地考察。"我说，"尽管我们从事的研究项目不同，我们都有着共同的任务：那就是观察不同的象群和其中的关联，认识每一个象群中的每一头大象，追踪它们的活动和栖息地，确定它们的势力范围，每月做一次数量普查，记录下死亡和出生的变动情况，发情期和狂躁期；收集公象的数据，记录降雨量——"

"你们这里现在有多少头大象？"

"大约一千四百头，"我回答，"还有豹子、狮子、猎豹……"

"真难以想象。我养了六头大象，要不是日夜跟它们生活在一起，要想弄清楚谁是谁都已经非常困难了。"

我就是在新英格兰长大的，我知道那个地方有野生大象的概率，就好比我同时长了三条胳膊。这就意味着我面前的这位要么是开动物园的,要么是经营马戏团的,而这两者都是我所不屑的。如果哪一个动物驯养师告诉你,他们教给一头大象做的那些事就是野生大象会做的事,他就是在骗人。野生状态下,大象不会用后腿直立,不会衔着前边大象的尾巴首尾相接地走路,也不会转圈撒欢。野生状态下,大象彼此总是隔开几码的距离。它们不断地互相拍打、擦蹭,彼此照应。在被人类圈养的状态下,大象就是被盘剥利用的对象。

如果说我没有因为被惩罚来接待托马斯·梅特卡夫这件事记恨他的话,现在我就是因为原则立场问题而讨厌他了。

"那么,"他说,"你在这里做什么呢?"

老天救救我吧别再让我接待游客了。"我是这里的玫琳凯化妆品推销员。"

"我是说,你在做什么研究?"

我用眼睛的余光扫了他一眼。我没必要跟刚认识一分钟的人生气,况且又是个对于大象了解远不如我多的人。而且,我每每谈起我的研究,人们都会惊讶地抬高眉毛。对此我已经司空见惯,也就习惯性地对自己的研究闭口不谈。

前方出现了一大群长角带蹄的动物飞快地穿越我们行车的小路,这下我不用回答他的问题了。我紧握方向盘及时踩住了刹车。"你最好待着别动。"我跟他说。

"它们太不可思议了!"托马斯感叹说,而我尽力避免翻白眼。如果你住在这儿,你就见怪不怪了。对于游客来说,什么事都是新鲜的探险,值得放慢脚步好好看看。是,这是长颈鹿。是,这很特别。但是如果你见过八百遍以后就不会有这种感觉了。"这是羚羊吗?"

"是黑斑羚。可我们都称它们麦当劳。"

托马斯指着一头正在吃草的黑斑羚的臀部:"是因为那些斑纹

而得名的吗?"

黑斑羚两条后腿从上到下有两道黑色的条纹,另一道长在尾巴尖的地方。看起来真有点像麦当劳那个金色的拱门标志。可是它们得到这个绰号是因为它们是丛林中那些食肉动物最常吃的食物。"因为我们已经卖了十亿多个汉堡。"我说出了麦当劳的广告词。

非洲的浪漫和现实有很大的差别。那些怀着兴奋的心情来看动物大迁徙的游客,如果有幸看到一头母狮将猎物扑倒撕咬,却往往会默不作声,感到恶心。我看到托马斯的脸变白了。"好了好了,小娃娃,"我说,"现在知道你不是在新罕布什尔了吧。"

* * *

我们在主营地等那个野生动物兽医欧文的时候,我给托马斯讲了野生动物园的规定:"别下车。在车里别站起来。在动物的眼里我们跟车是一个巨大的整体,可一旦你分离出来,你就有麻烦了。"

"对不起让你们久等了。刚才给一头犀牛搬家,出了点麻烦。"欧文·敦克尔克背着包扛着枪匆忙跑过来。欧文是个大块头,喜欢在车上而不是直升机上给动物发射麻醉枪。在我改变研究重点之前我们相处得很融洽。欧文比较老派,他看重的是证据和统计数字。我当时还不如说我用一笔研究经费在研究巫术或证明独角兽的存在呢。"托马斯,"我说,"这是欧文,我们的兽医。欧文,这是托马斯·梅特卡夫。他来这里访问几天。"

"你确信你还能做这个吗,艾丽斯?"欧文说,"可能你已经忘记怎么给大象戴项圈了吧?你不是一直在给大象写挽歌什么的吗?"

他的挖苦我就当没听见,托马斯·梅特卡夫脸上那奇怪的神情我也当没看见。"我敢肯定我闭上眼睛也能做好,"我跟欧文说,"这一点不用我说你了吧?上次那个没打中目标的人不是你吗?大象那么大的目标?"

安雅也坐上路虎跟我们一起去。我们去给一头大象戴项圈的时候,会需要去两个研究人员,三辆车。这样才能保证我们在工作的时候,不会受到象群的干扰。另外两辆路虎由两个公园管理员开着,其中一个人今天已经跟在了特博格所在的象群后面。

给大象戴项圈是门艺术,不是科学。我不喜欢旱季或夏天的时候给大象戴项圈,因为气温太高。大象的体温上升很快,它们倒下的时候你得时刻监控它们的体温。具体做法是,要保证兽医离大象二十米左右,好让他稳妥地把麻醉针射到大象身上。母象头领一旦倒地就会引起象群的恐慌,所以理想的状态就是有公园管理员跟着,他们知道怎么把象群赶开。所以你**不会**喜欢有托马斯·梅特卡夫这样的生手在场,他们可能会做出什么愚蠢的事来。

我们跟巴什的车会合以后,我往四周看了看,感到很满意。周围的环境对发射麻醉枪再好不过了,地势平坦而宽阔,这样被射中的那头大象要是跑起来的话不会受伤。"欧文,"我说,"准备好了吗?"

他点点头,把M99麻醉弹装进了麻醉枪里。

"安雅?你负责后面,我负责头部。巴什?埃尔维斯?我们想要你们把象群赶到南面去,"我说,"好,我数到三。"

"等一下。"托马斯把手搭在我胳膊上,"我做什么?"

"待在车上保住你自己的命。"

接下来,我便把托马斯·梅特卡夫抛在了脑后。欧文开了枪,正好打在了特博格的屁股上。它吓了一跳开始长声尖叫,来回晃着脑袋。它没有拔出针头,别的大象也没有帮它,虽然以前有过这样的事。

它的焦虑可是具有传染性的。它的象群开始聚拢,有的大象背对着它围过来以形成警戒圈,有的试图去触摸它。大象的吼声回荡在大地上,所有大象都在分泌腺体,油腻腻的液体顺着两腮流淌下来。特博格晃着脑袋走了几步,这时M99麻醉弹起作用了。它的长鼻子耷拉下来,头低垂下来,身子晃了晃,它开始瘫倒在地。

这意味着我们得开始行动了,而且要快。如果没把象群从倒地的母象头领身边赶走,它们就会弄伤母象。因为它们会用象牙当叉去试着推它站起来,或者让我们无法靠近特博格为它打解药让它清醒过来。它有可能倒在一根树枝上,也有可能倒下的时候压在自己的鼻子上。我们成功的诀窍就是千万不要胆怯。如果现在象群冲向我们,而我们退却了,就意味着包括这头母象的命在内的一切都完了。

"马上行动。"我喊道,巴什和埃尔维斯加足马力。他们拍手,喊叫,开着车开始驱散象群,好让我们能靠近那头母象。群象与我们的距离一拉开,欧文、安雅和我就从车上跳下来,让两个公园管理员去负责安顿好那些受惊的象群成员。

我们只有大约十分钟的时间。我马上开始确认特博格是不是完全侧卧,它身下有没有压到什么东西。我把它的一只耳朵挡在它眼睛上,以防进灰尘和受到阳光直射。它的眼睛盯着我,我能看到它眼神里的恐惧。

"嘘。"我安抚着它。我很想摸摸它,可我知道我不能。特博格没睡着,它能清醒地听到每一个声音,感觉到每一下触摸,闻到所有的气味。为此,我要尽量避免触碰到它。

我把一根小棍撑在它鼻子上下的两个突起中间,让鼻孔保持张开状态。大象不会用嘴巴呼吸,如果鼻孔堵上了就会窒息而死。我开始给特博格的耳朵和身上泼水降温,让它感觉舒服些,它轻轻地喷着鼻息。接着我把项圈绕在它的粗脖子上,在它下巴底下扣上,把项圈的接收装置置于最上面。我把齿轮拧紧,在它的下巴和平衡锤之间留出两掌的空间,把金属边缘锉平。安雅也在拼命地抢时间从特博格的耳朵上采血,还有一小片皮,从尾巴上揪下来毛发准备做DNA测试,量它的脚掌大小、体温、象牙长度以及从肩胛骨到脚的高度。欧文匆匆检查了它的伤情和呼吸。最后,我们对项圈进行检查,确保卫星定位系统工作正常,信号发射无异常。

整个过程持续了九分三十四秒。

"我们做好了。"我说,安雅和我收拾起我们带到大象身边的所有仪器回到车上。

巴什和埃尔维斯都开车走了,欧文在特博格身边再次弯下腰。"嘿,漂亮的姑娘。"他柔声说,然后他把解药注射到它耳朵上的血管里。

母象站起来之后我们才会离开。三分钟后,特博格翻身站了起来,它摇晃着它那巨大的脑袋对着自己的象群吼了起来。它脖子上的项圈看起来并没引起它异样感觉。它阵阵低吼着慢慢走近自己的象群成员,与它们会合,彼此抚摸着并开始排尿。

我热得汗流浃背,非常狼狈。脸上沾满尘土,衣服上都是大象的口水。要不是托马斯·梅特卡夫出声说话,我完全忘记了他的存在。

"欧文,"他说,"子弹里是什么成分?M99麻醉剂吗?"

"没错。"兽医回答。

"我看资料说一点点M99就能致人死命。"

"是的。"

"那么说你刚才击中的那头大象并没有睡着。它只是动弹不得?"

兽医点点头:"简单来说是这样。但是你看到了,对大象没有伤害。"

"在我们那儿的大象收容站里,"托马斯说,"有一头叫旺达的大象。它1981年待在盖恩斯维尔的动物园,当时在得克萨斯发生了洪灾,大多数动物都因此丧命。但是,洪水暴发二十四小时后,有人看到它淹在水里,鼻子伸出水面。两天以后大水才退去,它得以获救。时间太久了,从那以后它就特别害怕雷雨天气。它不让任何饲养员给它洗澡。它连一个小水坑都不愿踏足。这种情况持续了很多年。"

"我觉得十分钟的麻醉经历与四十八小时的洪水创伤记忆不能相提并论。"欧文很生气地说。

托马斯耸耸肩,直截了当地说:"你又不是大象,你怎么知道?"

安雅开着路虎一路颠簸地往营地开,我偷偷瞄了托马斯·梅特卡夫几眼。他的话几乎就是在暗示说大象有思考能力,有情感,会记仇,也会原谅。这一切可以说跟我的观点极其相似,而这些想法在我们营地却是备受嘲笑。

在开回到主营地这二十分钟路上,我一直听着托马斯给欧文讲他们在新英格兰的收容站。我之前认为托马斯是个马戏团的驯兽师或者是开动物园的,是武断了点。他讲述他的那些大象就好像谈论着自己的家人一样。他讲起他的大象时的口气,怎么说呢,跟我讲起我的大象毫无二致。他开办了一个收容站,收留那些曾经遭受囚禁的大象,让它们在平静中度过余生。他到这儿来就是想看看,在不可能把它们放回亚洲或非洲的情况下,有没有办法让那些大象的生活更接近于野生状态。

我还从来没见过他这样的人。

我们回到营地后,欧文和安雅到实验室去上传特博格的数据。托马斯双手插在兜里站在那儿。"听我说,你可以交差了。"他说。

"你说什么?"

"我明白。你不愿意带上我这个包袱。你不愿意违心地对着某个访客夸夸其谈。你已经明确地表示出了你的态度。"

我刚才的无礼表现让我自食其果,此时此刻我的脸开始发烧了。"对不起,"我说,"你跟我想的不一样。"

托马斯盯着我看了许久,这一看足以改变我今后的生活轨迹。

接下来,他慢慢地绽开了笑容。"你在等乔治吗?"

* * *

"它后来怎么样了,我是说旺达?"后来我和托马斯单独开路虎在保护区转悠的时候我问他。

"长达两年的时间里,我有很多次都把自己弄得浑身湿透。但它现在总是在收容站的池塘里游泳。"

他说这话的时候,我就知道我要带他去哪儿看看了。我把路虎调到低挡位,慢慢地沿着一条干涸的河道在厚厚的沙地上行驶着,最后找到了我想要找的目标。大象的前蹄印和后蹄印互相交叉,足迹看起来就像维恩图一样。足迹是新的,构成了平整发亮的圆圈,还没有来得及被尘土覆盖。如果我仔细辨认一下蹄印的开口形状,我就能看出来是哪头大象留下的足迹。把大象的后蹄印周长乘以5.5,我就会知道那头大象的高度。我还知道这是头母象,因为这些杂乱的足迹说明这是一个繁衍象群,如果是一头公象,足迹应该是孤单的直线。

这地方离玛阿波的尸体可不远,我在想这群象是不是来看它的,它们又做了什么呢?

抛开这些念头,我把卡车挂上挡循着这些足迹开去:"我从来没见过谁开办大象收容站。"

"我也从来没见过给大象戴项圈的人,我想我们俩打平了。"

"是什么原因促使你想要开办一个大象收容站的?"

"1903年,康尼岛有一头名叫托普希的大象。它出力帮忙建造了主题公园,驮人运东西,还表演节目。有一天,它的驯养师把点着的香烟扔到了它嘴里。让那些人大吃一惊的是,它弄死了他。于是它就被贴上了危险的标签。托普希的主人希望把它杀了,就求助于托马斯·爱迪生,而爱迪生当时正想要通过试验告诉人们交流电流的危险。他把大象通上了电,几秒钟内就杀死了它。"他看着我,"一千五百人目睹了这一场面,这其中就包括我祖父在内。"

"这么说这个收容站有点像是家传的?"

"不是,一直到上大学我利用一次暑假在一家动物园打工时才想起这件事。当时动物园刚得到一头大象,名叫露希尔。这可是轰动性新闻,因为大象总是动物园的卖点。他们希望这头大象能够让动物园扭亏为盈。我被雇作总驯养师的助手,他对马戏团的大象驯养有着丰富的经验。"他向外瞥了灌木丛一眼,"你知道吗?甚至都不用把训练棒真放到大象的身上,它们就会乖乖地听从指挥。你只要把训练棒靠近它们的耳边,它们就会移开脑袋避开它,因为它们知道那意味着疼痛。我跟他们说大象心里很清楚我们在虐待它们。不用说,我犯了大忌被解雇了。"

"我刚刚改变了我的研究方向,改成研究大象的悲伤情绪了。"

他瞥了我一眼:"这方面大象可比人类要强。"

我一脚踩住刹车,来了个急停。"我的同事们可不会同意你的观点。不,实际上,他们会嘲笑你。就像他们嘲笑我一样。"

"为什么?"

"他们的研究可以用项圈,用各种指标以及实验数据来证明。而认知问题则不能。一个科学家觉得某一件事属于认知范畴,另一个科学家可能就会认为那只是条件反射,根本没经过有意识的思考。"我转身面对着他,"但是,就算我能证明我的观点,你想那对野生动物管理来说意味着什么?就像你对欧文说的,我们用麻醉枪射倒一头大象,在它完全清醒的情况下看着我们对它所做的一切,这道德吗?尤其是像我们选择性捕杀时做的那样,用麻醉枪射倒一群大象的目的是要在它们头上开枪打死它们?可如果我们不这样做,大象的数量如何得到有效控制呢?"

他看了我一眼,饶有兴趣的眼神。"你们放在大象身上的项圈,它能测量荷尔蒙指标吗?能测出压力水平?能知道它病没病吗?

你们能预测一头大象的死亡吗,所以知道该给哪头大象戴上项圈?"

"哦,我们无法预测大象的死亡。那个项圈是为其他研究项目用的。他们想要了解一头大象的旋转半径。"

"旋转半径难道不是根据大象的需要吗?"托马斯大笑起来,"这是个很妙的笑话,对不对?"

"我不是在开玩笑。"

"是吗?怎么会有人认为那项研究比你正在做的事更重要?"他摇了摇头,"还记得旺达吗,那头差点淹死的大象?它的鼻子有一部分不好使了,来到收容站的时候,它需要类似安全毯一样的东西。它养成个习惯,走到哪儿都拖着个轮胎。后来,它跟莉莉成了好朋友。因为有了朋友,所以就不再需要时刻拖着那个轮胎了。但是,莉莉死的时候,旺达极为悲伤。莉莉被掩埋之后,旺达把它的轮胎拖到了墓地,把它放在了墓穴之上。它的做法几乎就跟我们的葬礼献花一样。或者,它觉得现在是莉莉更需要安慰吧。"

我活这么大从没听过这么动人的故事。我想要问他,收容站里的大象是不是会为它们视作家庭成员的大象尸体守灵。我想问旺达的行为属于反常还是正常。"我带你看个东西吧。"

临时做了这个决定,我开车绕了一大圈,带他到了玛阿波的尸体旁边。我知道,如果格兰特得知我带一个访客去看一具大象的尸体一定会大发雷霆的。我们要向公园管理员报告大象死亡的原因之一就是让他们能避免带游客到腐化的大象尸体附近。此时,食腐动物已经开始食用这头大象;尸体周围成群的蝇子嗡嗡飞着。可是,欧纳莱娜和另外三头大象还静静地站在不远处。"这是玛阿波,"我说,"它是一个象群头领,它的象群里有大约二十头大象。昨天过世了。"

"那边站着的大象是谁?"

"它女儿和它的象群成员。它们在哀悼。"我说,又不甘心地加了一句,"尽管我无法证实我说的话。"

"你能够测量它,"托马斯若有所思地说道,"有一些研究人员已经在博茨瓦纳对狒狒进行了压力测量。我肯定他们对狒狒的排泄物进行了检测。一只狒狒被捕猎者杀死之后,它们同族狒狒的排泄物里的糖皮质激素中代表压力的指标有所升高。而且,与被杀者社会关系亲密的狒狒这些指标升高更明显。所以,如果你能弄到这些大象的排泄物,这应该很容易吧,并能从统计的角度显示其皮质醇的升高……"

"……很可能其原理跟人类一样,会导致后叶催产素的分泌,"我接着他的话,"这就可能从生物学上解释了某个大象家族成员去世后,为什么其他成员会相互安慰。这是对悲伤情绪的科学解释。"我盯着他,惊叹不已,"我想我还从来没遇到过跟我一样痴迷于大象的人。"

"凡事都有第一次。"托马斯小声说。

"你不仅仅是经营收容站那么简单吧。"

他迅速低下头:"我本科读的是神经生物学。"

"我也是。"我说。

我们俩对视着,再一次调整对彼此的看法。我注意到托马斯的眼睛是蓝色的,虹膜周围有一圈橘色的环。他一笑,我就会觉得好像被注射了麻醉药一般;就好像自己的身体被困住了动弹不得。

突然传来轰隆隆的声音打断了我们。"啊,"我说,强迫自己转过身来,"像钟表一样准时。"

"你说什么呢?"

"一会儿你自己看。"我把路虎挂上低挡,开始往一个陡坡上开去。"当要接近野象群的时候,"我轻声给他解释,"就要像你希望自己最危险的敌人靠近你时的方式去做。如果你的敌人突然从后面出现,或者他插入到你和你的孩子中间,你也不会舒服吧?"我开车在高原上兜了一大圈，然后开到一个山坡顶上。坡下面有一个繁殖象群在一个水塘里蹚水玩。三头幼象在泥塘里你压我我压你地玩耍，被压在最下面的幼象翻身起来向空中吐出一股喷泉。连它们的妈妈也在水里踢踢踏踏地蹚来蹚去，推起层层波浪，在水里打滚嬉戏。

"那是它们的头领，"我指着波伊佩罗说，"那是阿坎央，耳朵是折叠起来的。它是迪尼奥的妈妈。迪尼奥大大咧咧的，正在那边给它兄弟下绊儿呢。"我分别告诉了他每头大象的名字，最后介绍到了卡基索。"它的预产期大约还有一个月，"我告诉他说，"它的头胎。"

"我们那儿的象姑娘们总是在水里打闹，"托马斯神情愉悦地说道，"我原来以为它们这么做是在以前的动物园为了放松而学会的。我本以为在丛林中生活它们时刻面临着生死考验。"

"嗯，也对。"我附和道，"但玩闹是生活的组成部分。我曾见过母象头领把陡峭的河堤当滑梯坐着滑下来，就是为了好玩。"我身体向后仰，把双脚放到仪表盘上，给托马斯学大象的滑稽动作。一头幼象在泥里向侧方使劲用力把它的兄弟推个趔趄，后者发出了尖叫声。看到此情景，它们的妈妈吼了一声：*够了，你们俩*。

"我来这儿就是想看到这个。"托马斯柔声说道。

我看着他："看水塘吗？"

他摇摇头："大象被送到我们收容站时，已经是身心俱疲。我们尽最大的努力想让它们康复。但我们完全是在摸索，因为你必须得知道它们本来是什么样。"托马斯面对着我，"你真幸运，每天都能看到这种情景。"

我没告诉他我也看到过选择性捕杀造成幼象失去双亲，看到过严重的干旱使得大象皮肤像绷紧在木架上的油画布。我没告诉他在旱季为了彼此不去争抢有限的资源，大的象群会分裂成小的象群。我也没告诉他科诺西的死亡惨状。

"我跟你讲了我的人生经历。"托马斯说，"可你还没告诉我你为什么会到博茨瓦纳这地方来。"

"他们说研究动物的人之所以这么做是因为他们跟人相处不来。"

"因为认识了你,"他平淡地说,"我对此不予置评。"

这些大象此时已经差不多全都从水里上了岸,它们踏着沉稳的步伐爬上陡坡,在地上打滚给背上沾上一层泥土,然后跟着头领慢慢消失在远处。最后面的母象使劲推了它孩子的屁股一下,把它推上陡坡,然后自己再爬上去。它们默默地步调一致地行进着。看到大象的步伐,我总是在想大象的头脑里是不是内置了我们都听不到的音乐。看着它们髋部的扭动和摇摆,我会想那首曲子一定是巴里·怀特①作的。

"我研究大象是因为这跟在快餐店里观察人一样。"我跟托马斯说,"它们很好玩,会让人心碎。有创造力。有智慧。天哪,我可以一直一直列举下去。在它们身上你能看到**那么多**我们人类自己的影子。你观察一个象群的时候,会看到幼象一点点长本事,看到妈妈们的贴心照顾,少女出落成大姑娘,少男的血气方刚。让我一天到晚观察狮子我可受不了,但是让我一辈子都观察**大象**我绝对没问题。"

"我想我也一样。"托马斯说,但是当我转过来看他的时候,他并没有在看大象。他在盯着我看。

* * *

我们的营地有个习惯做法,就是不允许访客在无人陪同的情况下独自穿行于主营地之中。到吃晚饭的时间,公园管理员或研究人员会到客人的棚屋接他们,然后打着手电带他们去餐厅吃饭。这不是为了增加神秘感而是出于实际的考虑。我不止一次看到游客因

---

① 美国上世纪七十年代将灵魂乐打造成流行金曲的创作歌手。

为碰到了一只不声不响穿过小路的疣猪而吓得落荒而逃。

我接托马斯去吃晚饭时,发现他的房门虚掩着。我敲了敲门便推门而入。屋里的空气中还残留着他洗澡用的肥皂味。床上方的吊扇在旋转着,可屋里还是特别热。托马斯坐在桌前,身穿卡其布衣服,外面套了件白色的马甲。头发湿漉漉的,刚刮过胡子。他手里拿着张看似方形的小纸片在快速折叠着。

"稍等。"他头也不抬地说。

我把双手拇指插进腰带里,踩着靴子跟前后摇晃着。

"给,"托马斯转过身来说,"这是我给你叠的。"他拉过我的手,把一只折纸小象塞进我手心里,这是一只用一美元折叠而成的小象。

* * *

接下来的日子,我开始透过托马斯的眼睛重新认识我的第二故乡:土里闪闪发亮的石英石,就好像是把手里的一捧钻石撒在了地上;鸟鸣之声,伴着**可乐豆**树枝树叶的沙沙响,在远处长尾猴的指挥之下构成了一组交响乐;奔跑的鸵鸟羽毛飘舞着,就像一群穿着高跟鞋跑步的老妪。

我们无话不谈,从图利风景区的偷猎到大象的残留记忆以及创伤后应激障碍的形成。我给他放磁带听大象狂躁的声音和发情的声音,我们也在猜想是不是会有其他的声音一代传一代,却因为音频太低我们听不到。大象通过那种声音世代传递着它们累积的不为人知的经验,比如什么地方危险什么地方安全;什么地方能找到水源;从一个活动区域到另一个活动区域的捷径在哪儿。他描述了一头贴上危险标签的大象是如何从马戏团或动物园运到收容站的;被圈养的大象如何会患上肺结核。他给我讲了一头名叫奥莉芙的大象的故事。它曾经上过电视,还在主题公园表演过。有一天它挣脱了拴它的锁链,一个动物园的工作人员想要抓它的时候被它给杀死了。还有莉莉,它的腿在马戏团弄折了再也没接好。他们还有一头非洲象,叫赫斯特,它在津巴布韦的选择性捕杀中失去了双亲,在马戏团做了近二十年的表演,最终它的驯养师决定让它退休。托马斯现在正在商谈要收容另一头非洲象,名叫莫拉,希望能给赫斯特作个伴。

作为回报,我告诉他尽管野生大象会用前蹄作为武器杀死对手,用膝盖跪压对手,它们却会用敏感的后蹄轻抚倒地的大象,用蹄掌对着大象的皮肤在上方旋转划圈,就好像它们能感知某种我们只能猜测的东西。我跟他讲了我有一次把一头公象的下颌骨带回到营地,而当天夜里,一头叫做柯凡茨的准成年公象就闯进了营地,从我的门廊把那块骨头拿走了,又放回它朋友死去的地方。我给他讲了我到保护区的第一年,一个日本游客离开了营地被一头大象攻击身亡。当我们去取回他的尸体时,看到那头大象把他的尸体挡住了并站在那儿守着他。

就在托马斯准备坐飞机回家的头天晚上,我带他去了一个我从没带任何人去过的地方。在山顶上有一棵巨大的猴面包树。当地人认为当造物主召集所有的动物一起来帮忙植树的时候,鬣狗迟到了。于是给了它一棵猴面包树,它很生气,就把树给倒着种上了。现在它就成了看似上下颠倒的样子,仿佛应该埋在地底下的根部却冲着天空的方向。大象非常喜欢啃猴面包树的树皮吃,喜欢在树底下乘凉。一头名叫默修斯的大象的尸骨就散落在这棵树的周围。

我眼看着托马斯在意识到他看见的是什么东西的时候身体僵直起来。那些象骨在阳光的烤炙之下泛着光亮。"这些是……?"

"没错。"我把路虎车停好下了车,示意他也下车。这个地方在这个时候是安全的。托马斯小心翼翼地走在默修斯的尸骨之间,拾起一根长长的弯形肋骨,用手指尖抚摸着一块髋关节的蜂窝状断茬。"默修斯死于1998年,"我告诉他说,"但是它的象群现在还会来看它。它们会默默地沉思。有点像我们人类去墓园扫墓一样。"我弯下腰拾起两块脊椎骨把它们拼在一起。

默修斯的部分象骨被偷猎者拿走了,它的头骨在我们的营地。剩下来的这些骨头白得刺目,看起来就好像是俯瞰之下地球上纵横交错的河流。尽管没想过为什么要这么做,我们开始将象骨收集到一起,最后在我们脚边堆成了一堆。我拽起一根长长的股骨,一边拽一边喘粗气。我们默默地摆放着这些骨头,最终拼成了一副非同一般的大象骨架。

骨架拼好以后,托马斯拿起一根棍子在骨架外面画了一个大象的轮廓。"看,"他退后一步说道,"我们用了一个小时完成了大自然用了四千万年才完成的事。"

周围一片静谧,如同棉絮层裹。夕阳西下,云层中霞光尽染。"你可以跟我一起回去,你知道的,"托马斯说,"在收容站,你会更充分地观察到大象的悲伤表现。你在那儿的家人也一定非常想念你。"

我的心一阵发紧:"我不能。"

"为什么?"

"我见过一只幼象就在妈妈的眼前中弹而亡。也不算幼象了,差不多成年了。它妈妈好多天都不肯弃它而去。看到那个情景,我的内心就……发生了变化。"我看了托马斯一眼,"在悲伤面前没有高低之分。实际上,在野生环境下陷于消沉或放弃食物可能是危险透顶。我没法看着那头母象的行为,然后对自己说这只不过是条件反射行为。那就是悲痛,纯粹而简单。"

"你对那头幼象的死仍然感到痛心吧?"托马斯说。

"我想是的。"

"它妈妈也是吗?"

我没有回答。在科诺西死后的几个月时间里,我一直都能看到洛蕾托。它一直忙于照顾它的另外几只幼崽。它已经回到象群担负起头领之职。它已经度过了那段艰难的时光，我却做不到。

"我父亲去年过世了，"托马斯说，"我现在还不自觉地在人群中寻找他的身影。"

"对不起。"

他耸耸肩："我认为悲伤就好像是一个丑陋不堪的沙发，永远摆脱不掉。你可以给它包裹上沙发套，可以在上面放衬垫。你也可以把它推到角落里。但是，最终你还是要学会接纳它。"

我觉得，大象不知道怎么做到的，但是它们对于悲伤情感的处理远胜于此。它们不会每次进屋看到那个丑沙发就痛苦不堪。它们会说，记得我们在一起有多少快乐的回忆吗？然后它们坐下待一会儿，就奔别的地方去了。

可能我开始哭起来了，我记不清了。但是托马斯离我那么近，我都能闻到他皮肤上的香皂味儿。我能清楚地看到他眼睛里橘色的光芒。"艾丽斯，你失去了哪位亲人吗？"

我一怔。这不是说我呢。我不能让他把话题转移到我身上。

"那就是你拒人千里之外的原因吗？"他轻声细语，"关系不那么亲密的话，他们离开了你就不会太伤心？"

这个真正意义上的陌生人比在非洲的任何人都了解我。他比我自己更了解我。我真正研究的不是大象如何面对失去至亲的悲伤，而是人类怎么就处理不好这方面的问题。因为我不想放下，因为我不知道如何放下，我双臂环抱住托马斯·梅特卡夫，在猴面包树的庇荫处亲吻了他。倒置的猴面包树树根伸向天空，树皮经过了上百次的撕啃，仍然能够自愈生长。

珍　娜

　　我爸爸所在的精神病院的墙是紫色的,总会让我想起那只叫作巴尼的巨型恐龙,令人毛骨悚然。但是,很显然有某位著名的心理学家在他的博士论文里通篇论述了什么颜色可以让人平静,起到治疗的作用,而紫色肯定名列第一位。

　　我们进门的时候值班护士直接就看向塞拉妮蒂,我觉得还挺合乎道理,因为我们看起来就像一家人,就是不那么健全。"能为你做什么吗?"

　　"我来这儿看我爸爸。"我说。

　　"托马斯·梅特卡夫。"塞拉妮蒂补充说。

　　这里有好几个护士我都认识,可这个我没见过,所以她也不认识我。她把一个带夹子的写字板放在服务台上让我们登记。还没等我签字,我就听见爸爸的声音从大厅那头传了过来。"爸爸?"我大声喊道。

　　护士一脸不耐烦。"姓名?"她问。

　　"你替我们登记吧,到124房间找我。"我跟塞拉妮蒂说完拔腿就跑。我能感觉到弗吉尔就在我旁边跟着我。

　　"塞拉妮蒂·琼斯。"我听到她说了这两个字,接着我就把爸爸房间的门推开了。

　　两个魁梧的护理员正抓着他,他正拼命想挣脱。"看在仁慈的上帝的分上,放开我,"他大叫着,突然看到了我,"艾丽斯!告诉他们我是谁!"

地上有一台摔坏的收音机,显然是用力扔过去的。旋钮和晶体管散落一地,好像是在给机器人做尸检一样。垃圾桶翻倒在地,皱巴巴的吃药用的纸杯,乱七八糟打成结的胶带,还有橘子皮都在地上。我爸爸手上拿着一盒早餐麦片。他死死地抓住不放手,好像抓着什么重要的器官。

弗吉尔盯着我爸爸看。我能想象出他眼里我爸爸是什么形象:花白的头发,糟糕的打扮,皮包骨头,狂躁不安,彻底疯了。"他把你当成艾丽斯了?"弗吉尔压低声音说道。

"托马斯,"我上前一步去安慰他,"我肯定如果你冷静下来,这些绅士们会懂的。"

"他们想要偷走我的研究成果,我怎么能平静得下来?"

此时,塞拉妮蒂已经走进屋里,看到此景愣住了:"怎么回事?"

那个留着金色短发的护理员抬头看了看。"我们想要把那个装麦片的空盒子给扔了,他就开始发作了。"

"如果你不再挣扎,托马斯,我保证他们会让你留着你的……你的研究的。"我说。

令我感到惊奇的是,就这一句话我爸爸就放松下来。护理员也马上松开手,他又坐回到椅子上,把那个破盒子紧紧抱在胸前。"我现在没事了。"他嘟囔了一句。

"吃麦片的布谷鸟,真够疯癫的。"弗吉尔轻声说。

塞拉妮蒂使劲瞪了他一眼。"非常感谢。"她刻意地对那两个正在地板上捡垃圾的护理员说道。

"不客气,女士。"一个护理员回答。另一个护理员则拍了拍我爸爸的肩膀。

"放松点,老兄。"他说。

我爸爸一直等他们离开,然后站起来抓住我的胳膊:"艾丽斯,你绝对想不到我刚才有了什么发现!"他的视线突然越过我,落在了弗吉尔和塞拉妮蒂的身上,"他们是谁?"

"我的朋友。"我说。

这句话好像让他放心了。"看看这个。"他指着那个盒子说。上面有个卡通形象,好像是乌龟,又好像是长着腿的黄瓜,旁边画的圈里写着它想说的话:你是否知道……?

……鳄鱼的舌头伸不出来。

……蜜蜂的眼睛上长着睫毛来帮助它们采蜜。

……在南非的救助站里有一只叫安佳娜的猩猩,已经用奶瓶把白虎幼崽,豹和狮子幼崽喂养大了。它还会逗它们玩。

……一头叫科什克的大象会准确地说出六个韩语词。

"它当然不可能会说这六个词,"我爸爸说,"它只是在模仿饲养员的声音。今天早上那个傻瓜露易丝终于从电脑上下来了,因为她的'糖果传奇'游戏又过关了。她下来以后我就上网用谷歌查了那篇科技论文。有意思的是,科什克显然学会了以社交为目的的交流。它与其他大象隔绝,唯一与它有社交互动的对象就是人类饲养员。你知道这意味着什么吗?"

我看了塞拉妮蒂一眼,耸耸肩:"不知道,这意味着什么呢?"

"嗯,如果有证据证明大象学会了模仿人讲话,你能想象这对于我们如何认识大象心智理论有什么影响吗?"

"说到理论嘛……"弗吉尔说。

"你是研究什么的?"我爸爸问他。

"弗吉尔是做……检索工作的。"我即兴瞎编,"塞拉妮蒂对传感兴趣。"

他面露喜色:"通过什么媒介?"

"媒介。"塞拉妮蒂说。

一时间我爸爸满脸困惑,可是接着又侃侃而谈。"心智理论包括两个重要的观点:第一,你能意识到自己是一个具有自己思想、情感以及意图的独一无二的个体……第二,其他人也是如此,而且你与其他人的思想、情感以及意图只有通过交流才能彼此了解。当然,在此基础上我们对别人的行为进行预测,会带来巨大的好处。比如,你可以假装受伤了,如果别人不知道你在骗人,他们就会给你吃的,照顾你,而你就可以不用劳动了。人类的这种能力不是天生的,而是后天培养的。现在我们知道了,心智理论的存在离不开人类大脑中的镜像神经元。我们也知道,当我们人类需要通过模仿来进行理解的时候,也就是习得语言的时候,镜像神经元才开始发挥作用。如果那头名叫科什克的大象就是在这么做的话,这是不是就意味着人类大脑中镜像神经元意味的那些东西,比如同理心,也同样存在于大象的头脑之中呢?"

当我听着他讲这些,我意识到他以前是多么聪明。我也知道了我妈妈为什么会爱上他。

这让我想起我们到这儿来的目的了。

我爸爸转向了我。"我们需要跟那篇论文的作者联系一下。"他若有所思地说,"艾丽斯,你能想象这对我的研究意味着什么吗?"他伸手过来抱住了我,把我抱起来转了一圈。我感觉弗吉尔紧张起来了。

我知道他把我当成了我妈妈。我知道这很可怕。但是你知道,有时候,让爸爸抱着的感觉真是太好了,即使抱我是因为其他原因,跟我毫无关系。

他把我放了下来。我得承认,我已经很久没看到他这么激动了。

"梅特卡夫博士,"弗吉尔说,"我知道这对你非常重要,但是我在想你能否有时间回答几个关于你妻子失踪那天晚上的问题?"

我爸爸一脸严肃:"你说什么呢?她就在这里。"

"那不是艾丽斯,"弗吉尔回答,"那是你女儿,珍娜。"

他摇摇头:"我女儿还是个小孩子。嘿,我不知道你想干什么,但是——"

"别惹他生气,"塞拉妮蒂插嘴说,"如果他不高兴你就什么也问不出来了。"

"从我这里吗?"我爸爸提高了声音,"你们也是来偷我的研究成果的?"他冲着弗吉尔走过去,但是弗吉尔拉着我的手把我横在他和我爸爸之间,我爸爸没办法只好看着我。"看着她的脸,"他催促我爸爸说,"看看她。"

我爸爸沉吟了五秒钟才反应过来。跟你说吧,这五秒钟可是很漫长的时间呀。我站在那儿,看着他的鼻孔随着每一次呼吸翕动着,他的喉结随着每一次吞咽上下移动。

"珍娜?"我爸爸小声说道。

当他看着我的时候,只那么一眨眼的时间,我知道他眼里看到的不是我妈妈。我是——他怎么说的来着——一个独一无二的,有着我自己的思想、情感和意图的人。我存在于此。

接着,他一把把我再次搂在怀里,跟刚才不同的是,这次是保护性的,温柔的,好像是要保护我不受其他人的伤害,很讽刺的是,这正是我一直为他做的事情。他的双手像翅膀一样护住我的后背。

"梅特卡夫博士,"弗吉尔说,"关于你妻子……"

我爸爸用胳膊拥着我,朝弗吉尔说话的方向看去。这一下,我和爸爸之间那种极其脆弱的联系就不复存在了。当他再次转向我的时候,我知道他眼里根本没有我。事实上,他甚至都没看我的脸。

他的眼神集中在我脖子上挂着的那颗卵石项链坠上。

慢慢地,他用手指拈起了那个坠子,他把它翻过来,云母闪闪发亮。"我妻子。"他重复道。

他握紧拳头把项链坠从我脖子上扯了下来。项链掉在了我跟爸爸之间的地板上,而我爸爸抬手就狠狠地给了我一巴掌,我朝屋子的另一边飞了过去。

"你个臭婊子。"他说。

艾丽斯

我知道一个故事,不是我亲身经历的,是那个兽医欧文讲给我听的。多年前,一些研究人员在一个公共区域对大象进行麻醉捕捉以便给大象戴上项圈。他们锁定了一头母象从车上对它发射了麻醉枪。它毫无悬念地倒地。但是象群紧紧地围住了那头倒地的母象,使得管理员无法把它们从母象身边赶走。他们无法靠近给它戴上项圈,于是就在旁边观察着等待机会。

大象们在倒地的母象周围形成了两个同心圆。外圈的大象背对着内圈,面朝着车辆不动声色地站立着。它们背后内圈的大象被外圈挡个严严实实。人们看不清它们在干什么,只能听见窸窸窣窣的脚步声以及树枝折断的噼啪噼啪的声音。突然,几乎就在同时,象群挪步离去。那头倒地的大象侧卧在地,身上覆盖着折断的树枝和厚厚的一层土。

小象刚一落地的时候会被妈妈用土盖上,以防血腥味把捕猎者吸引过来。可是这头母象身上并没有血迹。我也听说过,大象掩埋同伴的尸体是为了掩盖死亡的味道,可是我对此有不同意见。大象的嗅觉非常灵敏,它们不可能把遭麻醉枪射击的大象与死去的大象弄错。

当然,我也见过大象把同伴的尸体或夭折的小象用土掩埋。那种行为似乎是针对死于非命的大象或带有某种挑衅意味。而被掩埋者不一定全是大象。一个经由泰国来到我们保护区的研究人员讲了一头亚洲公象的故事。那头大象属于一个骑象旅游公司，它杀死了十五年来一直驯养和照顾它的象夫。当时它正处于狂躁期，用印地语说就是"疯了"。狂躁期的大象，其理智完全被荷尔蒙取代。攻击过后，大象变得非常平静然后自行后退，就好像它知道自己闯祸了。更有意思的是那些母象，它们用土和树枝把那个象夫给掩埋了。

我永远离开博茨瓦纳之前的那一周，我一直在长时间的工作。我观察了卡基索怎样对待自己死去的孩子；我在补写玛阿波死之后的笔记。有一天，天特别热，我从吉普车上下来活动活动筋骨，然后在我上次跟托马斯一起待过的那棵猴面包树下躺了下来。

我睡觉很死。我从不做蠢事，比如在大象常来常往的地方从路虎车上下来在车外面待着。我甚至都不记得闭上过眼睛。可是当我醒来的时候，我的本和笔都扔在地上，嘴里和眼睛里都是土。我的头发里都是草叶，身上盖着层层的树枝。

我醒来的时候那些掩埋我的大象踪影全无，这也可能是好事。我差一点就可能被活埋致死。我解释不清为什么打个盹会睡得这么死，简直就像昏迷一般。除非我*丢了魂*，否则无法给出别的解释。我对自己的了解还远远不够。

我一直觉得这很讽刺，大象竟然以为我已经死了，实际上我的身体里却充满了生命。确切地说，是十个星期那么大的生命。

塞拉妮蒂

有一次,上我电视节目的是一个医生,他谈到了歇斯底里的力量,即在生死关头人们所做出的那些超常的行为,比如把汽车抬起来救出压在下面的亲人。其主要原因就是在高压力的情况下,肾上腺素急剧上升,由此激发这些人超越了其肌肉力量的极限。

那天的节目邀请了七位嘉宾。安吉拉·卡瓦略,抬起了1964年出产的雪佛兰黑斑羚轿车,救出了压在下面的儿子托尼;莉迪亚·昂吉尤七岁的儿子在魁北克参加冰球比赛时,遭到了北极熊的攻击,她赤手空拳与熊搏斗解救了儿子;多萝西和多米尼克·普劳克斯是一对双胞胎,十二岁,她们的爸爸开着拖拉机在陡坡上翻车,她俩一起把拖拉机推开解救了父亲。"当时,感觉就像疯了一样,"多萝西告诉我,"事后我们又回到拖拉机旁试着推动它,可是压根儿没推动。"

当托马斯·梅特卡夫抡巴掌打在珍娜的脸上时,我就想到了这个。前一分钟,我还是旁观者,后一分钟,我就一把推开了他,打破了一切空间与重力规律冲过去用双臂接住了珍娜。她抬头看着我,跟我一样吃惊地发现她落在了我怀里。"我接住你了。"我肯定地说,然后意识到,这句话无论从什么角度说都是我的心声。

我没做过妈妈,但是,也许此时此刻我就扮演了这个小女孩妈妈的角色。

而弗吉尔则狠狠地打了托马斯一个耳光,他一下子跌坐在椅子上。一个护士和刚才房间里的其中一个护理员听到了声音冲进了屋子。"抓住他。"护士说,弗吉尔闪到一旁,那个护理员控制住了托马斯。护士看了看坐在地上的我们:"没事吧?"

"没事。"我说着和珍娜从地上站起来。

说实话,我不是没事,珍娜也一样。她轻轻地揉着刚才被打的地方,而我,我感觉好像要吐了。你有没有感觉过胸闷气短,莫名其妙地发冷?那是身体的本能反应。我以前的共鸣感特别好,如果一个房间里发生过谋杀,或者由于深重的痛苦使屋里处处弥漫着悲伤,我只要踏进那个房间,就感觉好像在用脚趾头伸进浴缸去试水温一样,立刻知道是好是坏。不论这意味着什么,我感觉有什么奇怪的东西在托马斯·梅特卡夫身边围绕着他。

珍娜极力想保持平静,但我能看到她眼里的泪光。房间的另一头,弗吉尔手扶着墙,显然很焦虑。他紧咬牙关,我能看出来他在竭力忍住不对托马斯·梅特卡夫破口大骂。他旋风一般冲出了屋门。

我看着珍娜。她盯着她爸爸,好像以前从来没见过他一样。从某种意义上来说,或许就是这样。"你想怎么做?"我轻声问道。

护士看了我们一眼:"我想我们得给他用点镇静剂,让他静一静。你最好回头再来。"

我并不是问她,不过没关系。也许这样会让珍娜离开爸爸更容易些,毕竟他还没跟她道歉。我伸手拉住她的胳膊把她拉到身边,拽着她出了门。一跨出房间我就觉得呼吸顺畅多了。

走廊里不见弗吉尔的影子,甚至哈特维特精神病院的门厅里也看不到他。我领着珍娜从其他病人的身边走过去,他们都在盯着她看。至少他们的护理人员都表现出了他们的风度,假装没看见珍娜在极力忍住不哭,假装没看见她的脸又红又肿。

弗吉尔在我的车旁踱着步。看见我们他抬起了头。"我们就不该来这儿。"他捏住珍娜的下巴把她的脸转过来查看伤情,"你的眼眶会肿起来的。"

"很好,"她说,神情忧郁,"看怎么跟我外婆解释吧。"

"跟她说实话,"我建议说,"你爸爸的情绪不稳定。如果他让你挂彩了,也是情理之中……"

"我来之前就料到了,"弗吉尔脱口说道,"我知道梅特卡夫以前有暴力倾向。"

珍娜和我都面对着他。"你说什么?"她问道,"我爸爸才不是那样的。"

弗吉尔眉毛一挑。"他以前有。"他再次重申,"我见过的有些最变态的人就是家暴者。他们在公共场合迷倒一片;私底下他们就是畜生。当年我们进行案件调查时就发现你爸爸有对你妈妈施暴的迹象。有一个雇员提到过。很显然,你爸爸把你当成了那时候的艾丽斯。这就是说……"

"我妈妈离家出走有可能是为自我保护,"珍娜说,"她可能跟妮维·鲁尔的死毫无关系。"

弗吉尔的手机响了。他接了电话,弓着身子想听得清楚些。他点着头,走开了几英尺的距离。

珍娜抬起头:"可这还是不能解释我妈妈去哪儿了,她为什么不回来看我。"

突然我脑子里出现了一个念头:**她着魔了。**

我还是不知道艾丽斯·梅特卡夫是不是活着,但是,她现在的表现很显然是一个困在世上的灵魂,一个害怕人们对她生前的行为说三道四的鬼魂。

弗吉尔走回到我们身边,我不用回答珍娜的疑问了。"我父母结婚的时候很幸福。"珍娜告诉他。

"如果他爱她,他不会骂她是臭婊子。"弗吉尔直言不讳,"实验室的塔露拉来的电话。你的唾液里提取的DNA与证据袋里的那根头发相吻合。妮维·鲁尔死前,你妈妈是离她最近的红发人。"

我很吃惊的是,这个消息没让珍娜沮丧,而是让她很生气。"嘿,这回能下决心了吗?到底我妈妈是杀人凶手还是我爸爸是?我可是在你的这两种看法之间像个皮球一样被拍过来拍过去的。"

弗吉尔看看珍娜肿胀的下巴:"也许是托马斯在追赶艾丽斯,她就跑进象圈去躲避。妮维可能正好在那里做她那天夜里要做的工作。她正好撞见了,所以在这个过程中被托马斯杀了。因为杀人而内疚很有可能会让人失去理智最终进了精神病院……"

"没错,"珍娜讥讽地说,"然后他示意那头大象在妮维身上踩来踩去,让人觉得她是被踩死的。因为,你知道的,大象受过那样的训练。"

"天黑了,那头大象也可能是误踩在她身上的……"

"误踩二三十回?我也看过尸检报告。另外,你没有证据说明我爸爸当时在那儿。"

"现在还没有。"弗吉尔说。

如果说在托马斯·梅特卡夫的房间里让我恶心,那么站在这两个人中间可是快让我脑袋爆炸了。"真可惜妮维死了,"我调侃地说,"要不然她能帮大忙。"

珍娜靠近弗吉尔一步说:"你知道我怎么想吗?"

"这重要吗?你我都知道你早晚会告诉我的……"

"我以为你不断地怀疑跟那天晚上有关的所有人,就是不想承认你才是真正有问题的人,因为你查案不力。"

"而我认为你是个被宠坏的小东西,不敢打开那只潘多拉的盒子去看看里面都有什么。"

"你知道吗?"珍娜大声喊道,"你被解雇了。"

"你知道吗?"弗吉尔也大声喊道,"我不干了。"

"很好。"

"太好了。"

她转过身拔腿跑了。

"我该怎么办?"他问我,"我说过要找到她妈妈。我说过结果可能不是她想要的。天哪,这个孩子简直是要把我逼疯了。"

"我明白。"

"她妈妈逃跑很可能因为她惹了麻烦。"他扮了个鬼脸,"我刚才说的不是真心话。珍娜是对的。如果十年前我相信自己的直觉的话,就不会有今天了。"

"问题是艾丽斯·梅特卡夫会不会有今天呢?"

我们两个人都沉思了一会儿。然后他看了我一眼:"我们俩得有个人去追她回来。我的意思是你去。"

我从包里把车钥匙拿出来把车门打开:"你知道吗,过去得到那些灵魂给我的信息以后我都会进行一下筛选。如果我觉得哪条信息会让我的主顾很痛苦,或者很沮丧,我就把它筛掉不用。就假装我从来没得到过。但是后来我明白了,判断哪条信息该不该用不是我的事,我只是要做一个二传手。"

弗吉尔斜眼看着我:"看不出来你是不是站在我一边。"

我钻进车里,把车打着了火,把车窗摇了下来:"我的意思是说,你不必做那个腹语师,你可以就做那个没脑子的人偶。"

"你早就想当面说我是笨蛋了吧。"

"差不多,"我承认说,"但我是在提醒你不要耗费精力去确定该往什么方向调查了,不要试图去控制一切。只要跟着感觉走就行。"

弗吉尔用手遮住阳光,眼睛盯着珍娜跑走的方向。"我不知道艾丽斯是个逃命的受害者还是个杀了人的罪犯。但是我们被派到收容站的那天晚上,托马斯很生气,认为艾丽斯偷了他的研究成果。有点像今天他的表现。"

"你认为他是因为这个想杀她?"

"不,"弗吉尔说,"我认为他想杀她是因为她有外遇。"

艾丽斯

大象妈妈是我见过的这世上最好的妈妈。

我猜如果人类的孕期也能长达两年,那么这本身的投入可能就会让妈妈们做得更好。象宝宝做什么都对。它可以调皮捣蛋,它可以从妈妈的嘴里抢吃的,它可以慢慢吞吞地走路或者陷在泥里不动弹,妈妈的耐心难以想象。在大象的生命里孩子是最珍贵的。

保护幼象是象群全体成员的责任。它们聚在一起行走,把幼象护在中间。如果遇到我们的车辆,幼象总是由妈妈护着站在离车最远的地方。如果这个妈妈还有六到十二岁大的女儿,它们就会形成双面保护把幼象夹在中间。常有的情况是,那个姐姐就会迎着车走过来,晃着脑袋威胁你,就好像在说,你敢;那是我弟弟。如果到了中午要睡午觉了,幼象就睡在妈妈巨大身躯形成的阴影里,因为幼象的皮肤更容易晒伤。

象群中抚养孩子的方式有一个术语叫"拟母亲行为",一个很奇特的词,意思是"共同抚养"。就像所有的事情一样,让姐妹和阿姨们一起帮忙带孩子是出于生物学方面的原因:如果每天要吃一百五十公斤的食物,还带着个喜欢到处跑的孩子,你就不可能一边追着孩子一边去获得足够的营养来下奶喂它。"拟母亲行为"还可以让年轻的母象学会怎么照顾孩子,保护孩子,怎么给孩子充分的时间和空间自己玩耍而又远离危险。

所以从理论上说大象的妈妈不只一位。但是,幼象和亲生母亲的关系却是特殊而不可分割的。

在野生条件下,两岁以下的幼象离开妈妈就不可能存活。

在野生条件下,母亲的职责就是教会女儿将来做妈妈需要知道的一切。

在野生条件下,母亲和女儿形影不离,直到母亲离世。

珍　娜

我正走在州际公路上,听到身后传来车子行驶在沙石路上嘎啦嘎啦的声音。是塞拉妮蒂,当然了。她把车停下,推开了副驾驶的门。"至少让我送你回家呀。"她说。

我偷偷冲车里瞄了一眼。还好弗吉尔没在车里。但这并不是说我可以跟她心贴心了,因为她可能会试图说服我,让我相信弗吉尔只是在尽职尽责。或者更糟,她会说弗吉尔可能是对的。

"我喜欢走路。"我跟她说。

一辆警车闪着警灯停在了塞拉妮蒂后面。

"这下好了,"她叹了口气,对我说,"该死的,快点上车,珍娜。"

这个警察很年轻,还长着青春痘,短短的平头修剪得整整齐齐,就像高尔夫球场上新修整的那第十八个洞所在的草坪。"女士,"他说,"有问题吗?"

"有,"我说,同时塞拉妮蒂却说:"没有。"

"我们没事。"我补充说。

塞拉妮蒂咬着牙根:"亲爱的,上车吧。"

警察皱了皱眉:"对不起,你说什么?"

我大声地叹口气,爬进了大众车里。"还是谢谢你。"塞拉妮蒂说着,打开左转向灯以每小时六英里的速度驶入了车流中。

"你这个速度我真走路都比你早到家。"我嘟囔了一句。

我扒拉着她车上杯座里的零碎垃圾:扎马尾辫用的布圈,口香糖包装纸,唐恩都乐甜麦圈的咖啡杯隔热封套。一张乔-安布料店的促销广告,可就我所知,她绝不是会做手工的人。吃了一半的麦片棒。十六美分,还有一张一美元的纸币。

我心不在焉地拿起那张纸币开始折大象。

我正在翻来覆去、又折又压地折着大象,塞拉妮蒂看了我一眼。"你从哪儿学会折这个的?"

"我妈妈教的。"

"你前世是做什么的,智者吗?"

"她缺席教我的。"我看着她,"从一个令你失望的人身上能学到的东西一定会让你大吃一惊的。"

"你的眼睛怎么样了?"塞拉妮蒂问道,我差点笑出声来,话题转得太自然了。

"还疼。"我把叠好的小象立在车载收音机旋钮那个小洞里。然后在座位上往下靠了靠,把两只脚抬起来抵在仪表板上。塞拉妮蒂的方向盘上套着一个毛茸茸的蓝色的套,看起来就像个怪物,而后视镜上面却吊着一个华丽的十字架。这两样东西在人类的信仰量表上相差十万八千里。这让我想到一个问题:一个人能否对某一件事或某一个人有着两种截然对立的看法,而这两种看法又能同时并存呢?

我爸爸和我妈妈对十年前发生的那件事会不会都负有责任呢?

我妈妈会不会虽然抛弃了我,但还爱着我呢?

我瞥了塞拉妮蒂一眼,她那艳粉色的头发,紧勒着身体的豹纹夹克衫,让她看起来像一根人肉香肠。她一直在唱着妮琪·米娜的歌,但是没有一句词是唱对的。收音机甚至都没打开。她这样的人很容易招人取笑,但是我喜欢她从不觉得自己做错了什么,她当着我的面骂人不觉得有错;她的化妆风格(要我说那就是艺伎和小丑的结合)在电梯里让大家惊愕不已不觉得有错;甚至,她因为犯了大错而葬送了自己的事业,她也不觉得有错。她可能生活得不快乐,但她就是能随遇而安。我自己就做不到。"能问你个问题吗?"我说。

"当然,亲爱的。"

"生活的意义何在?"

"哦,天哪,孩子。那可不是个问题。那是哲学。一个问题应该是这样的,喂,塞拉妮蒂,咱们能开进麦当劳快餐店吗?"

我不会那么轻易就放过她的。我的意思是说,一个一直跟灵魂对话的人怎么可能成天就谈论天气和棒球赛呢?"你就从来没问过这个问题吗?"

她叹口气:"我的灵界导师德斯蒙德和露辛达说,世界就想从我们这儿得到两样东西:一是别有意伤害自己和他人,二是要快乐。他们跟我说,人总是没事找事使事情复杂化。我坚信他们在骗我。我是说,生活的意义肯定远不止这些。但是即使有更多意义,我想也还没到我该知道的时候。"

"要是我生活的意义就在于发现她的生活里到底发生了什么呢?"我问她,"要是这是唯一会让我快乐起来的事情呢?"

"你确定这件事一定会让你快乐吗?"

我不想回答这个问题,于是我打开了收音机。好在此时我们已经到达了市郊,塞拉妮蒂把我放在了我锁自行车的架子那里。"吃晚饭吗,珍娜? 我会订极品中餐外卖。"

"谢谢,不过不用了。"我说,"我外婆在等我呢。"

我一直等她把车开走,因为不想让她看见我没往家骑。

我又骑了半个小时来到了收容站,再步行二十分钟穿过高低错落的灌木丛到了长着紫色蘑菇的地方。我的脸颊还隐隐作痛,我躺在茂密的草丛里,听着风吹着头顶的树枝。此时正值白天向黑夜过渡的时刻。

我很有可能有点脑震荡,因为我睡着了一会儿。我醒来的时候,天已经黑了,我的自行车上也没有灯,而且很有可能因为错过了吃饭时间被罚。不过很值得,因为我梦见了我妈妈。

在梦里,我还很小,在幼儿园里。我妈妈坚持要送我去那儿,因为一个三岁的小孩子每天就跟几个成年的动物行为学家和一群大象打交道不正常。我所在的班去郊游看了大象莫拉;然后,其他小朋友就画出了一些奇形怪状的动物,不论那些动物从生物角度看有多么不准确,老师都给予了高度热情的评价:灰颜色用得真好!画了两个象鼻子真有想象力呀!画得真棒!我画的大象不仅很像,而且注重细节的描画,我把莫拉耳朵上的豁口都画上了,就像我妈妈画的大象素描一样。我还给大象尾巴尖翘起的地方画上了毛,而我们班的小朋友压根就没看到这地方。我还准确地知道大象每只脚上有几个脚趾(后蹄三个,前蹄四个)。我的老师们,凯特小姐和哈里特小姐都说我像小画家奥杜邦①,但是那时我根本不知道她们的话是什么意思。

除此之外,我对于她们来说是个不解之谜:我不看电视,所以不知道缤纷扭扭四人组是何许人也。我分不清迪士尼公主谁是谁。大多数情况下,那些老师都不会对我的与众不同大惊小怪,我是说,这是幼儿园,不是学术能力测验考试预科班。不过,有一天为了准备庆祝节日,老师发给我们一张漂亮的白纸让我们画上家人。然后我们要用通心粉做个画框再喷上金色颜料,把画镶在里面作为礼物。

其他小朋友马上就动手画起来了。画出来的家各种各样:罗根只有妈妈。雅斯米娜有两个爸爸。斯莱有一个小弟弟,还有两个同父异母的哥哥。各种不同的兄弟姐妹的排列组合,但是很明显,家

---

① 美国鸟类学家、画家和博物学家。

里人口多的就是因为孩子比较多。

我呢,我画了我自己还有五个父母亲。

有我爸爸,戴着眼镜。我妈妈,扎着红艳艳的马尾辫。吉迪恩、格雷斯和妮维,他们都穿着清一色的卡其布短裤和红色的马球T恤,那是收容站的工作服。

凯特小姐坐在我旁边:"这些人都是谁呀,珍娜?他们是你爷爷奶奶吗?"

"不是,"我指着画上的人告诉她,"这是我爸爸,这是我妈妈。"

于是我妈妈来接我的时候就被老师拉到了一边。"梅特卡夫博士,"哈里特小姐说,"珍娜好像有点问题,她不知道谁是家人谁不是。"

她给我妈妈看了我画的画。"我看这完全正确啊。"我妈妈回答,"这五个大人全都照顾着珍娜。"

"这不是问题所在。"哈里特小姐说。

接着她指着我写在那些人旁边标注他们身份的七扭八歪的那些难看的字。一个人旁边写着妈妈,牵着我的一只手,另外一个写着爸爸,牵着我另一只手。只是那个爸爸不是戴眼镜的那个人。真正的爸爸画在角落里几乎出了画面。

我画出来的那个快乐的三口之家要么是我理想的样子,要么就是当时还是三岁孩子的我眼中看到的比别人更多。

我一定要找到我妈妈,而且还要在弗吉尔之前找到她。也许我能救她不让她受牢狱之灾;也许我可以先给她通风报信。也许这一次我们俩可以一起亡命天涯。没错,我是要跟一个靠解谜为生的私家侦探一决高下。但我知道一件他不知道的事。

我在树下做的梦把我一直都了然于心的事明朗化了。我知道那条项链是谁送给妈妈的了。我知道我爸爸妈妈那时候为什么吵架了。我知道这么多年来我一直希望谁是我爸爸了。

现在我要做的就是再次找到吉迪恩。

第二部分

孩子是母亲生命的锚。

——索福克勒斯,《菲德拉》,第612段

艾 丽 斯

野生环境下,我们觉察不到大象是不是怀孕了,直到它快要生产了我们才能知道。大象怀孕到二十一个月的时候乳腺才开始增大,而在那之前,因为不能做血液化验,也不可能在差不多两年前正好看到公象与母象的交配,所以很难预料到什么时间会有大象临产。

卡基索十五岁了,就在最近我们才发现它要生产了。我的同事们每天都想办法找到它,看它是不是已经生了。对他们来说,这是个很好的实地研究。而对于我,却是每天从床上爬起来的理由。

我当时还不知道我已经怀孕了。我只知道天热,我比平时更感到疲乏,没有精神。之前让我充满活力的研究也觉得索然无味。如果我确实碰巧在野外见证了什么重大的事件,我头脑中的第一个念头就是:我想知道托马斯会怎么看待这件事。

我跟自己说,我之所以对他感兴趣只是因为他是第一个没有嘲笑我的研究的同行。托马斯离开了,一段夏日恋情也就结束了。成了我下半辈子可以拿出来玩味的一个小物件,就好像海滩度假时带回的一个贝壳,或者像第一次去百老汇看音乐剧留下的票根。即便我曾经想过要看看这一夜情造就的摇摇晃晃的老爷车能不能承载一段稳定成熟的恋爱关系,也是不现实的想法。他生活在另一块大陆上;我们都有各自不同的研究领域。

但是，就像托马斯随口说的那样，我们俩的研究又不是一个研究大象、另一个研究企鹅那样毫无关联。而且，在他的收容站里，那些大象因为曾经遭受的囚禁心里都有创伤，大象死亡的几率比野生环境下要高，也更容易观察到大象的悲伤表现。不是只有在图利保护区才能继续我的研究。

托马斯回到新罕布什尔以后，我们通过学术文章的"密码"进行沟通。我把观察玛阿波象群的详细记录寄给了他，告诉他母象死后一个月它的象群还来到它的骨头前看望。他寄来关于他那里的一头去世的大象的故事，讲述了它的三个同伴站在象屋里它倒地的地方，对着它的尸体连续几个小时唱着小夜曲。当我写信给他说，**这件事你也许会感兴趣**，我真正想说的是：我很想念你。当他写信给我说，**有一天突然想到了你**，他其实想要说的是：我一直在想你。

这就差不多是说，假如我是一块布，上面破了一个洞，托马斯是唯一能够在颜色上相配把破洞补好的那条彩线。

一天早上，当我去找卡基索的时候，发现它并没有跟它的象群在一起。我开始搜索周围地区，并在半英里外的地方发现了它。我通过望远镜看见它脚下有个小东西。我急忙向前跑去找到一个能够看得更清楚的地方。

卡基索是独自生产的。这一点跟多数野生大象不同，它们都会跟自己的象群在一起，象群成员聚在一起庆祝，高声尖叫，互相拍拍打打，好像是家庭大聚会，那些年长的阿姨都会跑过来捏捏新生儿的脸蛋。卡基索也没有庆祝，它用蹄子推着那头一动不动的象崽想让它站起来。它伸出长鼻子卷起象崽的鼻子，可是后者的鼻子软塌塌地滑落下来。

通常用半个小时小象就能站起来跌跌撞撞地跟在妈妈身边。我以前见过刚出生的小象身体很孱弱，瑟瑟发抖，那就要用更长的时间才能站起来。我眯着眼睛仔细看，想看看小象的胸部有没有起伏的呼吸迹象。但实际上我只要看看卡基索的头就够了。它的嘴巴凹陷,耳朵耷拉着。它看起来就好像泄了气的大皮球。我还不明情况的时候它已经全明白了。

我脑子里突然闪现出洛蕾托冲下山去保护它那中弹的成年儿子的情景。

如果是一个母亲,就一定会有要保护照顾的孩子。

如果孩子被夺走了,不管失去的是新生儿,还是已经可以有它们自己后代的成年孩子,你还能自称为母亲吗?

看着卡基索,我意识到它不只是失去了孩子。它已经失魂落魄。尽管我以研究大象的悲伤情绪为生,尽管在野生环境下我见过无数的大象死亡,并且以一个研究人员的理智心态记录下这一切,此时此刻,我还是伤心欲绝,忍不住失声痛哭。

大自然是个残忍的混蛋。我们研究人员不应该对自然界进行任何干预,因为动物王国能够自我运行,根本用不着我们干预。尽管我也知道我们不可能提前很长时间就知道卡基索要有小宝宝了,但我还是觉得要是我们提早几个月对它进行监控,事情可能就不会是今天这个样子。

另一方面,我自己的情况可没有任何借口。

* * *

我一直没注意到我的例假没来,直到有一天我发现短裤提不上了,得用一只安全别针别住才行。卡基索的孩子夭亡以后,我花了五天时间记录下它的悲伤表现。然后我开车离开了保护区,到波罗克瓦尼买了一盒最常用的早孕试纸。我坐在一家佩里-佩里烤鸡店的厕所里,看着那道粉色的杠杠,哭了起来。

我回到营地的时候已经平静如初。我找格兰特谈了谈,跟他请假离开工作岗位三周时间。然后,我给托马斯发了个语音留言,告诉他我会应他之邀到他的收容站拜访。不到二十分钟托马斯就给我回了电话。他问了我一大堆的问题:我到收容站睡铁架帆布床可以吗?我能待多长时间?他可以到洛根机场接我吗?我告诉了他所有他想知道的答案,只有一个关键细节我没告诉他,那就是我怀孕的事。

我对他隐瞒这件事对吗?不。要怪就怪我每天都沉迷于一个"母系"社会吧。要不就怪我的怯懦,我要认真仔细地了解托马斯,才能允许他担负起我孩子父亲的责任。那个时候,我还不确定要不要留下这个孩子。如果要留下孩子,显然我得在非洲一个人把孩子养大。我觉得,仅仅因为猴面包树下的那一个晚上,托马斯并不一定会得到我的认可。

我在波士顿跟跟跄跄下了飞机,衣衫不整疲乏不堪地过了海关,提取了行李。我穿过洛根机场的一道道门来到抵达大厅,一眼就看到了托马斯。他站在栏杆后面,被两个穿黑衣服的司机夹在中间。他手里拿着一棵根朝上长的植物,活像巫师的花束。

我推着行李绕过栏杆。"你每次都会拿着枯萎的花来机场接女孩吗?"我问道。

他晃了晃那棵植物,一些土渣噼里啪啦地落了下来,掉在我的鞋上面。"这是我能找到的最像猴面包树的植物了。"托马斯说,"花店也帮不上忙,我只好凑合一下了。"

我努力不让自己把他的用心看作是他也愿意再续我们的浪漫,说明我们上次的所作所为绝不仅仅是互相调情。尽管我内心涌起希望,我还是决定装傻:"你为什么想要带来一棵猴面包树呢?"

"因为一辆小轿车装不下大象。"托马斯一边说着一边对我微笑。

医生会说从医学上这是不可能发生的,因为我才刚刚怀孕不久。但是,在那一刻,我觉得我们的孩子在我肚子里扑腾呢,就好像我们之间电流般的感应正是她开始生长所需要的动力源。

Leaving time

在开往新罕布什尔的漫长旅途上,我们谈起了我的研究,谈到了玛阿波去世后它的象群是如何渡过难关的;谈到了我看到的卡基索悼念死去的孩子那令人心碎的情景。托马斯特别激动地告诉我,我会亲眼看到收容站迎来它的第七头大象,那是一头非洲象,名叫莫拉。

我们对那棵猴面包树下发生在我们之间的事只字未提。

我们也没提到在某些奇怪的场合我有多么想念他,比如看到两头公象像足球明星一样在踢着粪蛋嬉戏,而我又很想找个志趣相投的人来分享这一刻的时候。或者有的时候我从睡梦中醒来感觉身体上有他的碰触感,就好像他的指纹已经深深地印在我的皮肤上。

事实上,除了他带到机场的那棵植物以外,托马斯说的都是有关我们作为科学研究伙伴的事情。如此一来,我开始怀疑我们之间的那个晚上是不是我做的一个梦;我肚子里的孩子是不是我脑子里的臆想了。

我们到达收容站的时候已经是半夜,我困得眼睛都睁不开了。我坐在车里看着托马斯打开了一扇电动大门,一秒钟后又打开了里边一道门。"大象非常善于向我们展示它们的力量。我们树立起来的一半栅栏会被大象给推倒,只是因为它们想告诉我们它们**有这个能耐**。"他看了我一眼,"我们的收容站刚开门的时候总有周围的人打电话来说他们家的后院出现了一头大象。"

"它们跑出去了你们会怎么办?"

"啊,我们把它们带回来就是了,"托马斯说,"在这儿最重要的一点就是,它们跑出去不会像在马戏团或动物园那样受到鞭打或伤害。它们就像小孩子。你不会仅仅因为孩子惹你生气了你就不爱他了。"

提到孩子,我不自觉地就把胳膊放在了肚子上。"你有没有想过成家?"我问他。

"我已经有家了,"托马斯回答,"妮维、吉迪恩、还有格雷斯都是我的家人。明天你就能见到他们。"

我感觉胸口好像插了一把剑似的一阵刺痛。我怎么就从来没问问托马斯他是不是结婚了呢?我怎么能这么愚蠢?

"没有他们我就不可能运营这个收容站,"托马斯继续说,完全没注意副驾驶座位上的我内心在流血,"妮维在南方一个马戏团当了二十年大象驯养师。吉迪恩是她的徒弟。他和格雷斯是夫妻。"

慢慢地,我弄清楚了这些人跟他的关系。事实上这三个人好像都不会是他的妻子或子女。

"他们有孩子吗?"

"没有,谢天谢地,"托马斯说,"我付的保险费用已经居高不下了;我不敢想象再有个孩子到处乱跑会是个多大的累赘。"

他的这种反应当然是没错。在野生动物保护区抚养孩子会是很荒唐的事情,同样道理,在收容站里养育孩子也真是疯了。从概念上说,托马斯收容进来的都是些"问题"大象,都是些曾经杀死了驯养员,或是在某些方面行为反常使得动物园或马戏团想处理掉的大象。但他的回答还是让我感觉他在一场考试中得了不及格,当然,这场考试是在他毫不知情的情况下进行的。

天太黑了,象栏里什么都看不清,但是当我们穿过另一层高高的栅栏时,我摇下了车窗。一股熟悉的夹杂着泥土和青草味道的大象气息扑鼻而来。我听到远处传来了闷雷一样的低吼声。"那可能是西拉,"他说,"它是我们欢迎委员会的委员。"

他把车开到了自己的木屋,然后把我的行李从车上拿了下来。他的住处很小,一间客厅,一个小厨房,一间卧室,一间比衣橱大不了多少的办公室。没有客房,不过他也没把我的破行李箱放在他卧室里。他局促地站在屋子的中间,把眼镜往鼻梁上推了推。"家,甜蜜的家。"他说。

突然，我在想我是来这里干什么呢？我对托马斯·梅特卡夫几乎是一无所知。他很有可能是个变态的精神病。他也可能是个连环杀手。

他有可能是任何人，但他的确是我孩子的父亲。

我感觉很不自在，于是我说："嗯，长途跋涉呀。我能冲个澡吗？"

让我吃惊的是，托马斯的卫生间干净得近乎病态。他的牙刷和一管牙膏并列摆放在抽屉里。洗漱台擦得一尘不染。一些药瓶在药箱里按着字母顺序排列得整整齐齐。我打开了水龙头，让蒸腾的热气充满了小小的卫生间，我像一个鬼魂一样站在镜子面前，想看到我的未来会是什么样。我站在花洒下面把水温调到了最热，把皮肤烫得又红又疼，终于想出了能够缩短在此地逗留时间的最好办法，因为很显然我到这儿来就是个错误。我不知道之前自己是怎么想的，我觉得托马斯在离我八千英里远的地方思念着我，我觉得他一直在心底里盼望着我能横跨半个地球来与他再续前缘。显然，我身体里的激素让我产生了幻觉。

我裹着毛巾从卫生间出来，头发湿漉漉的，踩在木地板上留下了一串水脚印。托马斯正在沙发上铺床单和毯子。要说我一直在寻找证据证明在非洲发生的事情并不是一个新的开始，而完全是一个错误的话，现在证据就摆在眼前了。"哦，谢谢。"我说着话心已经凉了。

"我睡在这儿，"他说，眼神从我身上移开，"你可以睡床。"

我感到血往上涌："你怎么想就怎么办吧。"

你要明白，在非洲处处是浪漫。你可以看着夕阳西下，却相信自己看到了上帝之手。你可以看着母狮漫步前行，忘记了呼吸。你会对长颈鹿弯下脖子喝水时的身体造型惊叹不已。在非洲，鸟儿翅膀上那斑斓的蓝色羽毛是你在其他任何地方的大自然里都看不到的。在非洲,午间的热浪中,你能看见空气在冒泡。当你置身非洲的时候,你会觉得回归了原始状态,好似在大自然的摇篮中摇来荡去。在那种环境下,记忆可能被美化了不是什么奇怪的事吧?

"你是客人,"托马斯很有礼貌地说,"得看你想怎么做。"

我想怎么做?

我可以钻进被窝里一个人睡在沙发上。我也可以告诉托马斯我有了他的孩子。但是,我没有。相反,我走到他跟前,让裹在身上的毛巾滑落在地板上。

一时间,托马斯只是瞪着眼睛。他伸出一根手指轻轻从我的脖颈滑到肩头。

上大学的时候,我在夜里到波多黎各的夜光海湾游了一次泳。每次我伸胳膊蹬腿,就会有奇光异彩的水花四溅开来,就好像我创造出流星落于水中。托马斯抚摸我的时候就是这种感觉,好像星光落进了我的身体里。我们靠着家具倚着墙,连沙发都没用上尽情疯狂着。疯狂过后,我枕着托马斯的胳膊躺在粗粝的木地板上。"你刚才不是说西拉才是欢迎委员会委员吗?"

他大笑起来:"如果你想见它我可以去叫它。"

"好呀。我很好。"

"别低估自己。你无与伦比。"

我在他怀里转个身:"我觉得你没想要我。"

"我觉得是你不想要,"托马斯说,"我都没敢想过之前发生的事还会再发生。"托马斯用手梳理着我的头发,"你在想什么呢?"

我在想的是:大猩猩会撒谎以推卸责任。黑猩猩会欺骗。猴子会在安全的时候坐在高高的树杈上假装有危险。但是大象不会欺骗。它们是什么样就什么样,从来不装。

而我却回答说:"我在想我们究竟还会不会有机会在床上

疯狂。"

善意的谎言多一个又怎样呢。

*　　*　　*

南非的土地常常干旱缺水,它的脚跟和胳膊肘会干燥裂口。它的山谷被太阳炙烤得发红。相比之下,这个收容站就是个草肥水美的伊甸园:郁郁葱葱的山冈,湿润的田野,野花遍地,壮硕的橡树枝条昂扬向上,舒展优美。当然,这里还有大象。

这里有五头亚洲象,一头非洲象,还有一头非洲象即将到来。在这里,大象之间的社会关系不是靠血缘关系建立起来的,这一点与野生环境下不一样。它们两三头一群,自愿组合一起在园子里闲逛。托马斯告诉我,有的大象很难相处。有的大象更愿意独处。还有的大象跟自己所选的同伴寸步不离。

令我惊奇的是,收容站有那么多的理念跟我们在野外环境下很相似。就比如说,我们会很想冲过去救一头身受重伤的大象,但是我们不能,因为那样会打破大自然的规律。我们以大象为中心,认为能在不引起它们注意的情况下观察它们是我们的幸运。同样,托马斯和他的同事们尽可能地给这些退役的大象以自由,而不是事无巨细地管理它们的一切。由于它们年老体弱,已经不可能把它们放回到自然环境中。待在收容站是现在这种情况下最好的选择了。这里的大象在生命中的大部分时间里都被拴着、被锁着或挨打被逼做事。托马斯提倡自由接触,他和他的同事们会进到象栏里喂食,在必要的时候还进行医疗救治。但是要改变大象的行为只会是通过奖励和积极引导的方式进行。

托马斯开着一辆越野车带着我在收容站里四处参观,让我熟悉情况。我坐在他身后,双手搂着他的腰,脸紧紧贴在他温暖的后背上。大门上都设计了一个个能够让车辆出入但是大象却跑不出去的小门洞。亚洲象和非洲象分别待在不同的象栏里,每个象栏里都有自己的大象屋。目前非洲象屋里只住着赫斯特一头大象。象屋本身就像巨大的飞机库,里面非常干净,吃放在地上的东西都没问题。水泥地上冬天会有暖气吹出热气让大象的脚保暖,门上挂着厚重的帘子,就像洗车行的长舌帘。冬天的时候可以保温,而对大象的出出进进没有影响。每个隔间都有自动供水装置。"经营这么个地方可是需要一大笔钱呢。"我自言自语。

"十三万三千美元。"托马斯回答。

"每一年吗?"

"每头**大象**。"他笑着说,"天哪,我希望是每一年这么多钱。看到这个地方的卖地广告,我就倾尽所有争取到这块地。我们还让西拉出来亮相,请来周围所有的居民和新闻媒体,让他们看看我们在做什么。我们得到了一些捐款,但是那简直就是杯水车薪。仅仅瓜果蔬菜这一项的开销每头大象就需要五千美元。"

我在图利保护区的大象曾遭遇连年大旱,大象饿得皮包骨头,皮下一节一节的脊椎和一根一根的肋骨都看得清清楚楚。南非与肯尼亚和坦桑尼亚都不一样,那里的大象在我眼里相对要肥一些,更幸福一些。但至少我的大象**还有**吃的。收容站地方很大,满眼绿色,但是对于大象来说那些灌木丛和植被远远不够。沿着大象走廊走几百英里路去寻找足够的植被对它们来说就是奢望,没有母象头领当家更是不可能。

"那是什么?"我指着隔间里用带子挂在钢钩子上的一个橄榄绿色的桶问他。

"一个玩具。"托马斯解释说,"桶底部有一个洞,桶里面装着一个球,球里有好吃的。迪安得把长鼻子伸进洞里转动那个球,好吃的才能从里面掉出来。"

就好像听到托马斯喊它了一样,话音刚落,一头大象就挑起飒飒作响的门帘进到了象屋里。它的个头不大,满身斑点,头顶上有一层毛。跟我熟悉的非洲象相比,它的耳朵很小,耳郭四周有破损。它的眉骨突出,眼窝深陷。棕色的眼睛很大,眼睫毛浓密,足以让那些模特们相形见绌。它死盯着我这个陌生人,让我感觉它有话要对我说,可是我不懂它的语言。突然,它开始摇晃脑袋,与我在保护区习惯见到的大象动作一模一样,那是我们不经意中侵犯了大象的地盘时它们做的警告。我笑了,因为它的小耳朵起不到什么威吓效果。"亚洲象也这样做吗?"

"不。但是迪安在费城动物园是与非洲象一起生活的,所以它的脾气比大多数其他亚洲母象稍微大一些。我说的对吗,美人?"托马斯说着伸出手让它用长鼻子嗅了嗅。他不知道从哪儿拿出来一根香蕉,它优雅地从他手上接过去把它塞进自己嘴里。

"我之前不知道把亚洲象和非洲象放在一起还能相安无事。"我说。

"有事。它跟非洲象互相推搡结果受伤了。自那以后,公园就把它单独隔离开了。但是他们地方不够,所以决定把它送到这里了。"

他的手机响了,他转过身去背对着我和迪安接了电话。"是,我是梅特卡夫博士。"他说。他捂着话筒回过头来,用嘴形告诉我:**新大象的事。**

我挥挥手让他离开,然后走到迪安跟前。在野生环境下,即便是面对着常见面很熟悉的象群,我都会时刻记得它们是野生动物。我谨慎地伸出一只手,如同接近一只流浪狗那样。

我知道迪安隔着隔间就能闻到我的味道。甚至很可能它在象屋外面就闻到了。它的象鼻子提起来呈蛇形弯曲状,鼻端像潜望镜一样来回旋转。上面的突起紧贴在一起,然后像一条蛇一样从隔间的栅栏里伸了出来。我一动不动地站在那儿,让它擦过我的肩膀、手臂、我的脸,摸着我来了解我。它每一次的呼吸我都能闻到干草和香蕉的味道。"认识你很高兴。"我轻柔地说,它的鼻子顺着我的胳膊往下摸,停在我的手心部位。

它吐出一棵树莓,我哈哈大笑起来。

"它喜欢你。"一个声音说道。

我转身看到背后站着一个年轻的女人,帅气的亚麻色短发,皮肤白皙,肤质如此细腻,乍一看去吹弹可破的感觉。第二个念头是这个女人太小巧了,怎么能有力气去照顾大象呢。她年轻,弱不禁风,像个易碎玻璃人。

"你一定是金斯顿博士。"她说。

"请叫我艾丽斯。你是……格雷斯?"

迪安开始低吼。"哦,是的,我没跟你打招呼,是吗?"格雷斯拍拍迪安的眉头,"早餐马上就好,陛下。"

托马斯回到了象屋:"对不起。我得去办公室一下,处理莫拉的运输问题……"

"别担心我。真的,我不是小孩子,现在又跟一群大象待在一起。在这儿待着别提多高兴了。"我看了格雷斯一眼,"说不定还能帮点忙呢。"

格雷斯耸耸肩:"我觉得可以。"托马斯快速地亲了我一下,然后离开象屋一路小跑上了山冈。格雷斯看没看见我不知道,反正她什么也没说。

之前我觉得格雷斯弱不禁风,然而接下来的这一个小时证明我大错特错了。因为她告诉我她每天都是这样过的:喂大象两次,早八点晚四点各一次。格雷斯得自己取来那些瓜果蔬菜粮食之类的给大象分别做吃的。她要收拾大象粪便,用高压水枪冲刷象屋的隔间,给树木浇水。她母亲妮维负责给大象采买粮食,把大象吃剩的食物收集起来送去做堆肥。她还负责照料给大象和饲养员们提供蔬菜瓜果的菜园子,以及收容站的日常管理工作。吉迪恩看大门,收拾环境卫生。看锅炉，保管干活的工具加四台越野车，给草坪除草，垛干草，搬运成箱的瓜果蔬菜，还负责大象的基础医疗和保健。他们三个人轮流做训练，值夜班。而这仅仅是日常的工作而已，还不包括有什么地方出了岔子，或者哪头大象需要特殊照顾。

当我在厨房里帮助格雷斯给大象准备早餐的时候，我再一次感到我在非洲保护区做的工作比这可轻松多了。我在那儿要做的工作就是人在那儿，做做笔记，分析一下数据。时不时地帮公园管理员或兽医给大象做个麻醉套个项圈，或者给哪个受伤的人发发药物。野生环境不需要我费心*经营*，而且无疑我不用操心钱的事情。

格雷斯告诉我，她从来没想过会住在这么靠北的地区。她在佐治亚长大，受不了寒冷气候。但是当时吉迪恩已经来这儿跟她母亲一起工作了，托马斯请求他们来帮忙建这个收容站的时候，格雷斯就一声不响地跟着来了。"这么说你当时没在马戏团工作。"我问她。

格雷斯把土豆放到每个桶里面。"我那时正要去做老师，教小学二年级。"她说。

"新罕布什尔也有学校呀。"

她看看我。"是，"她说，"我想肯定有。"

我有种感觉，这里面一定有故事，只是我不懂，就像我与迪安的无声交流一样。格雷斯是跟她妈妈来的，还是跟她丈夫？她在这儿干得很好。但是有很多人在本职工作上都做得很好，可心里并不喜欢自己的工作。

格雷斯干活特别麻利，效率极高。我待在这儿肯定是拖她后腿了。要准备的早餐里有绿叶菜、洋葱、红薯、圆白菜、菜花、胡萝卜，还有谷物粮食。有些大象的食物中需要添加维生素 E 或者"康仕健"关节药；另一些大象需要额外加补"食补球"，就是把苹果掏空里面放入药物，再在顶端涂上花生酱。我们把这些装食物的大桶拖出来放到越野车后部，出发去寻找大象给它们开早餐。

我们循着粪便、断裂的树枝还有那些泥脚印去寻找前一晚大象去过的地方。如果天比较冷，就像现在这个时候，它们最有可能去的就是地势较高的地方。

最先看到的是迪安和它的朋友奥莉芙。迪安在我们进厨房准备早餐的时候离开了象屋。奥莉芙块头较大，但是没有迪安高。奥莉芙的耳朵轻薄柔软，折叠的褶皱如同天鹅绒幕帘。它们俩贴身站着，长鼻子卷在一起，就像两个小姑娘互相牵着手。

我屏住了呼吸，呆住了。直到看见格雷斯盯着我看，我才意识到。"你跟吉迪恩和我妈妈一样，"她说，"这是天生的。"

大象们对这辆车一定早就习惯了，可是这么近距离地接近大象还是让我感到不可思议，而格雷斯已经提起两桶食物把它们分别倒在相距二十英尺远的地方。迪安马上抓起一只蓝色哈伯德南瓜整个放进嘴里大嚼起来。奥莉芙换着口味吃，每吃一口蔬菜就嚼一口除味麦秆。

我们继续寻找其他大象，就像深山寻宝一样。我知道了所有大象的名字，记下了哪头大象的耳朵上有缺口，哪头大象由于以前受过伤走路姿势很奇怪，哪头大象顽劣不羁，哪头大象很友好。它们三三两两地聚在一起，让我想起了有一次在约翰内斯堡见到的红帽协会①老妇人，她们聚在一起庆祝命好能够高寿。

我们开车到了非洲象栏的时候，我才意识到格雷斯已经减速，在大门外有点犹疑。"我不喜欢进到这里面，"她承认说，"吉迪恩通常会替我进去。赫斯特是个小霸王。"

我明白她为什么那么说了。过了一会儿，赫斯特摇着头拍打着两只耳朵从树林里冲了出来。它大声吼着，我胳膊上的汗毛都跟着

---

① 成立于1998年，大本营在美国，专门吸收50岁以上的女性入会，会员互帮互助，共同享受美好的中老年人生。

立了起来。随即,我又笑了。我知道是怎么回事。我对此习以为常。

"这个我来。"我提议。

从格雷斯脸上的表情看,你会觉得我好像在提议我要徒手献祭一头羊。"梅特卡夫博士会杀了我的。"

"相信我,"我骗她说,"了解了一头非洲象,就了解所有非洲象了。"

没等她阻止我,我已经从越野车上跳了下去,吃力地提起装着赫斯特早餐的大桶从栅栏口钻进去了。这头大象抬起长鼻子使劲吼着。接着它抓起一根树枝朝我抽过来。

"你没打着。"我双手叉腰说,然后往车子方向走回去拿那捆干草。

先别急着说我不该这么逞能,因为我知道能列出一大堆理由。我不了解这头大象,也不知道它对陌生人什么反应。我没有征得托马斯的同意。如果我有一丁点想要保住我肚子里的孩子,我当然也不应该抱那么大一捆干草,或是让自己置身险境。

但是我也知道永远不要示弱。当我抱着那捆干草走回来时,赫斯特朝我冲了过来,四蹄飞奔,踏起的尘土空中飞扬,把我裹在沙尘之中。可是我站在那儿纹丝不动。

突然耳边一声大吼,我双脚离开了地面,被甩出了栅栏口。"天哪,"一个男人的声音说道,"你不想活了吗?"

赫斯特顺着声音抬起头,然后低下脑袋吃东西,就好像刚才吓得我半死的不是它。我扭动身体想要挣脱这个陌生人紧紧钳住我的双臂。他紧紧地抓着我不松手,同时不解地盯着车上的格雷斯。"你是谁?"他问。

"艾丽斯,"我说,嗓子发紧,"认识你很高兴。现在能把我放下来吗?"

他把我放了下来:"你是白痴吗?那可是头非洲象。"

"事实上,正好相反。我是一个博士后。我是**研究**非洲象的。"

他身高超过六英尺,浅棕色的皮肤,不安的双眼,他的双眼漆黑得让我快要站不稳。"可你没研究过赫斯特。"他轻声说道,声音极轻,我知道他没想让我听见。

我估计他妻子也就二十出头,他至少比她大十岁。他大步走到格雷斯站着的越野车旁边:"你为什么没用无线电叫我?"

"你没来拿赫斯特那桶食物,我想你很忙。"她踮起脚尖伸出双臂抱住了吉迪恩的脖子。

吉迪恩抱着格雷斯的时候,却一直回头盯着我,好像还不能确定我是不是个白痴。格雷斯双脚悬空挂在他的怀里。这本来没什么,只不过就是身高的悬殊差距造成的,可是我看着就像格雷斯吊在悬崖边上一样。

*　　*　　*

当我溜达回到收容站大办公室的时候,托马斯已经不见了踪影。他进城去安排一台拖拉机牵引的拖车,好把他那头新来的大象运到收容站。我嘛,我几乎没注意。我在收容站四处转着,就好像在做实地考察一样,学习一切我在野生条件下学不到的东西。

之前我跟亚洲象接触不多,所以我坐着观察了它们一段时间。有个古老的笑话是这么说的:非洲象和亚洲象的差距有多大?三千英里。可是它们**真**不一样。跟我熟悉的非洲象比起来,亚洲象更平静,更随和,更内向。这让我想起了我们对这两大洲不同文化背景下的人的概括总结,两种大象与其同一个大陆的人何其相似:在亚洲,你常常会看到人们彼此避开眼神的接触以表示礼貌。而在非洲,人们总是傲慢地昂着头,眼睛直视对方,这不是挑衅,只是因为那里的文化就那样。

西拉刚刚蹚进池塘里;它用长鼻子拍打着水花,往朋友们身上喷水。另一头大象优雅地从坡顶上滑入水中,立即引起了一片吱吱喳喳的欢叫声。

"听起来像在扯八卦,是不是?"我身后一个声音说道,"我希望它们不是在说我。"

这个女人有一张很难看出年龄的脸,她的头发是金色的,在脑后编了一根辫子。她脸上的皮肤很光滑,让人心生嫉妒。她的肩很宽,前臂显出一条条的肌肉。我记得妈妈跟我说过,要想知道一个女演员的年龄,不管她的脸做了多少次提升,只要看她的手就知道。这个女人的手就是皱巴巴的,很粗糙,满手抓着垃圾。

"我来帮你吧。"说着我从她手上接过一部分垃圾,有葫芦瓢、果皮,还有半块西瓜皮。我跟着她把这些东西扔进一个桶里面,然后把手在衬衫底下擦了擦。"你一定是妮维。"我说。

"那你一定是艾丽斯·金斯顿。"

大象在我们身后的池塘里打滚嬉戏。与我心中熟知的非洲象的叫声相比,它们的叫声更像音乐。"这三位可是闲不住。"妮维说,"它们总是叽叽喳喳在讲话。如果旺达溜达下山去吃草,离开了它们的视野哪怕只有五分钟,再见面另两位都会像它已经离开了很多年一样迎接它。"

"电影《侏罗纪公园》里给霸王龙用的是一头非洲象的声音,你知道吗?"我说。

妮维摇了摇头:"在这个地方,我还以为自己很在行呢。"

"你是专家,对吗?"我说,"你以前在马戏团工作?"

她点点头:"我想说当托马斯·梅特卡夫拯救了他的第一头大象的同时也拯救了我。"

我想了解更多关于托马斯的事情。我想知道他有一颗善良的心;他曾经挽救了濒于崩溃的人;我可以对他托付终身。我希望他身上具备所有女性希望作为自己孩子父亲的男性都有的优点。

"我见过的第一头大象是维琵。它属于一个家庭马戏团,每年夏天都会到我长大的那个小镇来。哦,它太棒了。特别聪明,喜欢游戏,喜欢人。几年的时间里,它生了两头小象,也加入了这个马戏团,它对自己孩子的态度就像它们是它的骄傲和快乐源泉。"

对这些我一点都不感到惊奇。我很早以前就知道象妈妈让人类自愧不如。

"是维琵让我产生了做跟动物有关的工作的想法。是它让我还是个小姑娘的时候就开始在动物园当学徒,高中毕业后我就找了个驯养员的工作。那是在另一个家庭马戏团,在田纳西州。我一点点干,从驯狗、驯马到最后驯他们家的大象厄修拉。我在那儿工作了十五年。"妮维胳膊交叉抱在胸前,"但是那个马戏团破产了,停业清算了,我又在巴神兄弟奇迹巡演团找了个工作。这个马戏团有两头被认为很危险的大象。我觉得应该见见它们,然后我自己来做个判断。当我被带去见这两头大象的时候,我发现其中一头大象竟然是维琵,我小时候见过的那头大象,所以你能想象当时我有多吃惊。一定是在某个时候,它被卖给了巴神兄弟马戏团。"

妮维摇摇头:"我都已经认不出它来了。它被锁链拴着。很内向。我整天看着它也没法把它跟以前我认识的那头大象画上等号。另一头大象是它的孩子。它被圈在一个由电线编结的象栏里,跟维琵所在的拖车有一道之隔。在它的象牙尖上各有一个小金属帽,我以前没见过。后来我知道了,因为小象想要妈妈,所以总是用象牙捣毁电线要到妈妈身边去。所以马戏团的一个人就想出了这个解决办法,给它象牙上套上金属帽,用电线跟它嘴里的一个金属盘连在一起。每次它要用象牙捣毁电线去找妈妈,就会遭到电击。当然,每次它痛苦尖叫的时候,维琵都得听着,看着。"妮维抬头看着我,"大象不会自杀。但是我能够肯定维琵的忍耐已经到了极限。"

野生环境下,雄象在十到十二岁的时候会离开象群,在这之前它一直跟妈妈生活在一起。就这么人为地被分开，还被迫看到孩子在受罪却什么都不能做……唉，这让我想起了冲下山护住科诺西尸体的洛蕾托。我想到大象心中的悲痛，想到不一定只有死亡才意味着失去。我甚至都没意识到，我不自觉地用双手捂住了自己的肚子。

"我在心里祈祷着能出现奇迹，有一天托马斯·梅特卡夫就来了。那个混账的兄弟马戏团想处理掉维琵，因为他们认为它快要死了。况且他们现在有了它的孩子，也就不需要它了。托马斯卖了自己的车，雇了一辆拖车把维琵运到了北方。它成了这个收容站的第一头大象。"

"我还以为西拉是第一个呢。"

"怎么说呢，"妮维说，"那么说也对。因为维琵到这儿两天后就过世了。救它太晚了。我愿意这么想，至少死的时候它知道自己脱离苦海了。"

"那它的孩子怎么样了？"

"我们这里没有接收公象的条件。"

"可是你们一定知道它怎么样了吧？"

"那头公象现在已经长大了，在我们不知道的地方。"妮维说，"救助系统还不完善。可是我们在尽最大努力。"

我看了看旺达，它正优雅地用一只脚点着池塘里的水，而西拉正在水底下慢悠悠地吹泡泡。正在这时，旺达走进了水里，用鼻子拍打着水面，然后扬起了一道喷泉般的水柱。

过了一会儿妮维说道："托马斯也许知道。"

"知道什么？"

她面无表情，不知道她在想什么。"知道那头小象的情况。"她回答。接着提起那个装着瓜皮和泔水的桶上山朝菜园子走去，就好像她刚才只是闲聊了两句大象的事而已。

离别时刻

* * *

那头新来的大象莫拉来收容站的时间提前了一周,这让这里的全体人员都马不停蹄地投入到了准备工作中。我见缝插针做些力所能及的事,努力让那个非洲象象栏够格迎接它的第二位主人。在一片忙乱之中,我没想到会见到吉迪恩,他正在亚洲象屋给旺达修脚。

他坐在隔间外面的一只凳子上,那头大象的右前蹄从钢栅栏的一个开口伸出来放在一条横梁上。吉迪恩一边哼着曲儿一边用修补刀片修整蹄子下面的肉垫,削去那些老茧和死皮。我在想,对于这么一个大男人来说,他的温柔真让人惊奇。

"别告诉我它还需要选一种颜色的指甲油哟。"我从他背后走近他,希望能打破僵局,忘记我们那不愉快的第一次见面。

"囚禁中的大象有百分之五十死于跟足部相关的疾病,"吉迪恩说,"包括关节痛、风湿、骨髓炎。你可以在水泥地上光脚站上六十年试试。"

我蹲了下来:"那你是在做预防护理咯。"

"我们锉掉那些裂口防止小石头塞进去。用苹果酒浸泡治疗脓肿。"他一抬下巴示意我看隔间里面,我才注意到旺达的左前蹄浸泡在一个大橡胶盆里,"我们的一头母象甚至还有一双巨大号的凉鞋,是泰瓦牌的,鞋底是橡胶的,帮助缓解疼痛。"

我从来没想过大象会受到如此关爱,不过转念一想,我熟悉的那些大象有天然的优势,它们整天在粗粝的沙地上行走,让蹄子可以适应磨砺。它们有无限的空间可以锻炼僵硬的关节。

"它这么安静,"我说,"就好像你给它催眠了一样。"

吉迪恩没有理会我的赞美。"它可不是一直都这样。它刚来那会儿,可是生龙活虎充满精力。它会抽满满一鼻子的水,等你靠近它的隔间,就会把水全都喷到你身上。它还会朝你扔树枝。"他看了我一眼,"就像赫斯特那样。不过目标没那么显眼。"

我感到脸红了:"是呀,我很抱歉。"

"格雷斯早该告诉你,她很了解情况。"

"那不是你妻子的错。"

他的脸上掠过一丝变化,是后悔?还是生气?我不太了解他,读不懂他的表情。就在这时,旺达把前蹄撤了回去,长鼻子从栅栏里伸了出来,把吉迪恩旁边放着的一碗水掀翻了,全部洒在他的大腿上。他叹口气,扶正了碗,然后说:"把脚放在这儿!"旺达把它的腿又抬了起来,让他继续完成自己的工作。

"它喜欢考验我们,"吉迪恩说,"我想它一直就这样,可是它在原来待的地方要是这样做肯定会挨打。如果它不想挪步,就会有山猫赶着她走。它刚来的时候,会使劲撞栅栏,大吵大闹,就像是故意惹我们看我们敢不敢惩罚它。而我们会看热闹为它喝彩,让它闹得再起劲儿些。"吉迪恩拍了拍旺达的蹄子,它就乖乖地把它收回到隔间里面去了。它把蹄子从苹果酒液中撤出来,用鼻子拎起那个盆,把其中的酒液倒进排水管道,把盆递给了吉迪恩。

我很吃惊,大笑起来:"我猜它现在一定是这儿的模范吧。"

"还不算。它一年前就把我的腿弄折了。当时我正好在处理它的后蹄,被一只大黄蜂叮了一下。我胳膊往起一抬,手就碰它屁股上了,可能吓了它一跳。它把长鼻子从栅栏里伸出来抓住我一次一次地把我拍在栏杆上,就像服了摇头丸一样。梅特卡夫和我岳母两个人才迫使旺达把我放下来让他们查看我的伤情。"他说,"我的股骨有三处完全断裂。"

"你原谅它了。"

"不是它的错,"吉迪恩回答,一脸正经,"它对自己以前的境遇无能为力。事实上,经过了所有那些遭遇之后,它还能让人这么近距离地触碰它已经是很难得了。"我看着他示意旺达转过去,递给他另一只前蹄。吉迪恩说:"它们能愿意原谅这一切,非常了不起。"

我点点头,但是我又想到了格雷斯,她本来想要做一个老师,结果却干上了给大象清扫粪便的活儿。我在想,这些已经习惯于被关起来的大象会不会记得是谁第一个把它们关进笼子里的呢?

我看着吉迪恩拍了一下旺达的蹄子,它就从栅栏口把蹄子收了进去,在象屋的地面上跺了跺那层厚厚的肉垫,想检验一下他的手艺。我就在想,而且也不是第一次这么想了,原谅与遗忘这两者之间不是那么泾渭分明的。

*　　*　　*

新成员莫拉到来的时候,拖车就停在了非洲象的象栏里。赫斯特当时没在附近。它在收容站的最北边的角落里吃草,而拖车是从南边一路进来的。整整四个小时,格雷斯、妮维和吉迪恩都在想尽办法哄莫拉从车上下来,他们拿西瓜、苹果还有干草"贿赂"它。他们敲铃鼓希望能用声音吸引它的注意。他们用手提扩音器播放古典音乐,不起作用又播放经典摇滚乐。

我站在托马斯旁边小声问:"这情况以前发生过吗?"

他看起来筋疲力尽,下眼袋松弛,我想自从两天前他听到消息说莫拉已经在路上了,他就没能好好坐下来吃顿饭。"我们这儿发生过很戏剧性的场面。当初奥莉芙的驯养员带它来这儿的时候,它若无其事地从车上走下来,使劲地打了那个驯养员两下,然后钻进了林子里。我要告诉你的是,那家伙真是个混蛋。奥莉芙只是做了我们大家心里想做的事。但是所有其他的大象因为长时间地待在拖车里,要么很好奇,要么腿抽筋,都会待不住下车的。"

随着夜幕降临,天气变脸了。飞云掠过,大风呼号。很快就要降温变黑了。如果还这么继续僵持下去,我们就需要准备提灯、强光手电、毛毯之类的东西。我肯定托马斯就是这么想的。我也会这么做的,事实上我以前在野生环境下也是这么做的,只不过不是观察如何把大象从囚笼中转移到收容站,而是观察生与死。

"吉迪恩。"托马斯开了腔,准备下达指示,这时从树丛里传来了一阵窸窸窣窣的声音。

我无数次经历过大象无声而迅速地穿过丛林的场景,可赫斯特出现的时候我还是感到大吃一惊。它的移动速度对它那么大的身躯来说简直有点太快了,它的脚步轻盈,看到这么大的一个金属外来物出现在它的象栏里非常兴奋。托马斯告诉过我,即便是一台推土机到这儿来进行挖掘或者修整工作也会让大象们兴奋起来。它们对于比自己身形大的东西都感到好奇。

赫斯特开始在拖车跳板跟前走过来走过去。它大吼一声表示打招呼。吼声大概持续了十秒钟时间。一看没得到任何回应,它的声音就变成了短促的咆哮。

从拖车里面传出了一声低吼。

我感到托马斯伸出手抓住了我的手。

莫拉小心翼翼地从跳板上走下来,走到一半停了,呈现给我们的是它的剪影。赫斯特也停止了来回踱步。它的低吼变成了长啸,变成了高喊,又变回了低吼。那是我熟悉的叫声,大象与自己的象群久别重逢时发出的喜悦的叫声。

赫斯特抬起头快速地拍打着两只大耳朵。莫拉排尿了,从颞腺开始分泌腺体。它朝赫斯特慢慢伸出了长鼻子,可是还不情愿从跳板上走下来。两头大象继续低吼着,而这时赫斯特的两只前蹄踏上了跳板。它转过头,它那只残缺的耳朵贴近了莫拉,让它都能摸到了。然后赫斯特抬起左前蹄递到莫拉跟前给它看。那情景就好像在给它讲自己的生平故事:看看我受过多大的罪。看看我是怎么活下来的。

此情此景让我潸然泪下,失声哭了起来。我感觉托马斯伸出双臂把我搂在怀里,而赫斯特最终也用鼻子卷住了莫拉的鼻子。它松开了鼻子,后退下了跳板,莫拉怯生生地跟着走了下来。"可以想象它在马戏团里到处颠簸的生活会是什么样,"托马斯说着,声音哽咽,"她一次又一次从拖车上走下来的生活今天结束了。"

两头大象并排走着,摇摇摆摆走进了林子里。它们俩贴得那么近,看起来就像是一体的,就像神话里的巨人。夜幕渐渐把它们包围了,可我还是努力想在它们消失的林子里分辨出它们的身影。

"嘿,莫拉,"妮维低语,"欢迎来到你永久的家。"

就在这一刻我做出了一个决定,对此我能给出许多解释。比如,比起那些野生的大象,这个收容站的大象更需要我;我开始感到自己一直在从事的研究工作不会受到地域的限制;这个牵着我的手的男人,跟我一样为刚被拯救的大象流下了热泪。但是,这些都不是真正的理由。

我刚到博茨瓦纳的时候,追求的是知识,名声,希望能为我的研究领域添砖加瓦。可是现在,随着我的处境改变,我待在那个保护区的原因也发生了变化。最近,我已经对我的工作不那么热情了,把力气都用来推拒那些令我恐惧的念头。我不再去想前程的问题。我逐渐在抛开所有其他的念头和想法。

一个永久的家。这就是我想要的,我想要给我的孩子一个永久的家。

此时,周围已经漆黑一片了,我就跟大象一样什么都看不见了,得调动其他的感官找到我的路。我用双手摸着他的脸,闻着他身上的味道,把我的脑门抵在他的脑门上。"托马斯,"我轻声说,"有件事要告诉你。"

弗 吉 尔

是那块该死的石头让我栽了跟头。

托马斯·梅特卡夫一看到它就发疯了。好吧,我承认,绝不能把他当作神智正常的标准,但是他盯着那根项链上的卵石时,他的眼神绝对跟我们刚一进门时的眼神不一样,很清澈。

人在生气的时候最真实。

此时,我坐在办公室里,又往嘴里扔了一颗抗胃酸钙片,因为胸闷的感觉好像还在。虽然没数过,可我想这是第十片了。吃了那个热狗车上的那些烂东西我就一直烧心。不过我心里也有一丝念头掠过,那就是这种感觉可能跟胃没什么关系。这也许就是纯粹的不折不扣的直觉。一种紧张的预感。这是我很久很久都没有过的感觉了。

证据在我的办公室里铺得到处都是。从警察局里拿来的每个纸箱子前面都立着放了很多纸袋子,纸袋子下面呈扇形整齐地摆放着其中的内容,这是一张犯罪流程图,一张重罪谱系图。我小心地挪动每一步,生怕把沾染着血迹的某一片易碎的树叶踩碎了,或者把某一个装着一根纤维的小纸袋忽略了。

这一刻我倒为以前自己的低效率感到庆幸了。我们的证据室里到处堆满了可以或应该返还给其所有者的东西,但是我们从来没这么做过。要么是因为调查人员从来没告诉过保管人员这些东西可以销毁或返还了;或者保管人员本身并没有参与调查,根本不了解情况。妮维·鲁尔的死亡被认定为意外事件之后,我的搭档已经退休,而我可能是忘了,也可能是下意识地决定不让拉尔夫处理掉这些箱子。可能在某种程度上,我猜想也许吉迪恩会对收容站提起民事诉讼。或许某种程度上我在怀疑那天晚上吉迪恩扮演的角色。不管原因如何,我就是觉得有一天我会重新再过一遍这些箱子。

没错,如果从严格的意义上说,我已经被解雇,跟这个案子无关了。除非那个十三岁的小姑娘要变六次主意才能决定今天早上吃哪种麦片。她冲我说的那些话像扔在我身上的一把把泥团子,既然现在已经干了,我就可以把它们掸掸干净。

同样没错的是,我不能肯定妮维·鲁尔的死是由托马斯造成的还是他妻子艾丽斯造成的。现在,我还觉得吉迪恩也脱不了干系。如果他和艾丽斯搞在了一起,他岳母肯定不会高兴。即便是十年前我签字认可了,可我就是不相信她是被大象踩死的。可是,如果我要找出谁是凶手,我首先得证明这是一起谋杀案。

多亏了塔露拉和她的实验室,我知道在受害人身上发现了艾丽斯的头发。但她是不是发现妮维被大象踩死后,在逃跑的时候掉落的那根头发呢?抑或她才是出现那具尸体的根本原因呢?也许就像珍娜愿意相信的那样,这根头发是无意间粘在被害人身上的。会不会是这两个女人那天早上在办公室有过身体接触,可彼此谁也没有料到那天晚上其中一人就会丧命呢?

毫无疑问,艾丽斯是关键。能找到她就能找到答案。我所知道的就是她离家出走了。离家出走的人要么是想得到什么,要么就是想逃离什么。在这个案子里,我确定不了是哪个原因。可不管什么原因,她为什么把女儿抛下了呢?

我不愿意承认塞拉妮蒂说的话有什么道理,可是妮维·鲁尔要是还在的话,她就会告诉我那天晚上发生的事情了。"死人不会说话。"我自言自语。

"你说什么?"

我的房东阿比盖尔吓了我一大跳。她突然之间就出现在我办公室的门口,看着地板上摊开的那些乱糟糟的东西直皱眉头。

"我操。阿比,别那么蹑手蹑脚地突然出现好不好。"

"非得说那个脏字吗?"

"我操?"我又说了一遍,"我不明白这碍着你什么了。这个词可以用作动词、形容词、名词,是个万能词呀。"我对着她哈哈大笑。

她闻了闻地上的味儿:"我得提醒你,每个房客都有义务把自己的垃圾收拾好。"

"这不是垃圾。是工作。"

阿比盖尔的眼睛眯了起来:"这地方看起来就像去羊麻黄碱实验室。"

"更正一下,是去氧①——"

她两只手在喉咙那里拍了拍:"我就知道……"

"不对!"我说,"相信我,行吗?这可不是什么去氧麻黄碱实验室,这些都是证据,办案用的。"

阿比盖尔双手叉腰:"这个借口已经用过了。"

我眨了眨眼睛,想起来了。不久前有一次,我喝醉了酒,酒气熏天整整一个礼拜没出屋,这时阿比盖尔来到了办公室。她进屋的时候,我烂醉如泥倒在办公桌上,屋子里像刚被炸弹轰炸过一样。我告诉她我一整夜没睡在忙工作,可能迷糊了一觉。我告诉她地上那些乱七八糟的东西是重案组收集来的物证。

实际上,有谁见过重案组把微波炉烹调的爆米花的空包装纸,还有旧的《花花公子》杂志也收来当证据的?

---

① 去氧麻黄碱,即冰毒,房东拼错了字母。

"你又喝酒了,维克多?"

"没有。"我说。而且,我惊奇地意识到,过去这两天里我真的连喝酒的念头都没动过呢。我不想喝酒,我不需要喝酒。珍娜·梅特卡夫不仅让我重燃了生活的目标,她还让我戒掉了酒瘾,突然戒断,我去过三个戒酒治疗中心都没能够做到这点。

阿比盖尔向前迈了一步,在这些证据袋之间找到了落脚点,离我也就几英寸那么远。她踮起脚尖探身过来,好像要过来亲我一样,但只是凑过来闻了一下我的呼吸气息。"不错,"她说,"希望奇迹能继续下去。"她小心翼翼地原路退回,退到房门口,"你错了,知道吗?死人能说话。我逝去的丈夫和我之间就有默契。就像那个逃生魔术师,那个犹太人……"

"胡迪尼?"

"对。如果他通过某种方式从那边回来,他会给我留个口信,只有我才能看明白的口信。"

"那种胡说八道你也信吗,阿比?我可没想到。"我抬头看了看她,"他去世多长时间了?"

"二十二年。"

"我猜你们两个人一直都在对话。"

她迟疑了一下:"要不是因为他,我好几年前就赶你走了。"

"他让你留下我的?"

"嗯,也不是。"阿比盖尔回答,"但是他也叫维克多。"她关上门走了。

"还好她不知道我的真名叫弗吉尔。"我嘟囔着,在一个没打开的袋子跟前蹲下身子。

袋子里是妮维·鲁尔死时身穿的红色马球衫和短裤。那天夜里吉迪恩·卡特莱特也穿着相同的工作服,还有托马斯·梅特卡夫。

她说得对,死人,死掉的女人,的确是可以说话的。

我从办公桌上的报纸堆里拿出一张铺在吸墨板上，然后小心翼翼地从袋子里拽出那件红色马球衫和短裤，平铺在上面。织物表面上有污迹，我想是血迹和污泥。有些地方还完全碎成条了，是踩踏过的痕迹。我从办公桌抽屉里拿出一个放大镜，对着撕碎的那些条条开始研究起来。我看了看边缘的地方，试图确定痕迹是刀片割的而不是撕扯造成的。我研究了一个小时，开始分不清哪些破洞是检查过的了。

直到看第三遍的时候，我注意到了之前没注意的一个裂口。之所以这样，是因为这个裂口不是布面撕裂的口子。它是沿着缝线裂开的，在肩膀和左袖子的接缝处就好像开线了一样。直径只有几厘米，像是被什么东西钩住而不是撕裂造成的。

在缝线开口处挂着一片月牙形的指甲。

我脑子里迅速闪现出一个情景：搏斗，有人正面拽着妮维的马球衫。

实验室能告诉我们这小片指甲跟艾丽斯的线粒体DNA是否相符。如果不是她的，就查一下托马斯的。如果都不符，也许就是属于吉迪恩·卡特莱特的。

我把指甲放进一个信封里。再仔细地把衣服叠好放回到袋子里。接着，我就注意到了另一个信封，里面有一个小纸包，还有采集到的指纹的照片。那张小纸片用茚三酮浸泡过，留下了这些隐藏着秘密的紫色的指纹印。这些指纹与妮维·鲁尔的左手大拇指一致，后者是法医在太平间取来的。没什么令人惊奇的；她短裤兜里的某张收据也很可能有她的指纹。

我把那张四四方方的小纸片从信封里拿出来。时至今日，上面的墨水已经褪色，变成了浅紫色。我可以拿到实验室再去分析一下，去查查有没有更多的指纹，即便如此，得出的结论恐怕也难以服人。

我把小纸片放回到袋子里的时候,突然明白了这是什么东西,上面写着"戈登批发"。日期和时间,正是妮维·鲁尔死亡前的那个早晨。我不知道是哪个饲养员去采买的农产品。但是批发店的员工可能会记得收容站的工作人员。

如果艾丽斯·梅特卡夫离家就是想要逃离托马斯,那么我想找到她就只需弄清楚她想要逃到哪儿。

艾丽斯·梅特卡夫就好像从地球上彻底消失了一样。吉迪恩·卡特莱特会不会跟她在一起呢?

* * *

我没真想给塞拉妮蒂打电话。可鬼使神差就那么做了。

我这边电话一接通她那边马上就接了。我发誓我都不记得怎么拨的号,而我一滴酒都没沾。

我听到她的声音时只想问她:你有珍娜的信儿吗?

我不知道我为什么会这么牵挂她。她耍小孩子脾气我就应该让她一走了之,然后说终于摆脱了真好才对。

可是,昨天晚上我却彻底失眠了。

我觉得这是因为珍娜第一次带着让我魂牵梦萦的声音走进我办公室的那一刻起,就把我伤口上的胶布一下子撕掉了,现在伤口又开始流血了。珍娜说对了一件事,那是我的错,因为十年前,杜尼·博伊兰想要掩盖证据不符的真相时,我太蠢了没有跟他对抗。但是另一件事她说错了,这件事与她找妈妈无关,而跟我有关,我要找到自己的方向。

问题是,我这方面可没什么良好记录。

所以,我打了电话。在我意识到之前,就已经请求塞拉妮蒂·琼斯,那个所谓的失手的灵媒,跟我一起到戈登农产品批发市场去查找真相。她怀着参加狩猎比赛的极大热情同意了,开车来接我,成了我事实上的搭档。这时候我才明白我为什么向她求助。不是因为我觉得她在调查中真能帮上忙,而是因为塞拉妮蒂了解你自己做错了事还没改正过来时那种无法心安理得的感觉。

此时,打电话一个小时之后,我们坐着她那辆沙丁鱼罐头盒一样大小的汽车前往布恩市的城郊,戈登农产品批发市场所在地,打从我记事起它就在那儿。这个地方即使是深冬季节还有芒果卖,那时全世界都很难找到一个芒果,而产地就只有智利和巴拉圭这两个地方。夏天那里卖的草莓个头能顶上一个新生儿的脑袋。

我想打开收音机,就是因为不知道该聊什么,却发现角落里塞进去一个折纸小象。

"她叠的。"塞拉妮蒂说,她不说名字我也知道她说的是谁。

折纸就像一个中国足球从我手上滑了下去,一道漂亮的弧线掉进了塞拉妮蒂那个开着口的紫色大包里,那个包就放在我俩之间的操控面板上,像《欢乐满人间》电影里玛丽·波平斯那个毯制旅行袋一样。"今天有她消息吗?"

"没有。"

"你觉得是为什么?"

"因为现在是早上八点,而她是个小姑娘。"

我在副驾驶座位上扭了扭身子:"你觉得不是因为我昨天招人讨厌造成的?"

"如果过了十点、十一点还没消息恐怕就是了。不过现在我觉得是因为她跟别的小孩子一样过暑假睡懒觉。"

塞拉妮蒂双手握住方向盘在开车,我的眼睛再次盯着她的方向盘上套着的毛茸茸的套子。蓝色的,上面两个金鱼眼,白色的尖牙。像极了《芝麻街》里的甜饼怪,不过这回怪物吃的是方向盘。"那是个什么鬼东西?"我问道。

"布鲁斯。"塞拉妮蒂回答,好像我的问题很蠢似的。

"你给方向盘起名字?"

"亲爱的,跟我待在一起时间最长的就是这辆车了。既然你自己最好的朋友名叫杰克·丹尼尔斯,我觉得你没资格说我。"她对着我笑容灿烂,"该死,我一直盼着呢。"

"吵架吗?"

"不是,是破案。我们俩就像《警花拍档》里的卡格尼和莱西,只不过你比泰恩·达利好看点。"

"我根本不看那玩意儿。"我嘟囔了一句。

"你知道的,不管你怎么想,你和我现在做的事情跟那都差不多。"

我大声笑了起来:"对,只不过有一点不同,我很想找到可测定的科学证据。"

她对我的话不予理睬:"想想吧,我们俩都知道要问什么问题。我们俩也都知道不能问什么问题。我们都很擅长使用身体语言。我们靠直觉生活。"

我摇摇头。我做的事情跟她做的事情根本不能相提并论。"我的工作跟超能力无关。我没有幻觉,只看眼前能看到的东西。侦探是观察家。如果我看见一个人不敢直视我的眼睛,我就要弄清楚是因为悲伤还是羞愧。我会注意某个人哭泣的原因。我在倾听,甚至没人说话我也在听。"我说,"你有没有想过世界上根本就不存在先知先觉? 也许那些灵媒只是很擅长做侦探做的工作呢?"

"或许你可以反过来想这些问题。也许一个能读懂当事人的好侦探就是因为他有点灵媒的天分呢?"

她把车开进了戈登批发市场的停车场里。"这是一场'钓鱼'行动。"我一边跟塞拉妮蒂说,一边快速地点了一根烟,跳下了车。她迅速地跟了上来。"我们会在吉迪恩·卡特莱特身上收线。"

"收容站关门以后你就不知道他去哪儿了?"

"我知道他在这儿待了很长时间,一直帮忙把那些大象搬到了新家。打那以后……我跟你一样什么都不知道。"我说,"我觉得是所有的饲养员轮流到这里来采买农产品。如果吉迪恩打算和艾丽斯一起逃跑,也许他言语中会露出口风。"

"你又不知道十年前的那些雇员是不是还在这里工作……"

"我不知道,"我明白地跟她说,"钓鱼,记得吗?收线之前你永远不知道会钓上来什么。我说话,你配合就好。"

我用脚踩灭了香烟,走进了农产品货仓。这个经过装修的木质棚式货仓到处都是二十几岁的员工,梳着长发辫,穿着勃肯鞋来来往往。但是有一个老年员工正在把西红柿堆放成一个巨大的金字塔型。太他妈壮观了,我心里真想任性一次把最底下的西红柿抽走一个让这个金字塔瞬间坍塌下来。

其中一个员工,一个带着鼻环的女孩,一边拖着一筐甜玉米往收银台方向走,一边微笑着对塞拉妮蒂说:"需要帮忙就告诉我。"

我设想戈登农产品市场以成本价卖东西给新英格兰大象收容站一定是得到了老板的特批。你可能会说我有年龄歧视,但是我还是觉得那个老年人会比那些眼睛充血的小家伙们更了解情况。

我拿起一个桃子咬了一口。"天哪,吉迪恩说的没错。"我对塞拉妮蒂说道。

"对不起,"那个人说,"没付钱不能品尝商品。"

"哦,这个桃子我买了。我会买一大堆的。我的朋友说得对,你们的水果是我吃过的最好吃的。他说,马库斯,如果你来到新罕布什尔的布恩市,而没到戈登农产品市场,那你的损失可就大了。"

这个人咧嘴笑了。"你说的,我完全同意。"他伸出一只手,"我是戈登·戈登。"

"马库斯·拉托瓦,"我回答,"这是我……妻子,海尔加。"

塞拉妮蒂对他笑笑。"我们要去参加一个顶针大会,"她说,"但是马库斯看到你们的标志就非要进来看看。"就在此时,珠帘那边响起了哗啦哗啦的声音。

戈登叹了口气:"现在的孩子们呀,他们满嘴都是可持续发展和绿色生活。可是他们无知透顶,什么也不会。对不起离开一会儿。"

他刚一离开,我就质问塞拉妮蒂:"顶针大会是什么?"

"海尔加?"她反唇相讥,"另外,临场发挥我能想到的只有这个。我没想到你当着那个人的面就撒谎。"

"我不是撒谎,我在履行侦探的职责。要得到你想知道的东西,你得说些违心的话,人们在侦探面前都不愿意张嘴,因为他们怕给自己或给别人找麻烦。"

"你还说灵媒都是在蒙人?"

戈登回来了,嘴里一个劲儿道歉:"青菜里发现了虫子。"

"这种事就是讨厌。"塞拉妮蒂低声说。

"推荐你买甜瓜怎么样?"戈登说,"特别甜。"

"我相信。吉迪恩就说给大象吃这些好东西真是浪费了。"我跟他说。

"大象,"戈登重复了一句,"你指的不是吉迪恩·卡特莱特吧?"

"你记得他?"我说着脸上绽开笑容,"不能相信。我真不能相信。我们大学时住同屋,自毕业后就没见过他。嘿,他住在这附近吗?我真想去见他叙叙旧……"

"他很早以前就离开这里了,在大象收容站关门以后。"戈登说道。

"关门了?"

"真是遗憾。他们的一个员工被大象踩死了,实际上,死的是吉迪恩的岳母。"

"对他和他妻子一定是个沉重的打击。"我装傻地说道。

"实际上,唯一幸运的就是格雷斯在那件事发生之前一个月就去世了。她不会知道了。"戈登回答。

我感觉塞拉妮蒂的身体僵直紧张起来。她才知道这个,而我模糊地记得在当年调查时就听吉迪恩提到他妻子过世了。失去一个家人令人悲痛。但是短时间内接连失去两位家人,看起来不仅仅是巧合。

吉迪恩·卡特莱特在岳母去世的时候表现得极为悲伤。但是我也许应该把他当作犯罪嫌疑人仔细地调查调查。

"你知道收容站关门以后他去哪儿了吗?"我问他,"我很想跟他联系。向他表示慰问。"

"我知道他去纳什维尔了。那些大象就是搬到那附近的一个大象收容站了。那也是格雷斯长眠的地方。"

"你认识他妻子?"

"可爱的孩子。她不该那么年轻就去世了。"

"她得什么病了?"塞拉妮蒂问道。

"我想可以这么说吧,"戈登说,"她衣兜里装满了石头,走进了康涅狄格河。他们花了一个星期才找到她。"

艾丽斯

二十二个月的孕期真是太长了。

对于大象来说这是巨大的时间和精力的投入。再加上用来养活一头新出生的小象所投入的时间和精力，你就能开始明白象妈妈冒着多大的风险了。不管你是谁，不管你和大象的私交如何，只要你挡在它们母子之间，母象一定会杀了你。

莫拉曾经在马戏团待过，后来被送到一个动物园去跟一头非洲公象交配。两头大象擦出了"火花"，但不是动物园希望的那种火花。这也不稀奇，因为野生环境下母象从来不会这么近距离地跟公象生活在一起。与人们希望的正相反，莫拉攻击了它的"情人"，把象栏的栅栏给毁了，把一个饲养员挂在了栅栏上，把他的脊椎弄碎了。它是被冠以杀手之名来到我们这儿的。就像所有来这儿的大象一样，需要对它做一系列的检查，包括一项肺结核检查。但是孕检不在检查之列，所以一直到它快生了我们才知道它怀孕了。

当我们从它胀大的乳房和下坠的肚子上看出来它怀孕以后，临产前最后的几个月我们对它实施了隔离。一想到赫斯特对此可能有的反应我们就觉得风险很大，因为赫斯特自己没生过孩子。我们也不知道莫拉有没有做过妈妈。后来托马斯找到了它曾待过的那个马戏团，得知它之前生过一胎，生了一头公象。这也正是马戏团认为它很危险的原因之一。因为母象为了护犊子会对人进行攻击，所以在它生产的时候马戏团不想冒险,就把它用链子拴了起来,小象由他们来照看。但是莫拉发疯一般吼叫着,咆哮着,甩着拴它的铁链子要去夺回自己的孩子。只要让它碰到孩子它马上就好了。

那头小象两岁的时候,他们把它卖给了一个动物园。

托马斯告诉我这些的时候,我正坐在外面看着莫拉在象栏里吃草,我自己的孩子正在身边玩耍。"我不会让那种事再发生了。"我跟它说。

在收容站里,大家都兴奋不已,但是理由却各不相同。托马斯看到了一头小象会给收容站带来的经济效益,尽管我们不会像动物园那样,因为一头小象的出生会增加一万个游客,我们不会拿小象去展览。人们只是可能会捐赠更多的钱来抚养小象。小象的照片是世界上最可爱的照片了。它的脑袋从妈妈的象腿之间探出来,晃着鼻子好像恍然大悟的样子。我们都希望这些照片能印在集资的宣传材料上面。格雷斯从来没见过小象出生。吉迪恩和妮维则在以前马戏团工作的时候见过两次,他们也盼着见到一个更美好的结局。

而我呢?怎么说呢,我觉得跟这头巨大的动物有一种亲近感。莫拉差不多是和我同时入住了这个新家。入住六个月以后我生了女儿。在过去的一年半时间里,我出去观察莫拉的时候,有时候会与它四目相对,作眼神交流。我这么说不是很科学,是拟人化描述,但是私底下说说总可以吧?我觉得我们俩都感到能在这里生活很幸运。

我女儿是个漂亮的小姑娘,我丈夫也很优秀。我用托马斯录制的大象交流的声音的录音带进行一些数据整理,写了一篇关于大象悲伤情绪和认知能力方面的文章。我每天都在学习了解这些充满爱心和智慧的动物。在这种环境下,看事情的时候往往很容易看到积极的一面,而非消极的一面,比如:我看到托马斯埋头看书,心里琢磨着怎么能维持收容站运营的那些夜晚；他开始服用的那些能让他睡着觉的药片；我在收容站已经生活了一年半，还从来没有发生过一起真正的死亡案例；我心里怀有的愧疚感，因为盼着有一头大象死去，好让我能够继续我的研究。

接着我开始与妮维发生争执，她觉得她什么都懂，因为她跟这些大象待在一起的时间最长。她否认我的一切做法，因为她不相信野生环境下大象的行为方式会带到收容站里来。

有些冲突不是什么大事，比如，我给大象准备好了餐食，妮维会给换掉，因为她觉得西拉不喜欢吃草莓或者奥莉芙的胃吃了蜜露会不舒服（可是这两点我都没找到什么根据）。但是她滥用职权的时候我就不能容忍了。比如，我把亚洲象的骨头放到非洲象的象栏里，想要看看非洲象对此的反应，她却给拿走了，因为她觉得这样做对死去的大象不够尊重。还有，她带珍娜的时候会坚持给她吃蜂蜜说有助于长牙，而我看过的所有育儿书上都说小孩子两岁之前不能吃蜂蜜。我跟托马斯提起这些事的时候，他就会不高兴。"妮维从创业之初就跟我在一起干了。"他解释说。我可是要跟他在一起生活一辈子的人呢，这一点对他却好像无所谓。

因为我们当中没有人知道莫拉怀孕的事，所以它的预产期是大致估算的日子，而这一点我和妮维意见又不一致了。根据莫拉乳房的变化，我认为时间临近了。妮维却坚称小象出生都是在月圆之时，即三周以后。

我在野生环境中只见过一次大象分娩。就野生象群中的幼象数量来看，你也许会认为我应该有机会见过很多次吧？有一头大象叫波塞罗，在茨瓦纳语中是*生命*的意思。我当时正在追踪另一个象群，刚好在一个河床旁边碰见了它的象群，它们的行为很奇怪。它们是个典型的松散象群，可是现在成员们却围住了波塞罗，面朝外呈保护的状态。在大约半个小时的时间里，先是隆隆的低吼声，接着传来啪唧的一声。大象们来回走动,让我通过间隙看见波塞罗正在撕开胎囊,把它甩到了自己的头上。就好像胎囊是一个灯罩,而它是这个团队的生命之光。它身下的草地上是那个最小的母象崽。它的周围响起一片象吼声,低吼,高声尖叫,此起彼伏。象群撒尿,分泌腺体;当它们向我翻白眼的时候似乎是要邀请我参加它们的庆祝。每一个成员都从头到脚把小象摸了一遍;波塞罗用长鼻子抚过小象全身,小象的身子底下,最后放在了小象的嘴里:你好!欢迎你!

小象翻过身来,一脸困惑,四条腿却朝四个方向瘫软下去站不起来。波塞罗用蹄子和鼻子去抬小象。小象好不容易把前半身子立起来,结果后半一立起来前半就栽倒在地,反过来也是一样,就像三条腿高度不一样的三脚架。最后,波塞罗跪了下来,把脸贴在小象的头上然后站起身来,好像在示范给它的孩子看该如何做。小象每次尝试又滑倒,波塞罗就会踢过来更多的青草和泥土给它做支撑。经过波塞罗二十分钟的全力帮忙,那头小象摇摇晃晃站到了妈妈的身旁。每次它要跌倒的时候波塞罗就用鼻子拉它起来。最后它终于钻到了妈妈的身下,把软软的鼻子紧贴在妈妈的肚皮上开始吃奶了。我所描述的整个生产过程只是客观记录,简述版,可这已经是我见过的最难以置信的事情了。

一天早上,我用婴儿背囊背着珍娜出去查看莫拉的情况,这已经成了我的习惯做法。我看到莫拉的屁股上鼓起了一个大包。我开着越野车跑回了亚洲象栏,妮维和托马斯正在探讨一头大象脚趾上长的一种菌类。"它要生了。"我上气不接下气地说。

托马斯的表现就好像我告诉他我自己的羊水破了时那样,他开始跑来跑去,情绪激动,东一头西一头,欣喜若狂。他通过无线电呼叫格雷斯,让她过来把珍娜带回我们的木屋,跟她待在那儿别动。我们其余的人都跑到了非洲象栏那里。"不用着急,"妮维还这么说,

"我从来没听说过大象在白天生产。夜里生产的话小象的眼睛才能适应。"

如果莫拉要用那么长时间才能生下小象,我知道那就意味着出问题了。它的身体具备了一切提前生产的迹象。"我认为我们有半小时,顶多了。"

我看见托马斯的脸从妮维转向了我,然后用无线电呼叫吉迪恩。"到非洲象栏跟我们会合。越快越好。"他说,我感觉妮维在瞪着我,我转过身去。

一开始,大家还是喜气洋洋的。托马斯和吉迪恩在争论小象是母的好还是公的好;妮维在讲她生格雷斯时的情景。他们开着玩笑,说大象生产时可不可以用药,那是不是可以叫厚皮麻醉。而我一门心思盯着莫拉。它低吼着,忍受着宫缩,这时候收容站的上空响起了姐妹情谊的吼叫声。那是赫斯特在高声回应着莫拉;接着亚洲象也从更远的地方回应着加入了吼叫声中。

距我催促托马斯快点过来已经过去了半个小时。又过了一个小时。莫拉转圈走了两个小时还是没有任何进展。"也许我们应该叫兽医来。"我提出建议,但是妮维摆摆手不同意。

"我跟你说过,太阳落山之前不可能生的。"她说。

我认识很多野生动物园的管理员,他们见过在一天的任何时间都有大象生产,可我没说话。我真希望莫拉是在野生环境下,那样还有它的同伴可以安慰它不要担心,一切都会好的。

又过去了六个小时,我开始怀疑了。

那时候,吉迪恩和妮维已经离开去给那些亚洲象和赫斯特准备餐食了。我们是要准备迎接新生命了,可还有其他六头大象需要照看。"我认为你应该打电话叫兽医来,"我一边看着疲惫不堪的莫拉低吼着,一边跟托马斯说,"有些不对劲。"

托马斯没有迟疑。"我去看看珍娜然后打电话。"他担忧地看着我,"你要跟莫拉待在这儿吗?"

我点点头,抱着膝盖坐在远离莫拉的那一边的栅栏上,看着受苦的它。我不想说出来,可是我满脑子想的都是卡基索,我在离开非洲前不久看到的与死去的孩子待在一起的那头大象。我甚至迷信地不愿意想到它,生怕会给这次生产带来厄运。

托马斯离开不到五分钟,莫拉转过身来,把它的臀部朝向了我,我能清楚地看到它两条腿之间出来的那个胎囊。我爬下栅栏站起来,纠结着要不要去叫托马斯,但是我明白时间来不及了。我还在犹豫之际,整个胎囊哗啦一下随着羊水从莫拉的身体里掉落下来,小象掉在了草地上,但还包裹在胎膜里。

如果莫拉跟姐妹们生活在一个象群里,它们会告诉它该怎么做。它们会鼓励它撕开胎膜帮助小象站起来。可是莫拉除了我没别的帮手。我用双手捂住嘴,模仿着大象的叫声,那种告知周围有捕猎者的求救叫声。我希望能引起莫拉的警觉赶紧采取行动。

我试了三次,最终莫拉用鼻子撕开了那个胎膜。可是它在这么做的时候我还是知道有不对劲的地方。不是像波塞罗和它的象群那种欢腾的样子,莫拉的身体蜷缩着,它的眼睛低垂,咧着嘴巴,耳朵耷拉着贴在身体上。

它的神情就像卡基索面对自己死去的孩子时一样。

莫拉尝试着把那头小小的没有反应的公象拖着站起来。它用前蹄推着他,可是它一动不动。它试着用鼻子把它卷起来,可它从上面滑落了下来。它把胞衣拉到一边滚动着小象的躯体。它还在流血,血水顺着它的后腿流下来,颜色跟它颞腺分泌的腺体一样深,印迹一样明显。可它还是不断地来回翻滚着小象的躯体,把它身上的尘土掸去。而小象没有一丝生命的气息。

托马斯再回来的时候我已经泪如雨下。吉迪恩跟在他后面,带来消息说兽医一个小时以后会到。整个收容站陷入了寂静之中。

其他大象也默不作声了。甚至风也停了。太阳将头埋进了山峦的肩头。按照哀悼的传统,夜幕也撕成了碎条,每一处小小的裂口处都露出一颗星星。莫拉站在儿子的尸体上方,形成了一把保护伞,遮挡着它。

"出什么事了?"托马斯说,从那时起到现在,我一直都觉得他可能还在为这事责怪我。

我摇摇头。"给兽医回电话吧,"我说,"他不必到这儿来了。"此时,莫拉已经不流血了。没什么我们能做的事了。

"他可能会想给小象验尸的……"

"它停止悲痛之前不可能。"我说,这话让我想起了就在几天前我心中没说出来的愿望:这里会死一头大象,这样我就能继续我的博士后研究了。

我觉得好像我潜意识里很希望有这样的结果。也许托马斯有理由责怪我。"我要待在这儿。"我大声说。

托马斯向前迈了一步:"你不必——"

"这是我的工作。"我坚决地说。

"珍娜怎么办?"

我看见吉迪恩听到我俩声音提高了以后,往旁边让了让。"她怎么了?"我问。

"你是她妈妈呀。"

"你还是她爸爸呢。"在珍娜一岁的这个夜晚,就一个晚上,我可以不用亲自伴她入眠,这样我就可以观察站在孩子身边的莫拉。这是我的职责。如果我是医生,这就相当于被叫出去急诊。

但是托马斯根本没听我说话。"我还指望那头小象呢,"他嘟囔着,"指望它拯救我们的。"

吉迪恩清了清嗓子:"托马斯?我带你回木屋怎么样?我会让格雷斯给艾丽斯带件毛衣来。"

他们走了以后,我开始记录。记下了莫拉用鼻子抚摸小象脊柱的次数;还有它无精打采地把胎囊甩来甩去的行为。我记下了它声音的变化,从宽慰的柔声细语般的低吼,到一个母亲试图唤孩子回到它身边的呼喊声。可它只是独白,没有得到孩子的任何回应。

格雷斯拿了一件毛衣和一个睡袋来到我身边,无声地陪我坐了一会,看着莫拉,体会着它的悲伤。"这里的气压很低。"她说。我知道一头大象的死亡并不会影响这里的气压,我明白她什么意思。周围的沉寂慢慢压迫喉咙底下那块柔软的部位,压迫我的耳鼓,就要让我们窒息了。

妮维也来到这儿表示她的哀悼之情。她什么也没说,只是递给我一瓶水和一块三明治,然后就退到一边了,似乎在脑子里过着电影,回忆着她不想告诉别人的一些事情。

凌晨三点,我正困得挺不住的时候,莫拉终于从小象身上迈开到一边。它用鼻子把小象拎起来,可是小象再次滑落下来。它又试着卷起小象的脖子,不成再去卷起小象的腿。多次失败以后它终于用鼻子把小象的尸体卷了起来,就像卷起一大捆干草一样。

莫拉慢慢地、小心翼翼地开始朝北面走去。远处我能听到赫斯特呼叫它的声音。它轻柔地低声回应着,就好像害怕惊醒了孩子一样。

吉迪恩和妮维走的时候把越野车开走了,我没有别的选择只能步行。我不知道莫拉要朝哪个方向走,所以我做了我不应该做的事,就是从给车辆通行用的那个门洞钻了出去,在它身后的阴影里跟着它。

万幸的是,莫拉要么是完全沉浸在悲哀的情绪中,要么是太专注于它那宝贵的负重了,它没有注意到我在林间尽量不出声地潜行。我们之间隔着二十码的距离,走过了池塘,穿过了白桦林,又穿过了一片草地,走到了莫拉喜欢在一天当中最热的时候来纳凉的地方。在虬枝横生的一棵橡树下,厚厚地铺着一层松针。莫拉会侧身躺在上面的荫凉处打盹。

可是,今天它把小象放在了那里,开始用树枝盖在它身上,折断一些松树枝条,堆起掉落的松针还有一片片的苔藓,直到把尸体部分地掩埋起来。然后它又站到了小象的上方,用身体构成了一座四柱支撑的庙宇。

而我膜拜着,祈祷着。

* * *

在莫拉生下小象二十四小时的时间里,我一直都没合眼,它也没有。更重要的是,它一点东西都没吃,也没喝水。尽管我知道它不吃东西能坚持一段时间,但是它不喝水不行。所以,当吉迪恩再次在远离大象的栅栏边找到我时,我请他帮个忙。

我让他回到象屋把我们用来给大象泡脚的浅盆子拿来一个,再拿来五个半加仑的罐装水。

当我听到身后传来越野车的声音时,我看了看莫拉,看它有什么反应。通常情况下,进食时间的非洲象都很好奇。但是莫拉甚至都没回头朝吉迪恩来的方向瞅一眼。当他慢悠悠地把车停在小路上时,我说了句:"下车。"

我正在做的事情在野生动物保护区是严格禁止的,因为我在蓄意改变生态系统。我的行为也很鲁莽,因为我在侵犯一个处于悲痛之中的象妈妈的私密空间。我可真是不管不顾了。

"不,"吉迪恩说,他明白我要做什么了,"你上车。"

我上了车,双手环住他的腰,我们开车从栅栏的小门进入了象栏。我们刚一进来,莫拉就向我们飞快地冲了过来。两只耳朵支棱起来,四个蹄子踏在地上犹如闷雷一般。我感觉吉迪恩把越野车挂了倒挡,但是我用手抓住了他的胳膊。"别倒车,"我说,"熄火吧。"

他回头看着我,瞪大了眼睛,犹豫着是听他老板太太的话还是顺从自我保护的直觉。

越野车抖动着停住了。

莫拉也停住了脚步。

我慢慢地下了车,从车后面的平台上把那个很沉的橡胶盆子拖下来。我把它放在离车大约十英尺的地方,然后往里面倒了几加仑的水。接着我又上了车坐到吉迪恩后面。"倒车,"我对他耳语着,"快。"

他倒车的时候莫拉的鼻子一直朝我们的方向抖动着。它迈步靠近了盆子把所有的水一口气都喝光了。

它转身换个角度,这时它的象牙离我只有几英寸,那么近的距离,我都能清楚地看到象牙上面经年累积的刮痕和伤疤,清楚地看到它看我的眼神。

莫拉伸出鼻子抚摸了一下我的肩膀。然后脚步沉重地回到了它孩子的尸体旁边,又恢复了刚才庙宇般的姿势。

我感觉吉迪恩把一只手放在了我的背上,一半安慰,一半敬意。"喘气吧。"他说。

* * *

三十六小时以后,秃鹫飞来了。它们就像一群骑着扫把的巫师在空中盘旋着。它们每一次俯冲下来,莫拉就会呼扇着耳朵低吼着把它们吓跑。当天夜里,菲舍尔猫来了。它们的眼睛闪着霓虹灯一样的绿光悄悄地接近了小象的尸体。莫拉就好像被按了按钮一样从昏睡中睁开了眼睛,象牙贴着地面把它们赶跑了。

托马斯已经不再坚持让我回家。所有人都不再劝我了。莫拉不离开,我是不会离开的。我是它的象群成员,要提醒它即使孩子没了,它还要活下去。

这一切对我来说很具有讽刺意义:我在扮演大象的角色,而莫拉的行为却更像人,沉浸在失去孩子的悲痛中不能自拔。野生环境下的大象最令人不可思议的地方是，它们失去至亲时极为悲伤沉痛，但是它们有能力做到壮士断腕一样真正从悲伤中走出来，让一切烟消云散。人可能都做不到这一点。我一直认为这跟宗教有关系。我们都希望在来生还能再见到我们的至爱，不管以什么形式。大象没有那样的希望，它们只有今生的记忆。也许这就是大象能够更容易地抛开悲伤继续生活的原因吧。

莫拉生产已经过去了七十二小时，我试着模仿我在野生环境里听过上千次的表达"咱们走吧"的象吼声，并让自己对准那个方向。莫拉置若罔闻。此时，我都已经快站不住了，视线也模糊起来了。我幻觉中感到一头公象冲破了栅栏闯了进来，结果发现是来了一辆越野车。妮维和吉迪恩在车上。妮维看了看我，摇摇头。"你说对了，她要垮了。"妮维对吉迪恩说，然后对我说："你得回家了。你女儿需要你。如果你不想让莫拉孤独，我可以留下来陪它。"

吉迪恩认为我要是坐在他后面搂着他就会睡着的，所以我没坐在他后面。我坐在他前面让他抱着我，像抱孩子那样，我迷迷糊糊昏睡着一直到他把车停在了我们的木屋跟前。我很尴尬地跳下了车，赶紧谢了谢他就进屋了。

让我吃惊的是，格雷斯正在珍娜小床边的沙发上睡觉。小床就放在起居室的中央，因为我们没地方做婴儿室。我叫醒她让她跟吉迪恩回家，然后我穿过走廊到了托马斯的办公室。

跟我一样，他还穿着三天前穿的衣服。他正低头在一个笔记本上写着什么，非常投入根本没注意我进来了。一瓶处方药翻倒在桌子上洒了出来，身旁放着一个空的威士忌酒瓶。我想他可能是工作的时候睡着了，可是当我靠近他时，看见他的眼睛睁得大大的，眼神茫然空洞。

"托马斯，"我轻柔地说，"去睡觉吧。"

"没看见我正忙着吗？"他说，声音很大，旁边屋子里的孩子开始大哭起来。"你他妈把嘴闭上!"他大喊一声,拿起手里的本子摔在我背后的墙上。我缩头躲过然后弯腰把它捡起来。本子在我面前摊开了。

不管托马斯刚才如此专注的是什么……但不是这个。这就是个空白的笔记本,一页接着一页都没写字。

现在我明白为什么格雷斯不放心把孩子交给他一个人带了。

我跟托马斯在布恩市的教堂举行完婚礼之后,我才在他的橱柜里看到了一排排的士兵队列一样的药瓶。我问他的时候他说是治抑郁的。他在世上的最后一位亲人,即他的父亲去世的时候,他都没有力气从床上爬起来了。我点点头,尽量表现出同情。得知他有过抑郁的病史我倒不那么紧张,倒是对我自己这么快就跟一个连其父母去世了都不知道的人结了婚,心里紧张起来了。

托马斯从他告诉我的那次发作以后就再没犯过病。不过说实话,我也没问过。我不确定我是不是想知道答案。

我浑身发抖,退出了房间把门关上了。我抱起珍娜,她立刻就不哭了。我把她抱到我跟那个碰巧成了我孩子父亲的陌生人一起睡觉的床上。经过了发生的这一切事情,我头一沾枕头就沉沉地进入了甜美的梦乡,我的手里握着女儿的小手,就像握着一颗陨落的星星。

* * *

我醒来的时候,太阳已经是热辣辣的,耳朵里有只苍蝇在嗡嗡叫。我在耳边挥挥手,想让它飞走,结果发现那根本不是苍蝇,可我耳边的声音还在。那是远处传来的建筑器械的声音,我们在收容站平整土地用的反式挖掘机的声音。

"托马斯。"我喊他,可他没回答。珍娜没睡觉,在冲我笑着。我抱起她进了托马斯的办公室。托马斯趴在桌上,脸埋在了本子里,完全没有意识。我看着他的背起伏了两次,确认他还活着。然后我把珍娜捆在后背上,这是我在保护区时跟非洲的妇女学的,她们做饭的时候就把孩子这样背在身上。我离开了木屋,爬上一辆越野车,朝着收容站的北边,也就是昨天晚上离开莫拉的地方开去。

我第一眼看到的就是电线。莫拉在它面前踱来踱去,高声尖叫大发雷霆。甩着头,象牙触着地面,尽量靠近电线而不被电击着自己。它做这一切的时候眼睛却从没离开过死去的孩子。

而小象的尸体被缠在妮维旁边一个木质的大板子上,妮维正在指挥吉迪恩挖墓穴。

我开车穿过栅栏,经过莫拉的身边,很快地停在离妮维一英尺远的地方:"你们到底在做什么?"

她瞥了我一眼,还有我背上的孩子,我一看就知道她对我这个当妈的是怎么想的:"我们在做大象死了以后通常要做的事。今天早上兽医已经把尸检样本取好拿走了。"

我的血往上涌:"你把一个悲伤的母亲和它死去的孩子生生拆开了?"

"已经三天了,"妮维说,"这是为它好。我曾见过那些目睹自己孩子受罪的母亲,那情景简直让它们崩溃。这种事情在维琵身上发生过,如果我们不采取行动,悲剧还会重演的。你想让莫拉也经历这样的事吗?"

"我想要的是让莫拉自己来决定什么时候该从中走出来。"我大声喊道,"我认为这才是这个收容站的根本理念。"我转向了吉迪恩,此时他已经停止用挖掘机挖土了,正尴尬地站在一旁。"你们这么做问过托马斯了吗?"

"问过,"妮维扬起下巴说,"他说他相信我知道该怎么做。"

"象妈妈面对死去的孩子有多悲痛你根本不知道。"我说,"你这不是怜悯,是残忍。"

"失去的就失去了。"妮维辩解说,"莫拉越早离开它孩子的尸体,它就能越快忘记发生的一切。"

"它永远也不会忘的,"我向她保证说,"我也一样。"

*　　*　　*

过了不久,托马斯闷闷不乐地醒了,恢复了神志。他狠狠地训了妮维一顿,说她擅自做主,完全撇清了自己在这件事上的责任,那是他在神志不清醒的情况下允许她这么做的。他哭着向我和珍娜道歉,说不该那么犯浑。妮维生气了,那天整个下午都不见了人影。吉迪恩和我一起把小象身上的带子和链子摘掉,却没试着让它从木板上滑下去。我刚把电线的电给断掉,莫拉就像扯断稻草一样扯断了电线,飞奔到了儿子身边。它用长鼻子抚摸着小象,倒退着靠近小象,在它身旁又站了四十五分钟,然后慢慢地走进了白桦林,离开了小象。

我等了十分钟,听着动静看它会不会回来,可是它没有回来。"好了。"我说。

吉迪恩爬上挖掘机开始在莫拉喜欢用来休息的那棵橡树下面挖土。我把小象重新绑到木板上,这样等墓穴挖好了就可以把它下到里面去了。吉迪恩用挖掘机填土,我拿起一把吉迪恩带来的铁锹,也开始往小象身上填土,我不过是帮点小忙。

土很肥沃,种咖啡都没问题。等我把翻出来的土在坟墓上拍平拍实了,我的马尾散乱了,腋窝下的衣服湿了一片,后背上的衣服全湿透了。全身酸痛精疲力尽,过去五个小时强忍的情绪突然奔涌上来,将我击倒在地。我跪在地上泪流满面。

突然,吉迪恩来到我身边抱住了我。他是个大块头,比托马斯高,也比他壮。我倒在了他的怀里,就像从很高的地方掉在地上那样,脸紧贴了坚实的地面上。"一切都过去了。"他说。可事实上没过去。我没法让莫拉的孩子起死回生。"你说得对。我们永远也不应该把它和孩子分开。"

我抽身起来:"那你为什么还那么做?"

他看着我的眼睛:"因为有时候当我有自己的想法时,就会惹麻烦。"

我能感觉到他的双手放在我的两臂上。我能闻到他汗水的咸味。我看了看他的皮肤,深色靠在我的皮肤上。

"我想你可能需要这个。"格雷斯说。她手里举着一罐冰茶。

我不知道格雷斯什么时候走过来的。我不知道她看到自己的丈夫在安慰我心里会怎么想。本来没什么事,可是我们俩还是赶紧拉开了距离,好像有什么事不能让人知道似的。我用衬衫的下摆擦了擦眼睛,吉迪恩伸手接过那个罐子。

甚至在吉迪恩牵着格雷斯的手离开了以后,我还能感觉到他在我肩膀上留下的余热。这让我想到了莫拉,站在孩子的上方,想充作保护它的港湾,可是,很显然,一切都太晚了。

珍　娜

如果面前站着一个小孩子,大多数人都会故意不理你。商务人士看都不看你是因为他们忙着给自己的老板打电话、发信息或者电子邮件。妈妈们不看你是因为从你身上看到了未来的情景,她们的心肝宝贝会变成一个反社会的青少年,只知道戴耳机听音乐,除了嘟嘟囔囔连句整话都说不出来。而真正能正眼看我的都是些孤独的老太太或想引起别人注意的小孩子。出于这个原因,我不买票就可以轻而易举地登上一辆"灰狗"长途汽车。这可太棒了,因为谁兜里能总揣着一百九十美元闲钱呢?我就跟在一个孩子多又很难整整齐齐排队的一家人后面,这一家有一个哭闹的婴儿,一个吮着大拇指的五岁左右的小男孩,还有一个十来岁的小姑娘在飞速地发信息,我都替她担心她那部三星手机会不会着火。开往波士顿的登车广播响起的时候,疲惫不堪的父母忙着清点行李和孩子,我就跟在最大的那个女孩身后上了车,给人感觉跟他们是一家的。

没人拦我。

我知道司机开车前会清点人数,所以我上车就钻进了厕所把自己锁在里面。我一直等到感觉车轮转动了,新罕布什尔的布恩市被甩在了身后才出来。我钻到最后一排的座位上假装睡着了。这个地方没人愿意坐,因为能闻到厕所的尿骚味儿。

我先啰嗦几句吧。我外婆会让我禁足直到我,哦,六十岁吧。

我给她留了个条,但是我故意把手机给关了,因为我真不想听到她看到我的留言时的反应。如果她觉得我在网络上找我妈妈就已经是在毁掉我的生活的话,那么当她听说我把自己塞进一辆长途车里,前往田纳西亲自去找我妈妈时还不得吓坏了呀?

我有点瞧不上自己了,以前怎么就没想过这么干呢。也许是我爸爸的那次发怒唤起了我的记忆,那次发火他可真是完全换了一个人,因为他大部分时间都生活在虚幻的紧张情绪中。不管怎样,事情进入了正轨,我想起了吉迪恩,想起了这个人对我和我妈妈有多重要。我爸爸看到那个项链坠的反应就像给了我一次电击,将这么多年处于等待状态的霓虹点亮了,所以旗帜舞动起来了,霓虹灯上面的字在我心头闪烁着:注意。没错,即便在这之前我就已经想起吉迪恩,我也不可能知道十年前他去哪儿了。可我现在真正知道了他沿途落脚的地方。

当年我妈妈失踪,我爸爸的生意被发现破产,那些大象就被运到了田纳西州的霍恩瓦尔德大象收容站。你只要用谷歌搜一下就能知道,当时他们的董事会听说了新英格兰大象收容站的困境以后,匆匆忙忙地安排出地方来接纳这些无家可归的动物。陪同这些大象的是原收容站里唯一一个留守的员工吉迪恩。

我不知道那个收容站是继续雇佣他来照顾我们的大象,还是他把大象送到地方就去了别处。他是不是跟我妈妈重逢了。他们会不会觉得没人管他们了,所以现在还在一起生活。

你瞧,这是人们忽略小孩子的另一个后果:他们忘记了在小孩子身边要小心。

我知道这很愚蠢,可是我心里更希望我在那儿找到了吉迪恩,而他也不知道我妈妈在哪儿,尽管我是为了找到妈妈才用运动衫的帽子把自己遮得严严实实,不让人看到我的眼睛,把自己塞进了长途车里。我没办法接受我妈妈在过去的十年里生活得很幸福。我不希望她死了，也不希望她生活得很痛苦。但是，我的意思是说，她的生活里难道不应该有我吗？

不管怎样，我脑子里已经设想了所有可能出现的场景：

场景一：吉迪恩就在那个收容站工作，而且跟我妈妈生活在一起。我妈妈可能用了假名字，比如玛塔·哈莉，尤弗丽雅·莱俪卡，或者别的什么神秘的名字，能让她不被人发现。（注：我不太愿意去想她到底在躲什么，我爸爸，法律，还是我。这些我都不想去深究。）当然，吉迪恩一看见我就认出了我，然后带我去见妈妈。我妈妈一定会欣喜若狂不能自已，跟我道歉，然后告诉我她一直都在思念我。

场景二：吉迪恩已经不在那个收容站工作了，但是鉴于与大象相关的工作圈子很小，还能找到一些他的联系方式。我出现在他家门口，开门的却是我妈妈。余下的情景与场景一相同。

场景三：不管吉迪恩在哪儿，我反正最终找到他了。可是他告诉我他很抱歉，他也不知道我妈妈的情况。没错，他是爱过她。没错，她是想跟他一起私奔逃离我爸爸。也许，甚至妮维的死也跟他们之间的这段孽缘有关。可是在我长大的这一段漫长的时间里，他们之间的关系不好，所以她就像遗弃我一样遗弃了他。

这当然是最糟糕的情况了。还有唯一一种比这更残酷的情况。它就像一个黑屋子，我只是让自己想象的眼睛透过它的门缝偷窥一下，然后赶紧使劲儿关严，不能让它的黑暗蔓延进我心里的每一个角落。那就是：

场景四：我通过吉迪恩找到了妈妈。可是见了面，她没有欣喜若狂，没有久别重逢，没有惊奇。只有无可奈何，她叹口气说，真希望你没找到我。

就像我说的，这种可能性我甚至都不愿意去想。就像塞拉妮蒂说的那样，万一一个偶然的想法把能量传递到了宇宙当中，却真的产生了后果呢。

我觉得用不了多长时间弗吉尔就会知道我去哪儿了,或者得出跟我一样的结论,即吉迪恩跟我妈妈有关系。他也许就是我妈妈逃离的原因,甚至与那个意外死亡有关,也许那并不是一场意外。我没告诉塞拉妮蒂我去哪儿了,有点过意不去。不过呢,她是靠占卜为生的人,我希望她能算出来我一定会回来的。

只不过不会是一个人回来。

* * *

在波士顿、纽约和克里夫兰要转车。每到一站,我从车上下来都大气不敢出,心里觉得这一站一定有个警察在等着送我回家。但那得是我外婆报警说我失踪了才行,不过从实际上来看,她在这点上好像不太在行。

我的手机一直关机,因为我不想接听她的电话,或塞拉妮蒂的还有弗吉尔的电话。在每一站我都故伎重演,找一个不会注意到我跟着他们蹭车的家庭。我睡觉,上车下车,一个人玩游戏:如果我在I-95号公路上连续看到三辆红色的车,就意味着我妈妈见到我会很高兴;如果我数到一百之前看到了一辆大众甲壳虫车,就意味着她逃离是因为别无选择;如果我看到了灵车,就意味着她死了,而这就是她从来没回来找我的原因。

告诉你吧,我在路上没看到灵车。

离开新罕布什尔的布恩市1天3小时48分钟以后,我到达了田纳西州的纳什维尔汽车站,一下车田纳西的热浪就扑面而来,像迎头给了我一掌。

车站在市中心的位置,城市的喧嚣与热闹让我吃惊。眼花缭乱让人头痛。男人们系着饰扣式领带,游客都抱着瓶装水,商店前面有人弹吉他赚钱。好像人人脚上都穿着一双牛仔靴。

我马上退回到有空调的车站里边,找到了一张田纳西州的地图。霍恩瓦尔德,就是那个大象收容站的所在地,位于城市的西南部,大约需要一个半小时的车程。我在想,那里可能不是什么大的旅游景点,应该没有公共交通通往那个地方。我也没蠢到要步行去那儿。难不成接下来的这八十英里还会比之前的上千英里路程更艰难吗?

有那么一会儿,我站在那儿,面对着墙上那幅巨大的田纳西州地图,心里在纳闷,美国孩子怎么不学地理呢?因为要学的话我对这个州也许就会有点实际了解了。我深吸了一口气走出了汽车站,在城里那些卖西部服装的商店以及有音乐演奏的餐馆里进进出出。沿街也停了很多汽车和卡车。我看了下车牌,很多车好像都是租车行的。但是也有的车里面有儿童座椅,地上还散落着CD唱盘,说明是私家车。

然后我开始看车上贴的那些贴纸。有些挺平常("生在美国,福在南部"),有些看着让我觉得反胃("拯救一只鹿,杀死一个同性恋")。但是我就像弗吉尔那样,在找那些提示,线索,能让我对这些车主的家庭有更多了解的东西。

最后,我在一辆皮卡车上看到了一张贴纸,上面写着"为我哥伦比亚荣誉学生而骄傲!"我选中这辆车有两个原因,一是后面的货箱我可用来藏身,二是哥伦比亚那几个字。根据灰狗汽车站那张地图显示,哥伦比亚就在通往霍恩瓦尔德的路上。我脚踩着后保险杠,准备趁没人注意爬到装货平台上躺下来。

"你在干什么?"

我一直盯着街上看有没有人注意到我,却没看到身后钻出个小男孩。他大概有七岁,掉了好几颗牙,没掉的牙看起来就像立在墓地里的墓碑。

我蹲下身子,回想起这些年来干过的哄孩子的活儿:"我在玩捉迷藏。想帮忙吗?"

他点点头。

"太棒了。不过你得保守秘密。你行吗?你能不告诉你妈妈或爸爸我藏在这儿吗?"

小男孩扬了扬下巴,很肯定:"那回头能轮到我玩吗?"

"绝对。"我向他保证,然后爬上装货平台藏了起来。

"布莱恩!"一个女人喊道,气喘吁吁地转过街角跑了过来,一个十来岁的女孩抱着双臂跟在她后面,"过来!"

平台的铁板像太阳表面那么烫。我感觉手掌和腿肚子都烫起泡了。我把脑袋抬起来一点点,这样能和他对视。我把手指放在撅起的嘴唇上,表示出宇宙通用的手势"嘘,别出声"。

他妈妈走得越来越近,于是我躺下来,抱着双臂,屏住呼吸。

"下回换我躲。"布莱恩说。

"你跟谁说话呢?"他妈妈问道。

"我的新朋友。"

"我想我们谈过关于说谎的事。"她说着打开了车锁。

我觉得对不起布莱恩了,不仅是因为他妈妈不相信他,而且因为我没打算换他来玩。到时候我早就远远地跑掉了。

车厢里面有人把后面的窗户打开通风。通过它,我能听见收音机的声音,布莱恩和他姐姐还有妈妈沿着州际公路朝着——我希望是——田纳西的哥伦比亚开去。我闭上眼睛忍受着太阳的烘烤,假装我是在沙滩上而不是在一块铁板上。

广播里的那些歌曲唱的都是关于开着我坐的这种车,或者关于那些好心却办了坏事的女孩们。可这些歌我听着没什么区别。我妈妈对班卓琴极其反感,简直到了过敏的程度。我记得她每次听到一个歌手唱歌时哪怕出现一点点的拨弦声就马上关掉收音机。一个极不喜欢西部乡村音乐的女人会选择在离奥普里大剧院①咫尺之

---

① 田纳西州纳什维尔的剧院,素有乡村音乐灵魂的美誉。

遥的地方安新家吗？或者她只是用"不喜欢"做烟幕弹，觉得任何了解她的人都不会想到她能在西部的心脏地带落脚呢？

我在装货平台上受着颠簸的时候想到了以下两点：

1.班卓琴实际上还是挺酷的。

2.也许人会变的。

艾 丽 斯

对于大象来说,交配就是一场歌伴舞。这个说法绝对不夸张。

这些动物无论做何种交流,都是声音配上动作来进行的。比如,某一个普通的日子,母象头领可能会发出"我们走吧"的低吼,同时会以身体的姿势指明它要把象群带去的那个方向。

然而,交配的声音更复杂。野生环境下,我们听到的是公象发出的一阵阵粗嘎的狂躁叫声,低沉而混乱。你可以想象,那种声音就好像你拿起了一张荷尔蒙做的琴弓,在一个用愤怒打造的乐器上拉。当公象受到了另一头公象的挑战,当它们被驶来的汽车惊到了,或者当它们寻找交配的对象时,它们都有可能发出一种狂躁的叫声。发出的声音因大象而异,但都同时伴有耳朵的扇动和频繁的滴尿现象。

当一头狂躁的公象吼叫的时候,群里所有的母象都会附和。母象的声音不仅仅是吸引那头起头的公象,而是所有合乎条件的"单身汉"们。这样,那些发情的母象就有机会挑选最中意的伴侣。最中意的并不是指那些头型最酷的,而是指那些生命力更强的、健康、年龄稍长些的公象。如果母象不喜欢某一头公象,即使它已经骑在它身上了,它也会跑开去找更好的。当然,前提条件是它能找到更好的。

因此,母象在发情之前好几天就提前开始发出呼唤的叫声。那是一种强有力的呼唤，让更多的公象聚集过来，这样就有更大的选择范围了。最终当它同意交配时，它会唱起情歌。跟公象的狂躁叫声不同，母象的歌声是抒情重复的吟唱，喉音迅速升高然后渐渐消失。母象会大声地扇动耳朵，颞腺会分泌腺体。交配结束后，同族的母象会加入到它的歌声中，低吼，咆哮，尖叫浑然天成，汇成象吼交响乐，就像它们在任何值得庆贺的社交场合，比如新生命的诞生、家庭团聚等场合会奏响的一样。

我们知道，在雄性鲸鱼中，歌声最丰富的就能赢得雌鲸的青睐。相反，在大象的世界里，一头发情的公象可以跟任何一头母象交配。不是公象而是母象唱情歌，这是出于生理的需要。母象的发情期只有短短的六天时间，而潜在的交配对象可能远隔几英里之外，隔这么远信息素产生不了作用。所以它得采取措施把公象吸引过来。

事实证明，鲸的歌声是代代相传的；还有，每个大洋里都有鲸的存在。我一直在想大象的世界会不会也是这样呢？小象会不会是从那些处于发情期的年长的母象那里学会了情歌，然后当自己发情的时候，它们就知道如何唱歌来吸引那些最强壮、最凶猛的公象来交配了。那么，女儿们会不会从母亲的错误中吸取教训呢？

塞拉妮蒂

跟你讲一件没说过的事吧：以前，在我做灵媒的全盛时期，我在试图与灵界进行交流时，有一次却失败了。

当时我正在给一个女大学生占卜，她想让我帮她联系过世的爸爸。她把她妈妈也一块带来了，各自带了一个录音机，想记录下整个过程以便能够重温一切。我把她爸爸的名字写下来放在那儿，一个半小时的时间里，我一直努力试图跟他联系。可是我脑子里得到的唯一念头就是他开枪自杀了。

除了这个，空无一物，只有静谧。

就跟我现在要想跟某个逝者联系所面临的状态一模一样。

不管怎样，我觉得很可怕。我收了这两个人九十分钟的钱却一无所获。尽管我没有承诺不成功就退钱，可是我这辈子还从来没这么失败过。所以我只能对她们说抱歉了。

这个姑娘对结果感到很失望，她放声大哭，然后请求用一下洗手间。她刚一离开，在整个过程里基本没说话的她妈妈就跟我谈起了她丈夫的事，说起了她没有跟女儿讲的秘密。

他确实是用手枪自杀的。他生前是北卡罗来纳州一所大学有名的篮球教练，他与篮球队里的一个男孩发生了恋情。他妻子发现后，跟他说要离婚，而且如果他不给她"封口费"，她就要毁了他的职业生涯。他没答应，并说他很爱那个男孩子。于是她告诉自己的丈夫他可以跟他的情人在一起,但是她会起诉,让他身无分文,一无所有,而且还会将他的所作所为公之于众。那是爱的代价,她说。

他下了楼走进地下室,对着自己的头开了枪。

在他的葬礼上,她在心里默默地跟他做最后的道别时,她说,你个狗娘养的。别指望你死了我就会原谅你。安息吧。

两天以后,那个女孩打电话来说发生了奇怪的事情。她录的磁带变成空白的了。尽管我们在整个占卜过程里有很多对话,可是重放时却只能听到嘶嘶的声音。更奇怪的是,她妈妈录的那盘磁带也一样变空白了。

我很清楚那个死去的丈夫在葬礼上清清楚楚地听到了他妻子说的话而且记住了。她不想跟他有任何瓜葛了,所以他离我们远远的。永远。

跟灵魂对话是双向的。需要对话双方的参与。如果你尽力了却没得到回应,原因有两个:要么是因为那个灵魂不愿意交流,要么是因为灵媒无能。

* * *

"这不像水龙头,"我打了个响指,尽量与弗吉尔拉开距离,"我不可能想开就开想关就关。"

我们俩在戈登农产品市场外面的停车场里分析着刚刚得到的关于格雷斯·卡特莱特自杀的情况。我承认,这可不是我想要听到的消息,可弗吉尔认为这是此案的一个组成部分。"我直说吧,"他一脸严肃地说,"我说我愿意真正承认通灵能力不是胡说八道。我说我愿意给你的……才能……一个发挥作用的机会。你都不想试试吗?"

"好吧。"我无精打采地说。我斜靠在汽车的前保险杠上,就像游泳运动员下水之前做的那样,活动活动肩膀和胳膊。然后我闭上了眼睛。

"你在这儿做行吗?"弗吉尔突然说道。

我把左眼睁开一条缝:"你心里不就是想要我这样吗?"

他的脸红了:"我以为你会需要……我不知道……一个帐篷什么的。"

"我不用水晶球和茶叶也能做到。"我冷冷地说道。

我没跟珍娜和弗吉尔承认我已经没有能力跟灵魂交流了。我让他们相信在大象收容站的象栏里找到了艾丽斯的钱包和项链不是侥幸,而是真正的通灵时刻。

或许我也已经让自己相信了。所以我闭上眼睛想,**格雷斯,格雷斯,来跟我谈谈吧**。

我以前就是这样做的。

可是我没有得到任何回应。就像我试图联系北卡罗来纳那个自杀的篮球教练所碰到的情形一样,一片空寂。

我瞥了弗吉尔一眼。"你找到什么了吗?"他正在电话上输入字母,想找到在田纳西州的吉迪恩·卡特莱特的相关信息。

"没有。"他承认说,"不过要是换了我,我会用假名字。"

"嗯,我也没得到任何信息。"我告诉弗吉尔,这一次,我说了实话。

"也许你应该大点声……"

我手叉着腰。"我指挥你该怎么做了吗?"我说,"如果是自杀,有时候会是这样的。"

"会是怎样?"

"有时候他们会对自己的行为感到很不好意思。"自杀者,几乎没有例外,都会变成鬼魂。他们游荡在人间是因为他们特别想跟自己的亲人说抱歉,或者因为他们自己感到特别羞愧。

这让我又想到了艾丽斯·梅特卡夫。也许我一直无法跟她交流是因为她也像格雷斯一样自杀了。

但是我马上就打消了这个念头。我的头脑受到了弗吉尔的影响。我无法跟艾丽斯还有相关的其他灵魂取得联系的原因不在他们,而更多的是在于我自己。

"我回头再试试,"我骗他,"不过你要从格雷斯身上得到什么呢?"

"我想知道是什么原因让她自杀,"他说,"为什么一个婚姻幸福的女人会放弃稳定工作和家人,衣兜里装上石头走进池塘里呢?"

"因为她的婚姻并不幸福。"我回答。

"回答正确。"弗吉尔说,"如果你发现自己的丈夫和别人搞在了一起,你会怎样?"

"我会想我至少走进过教堂,那一刻美好又辉煌吧?"

弗吉尔叹口气:"不,你要么会跟他对峙,要么离家出走。"

我进一步分解他的思路:"会不会吉迪恩想要离婚而格雷斯不肯?会不会是他杀了她而企图让人们看着像自杀?"

"如果不是自杀而是谋杀,法医一解剖马上就会知道。"

"真的吗?但是我印象中涉及死亡原因的时候,执法部门好像有时候不能做出最公正的决断呢?"

弗吉尔对我的抢白置之不理:"会不会是吉迪恩打算带着艾丽斯远走高飞,却被托马斯发现了呢?"

"艾丽斯从医院失踪以前你就把托马斯送进精神病院了。"

"但是,他很有可能在那天晚上早些时候就跟她打起来了,所以她跑进象栏里了。也许妮维·鲁尔在错误的时间出现在了错误的地点。她想阻止托马斯,结果反过来被他给结束了生命。同时,艾丽斯在逃跑的过程中头撞在树上昏迷过去,倒在了离他们一英里远的地方。吉迪恩到医院去看她,他们商量出了一个计划,那就是他带着她远远地离开她那个怒火中烧的丈夫。我们知道吉迪恩陪伴着那些大象到了新家。也许艾丽斯溜走了是去那里和他会合。"

我抱着胳膊，惊叹于他的想象力："非常精彩。"

"除非，"弗吉尔若有所思，"还有另一种可能性。比如，吉迪恩告诉格雷斯他要离婚然后带艾丽斯离开，格雷斯感到很绝望所以自杀了。格雷斯的死让艾丽斯很内疚，她可能改了主意。但是吉迪恩不愿意让她就这么把他甩了。除非她死。"

我按照这个思路想了一下。吉迪恩可能到医院跟艾丽斯说她的孩子出事了，或者随便扯个谎就能让艾丽斯马上跟他走。我不傻，我看了《法律和秩序》。那么多的谋杀都是因为受害人太轻信那个杀人的家伙了。杀人犯要么来到受害人家门口，要么向受害人求助，要么主动提出开车顺路带受害人一段。"那怎么解释妮维的死呢？"

"她也是吉迪恩杀的。"

"他怎么会杀自己的岳母？"我问。

"你不是在开玩笑吧？"弗吉尔说，"那个家伙能不想杀了她吗？如果妮维听说吉迪恩和艾丽斯有一腿，她可能就是第一个挑事的人。"

"或许她从没碰过吉迪恩。也许她是追着艾丽斯进了象栏。艾丽斯逃跑是为自救，然后晕倒了。"我看了他一眼，"这一直是珍娜的说法。"

"别那样看我。"弗吉尔怒气冲冲地说。

"你应该给她打个电话。她也许记得吉迪恩和她妈妈的事。"

"我们不需要珍娜的帮助。我们只要到纳什维尔……"

"我们不应该把她撇到一边。"

有那么一会儿他似乎还要争辩什么。接着他掏出手机，看着键盘："你有她的电话号码吗？"

我给她打过一次电话，但那是用座机打的，不是用手机。我没把她的号码带在身上。但是，我跟弗吉尔不一样，我知道在哪儿能找到。

我们开车回到我家里。我们上楼时经过门口那家酒吧,弗吉尔的眼神有点把持不住。他嘟囔着:"就好像住在中餐馆的楼上一样,你怎么能不受诱惑?"

我在餐厅桌子上那一摞信件里翻找那个我让顾客签名的本子,弗吉尔就站在门口。当然,珍娜是最近一个上门的顾客。"你可以进来的。"我说。

我又花了一点时间找电话,电话藏在厨房台面上那条毛巾下面。我拿起电话,按了珍娜的号码,但是电话好像没有声音。

弗吉尔正在盯着壁炉上的一张照片,我站在乔治·布什和芭芭拉·布什的中间。"你心地可真好,竟然能跟珍娜和我这样的穷人混在一起。"他说。

"那时的我跟现在不一样,"我回答,"而且,名人也不像你们想的那样。照片上你看不到,实际上总统的手在摸我的屁股呢。"

"还不算糟,"弗吉尔小声说,"还好不是芭芭拉的手。"

我又拨了一遍珍娜的号码,还是没声音。"奇怪。一定是电话线出了毛病。"我跟弗吉尔说,他从兜里掏出了自己的手机。

"我试试。"他提议。

"算了吧。在我家,我得把脑袋包上锡纸然后从消防通道伸出去才能有手机信号。这就是住在乡村的乐趣。"

"我们可以用酒吧的电话。"弗吉尔说。

"拉倒吧,"我说,脑子里浮现出我拼命把他跟威士忌分开的情景,"你做警探以前是做片区警察的,对吧?"

"对。"

我把那个本子塞进包里:"那你带路,我们到格林利夫大街吧。"

* * *

珍娜住的地方跟其他上百个街区没有什么不同,草坪剪得规规整整的，呈一个个方块形状。红色的房子装着黑色的百叶窗，小狗在我们视野外的栅栏里汪汪叫。小孩子在人行道上来来回回地骑着自行车，我把汽车停在了一个拐角处。

弗吉尔看了一眼珍娜家的前院。"从一个人的住处就能了解他很多事情。"他若有所思。

"比如？"

"哦，你知道的，家里插面国旗说明这家人很保守。如果开的是普锐斯车，说明他们比较开明。有一半是瞎扯，但这是门很有意思的科学。"

"听起来特别像冷读术。我敢保证这跟冷读术一样准。"

"嗯，不管怎么样，我猜我是没想到珍娜在这……中产的环境下长大。你懂我意思。"

我懂。独门独院，精致的房子，门口的回收垃圾箱，每家平均2.4个孩子，好像是成批复制出来的感觉。珍娜身上有某种不安定，有些棱角，好像不属于这里。

"她外婆叫什么名字？"我问弗吉尔。

"我他妈哪知道呀？"他说，"不过没关系。她白天上班。"

"那你应该待在这儿别动。"我跟弗吉尔提议说。

"为什么？"

"因为你要不在我身边，珍娜就不太可能当我面摔门。"我说。

弗吉尔可能是个讨厌鬼，但是他不傻。他垂头丧气地坐在副驾驶位上："随便你。"

于是我一个人沿着鹅卵石铺就的小道走到门前。门是淡紫色的，正面钉着一块心形的木板，上面写着"欢迎朋友们"几个字。我按了门铃，过了一会儿门自动打开了。

至少门开的一刹那我觉得是自动开的。可是接着我发现面前站着一个小孩子，他把大拇指含在嘴里。他大概有三岁，我对那么大的小孩子总是弄不准年龄。他们会让我想起那些啮齿动物,把你好好的一双皮鞋啃得到处都是碎渣,到处留粪蛋。没想到珍娜还有兄弟,而且显然这孩子是她搬过来跟外婆住以后出生的。这把我吓了一跳,我都不知道该怎么打招呼了。

那个小孩把手从嘴里拿出来,就像瓶塞从瓶子里拔出来一样,而且自然而然眼泪也一起流出来了。

马上有一个年轻的女人跑了出来把孩子搂住。"对不起,"她说,"我没听见门铃响。有什么事吗?"

当然,她这些话是喊出来的,因为那个孩子的哭声更响了。她已经开始对我怒目而视了,好像我给她孩子造成了什么身体伤害。而我还在费尽心思想弄明白这个女人是谁,她在珍娜家干什么。

我展现出上电视时那种最迷人的笑容。"我想我来得不是时候,"我大声说,"我是来找珍娜的。"

"珍娜?"

"姓梅特卡夫。"我说。

这个女人把孩子夹起来放在腰胯的部位:"我想你找错地方了。"

她开始关门,但是我一边用一只脚抵在门里面,一边在包里找那个本子。很轻松就翻到了最后一页,珍娜在那页上歪歪扭扭地写着:布恩市格林利夫大街145号。

"这是格林利夫大街145号吗?"我问。

"地点没错,"她回答,"但是这儿没有叫这个名字的人。"

她把我关在了门外,我站在那儿盯着手里的本子发呆。震惊之余,我走回到车上一屁股坐进去,把本子摔给了弗吉尔。"她耍我。"我告诉他,"她给了我一个假地址。"

"她干吗这么做?"

我摇摇头:"我不知道。也许她不愿意我给她寄垃圾邮件。"

"或许她不信任你,"弗吉尔提示说,"她对我们俩都不信任。你现在知道了这意味着什么。"他一直等到我抬头看他,才说,"她先我们一步了。"

"你什么意思?"

"她很聪明,已经明白了她爸爸为什么会有那样的反应。她肯定已经知道了她妈妈和吉迪恩的事。而且她正在做着我们一个小时以前就应该去做的事。"他伸手转动车钥匙打着了火。"我们去田纳西州,"弗吉尔说,"因为我赌一百美元珍娜已经到那儿了。"

艾 丽 斯

伤心而死是最极致的祭奠,但是从进化的角度看是不可行的。如果悲伤的结果那么严重,那么某一个物种很容易就灭绝了。这不是说动物界就没发生过这种事。我就知道有一匹马突然死了之后,跟它在一起很久的同伴很快就随它而去。一个主题公园里有一对海豚总是出双入对搭档表演。其中那只雌海豚死了以后,雄海豚连续几周闭着眼睛在水里转圈。

莫拉的孩子死了以后,它的脸上写满了痛苦,它搬动孩子尸体时那种小心翼翼,就好像空气的摩擦力都会让孩子无比痛苦一般。它独自在孩子的坟墓附近守着,夜里也不肯回到象屋里去。没有家族成员在身旁安慰它,把它带回到这个活生生的世界里。

我下定决心绝不能让它成为悲痛的牺牲品。

吉迪恩把一个巨大的树枝扎成的扫把固定在了栅栏上面。那是公共工程部买了新的扫街工具之后作为礼物送给我们的。要是以前,莫拉就会喜欢在上面蹭来蹭去的。可是吉迪恩在乒乒乓乓安装的时候,它看都不看一眼。格雷斯想逗它高兴起来,给它拿来了它最喜欢的红葡萄和西瓜,可它一口也不动。它的眼神是空洞的,它的活动范围也比以前小了很多。这一切让我想起了小象死后三天的晚上,托马斯在办公室里盯着面前空白的本子那副样子。身体在此,可是心已经飘到别的地方了。

妮维觉得我们应该放赫斯特进象栏里,看看它能不能给莫拉一些安慰,但是我认为还没到时候。我见过母象攻击自己很亲近的家族成员,因为它们太靠近它活着的象崽了。谁知道沉浸在悲痛之中的莫拉为了保护死去的孩子能做出什么事情来呢。"还不行,"我跟妮维说,"只要看到它从悲痛中走出来了,我马上就让赫斯特进来。"

从学术角度来说,记录下一头孤独的大象,在没有家族成员支持的情况下独自从失去至亲的情绪中恢复过来,是一件令人感兴趣的事。也是让人痛彻心扉的事。我花了很多的时间记录下莫拉的行为,因为那是我的职责。格雷斯不能照看珍娜的时候我会把她带在身边,因为托马斯自己也很忙。

正当我们这些人还步履沉重地沉浸在包围着莫拉的那种悲痛之中的时候,托马斯已经恢复了他高效的工作风范。他如此专注,充满活力,不禁让我怀疑小象死后那天晚上我看到的在办公桌旁紧张兮兮的那个他是不是我的幻觉。他原先指望的那些因为小象的出生而激动不已的捐赠人现在也不可能捐钱了。但是,他又有了新的集资办法,整天就忙这件事了。

如果让我说实话,我愿意在托马斯分身乏术的情况下担负起这个不甚景气的收容站的经营重担。那天晚上他的崩溃和不可接近所带给我的震惊,是最恐怖的事。**那个托马斯**,显然是我们认识之前就已经存在的那个他,我再也不想看到第二次了。我希望自己也许可以起些作用,让我的存在能够避免那个他将来再出现。我不想成为造成托马斯崩溃的导火索,我愿意为他做任何他想要的和必需的事情。我要成为他最有力的啦啦队员。

我是从小象死去开始计时的。小象死亡两周以后,我开车去戈登农产品批发市场提取我们订的货。可是当我用信用卡付款时,却显示付款失败。

"再试一次吧。"我提议,但是得到的结果是一样的。

尽管收容站总是处于经费拮据的状态已经不是什么秘密了,我还是很尴尬。我告诉戈登我开车去找一个自动提款机提取现金给他。

然而,当我提款时,机器没有吐钱出来。屏幕上显示:账户关闭。我进到银行里面要找经理谈谈。这肯定是搞错了。

"你丈夫把那个账户的钱都取走了。"那个女人告诉我。

"什么时候?"我问道,简直惊呆了。

她在电脑上查了一下。"上周四,"她告诉我,"他申请二次抵押的同一天。"

我的脸开始发烫。我是托马斯的妻子,他做出这样的决定怎么能不跟我说一声呢?如果不把这些瓜果蔬菜粮食运回去,这周我们那七头大象就基本断粮了。我们还有三个员工等着本周五开工资。而就我所知,我们已经没有后续的钱了。

我没有回到戈登农产品批发市场,相反,我开车回了家。我一下子把珍娜从车上拽下来,动作太快了,珍娜开始大哭起来。我闯进了家门,喊着托马斯的名字,没人回答。我看到格雷斯在亚洲象的象屋里切南瓜,妮维在修剪野葡萄藤,但是她俩都没看见托马斯。

当我往家走的时候,吉迪恩在等我。"你知道育苗床送货的事吗?"他问道。

"育苗?"我重复着,心里想的是幼崽,是莫拉。

"是。种植物用的。"

"别接收送的货,拖一段时间。"我说。正在这时,托马斯经过我们身边,挥手让卡车穿过大门。

我把孩子递给吉迪恩,抓住了托马斯的胳膊:"有空吗?"

"说实话,"他说,"我没空。"

"我认为你有。"我抢白他一句,把他拉进了办公室,把门关上不想让别人听见我们说话,"卡车上是什么?"

"兰花，"托马斯说，"你能想象吗？一大片紫色的兰花一直延伸到亚洲象的象屋？"他咧嘴笑着，"那是我梦里的景象。"

他竟然买来了一卡车我们根本用不上的奇花异草，就因为做梦？这个地方的土壤根本不适合兰花生长。兰花很贵，那些货就是打了水漂的钱。

"你买了花……正当我们的信用卡被停用，银行存款枯竭的时候？"

让我震惊的是，托马斯的脸上神采飞扬起来。"我不仅仅是买花。我在为将来投资呢。我不知道我以前怎么就没想到呢，艾丽斯，"他说，"知道非洲象象屋顶上的储物间吗？我要把那儿建成一个观景台。"他说得很快，话语纠缠在一起像一团毛线顺着他的大腿滚落下来，"在那上面，你可以一览无余。整片地方尽收眼底。从窗户望出去我会觉得我是世界之王。想想吧，十个窗户。一面玻璃墙。大额捐赠者可以从那个观景台上观看大象。或者把地方租出去做……"

主意是不错，可是时机不对呀。我们没有多余的钱来做改造工程。我们这个月正常的经营费用都快入不敷出了。"托马斯，我们没钱做这些。"

"我们要不雇别人来建就能做到。"

"吉迪恩没有时间来……"

"吉迪恩？"他大笑起来，"我不需要吉迪恩。我可以自己做。"

"怎么做？"我问，"你对建筑一窍不通。"

他突然对我发火了，凶巴巴的样子："你根本不了解我。"

我看着他走出了办公室的门，心里想他还真是说对了。

* * *

我跟吉迪恩说事情搞错了，兰花得退货。我现在也没弄明白他是如何创造了奇迹，但是他带着退的钱回来了。钱马上入了戈登农产品批发市场的账,换回了我们那一箱箱的圆白菜、粗脖子南瓜和熟透了的甜瓜。托马斯似乎都没意识到他的兰花已经不见了。他从早到晚忙着在非洲象象屋上面的阁楼里打钉子锯木头。而且每次我要去看他的工作进展他都拒绝了。

我想,从科学的角度来看,这可能就是托马斯应对悲伤的方式吧。也许他让自己全身心地投入到一项工作里就不会老想着我们失去的东西。为此,我认为让他从这种愚蠢的行为中解脱出来的最好办法就是让他想起他还**拥有**的东西。于是,尽管我除了通心粉和奶酪可以说基本不会弄别的,我还是精心准备着每一顿饭。我把吃的装进野餐盒里,带着珍娜一起去非洲象象屋,招呼托马斯跟我们一起吃午饭。有一天下午,我问他的活干得怎么样了。"让我偷偷看一眼吧,"我央求他,"工程不完成我绝不会告诉任何人的。"

可是托马斯摇摇头。"很值得期待。"他承诺。

"我可以帮你呀。我刷油漆很在行……"

"你干什么都很在行。"托马斯说着亲了我一口。

我们的夫妻生活非常频繁。珍娜睡着以后,托马斯会从象屋回来,冲个澡钻进被窝躺在我身边。我们做爱几乎达到了疯狂的程度,如果说我是为了忘记莫拉那死去的孩子,托马斯倒好像在尽力留住什么。那个人是不是我好像都没有关系,好像任何人只要被他压在身下就可以。不过我也不能怪他,我也在利用他,为了忘记。我会精疲力尽倒头就睡。半夜醒来伸出手去摸旁边的时候,他又已经离开了。

一开始,在外面吃午饭的时候,他亲我我也会亲他。但是后来,他就会把手伸进我的衬衫里,笨手笨脚地解开我的胸罩。"托马斯,"我小声说,"我们这不是**在家里**。"

我们就坐在非洲象象屋的阴影处,随时都会有员工经过,而且,珍娜就在旁边看着我们。她费劲儿地站起身来,跌跌撞撞地像个小僵尸一样朝我们走过来。

我惊喜地吸了一口气:"托马斯!她会走路了!"

他的脸埋在我的脖颈处。他的手摸着我的胸。

"托马斯,"我推开他说,"*看呀*。"

他往后退了退,非常生气。眼镜片后面的眼睛几乎是黑的,尽管他什么也没说,我还是能清清楚楚地听到他的心声:*竟敢这么对我*。但紧接着,珍娜扑进了他的怀里,他抱起了她亲了她的脑门,还有两个脸蛋。"大姑娘了。"他说。珍娜则趴在他的肩头咿呀咿呀地说着什么。他把她放到地上,指着我的方向给她看:"你这是碰巧蒙上了还是真会走路了呀?我们再实验一次好不好?"

我大笑起来。"这个小姑娘真不幸,有两个科学家做爸妈。"我张开手臂,"回到我这儿来吧。"我哄她说。

我的话是对着女儿说的。不过也许我也在恳求托马斯。

* * *

几天后,当我帮格雷斯给亚洲象准备餐食的时候,我问起她是不是跟吉迪恩吵过架。

"为什么这么问?"她说,突然警觉起来。

"就觉得你们俩关系那么好,"我回答,"我自己在这方面有点处理不好。"

格雷斯松了口气:"他上完厕所不放马桶圈,我受不了他这点。"

"就只有这个毛病,那我得说你可真够幸运了。"我举起一把刀把一个甜瓜切成两半,眼睛盯着流淌出来的汁水,"他就没有什么秘密瞒着你吗?"

"比如买什么生日礼物给我吗?"她耸耸肩,"当然有。"

"我说的不是这种秘密。我指的是那种让你觉得他在对你隐瞒什么的秘密。"我放下刀,直视着她的眼睛,"小象死的那天晚上……你看到托马斯在他办公室,对吗?"

我们从来没提过这事。但是我知道格雷斯一定看到他的样子了,在椅子里前后摇晃,眼神空洞,双手发抖。我知道,正因为这个,格雷斯才没有把珍娜交给他一个人照看。

格雷斯移开眼神不看我。"每个人都有过魔怔的时候。"她嘟囔着。

从她说话的样子我明白了,这不是她第一次看到托马斯那个样子。"以前也有过吗?"

"他总是能恢复。"

我是这个收容站里唯一不知情的人吗?"他告诉我以前他只发作过一次,那是他父母去世的时候。"我脸上发热,"我觉得婚姻就是做伴过日子,你明白我的意思吗? 过好过坏都有可能,会健康也会生病。可他为什么要骗我呢?"

"有秘密不说并不等于欺骗。有时候这是唯一能保护所爱的人不受伤害的办法。"

我不屑地说:"你这么说是因为你没有身受其害罢了。"

"确实,"格雷斯轻声说,"但我是那个有秘密的人。"她开始把花生酱抹到那些掏空的半拉甜瓜上面,动作麻利而娴熟。"我喜欢照看你的女儿。"她没头没脑地加了一句。

"我知道。我心存感激。"

"我喜欢照看你的女儿,"格雷斯又说了一遍,"因为我永远都不会有自己的孩子了。"

我看了她一眼,就在这一瞬间,她让我想到了莫拉。她眼神里的忧郁我以前就注意到了,我当时把它归结为年轻没有安全感,但实际上有可能是因为她的不曾拥有而造成的失落感。"你还年轻呢。"我说。

格雷斯摇摇头。"我有多囊卵巢综合征,"她解释说,"是激素的问题。"

"你可以找人代孕。可以收养孩子。你跟吉迪恩谈过这事没有?"她只是看着我不说话,我明白了:吉迪恩不知道。这就是她没告诉他的秘密。

突然,格雷斯抓住了我的胳膊,抓得太紧了弄得我很疼:"你不会说出去吧?"

"不会。"我向她保证。

她放心了,拿起刀又开始切瓜。我们默不作声地干了一会儿,然后格雷斯又开口了。"他不跟你说实话不是因为他不够爱你。"她说,"是因为他太爱你了怕失去你。"

* * *

那天晚上,托马斯过了半夜悄悄地回到了木屋。他往卧室里探头张望的时候我假装睡着了。等到听见淋浴的流水声以后,我从床上爬起来走出了木屋,小心翼翼地不想把珍娜吵醒。黑暗中,我让眼睛适应了一下夜色,跑着经过了格雷斯和吉迪恩居住的木屋,那里已经熄灯了。我想象着他们肌肤相亲紧紧抱在一起睡觉的样子。

非洲象象屋的螺旋形楼梯被漆成了黑色,直到小腿猛地撞上那段楼梯,我才意识到已经跑到了象屋的尽头。我蹑手蹑脚地挪动着脚步,不想惊醒那些大象,让它们无意当中发出警报。我咬牙忍痛爬上了楼梯。来到上面,门锁着。但是在收容站一把万能钥匙就能打开所有的门,所以我早知道能进得去。

就像托马斯说的那样,首先映入我眼帘的是月光映照下那迷人的景象。尽管托马斯还没有安装上大玻璃窗,他已经把大致的窗口做出来了,还用透明的塑料布遮上了。透过塑料布,在皎洁的圆月的映照下,收容站尽收眼底。我能轻松地想象出一个观景台的模样,公众能站在这儿看着我们收养的那些不可思议的动物,却不会打扰动物们的正常生活,也不会让它们成为演出中的一员,就像在动物园或马戏团里那样。

也许我有点反应过度了。也许托马斯就是做了他说的事情：挽救他的生意。我转过身顺着墙摸索着按下了电灯开关。屋子瞬间白昼一般，晃得我一时间什么都看不见了。

这地方空荡荡的。没有家具，没有箱子，没有工具，甚至连一块木头都没有。墙面沿着天花板和地板边缘被刷成了雪白的颜色。但是每一寸都写满了字母和数字，歪歪扭扭反反复复写着这些：

$C14H19NO4C18H16N6S2C16H21NO2C3H6N2O2C189H285N55O57S$.

感觉就好像走进了一个教堂，发现墙上用鲜血写满了神秘的符号。我压抑得喘不上气来，感觉头脑发空，身体发麻。屋子在一点点向我挤压过来，那些数字闪动着模糊成一片。我坐到了地板上，这时才意识到那是因为我在哭。

托马斯病了。

托马斯需要帮助。

尽管我不是精神病医生，尽管在这方面没有任何经验，可在我看来这也绝不是抑郁那么简单。

这看起来就是……疯了。

我站起身退出了屋子，没锁门。我没有多少时间了。但是我没有回到自己的木屋，而是去了格雷斯和吉迪恩住的地方，敲响了房门。格雷斯穿着一件男士衬衫开了门，乱发遮住了眼睛。"艾丽斯？"她问道，"出什么事了？"

我丈夫精神出了问题。这个收容站要完了。莫拉的孩子没了。

都是事儿。

"吉迪恩在吗？"我问，我知道他在。不是谁都能找到个这样的丈夫，大半夜从床上溜出去在一间空屋子的天花板上、地上和墙上写那些乱七八糟的东西。

他穿着一条短裤出现在门口，上身没穿衣服，手里拿着件衬衫。"我需要你的帮助。"我说。

"是大象吗？出事了？"

我没回答，转身朝非洲象的象屋走去。吉迪恩抬脚跟在我旁边，把衬衫套在身上。"是哪头大象呀？"

"大象没事。"我说，嗓音发颤。我们走到了旋转楼梯的下面。"我需要你做件事，但别问我任何问题。可以吗？"

吉迪恩看了看我的脸，点点头。

我爬上楼梯，就好像要对自己处刑一样。事后看来，那么想也许没错。也许这是迈向漫长而致命的陷落的第一步。我把门打开让吉迪恩往屋里看。

"哦，天哪，"他倒吸一口气，"这都是什么呀？"

"我不知道。但是明早以前你得用油漆把它们盖上。"说完这句话，心里绷着的那根弦瞬间崩断了，我身子一软，呼吸困难，再也止不住泪水夺眶而出。吉迪恩伸手拉我，但是我躲开了。"快点干活。"我哽咽着跑下了楼梯。我返回到我住的木屋时，托马斯刚好打开浴室的门，身上还蒸腾着热气。

"我把你吵醒了吗？"他问，脸上挂着笑容。那种骗子的笑容，让我在非洲时相信了他的甜言蜜语。那是每当我闭上眼睛就会浮现在心里的笑容。

如果我要想办法把托马斯从他自己的世界里拯救出来，我就必须要让他相信我不是他的敌人。让他觉得我相信他。于是，我脸上也挂上了跟他一样的迷人笑容："我以为我听见珍娜哭了。"

"她没事吧？"

"睡得很香，"我跟托马斯说，硬是把卡在喉咙里的那根骨头吞了下去，"我肯定是做了个噩梦。"

* * *

当吉迪恩问我墙上写的是什么的时候，我说不知道。那不是实话。

那些字母和数字不是随意瞎写的。它们是药品的化学方程式：茴香霉素，U0126丁酮抑制剂，普萘洛尔，D-环丝氨酸，神经肽Y。我之前曾经在一篇论文里写过这些东西，我那时是在研究大象的记忆和认知能力之间的关系。它们都是复合药物，如果精神受到创伤后迅速服用的话，它会作用于扁桃体，使记忆中不会存在痛苦或抑郁。科学家已经通过在老鼠身上的实验证明，这些药物成功地把它们记忆中的紧张和恐惧消除掉了。

你能想象这意味着什么。最近，一些医学专家已经开始实践了。一些医院想要把这种手段用于强奸受害人的精神治疗，这已经引起了极大的争议。除了在实际的疗效方面，也就是那些痛苦记忆会不会被永久性阻隔这方面存在异议之外，还有道德上的分歧：那些受过精神创伤的人是不是真正地允许在自己身上使用这些药物？因为从严格意义上来说，她们的精神受到了损害，无法清晰地思考。

托马斯研究我那篇论文的用意是什么？与收容站的集资计划又有什么关联呢？不过，也可能什么都没有。如果托马斯真的疯了，他可能从字谜游戏里看出关联，也可能从天气预报中看出意义。他会建立起在我们这些人看来毫无关联，在他眼里却充满因果关系的一个现实世界。

那是很久以前了，不过我那篇论文得出的结论是，大脑形成了能够让记忆产生阻断的机制，这必定有合理性。如果这能保护你免遭将来的危险，那么借助药物去忘记不是最好的办法吗？

我会忘掉那间写满了歪歪扭扭的化学方程式的房间吗？不，即使吉迪恩已经涂白了那间屋子，我也忘不掉。也许那样最好，因为它会提醒我，我以为自己爱上的那个人，跟今天早上吹着口哨进到厨房里的这个人不是一个人。

我想好了计划,我要想办法帮助托马斯。可是托马斯刚一出门去观景台,妮维和格雷斯就来了。"我需要你帮忙给赫斯特搬家。"妮维说。我想起了曾答应她要一起试试让这两头非洲象今天搬到一块去。

我本来可以再推迟一段时间的,但是妮维肯定会问原因。而我又不愿意跟她说昨天晚上的事。

格雷斯伸手接过珍娜,我想起了昨天的谈话。"吉迪恩……"我开口问道。

"他干完了。"她说,我想听的就是这句话。

我跟着妮维出门往非洲象栏走去,偷偷看了一眼象屋楼上,窗口还是盖着塑料布,到处都弥漫着新刷油漆的味道。托马斯现在还在那儿吗?他发现自己的手工遭到破坏发火了吗?绝望了吗?还是根本无所谓呢?

他会不会怀疑是我干的?

"你今天怎么了?"妮维问道,"我问你问题怎么不回答?"

"对不起。我昨天晚上没睡好。"

"你是想把栅栏拆掉,还是把它赶到前边去?"

"我会给它开个门。"我说。

我们知道莫拉怀孕以后,就用一道电网把赫斯特和它隔开了。说实话,如果它俩想要到对方的地方去,很容易就能把那道电网给扯坏了。但是它们俩被分开之前待在一起的时间还很短,还没有建立起亲密的关系。它们只是认识,还没成为朋友。彼此还没有建立起深厚的感情。所以我才认为妮维的办法不可行。

在茨瓦纳语里,有句老话:**有支持就没有悲伤**。野生环境下,大象面临象群成员去世悲痛不已的时候就能体现出这个道理。隔一段时间就会有几头大象脱队去找水喝。另外一些会去灌木丛找充饥的食物。最后会有一到两头大象留下来,通常都是逝者的女儿或儿子,它们不想继续按部就班地过日常的生活。但是象群会回来找它们。可能是整个象群,也可能是一两个代表。它们发出"咱们走吧"的叫声,同时把身体朝向某个方向鼓励哀悼中的大象跟它们走。最终,它们都会顺从。但是赫斯特不是莫拉的表亲或姐妹。它只是不相干的另一头大象而已。莫拉没有听它话的理由。就像一个根本不认识的人到我跟前来邀请我去共进午餐,我也不会跟他走一个道理。

妮维开着越野车去找赫斯特的时候,我把电网解开,把铁丝缠起来,开了一个出入口。我一直等在那儿,直到听见汽车引擎轰响,看见赫斯特慢悠悠地跟在妮维的后面。它酷爱吃西瓜,越野车上放了一整只西瓜准备给它吃,但是会把西瓜放在莫拉的身旁。

我跳上了车,我们把车开到了小象坟墓的所在地。莫拉还站在那儿,肩膀下垂,长鼻子拖在地上。妮维熄了火,我跳下车把给赫斯特的西瓜放在了离莫拉不远的地方。我们也给莫拉带了好吃的,可是它根本没动。这一点和赫斯特不一样。

赫斯特用象牙扎起那个西瓜,让里面的汁水流进自己嘴里。然后它用鼻子卷起西瓜,顺着象牙扎的眼儿掏进去,用下颌骨把西瓜敲碎了。

莫拉没注意到赫斯特的存在,但是我看到赫斯特砸瓜的声音还是让它的脊柱挺起来了。"妮维,"我爬上车轻声说道,"把车发动起来吧。"

莫拉闪电般迅速转过身来,晃着脑袋扑扇着大耳朵,滚雷一般冲向了赫斯特,卷起尘土如乌云压顶。赫斯特尖声吼叫着,长鼻子向后甩起来,丝毫不退让。

"开车!"我说。妮维调转车头把赫斯特挡在一边不让它靠近莫拉。我们把赫斯特赶走的时候,莫拉甚至都没朝我们看一眼。我们把赫斯特带到了电线栅栏的另一边。莫拉面朝着小象的墓地,那个简陋的墓地就像地面上一道深颜色的裂缝。

这场交锋吓得我一身汗,心脏怦怦直跳。我让妮维把赫斯特带到象栏更里边的地方去,又把电线接好缠紧,把电闸又合上了。过了几分钟,我就要干完的时候,妮维又开着车回来了。

"你看,"我说,"我说的没错吧?"

*　　　*　　　*

我趁着格雷斯还在照看珍娜的工夫,在非洲象象屋停下来想找托马斯谈谈。走上那段旋转楼梯,没听到里面有什么声音。这让我很纳闷,托马斯没发现墙给涂白了吗?还是这么做让他恢复了平静?我到了门口伸手转动门把手,开门走了进去。我看到一面墙上又已经写满了我昨天晚上看到的那些一模一样的符号,另一面墙也写了一半了。托马斯站在椅子上,拼命地写着,让我觉得那墙上的灰泥都会起火了。我觉得我的骨架好像已经石化了。"托马斯,"我说,"我觉得我们需要谈谈了。"

他回头看了我一眼,他太专注于他的"工作"了,根本没听见我进屋。他看上去没有不好意思,也没吃惊。只是有点失望。"本来是要给你个惊喜,"他说,"我这是为你做的。"

"这是什么?"

他从椅子上下来:"这叫分子固结理论。已经得到证明,在大脑对记忆进行化学编码之前,记忆处于一种弹性状态。对此过程进行干预的话,就会改变记忆被提取的方式。现如今,科学上的成功案例都证明只有在精神创伤产生后马上就使用抑制因子才能做到这一点。但是假设这种创伤已经过去很久了,我们能不能把记忆再带回到受创伤的那一刻呢?通过用药,能忘掉创伤吗?"

我盯着他,完全糊涂了:"那是不可能的。"

"如果回去及时的话是可能的。"

"你说什么?"

他翻了个白眼。"我不是在制造TARDIS①那样的时间机器。"托马斯说,"那才是疯了。"

"疯了。"我重复了一遍,我的眼泪马上就要夺眶而出。

"这不是字面意义上的使第四维度弯曲。但是你可以改变某个人对事物的看法,于是时间真的就像倒流了一样。通过改变后的意识,把他们带回到那种压力之中,再次体会那种情感创伤,让药物起作用。接下来就是让你惊喜的地方了。莫拉,它将成为试验的对象。"

听他提到这头大象的名字,我的眼睛盯住了他的眼睛:"你不许碰莫拉。"

"即便是我能治好它也不行吗?如果我能让它忘记小象的死亡呢?"

我摇摇头:"那是行不通的,托马斯——"

"要是可以呢?那对人类将意味着什么样的前景?可以想象这对那些患有创伤后应激综合征的老兵们该多有用处。想象一下我们这个收容站会作为一个重要的研究机构而名垂青史。我们会得到纽约大学神经科学中心提供的种子基金。如果他们同意跟我合作的话,媒体的关注就会吸引很多投资人进来,这样就弥补了本来指望那头小象带来的那部分资金的损失。我有可能获得**诺贝尔奖**了。"

我艰难地咽了一下口水:"你怎么会想到你可以让人的思维倒退呢?"

"有人说我能。"

"是**谁**?"

他伸手从后屁股兜里掏出一张带有收容站抬头的纸。上面写

---

① 英剧《神秘博士》中的时光机器。

着一个我知道的电话号码。我上个礼拜在戈登农产品批发市场信用卡被拒的时候打过那个电话。

欢迎使用花旗银行万事达卡。

在热线服务电话的下面是"账户余额"（Account Balance）这几个字的英文字母打乱拆解后新的排列组合：actual can be con。

这几个词用笔给圈上了，笔迹非常用力，纸都快划破了。"看见了吗？这是密码。Actual can be con 的意思是'现实是可以倒回去的'。"托马斯两眼放光地看着我，就好像在解释生命的意义，"你看到的并不是你所相信的。"

我朝他走过去贴近他。"托马斯，"我双手捧着他的脸，小声说，"宝贝，你病了。"

他抓住了我的手，像抓住了救命稻草。直到此时我都没有意识到我全身抖得厉害。"真他妈说对了，我是病了。"他嘟囔着，手抓得太紧了我感到抽筋地疼。"我讨厌你*不相信我*。"他居高临下贴得那么近，我都能看见他眼睛里那金色的光斑，能看见他太阳穴青筋暴起。"我做这一切都是为了*你*。"他咬着牙一个字一个字地把这句话吐在我的脸上。

"我做这一切也是为了你。"我哭着说完，跑出了那间令人窒息的屋子，跑下了那段旋转楼梯。

* * *

达特茅斯学院位于南边六十五英里外。他们那里有一所一流的医院。医院里刚好还有离布恩市最近的收治精神病人的住院部。我没有预约，候诊室里满满的人都跟我一样急等着医生问诊，我不知道什么原因让那个精神科的医生肯见我。当我紧紧抱着珍娜坐在蒂博多医生对面的时候，我能想到的就是，那个接待员一定是看了我一眼就觉得我是在编瞎话。*丈夫，狗屁吧*。看着我皱巴巴的衣服，没洗的头发，怀里哭闹的孩子，她可能在想，*她才是需要看*

医生的人吧。

我用了半个小时给医生讲了我所知道的托马斯的病史,还有前一晚上我所看到的一切。"我觉得压力太大压垮了他。"我说。我说话的声音很响,这些话回响着,像那些花花绿绿的气球在膨胀着,很快充斥在房间的每个角落。

那个医生说:"根据你所描述的情形,这很有可能是躁狂的症状。是躁郁症的一种,我们过去称之为躁狂抑郁性精神病。"他笑着看着我,"得了躁郁症,就好像被迫吃下了致幻药。意味着病人的知觉、情感以及创造力都处于巅峰状态。但是也意味着亢奋时比谁都亢奋,低落时比谁都低落。你知道人们怎么说吗,如果你看见一个躁郁患者做了什么古怪的事,做对了说明他是天才,做错了他就是疯子。"蒂博多医生笑微微地看着正在啃他的镇纸的珍娜,"好消息是,如果你丈夫正属于这种情况的话,是能治的。我们给这些病人用控制情绪波动的药让他们恢复正常。如果托马斯意识到自己不是生活在现实中,而是患了躁郁症,他的情绪就会走到另一个极端,变得非常抑郁,因为知道了他不是他自认为是的那个人。"

那会让我们俩都抑郁的,我心想。

"你丈夫伤害你了吗?"

我想到了他抓我手的那一刻,我都听到了骨头咔咔响,然后大叫起来。"没有。"我说。我出卖托马斯的事已经够多了,这件事我不会说的。

"你认为他会吗?"

我低头看着珍娜:"我不知道。"

"他需要精神病医生进行诊断。如果是躁郁症,他可能需要住院一段时间稳定病情。"

我充满希望地看了医生一眼:"那么你们可以把他接到医院来吧?"

"不能,"蒂博多医生说,"把人送进精神病院是对人权的剥夺。除非他伤人,否则我们不能强行把他带到这儿来。"

"那么我该怎么做呢?"我问道。

医生看着我的眼睛:"你必须说服他让他自愿来这儿。"

他给了我一张名片,告诉我如果我觉得托马斯准备好来住院了就给他打电话。开车回布恩市的路上,我就一直在想该如何说服托马斯去莱巴嫩市住院的事。我可以告诉他是珍娜病了,可是我们为什么不去旁边镇上的儿童医院呢?即便是告诉他我找到了一个捐赠者或愿意跟他合作的神经科学家,那也只能把他带到医院门口而已。我们只要到精神病接待处挂号,他就会明白我在做什么了。

最后我决定,唯一能让托马斯自愿走进精神病院的办法就是:老老实实直截了当地让他明白这对于他来说是最好的治疗手段。让他明白我还爱着他。我们要一起来面对这件事。

给自己打足了气,我开车进入了收容站,把车停在木屋门口,把睡着的珍娜抱进去放在沙发上,回身把门关上,但是留了道缝。这时托马斯从背后抓住了我,我大叫了一声。"你吓死我了。"我说,在他怀里转过身来看他的脸色。

"我以为你离开我了。我以为你把珍娜带走了,再也不回来了。"

我用手梳理着他的头发。"不会的,"我发誓,"我永远不会。"

他亲我的时候明显带着一个男人尽力自救的渴望。他亲我的时候我就认为托马斯会好起来的。我认为我可能永远都不会给蒂博多医生打电话了,觉得此时此刻就是托马斯恢复正常的开始。我告诉自己不管这多荒诞多不可能,一定要相信这种感觉,却没有意识到我这么想的时候跟托马斯又有什么区别呢?

关于记忆还有一点是托马斯没想到的。记忆不是录像,是带有主观性的。对记忆的解读是因文化而异的。准确与否不重要。重要的是它对你自己是否很重要,是否教会了你想学到的东西。

*　　*　　*

接下来的几个月,收容站的生活似乎又恢复了以往的正常状态。每天夜里,莫拉都会回到小象的墓地,但它能够离开那地方稍微远一些了。托马斯不再去建观景台而是回到他的办公室工作了。我们把观景台锁上并用木板封上了,像一座鬼屋一样无人再靠近。他几个月前申请的一笔资金出人意料地到账了,这让我们稍稍松了口气,有钱买东西和发工资了。

我开始把关于莫拉及其悲伤表现的记录与其他我见过的失去孩子的母象的记录进行对比研究。我花了大量的时间带着珍娜蹒跚学步。我指给她看不同颜色的野花,教她各种新词。托马斯和我总是争吵她待在象栏里安不安全的问题。我喜欢这种争吵,因为简单,正常。

一个懒散的午后,污浊的热浪之中,格雷斯在看着珍娜,我在亚洲象象屋里给迪安冲洗鼻子。我们训练大象来做这件事,就能检测它们有没有得肺炎。我们会在注射器里抽入盐溶液,把它注入大象的一个鼻孔里,然后让大象尽量高地抬起长鼻子。然后在它放下鼻子的时候,把一加仑装的带拉锁的袋子套在它鼻子上,让注入的液体流到里面。取的样本会用容器收集起来送到实验室化验。有些大象不喜欢做这个。迪安是比较配合的一头大象。所以我可能就有点走神了。我没注意到托马斯突然大步迈进了象屋。他勒着我的脖子把我从大象的身边拉开,这样站在金属栅栏后面的大象就够不着我们了。

"蒂博多是谁。"托马斯大喊着,使劲儿把我的头往栏杆上撞,撞得我头晕目眩。

我当时真不知道他在说什么。

"蒂……博……多,"托马斯重复着,"你一定认识。你的钱包里有他的名片。"他的手像老虎钳一样掐着我的脖子。我的肺就像着了火一样。我用手指抓着他的手指头,他的手腕。他又拿了一个白色的四边形的东西贴近我的脸,"想起来了吗?"

我眼冒金星几乎什么都看不见了。可我还是认出了那上面达特茅斯希区库克医院的标志。是那个我见过的精神病医生,是他给我的名片。"你想把我关起来,"托马斯指责我说,"你想剽窃我的研究成果。你可能已经给纽约大学打电话把功劳占为己有了吧?但是可笑的是,艾丽斯,因为你不知道那个学术讨论会的非公开会议电话的密码,不知道那个,你就是个冒名顶替的……"

迪安在低吼着,撞击着象屋那结实的栏杆。我想要解释,我想张嘴说话。可托马斯把我往栏杆上撞得更狠了,我开始翻白眼了。

突然,我能喘气了,看到了光,我摔倒在水泥地面上,大口喘着气,胸腔如灼烧般疼痛。我侧过身来,看到是吉迪恩打倒了托马斯,打得太狠了,他的头向后仰着,鲜血从鼻子和嘴里流淌出来。

我费劲儿地站起来跑出象屋。我没跑出多远就腿一软,可是让我吃惊的是,我竟然没倒下。吉迪恩把我抱在了怀里。他盯着看我的脖子,用一根手指摸了摸托马斯掐出的那圈红印子。他的动作那么轻柔,就像丝绸掠过一道伤痕,我内心一阵悸动。

我推开了他:"我没求你帮我!"

他吃惊地放开了我。我摇摇晃晃地沿路回到木屋,避开了我知道的格雷斯正在带珍娜游泳的地方。我直接进了托马斯的办公室,他整天就在那儿记账,更新每一头大象的档案。在他的桌上有一个我们用来记录所有进项和花销的账本。我坐下来翻找着,前几页记的是送来的干草支出和用于兽医治疗的费用,还有实验室账单和农产品合同。接着我翻到了最后面。看到了这些:

$C_{14}H_{19}NO_4 C_{18}H_{16}N_6S_2 C_{16}H_{21}NO_2 C_3H_6N_2O_2 C_{189}H_{285}N_{55}O_{57}S.$

$C_{14}H_{19}NO_4C_{18}H_{16}N_6S_2C_{16}H_{21}NO_2C_3H_6N_2O_2C_{189}H_{285}N_{55}O_{57}S.$

$C_{14}H_{19}NO_4C_{18}H_{16}N_6S_2C_{16}H_{21}NO_2C_3H_6N_2O_2C_{189}H_{285}N_{55}O_{57}S.$

我趴在桌子上开始大哭起来。

* * *

我在脖子上围了一条蓝色的丝巾,然后到小象的墓地旁边坐下,跟莫拉待在一起。我在那儿大概待了一个小时,托马斯过来了,他是走过来的。他站在栅栏的另一边,手插在兜里。"我来是要告诉你我要离开一段时间,"他说,"那是我以前待过的地方。他们可以帮我。"

我看都没看他:"我想这是个好主意。"

"我把联系方式放在了厨房的台子上。不过他们不会让你跟我说话的。这是……他们的规定。"

我觉得他不在的这段时间,我不会需要他的。他建观景台不管事那会儿,我们的收容站还不是照常开着。

"告诉珍娜……"他摇摇头,"唉,就告诉她我爱她吧,其他什么都不用说。"托马斯向前迈了一步,"我知道说这个没什么用,但是很抱歉。我不是……不是*我*了,现在的我。这不是借口。但是我能说的就是这个。"

他走的时候我也没理他。我紧紧抱着膝盖坐在那儿。莫拉在离我二十英尺远的地方捡起一根掉落的松枝,用有松针的那部分开始扫它面前的地面。

它扫了几分钟,然后开始挪动脚步离开了墓地。走了几码远的距离之后,它转过身来看着我。接着它又走了一小段距离,停了下来,等待着。

我站起身来跟在它后面。

天气闷热，我的衣服都粘在了身上。我说不出话来，嗓子疼得要命。在闷热的微风吹拂下，我脖子上的丝巾在肩膀上飘来飘去，像翩翩起舞的蝴蝶。莫拉缓慢而从容地走着，最后走到了电线围成的栅栏边。它充满渴望地盯着另一端的那个池塘。

我手边没工具也没有手套，没有任何能拆掉电栅栏的东西。但是我用指甲抠开了电闸盒，把电给切断了。我用尽力气把我几星期前在栅栏上缠死的那道活动门打开了。电线上的蒺藜扎进了我的手指弄得我满手是血。然后我把栅栏给拽开，让莫拉走过去。

它走过去了，但是在池塘边上停住了脚步。

我们不能就这么白费劲儿了呀。"来呀。"我用粗嘎的嗓门说，然后踢掉鞋子蹚进了水里。

池塘里的水冰凉，清澈，沁人心脾。我的衬衫和丝巾都贴在了身上，短裤在大腿上鼓起来像个大气球。我扎进水里，散开了头上的马尾，然后钻出水面，蹬着腿在水面上漂着。然后我用手舀起水向莫拉身上泼去。

它退后两步，然后把鼻子伸进水里，就像下雨一样往我头上喷出一道水流。

它的动作很有心计，很出人意料，但是很好玩。历经几个星期的绝望，我终于大声地笑了出来。那声音好像不是我的，嘶哑沉闷，但是那是开心的笑声。

莫拉小心翼翼地蹚进池塘里，左一下右一下地翻滚着身体，把水泼到自己的背上，然后再喷到我身上。这让我想起了在博茨瓦纳带托马斯去看的那个象群。那时候我想的生活跟后来展现的可大不一样。我看着莫拉溅起水花，在水里打滚，在水上漂着，心情是很久以来都没有过的轻松，慢慢地我也放松下来，任凭自己漂浮在了水面上。

"它在玩耍，"吉迪恩在池塘的对岸说，"这就是说它释然了。"

我没意识到他在那儿,也不知道有人在看我们。我欠吉迪恩一个道歉。没错,我是没求人来救我,但是,这不是说我不需要有人来救我。

我觉得自己太傻了,太不专业。我留下莫拉自己玩,然后游到对岸,满身滴水从水里上了岸,不知道说什么好。"对不起,"我主动说,"我不该对你说那样的话。"

"你怎么样?"吉迪恩关切地问道。

"我……"我迟疑着,因为我不知道怎么回答。解脱?紧张?害怕?然后我笑了一下,"……湿透了。"

吉迪恩会意地咧开嘴笑了。他摊开空空的两手:"我没带毛巾。"

"我没想到会游泳。莫拉需要有人给它打打气。"

他看着我的眼睛:"也许它只是需要知道有人在关心着它。"

我目不转睛地看着他,这时莫拉往我们俩身上喷过来一片细密的水雾。吉迪恩跳开想躲过喷过来的冷水。但是对于我来说,这就好像在受洗。一个全新的开始。

* * *

那天晚上,我召集了一次员工会议。我告诉妮维、格雷斯还有吉迪恩,托马斯会出国一段时间拜访一些投资人,他不在的这段时间我们必须维持好收容站的经营。我能看出来他们谁都不信我说的话,但是都可怜我而假装相信。出于同样的原因,晚饭的时候我给珍娜吃了冰激凌,把她哄睡了放在了我的床上。

然后我走进了浴室,把那条丝巾从脖子上解了下来。我戴着它跟莫拉游泳,它现在干了,皱巴巴的。脖子上有一圈手指印,颜色很深,像南海出产的黑珍珠。

青紫的印记是身体对被虐待的经历的记忆。

黑暗中我光着脚沿着走廊走到厨房,看见了托马斯留下的便利贴。上面他用流畅、规整的字体写着：摩根之家，佛蒙特州，斯托市，802-555-6868。

我拿起电话拨号打了过去。我不用跟他讲话，但是我想知道他已经平安抵达那里。他会好起来的。

您拨的号码已经停止服务。请查询后再拨。

我又拨了一次。接着我跑到托马斯的电脑跟前，在网上查询"摩根之家"的号码。结果发现网上以这个名字登记的是拉斯维加斯的一家专业博彩商，还有一家在犹他州，是收留怀孕少女的关怀中心。没有一家医院是叫这个名字的。

弗 吉 尔

我们快要赶不上那班该死的飞机了。

塞拉妮蒂是用电话订的机票。机票价格跟我的房租一样贵。(当我告诉塞拉妮蒂我现在根本没能力还她机票钱的时候,她挥了挥手打消了我尴尬的疑虑。宝贝,她这么说道,这就是上帝创造了信用卡的原因。)接着我们就以每小时八十五英里的速度狂奔在高速路上往机场开去,因为飞往田纳西的航班还有一个小时起飞。因为我们没有行李,我们就直奔自动值机,希望能避开那些排队托运行李的人。塞拉妮蒂的机票很顺利地吐出来了,还给了一张免费饮料券。可是当我输入了认证码以后,屏幕上出现了一排闪动的字:**请与机票代理商接洽。**

"开什么玩笑?"我看着那行字嘟囔了一句。我听见大喇叭里正广播着飞往纳什维尔的5660航班要从12号登机口起飞了。

塞拉妮蒂看着通向美国运输安全管理局安检口的自动扶梯。"不行再换一个航班吧。"她说。

可那样的话,谁知道珍娜会跑到哪儿去了,她是不是先找到吉迪恩了。如果珍娜的想法与我不谋而合的话,也就是说如果吉迪恩跟她妈妈的失踪或者是死亡有关系的话,为了不让自己的罪行大白于天下,谁知道他能对她做出什么事情来。

"上飞机吧,"我说,"不要管我能不能赶上。找到珍娜和找到吉迪恩一样重要,因为如果她先找到吉迪恩,可能就糟了。"

塞拉妮蒂可能听出我声音里的焦急了,因为她几乎是飞上了电梯,转眼就消失在那一长排默默脱鞋解皮带,从包里拿出电脑的队伍里。

值机柜台的长队一点也不见变短。我不耐烦地两脚动来动去。我看了看手表。接着我就像脱缰的马一样从队伍里冲出来,直接插到了排头。"对不起,"我说,"我要赶不上飞机了。"

我准备好应付人们的愤怒、震惊和咒骂。我甚至想好了一个借口,说我妻子快生了。但是还没等有人抱怨呢,一个机场工作人员拦住了我:"先生,您不能这样。"

"对不起,"我跟她说,"可是我的飞机马上就要起飞了……"

她看起来早已过了法定的退休年龄,果不其然,她说:"我可能在你出生之前就在这儿工作了。所以我明确地告诉你:规定就是规定。"

"求你了。事情很紧急。"

她盯着我的眼睛:"这不是你应该站的地方。"

在我旁边,站在队里第二位的那个人被工作人员叫到了。我正考虑跟他商量商量顶替到他的位置上。可是,看到这位老妇人,我编好的关于我妻子要生孩子的瞎话卡在了嘴边。我说出来的话却是:"你说得对。我不该在这儿。可是我无论如何要及时赶到,因为对我很重要的人有麻烦了。"

我意识到这可能是我做了这么多年警察,这么多年私人侦探以后头一次说了真话。

那个工作人员叹了口气,走到一个柜台后面没人用的电脑跟前,用手示意我跟她过去。她输入了我给她的认证码,一个个往里敲字母,速度极慢,她敲一个字母的时间我都能把字母表打一遍了。"我在这儿工作四十年了,"她跟我说,"你这样的人见得可不多。"

这个女人在帮我。她是真心愿意创造奇迹来帮我,而不是把我丢给出了故障的电脑,所以我没说话。好像时间已经过去了一辈子,她终于递给我一张登机牌:"记着,不管怎样,你最终都会到达要去的地方。"

我一把抓过登机牌向登机口跑去。我两步并作一步上了扶梯。老实说,我都不记得是怎么过的安检,我只知道,当我全速跑过候机大厅往12号登机口奔去的时候,听到广播里最后一次通知去往纳什维尔的乘客登机,好像是专门为我广播的。正当工作人员准备关门的时候,我扬着手里的登机牌以冲刺的速度到了门前。

我登上了飞机,呼呼直喘,说不出话来。我一眼就看到塞拉妮蒂坐在倒数第五排的座位上。我一屁股坐在了她旁边的位子上,这时候空乘人员开始了起飞前的那段套话。

"你竟然赶上了,"她说,惊奇程度不亚于我。她转身对坐在她左边靠窗位置的那个家伙说,"我白担心了。"

那个人勉强笑了笑,然后埋头看那本机上的杂志,就好像他一辈子都在等着看那篇关于夏威夷最好的高尔夫球场的文章。从他的态度上判断,我敢肯定塞拉妮蒂一直跟他唠叨,他耳朵要生出茧子了。我差一点想要道歉了。

相反,我拍了拍塞拉妮蒂放在我们俩座椅之间扶手上的那只手:"哦,多点信心吧。"

* * *

我在等着第二只靴子落地。

航班顺利抵达,塞拉妮蒂用她买机票的那张信用卡租了辆车。她问那个租车行的工作人员知不知道怎么去田纳西的霍恩瓦尔德,那个人在埋头找地图的时候,我在酷热发闷的前厅坐着等,确保我正对着这里唯一的一台电扇。茶几上放着一本《体育画报》,还有一本翻旧了的《2010年白皮书》。

《白皮书》里没有大象收容站的内容，我分别用大象和收容站做索引也没查到。这也合情合理，因为它是商业性质的。在布伦特伍德那个地方还真有个G.卡特莱特的名字。

就像塞拉妮蒂说的，这几乎就像是老天在试图要告诉我些什么。

G.卡特莱特就是我们要找的吉迪恩·卡特莱特的这种可能性有多大呢？这简直太容易了，而且我们大老远的跑到这个地方来了怎么也得查查吧？更何况珍娜也想要找到他呢。

没有电话号码，只有地址。所以我们不到田纳西的霍恩瓦尔德去盲目地寻找吉迪恩·卡特莱特了，而是转道去一个叫布伦特伍德的地方，就在纳什维尔城外，而那个住家也许就属于吉迪恩。

这条街道是个死胡同，看起来符合条件。塞拉妮蒂把车停在街角，我们俩盯着那个房子看了好一会儿，觉得好像那里有一段时间没人住了。楼上的百叶窗坏了，怪异地斜吊在那儿。外墙也需要好好地修修，再刷刷漆了。原先应该是个草坪和花园的地方，现在长着及膝深的杂草。

"吉迪恩·卡特莱特是个懒鬼。"塞拉妮蒂说。

"完全同意。"我嘟囔了一句。

"我无法想象艾丽斯·梅特卡夫会住在这种地方。"

"我无法想象有任何人会住在这种地方。"我下了车，踩着石头铺成的高低不平的小路走到前门。门廊上有一盆吊兰，现在已经枯黄易碎了。上面还钉着一个布伦特伍德镇签发的牌子，上面写着**"这座房子已被宣告不能居住"**，经过雨淋日晒，字迹已经褪色了。

我掀开帘子想去敲门，结果它掉下来了，我把它靠在房子的墙上。"很明显，如果吉迪恩住在这儿，那也是过去式了，"塞拉妮蒂说，"看来像是，很多年前就搬走了。"

我完全同意她的看法。不过我没告诉她我心里正在想什么：如果吉迪恩与妮维·鲁尔的死，托马斯·梅特卡夫的暴怒以及艾丽斯的失踪都有关系的话，那么像珍娜这样的小孩子如果开口问了些不该问的问题，他就会感到巨大的威胁。如果他要把她处理掉的话，这个地方可是非常合适，因为没有人会到这儿来。

我又敲了敲门，更用力地敲着。"你别说话，我来。"我说。

我不知道当我们俩听到有脚步声走近门口的时候，谁更吃惊。门应声打开，一个头发乱蓬蓬的女人站在了我面前。她灰白的头发编成了一条乱糟糟的辫子，衬衫脏兮兮的。脚上穿着两只不一样的鞋子。"您有什么事呀？"她问，但是她的眼睛并没有看着我。

"对不起打扰您了，女士。我们要找吉迪恩·卡特莱特。"

我开动了侦探的大脑。我将她背后的一切收入了眼中：洞穴般的过道里一件家具也没有。每个门厅的角落里都是蜘蛛网。被虫子啃咬过的地毯，地面上散落着报纸和邮件。

"吉迪恩？"她说着摇摇头，"我很多年没见过他了。"她大声笑了起来，用拐杖敲打着门框。我头一次看到了它的顶端是白色的。"再说了，我已经很多年没见过任何人了。"

她眼睛瞎了。

如果吉迪恩一直跟她住一起，那他想要藏点什么可真是太方便了。我有种非比寻常的强烈愿望，就是要进到屋子里看看珍娜是不是被困在地下室的某个房间里，或后院上锁的混凝土地窖里。

"但这里是吉迪恩·卡特莱特的房子吧？"我进一步问道，想要找到一个充分的理由不用搜查令就能大摇大摆闯进去。

"不是，"这个女人说，"这个地方属于我女儿格雷斯。"

G.卡特莱特。

塞拉妮蒂飞快地看了我一眼。我一把抓住她的手捏了一下，没让她开口说话。

"你再说一遍你是哪位？"这个女人皱着眉头问道。

"我没有自报家门呢，"我老老实实地说，"不过让我吃惊的是听我的声音你竟然没认出来我是谁。"我伸手拉住老妇人的手，"是我，妮维。托马斯·梅特卡夫。"

看塞拉妮蒂的表情，我觉得她像是把舌头吞下去了。要真那样还不一定是坏事呢。"托马斯，"老妇人吸了口气，"很久不见了呀。"

塞拉妮蒂用胳膊肘捅了我一下，不出声地用口型说道：你在干吗？

回答是：我也不知道。我在跟一个我看着被锁进了尸袋的女人说话，她现在很显然跟她那个据说已经自杀的女儿住在一起。而我在假装是她以前的老板，可能在很多年前就疯了并且袭击了她的那个人。

她抬起手够着摸索我的脸。她用手指摸着我的鼻子、嘴唇、我的两颊："我就知道有一天你会来找我们的。"

我躲到一边，怕她再摸下去会知道我不是我嘴里说的这个人。"当然，"我骗她说，"我们是一家人。"

"你赶紧进屋吧。格雷斯很快就回来了，我们可以一起去看……"

"我很乐意。"我说。

塞拉妮蒂和我跟着妮维进了屋。所有的窗户都紧闭着，屋里的空气不流通。"能麻烦你给我拿杯水喝吗？"我问。

"一点不麻烦。"妮维说。她把我带进了起居室。房间很大，屋顶是圆的，几张沙发和桌子上盖着白布。一张沙发的套已经拿掉了。塞拉妮蒂坐在上面，而我掀开那些白布瞧了瞧，想要找到书桌、装东西的柜子，任何能解释眼前这一切的线索。

"这到底是怎么回事？"妮维刚转身进了厨房，塞拉妮蒂就轻声地问我，"格雷斯会很快回来？我以为她是死了呀。我以为妮维也被大象踩死了。"

"我也这么以为的,"我实话实说,"我看到了尸体,千真万确呀。"

"是她的尸体吗?"

这我可回答不上来了。那天我到达现场的时候,吉迪恩正坐在地上抱着受害人。我记得那人的头骨像裂开的瓜一样,头发都被血给浸湿了。但是我不知道我有没有靠近去看过那张脸。即便是看过,我也不能说那就是妮维·鲁尔,因为之前我连她的照片都没见过。托马斯说是她我就相信了,因为他自己的员工他肯定认识。

"那天晚上谁报的警?"塞拉妮蒂问。

"托马斯。"

"那么他可能就是想让你相信妮维死了。"

我摇了摇头:"如果那天晚上是托马斯在象栏里追打她,那她现在见了我应该很紧张才是。她也就肯定不会请我们进屋来了。"

"除非她想要毒死我们俩。"

"那就别喝她的水,"我提议说,"是吉迪恩发现的尸体。那么,要么是他弄错了,我觉得这不太可能,要么是他想让人们以为那是妮维。"

"好吧,她怎么也不会从验尸台上走下来吧?"塞拉妮蒂说。

我跟她对视了一眼。我什么都不用说了。

那天晚上,用尸袋把一个受害人给运走了。一个受害人失去了意识,脑袋上遭到了重击给送到了医院,而那一击很可能导致了失明。

正在这时,妮维拿着一个托盘进来了,托盘上放着一个大水罐还有两个玻璃杯。"我来帮你。"我说着从她手里接过托盘把它放在一个白布盖着的茶几上。我拿起水罐给我们每人倒了一杯水。

屋里有个钟,我看不见在哪儿,但是能听见滴答滴答的声音。

也许就在哪块白布单子下面走着。感觉好像整个屋子都充满了旧家具的鬼魂。

"你在这里住了多久了?"我问她。

"我现在想不起来了。你知道,那次事故以后一直是格雷斯在照顾我。我都不知道没有她我会怎么样。"

"事故?"

"你知道的呀。收容站那天晚上,就是我失明的那天晚上。我想头上挨了那么一下,能这样就已经不错了,真是万幸。他们都这么说。"她一屁股坐了下去,忘记了摇椅上还盖着布单子,"发生的事情我都记不住了,等格雷斯回来她能说清楚是怎么回事。"她瞅着我所在的方向,"我从来没怪过你,还有莫拉,托马斯。我希望你能知道这点。"

"谁是莫拉?"塞拉妮蒂突然插嘴问了一句。

这之前她一直都没吱声。妮维转过身,嘴角浮上一丝迟疑的笑容:"我真没礼貌。我没意识到你还带了一位客人。"

我看了一眼塞拉妮蒂,大惊失色。既然我在假装是托马斯·梅特卡夫,我就得按照瞎话继续编下去。"不是,是我无礼了。"我说,"你还记得我妻子艾丽斯吗?"水杯从妮维的手上滑落下来,在地上摔个粉碎。我赶紧跪下去用盖家具的单子去擦地上的水。

可是擦得还是不够快,水浸湿了布单子,水印越来越大。我穿的牛仔裤膝盖也湿透了,地上的水很快成了汪洋,浸过了妮维穿着不一样的鞋子的脚。

塞拉妮蒂伸长脖子看了看屋子四周:"我的老天……"

墙纸在哭泣,水正在从天花板慢慢流淌下来。我看了一眼妮维,发现她仰坐在椅子里,两手紧紧抓着扶手,脸上满是她自己的泪水和这栋房子的泪水。

我动弹不得。我无法解释正在发生的这一切。头顶上,我看见天花板的中央有一道裂缝正在扩大,看起来那块石膏板掉落下来只是个时间问题。

塞拉妮蒂拽起我的胳膊。"快跑!"她大喊着。我跟着她跑出了那栋房子。我的鞋踩在被水淹没的硬木地板上,啪哒啪哒溅起了水花。我们上气不接下气地一直跑回了街角。"我想我把该死的假发辫跑丢了。"塞拉妮蒂拍着自己的后脑勺,她的粉红色头发被水浸湿了,让我想起了大象收容站里那个受害人鲜血淋漓的头骨。

我弯下腰,还在大口喘着气。土丘上的那个房子就像我们刚到这里时一样摇摇欲坠,不招人喜欢。我们来过这里的唯一证明就是小道上我们俩疯狂跑过的湿脚印。而这些脚印也很快被热气蒸发殆尽,就好像我们从没来过一样。

艾 丽 斯

两个月是一段漫长的时光。两个月,会发生很多事情。

我不知道托马斯去哪儿了,我也不知道我是不是想要知道。我不知道他会不会回来。但是,他丢下的不只是珍娜和我,他还丢下了七头大象和一帮收容站的员工。这意味着需要有人接管这里的生意。

两个月的时间里,你可以再次建立起信心。

两个月的时间里,你可能会发现,除了做一个科学家,你还是一个很好的商人。

两个月的时间里,一个小孩子可以用词造出很多句子,发出很复杂的音节,来描述对你和她都一样新奇的世界。

两个月的时间里,你可以从头再来。

吉迪恩已经成了我得力的帮手。我们谈过要再雇一个员工,可是没有钱。我们能行的,他向我保证。如果我能在我的研究工作和更费脑子的财政管理两方面搞好平衡,他就能当那个跑腿出力的。正因为如此,他每天都要工作十八个小时。一天晚上晚饭后,我抱着珍娜出去遛弯,走到了他在收容站修理栅栏的地方。我拿起一把钳子在他旁边帮他。"你不用做这个。"他跟我说。

"也不是你的分内之事呀。"我说。

于是这变成了惯例:晚上六点以后,我们会一起干那些似乎永远也干不完的活。我们把珍娜带在身边,她会去摘野花或者在深深的草丛里追赶那些野兔子。

不知道怎么回事,这就成了一种习惯。

不知道怎么回事,我们陷进去了。

* * *

莫拉和赫斯特又在非洲象栏里一起生活了。它们开始变得很亲密,很少见它们分开。莫拉是绝对的权威,当它对赫斯特提出挑战的时候,年轻的赫斯特就会转过身把屁股冲着它,表示臣服。自从我们一起游泳的那天晚上起,我只见过莫拉回到小象的墓地一次。它度过了悲痛期,从中走出来了。从这一点看来,大象似乎做得比我们人类要好。

我每天都带着珍娜去看大象,尽管我知道托马斯认为这么做很危险。他不在,所以没有发言权。我的小姑娘是个天生的科学家。她会在象栏周围转悠着收集石头、青草还有野花,然后把它们分类放好。大多数午后的这个时间,吉迪恩都会在我们俩旁边找点活干,那样他就能跟我们坐在一起休息一会。我开始多带一份小吃给他,多带点冰茶。

吉迪恩和我谈到了博茨瓦纳,谈我所了解的大象,还有那里的大象跟这里的有多么不一样。我们谈到了他从那些送大象来这里的驯养员那里听来的故事,他们讲到大象在受训的时候会挨打或者给塞进滑道里。有一天,他给我讲起了莉莉的事,它的腿折了以后就再也没接好。"它受伤之前是在另一个马戏团,"吉迪恩说,"它乘坐的那艘船停泊在加拿大的新斯科舍的时候着火了。船沉了。船里的一些动物给烧死了。莉莉幸运地活了下来,但是背上和腿上都是二级烧伤。"

我已经照顾莉莉差不多两年了。它受到的伤害原来比我想象得还要严重。"真不可思议,"我说,"它们怎么没把其他人对它们的伤害怪罪在我们身上呢？它们怎么不记仇呢？"

"我觉得它们释怀了。"吉迪恩看着莫拉，紧绷着嘴巴，"我**希望**它们释怀了。你觉得它还能记得我夺走它孩子的事吗？"

"记得，"我不假思索地说道，"不过它不会记你的仇的。"

吉迪恩看起来刚要说话，但是却突然脸色一变，跳起身跑了起来。

珍娜知道不该跑到离大象很近的地方，但是也不知道离多近才危险。她现在就站在离莫拉两英尺远的地方，入迷地看着莫拉。她看了看我，微笑着。"大象！"她说出了这个词。

莫拉伸出鼻子对着珍娜那可爱的小细辫子喷着气。

这是个令人惊奇的情景，也是极度危险的情景。孩子，大象，她们的行为都是难以预料的。突然的一个动作，珍娜可能就被踩在大象的脚底下了。

我站起身，嘴巴发干。吉迪恩已经跑到了她们跟前，慢慢地挪动脚步，生怕吓着莫拉做出什么事。他双臂搂住了珍娜，就好像做游戏一样。"我们回到妈妈那儿去吧。"他边说边回头看着莫拉。

正在这时，珍娜开始尖叫起来。"大象，"她喊道，"我要！"她踢着吉迪恩的肚子，就像咬钩的鱼一样扭着身子。

她在拼命地哭闹着。声音惊着了莫拉，它高声吼着冲进了树林里。"珍娜，"我大喊一声，"你不能靠近动物！你不是知道吗？"可是我声音里的恐惧让她哭得更厉害了。

珍娜的一只脚踢中了吉迪恩的裆部，吉迪恩呻吟了一声。"对不起……"我说着伸手要把孩子接过来，但是吉迪恩转过身去，怀里抱着她继续来回悠着她，她的哭声越来越弱，后来就变成了一声声的啜泣。她的小手抓住吉迪恩红制服的衣领，开始往脸上蹭，就像快入睡时抓着自己的小毯子。

几分钟以后，他把睡着的孩子放在我身边。珍娜的脸红红的，张着小嘴。我蹲下身子看着她。她就像是个瓷娃娃,像月光一样透明。

"她太累了。"我说。

"她是被发生的事吓坏了。"吉迪恩重新坐在了我身边,纠正我说。

"嗯。"我抬头看了他一眼,"谢谢你。"

他的目光朝莫拉跑进去的树林里看去:"它吓跑了?"

我点点头。"它也被这一切吓坏了。"我又摇摇头,"你知道吗?我做了这么多年的研究还从来没见过象妈妈对自己的孩子发脾气,不管孩子有多讨厌、多啰嗦或多难管都没有过。"我伸手把她头上的一根发带解下来,珍娜哭闹的时候它已经掉下来了,"很不幸,我带孩子好像就没那么在行。"

"珍娜有你很幸运。"

我苦笑了一下:"因为除了我她也没别人。"

"不对,"吉迪恩说,"你跟她在一起的时候我观察过你,你是个好妈妈。"

我耸耸肩,本来还想说几句谦虚的玩笑话,可是他说的话,他的这种认可,对我意义非同一般。于是我说出来的话却是:"你也会是一个好爸爸的。"

他捡起一只蒲公英。珍娜跑到莫拉身边之前在地里揪完之后把它们堆在了一起。他用拇指在花茎上撕开一条缝,然后把另一只蒲公英从那里穿了过去。"我在想我早就应该是了。"

我闭上了嘴,因为我不能把格雷斯的秘密告诉他。

吉迪恩继续编着花草:"你有没有认真想过你是真喜欢一个人……还是你觉得你喜欢她?"

我觉得悲伤也好,爱情也罢,都没有什么固定的标准。怎么可能有呢?当一个人成了宇宙的中心,要么是因为有人失去了他,要么是因为有人找到了他。

吉迪恩把编成的花环戴在了珍娜的头上,它斜挂在一个小辫上,掉在了她的一边眉毛上。她在睡梦中翻了个身。

"有时候我想可能根本就没有爱上一个人这回事。只是怕失去一个人而已。"

刮过来一阵微风,带着野苹果和梯牧草的清香,大象身体上的土腥味和粪臭味,还夹杂着珍娜之前吃桃子滴在她太阳裙上留下的味道。"你担心吗?"吉迪恩问道,"如果他不回来该怎么办?"

这真的是我们第一次谈起关于托马斯离开的话题。尽管我们谈到过结识各自伴侣的经过,但是谈话也就到此为止了。因为在那时,我们两对夫妻的关系似乎还存在着无限的可能性。

我仰起脸,直视着吉迪恩的脸。"我担心的是他回来了该怎么办。"我说。

* * *

肚子痛在大象身上很常见,尤其是它们吃了不好的草,或者食谱在短时间内发生了很大变化。西拉的状况跟这两种情况都没有关系,可是它还是趴在地上,困乏无力,全身浮肿。它不吃不喝,肚子咕噜咕噜地叫。它的伙伴,那条名叫格蒂的狗,就坐在它旁边低声哀叫着。

格雷斯在我的木屋里照看着珍娜。她夜里也会待在那儿,这样我们就可以守护着那头大象了。吉迪恩是自愿帮忙,而我现在是老板。再说,我也不可能不在那儿守着。

我们抱着肩膀站在象屋里看着兽医对大象进行检查。"他要告诉我们的肯定是我们都知道的。"吉迪恩悄悄地跟我说。

"是,然后他会给它用药让它好起来。"

他摇摇头:"你准备典当点什么来付兽医的钱呀?"

吉迪恩说的没错。现在我们的钱很紧,要想付这种急诊的费用,我们就得挪用经营开支。"我会想办法的。"我没好气地说。

我们看着兽医给西拉打了一针"福乃达"消炎药,还有一针肌肉松弛剂。格蒂在它旁边的干草堆里蜷曲着身体在呜咽着。"我们能做的就只是等待,希望它能开始排便,"他说,"同时,得让它喝点水。"

但是西拉不想喝水。每次我们把水桶放在它跟前,不管是热水还是凉水,它都生气地喷着鼻子把脑袋转开。经过了几个小时的折腾,我和吉迪恩都感到心情很不好,兽医说的所有办法都不奏效。

看着这么强壮、身躯巨大的动物趴在那儿不能动弹真是可怜。这让我想起了在丛林中被射杀或陷阱套住受伤的大象。我也知道,肚子痛不能掉以轻心。它会引起梗阻导致死亡。我跪在它旁边抚摸着它紧绷绷的肚子:"以前发生过这种情况吗?"

"西拉没有,"他说,"但是我以前见过。"他好像在苦思冥想拿不定主意的样子。然后他看着我说:"你有给珍娜用的婴儿润肤油吗?"

"我以前把它放在浴室里,"我说,"怎么了?"

"现在放在哪儿?"

"如果没用完的话,应该放在浴室水池下面的柜子里……"

他站起身走出了象屋。"你要干什么?"我喊着,但是我不能跟他去。我不能离开西拉。

十分钟以后,吉迪恩回来了。他拿着两瓶婴儿油,还有一块萨拉·李牌的重奶油蛋糕,我认出那是我放在冰箱里的。我跟着他走进了亚洲象屋里给大象准备餐食的厨房。他开始动手把蛋糕的包装撕下来。"我不饿。"我跟他说。

"这不是给你吃的。"吉迪恩把蛋糕放在操作台上用一把刀反复地戳它。

"我想你已经把它杀死了。"我说。

他苦笑了一下，然后把婴儿油瓶子打开把油都倒在了蛋糕上面。婴儿油开始浸入海绵一样的蛋糕，把他扎出来那些眼都填满了。"在马戏团的时候，大象有时候也会肚子痛。那儿的兽医告诉我们让大象喝油。我觉得是润肠的。"

"可这儿的兽医没说……"

"艾丽斯，"吉迪恩迟疑了一下，手还悬在蛋糕上，"你相信我吗？"

我看着眼前的这个男人，他现在已经和我并肩工作了几个星期，让我产生了希望，觉得收容站能够渡过难关了。他曾经救过一次我的命。还有我女儿的命。

我曾在一个牙医诊所看过一本给傻女人看的杂志，那上面说，当我们喜欢一个人的时候，我们的瞳孔会扩大。而我们也会喜欢那个看我们时瞳孔扩大的人。这是一个无限循环：我们想要那些想要我们的人。吉迪恩的虹膜和他的瞳孔差不多一个颜色，产生了一种光学的幻觉：就像一个黑洞，让你无限掉落进去。我在想看着他的眼睛时，我的眼睛会是什么样呢？"相信。"我说。

他让我拿来一桶水，然后跟着他走进了西拉躺着的那个隔间里。西拉的肚子费劲地在一鼓一鼓的。格蒂突然一惊，坐直了身体。"嘿，美人。"吉迪恩说着跪在了大象面前。他把蛋糕拿出来。"西拉，它特别爱吃甜的。"他跟我说。

它用鼻子闻了闻，小心翼翼地碰了碰。吉迪恩把蛋糕撕成小块扔进了西拉的嘴里，格蒂在旁边直嗅着他的手指头。

一会儿工夫，西拉就把一大块蛋糕都吞进了肚里。

"水。"吉迪恩说。

我把桶放在西拉能够到的地方，看着它吸了满满一鼻子水。吉迪恩把身子靠近点儿，用他那黑黑壮壮的手抚摸着它的侧腹，跟它说它是个好姑娘之类的话。

我真希望他能那样抚摸我。

这个念头一下子冒出来,我赶紧站起身来。"我得……我得去看看珍娜怎么样了。"我结结巴巴地说。

吉迪恩抬头看了一眼:"我敢肯定她和格雷斯都睡着了。"

"我得去……"我的声音弱下去了。我的脸红了,我用手捂着脸,转过身跑出了象屋。

吉迪恩说的没错,我回到居住的木屋时,格雷斯和珍娜都蜷缩在沙发上。格雷斯的手抓着珍娜的小手。我为自己感到恶心,她在精心照看着我所爱的人,而我却在心里对它爱的人有非分之想。

她翻了个身,小心地坐起来以免弄醒珍娜:"是西拉吗?出什么事了?"

我伸手把珍娜揽过来。她醒了一下然后又合上了眼皮。我不想打扰她睡觉,但是此时此刻提醒自己是谁,自己的身份如何,这更重要。

我是一个母亲。是一个妻子。

"你应该告诉他,"我跟格雷斯说,"告诉他你不能生孩子的事。"

她眯起了眼睛。自从几个星期以前谈起这个话题,我们就没再说这事了。我知道她在担心我可能已经跟吉迪恩说了什么,但我什么都没说过。我想要他们自己谈开这事,想让吉迪恩感到格雷斯是完全信任他的。他们把这事说开了,就可以对将来做个打算,可以代孕或收养个孩子。我想要他们的关系能够很牢固,这样,我就不可能在他们的婚姻中,即便是偶尔地,有机可乘了。

"你应该告诉他,"我又说了一遍,"因为他有权知道。"

* * *

第二天早上,发生了两件美妙的事情。西拉站起来了,看起来肚子不疼了,慢慢地走进了亚洲象栏里,格蒂在它旁边蹦蹦跳跳地跟着。消防局把他们用过的一卷消防水龙带作为礼物送给了我们,因为他们新近更新了自己的设备。

虽然比我睡得还少,但是吉迪恩看起来心情也特别好。如果格雷斯真听了我的话跟他吐露了内心的秘密,他要么是心态很好地接受了,要么就是太为西拉恢复健康感到高兴了,没让这个消息影响到自己的情绪。不管怎样,他一定没有在意前一天晚上我尴尬地跑出去那件事。他用肩膀扛起那卷水龙带。"姑娘们一定喜欢这个。"他笑着说,"我们来试试吧。"

"我有一大堆的事要做,"我回答,"你也一样。"

我给他泼了一盆冷水。不过如果这样能在我们之间竖起一道屏障,倒是更安全了。

兽医过来检查了西拉的身体,宣布它健康状况良好。我埋头在办公室里检查账目,看看什么地方能拆东墙补西墙地挪出点钱给兽医。珍娜坐在我脚边,用蜡笔给旧报纸上的照片涂上颜色。妮维开着我们的一辆卡车进城去拉补给了,格雷斯正在清洗非洲象屋。

珍娜拉着我的短裤说她饿了,我这时才意识到已经过去了好几个小时。我给她用花生酱和果冻做了三明治,然后把三明治切成适合她的小手拿着的小块。我把面包渣收好放在兜里准备拿给莫拉吃。正在这时,我听到有人在拼命地大叫着。

我一下子把珍娜抱了起来,开始往传来喊声的非洲象屋跑去,脑袋里嗡嗡地响着一连串的想法:莫拉和赫斯特打起来了。莫拉受伤了。它们当中的一个把格雷斯伤着了。

它们当中的一个把吉迪恩伤着了。

我猛地推开象屋的门,发现莫拉和赫斯特在自己的隔间里,把这两个隔间分开的活动栅栏大开着,活动的空间扩大了。它们在水龙带喷出的人工雨里嬉戏、跳舞、大笑。吉迪恩把水流喷在它们身上,它们转着圈大声尖叫着。

没谁有生命危险。它们在尽情狂欢呢。

"你在干什么呢?"我喊道,珍娜在我怀里踢着腿要下地。我把她放下来,她立刻在地面的一滩水里蹦了起来。

吉迪恩笑着来回冲栅栏里挥舞着水龙带。"丰富一下生活,"他说,"看看莫拉。你见过它这么疯的时候吗?"

他的话没错。莫拉好像已经把悲痛全都忘在了脑后。它摇晃着脑袋在水里跺着脚,每叫一声都会把鼻子举得高高的。

"炉子修好了吗?"我问道,"越野车的机油换好了?你把非洲象栏的篱笆拆完了,还是把西北边的那块地的树桩都砍干净了?你把亚洲象那个池塘的岸坡重整了吗?"这些都是在我们的日程中需要做的事情。

吉迪恩把水龙带的嘴拧了拧,水流慢慢变小成了一股细流。大象高声叫着,转过身来,等着更多的水喷出来,巴望着。

"我脑子想的可都是这些。"我说,"珍娜,亲爱的,过来。"我朝她走过去,但是她跑开了,跑到另一个水洼里继续啪啪地溅着水花。

吉迪恩嘴咧得更大了。"嘿,老板。"他说,然后等着我转身。

我刚一转过身来,他就把水龙带扭过来,把水直接喷在了我的前胸。

水流又冷又猛,强大的力量把我冲得向后一趔趄。我把脸上的头发向后掠了一下,低下头看了看湿透的衣服。吉迪恩把水龙带转个方向又对准了大象们。他咧嘴笑着说:"你需要冷静一下。"

我冲过去抓水龙带。他比我块头大,但是他笑得太厉害了,水龙带轻易地就脱手了。我把水朝他喷了过去,最后他把两只手挡在脸上。"好吧!"他大笑着,可被水流呛得喘不上气来,"好吧! 我投降!"

"是你先喷我的。"我提醒他说。他开始抢夺水龙带。水龙带在我们俩之间像一条蛇扭来扭去的,我们俩就像信仰治疗师,在为谁能占据信仰的制高点而争斗着。地上湿滑,全身湿透的情况下,吉迪恩最终用胳膊抱住了我的胳膊，把我的手压在我俩之间，使水流只能喷在我们脚底下，我抓不住水龙带了。水龙带掉在了地上，转了半圈才停下来，喷出的水流像一道喷泉洒在大象的身上。

我笑得喘不上气了。"好吧，你赢了。放开我。"我大口喘着气。

我的头发贴在脸上挡住了眼睛，有一阵子什么都看不见了。吉迪恩帮我把头发拨开时，我看见他正对着我笑。他的牙白得令人无法相信。我的眼睛盯着他的嘴。"我不放开。"他说着吻了我。

这个动作让我震惊，震惊的程度比水龙带里的水一下子喷到身上时还强烈。我呆住了，只有心在怦怦跳着。接着我用胳膊搂住了他的腰，发烫的手心放在他湿漉漉的背上。我用手抚摸着他的胳膊，感受着上面棱角分明的肌肉块。我如饥似渴，就好像遇到一口深井。

"打湿了，"珍娜说，"妈妈打湿了。"

她站在我们脚下，两只手各拍打着我们俩的一条腿。此时我才意识到，我完全忘记了她的存在。

我真是羞愧难当。

我第二次从吉迪恩身边逃开了，好像生命受到了威胁一样。我这么想还真没错。

* * *

接下来的两个星期，我躲着吉迪恩不见他，有事就通过格雷斯或妮维转达，确保在象屋或象栏里任何时间都不跟吉迪恩单独在一起。我在象屋的厨房给他留字条，告诉他要做的事情。每天晚上不再跟吉迪恩见面，而是跟珍娜一起坐在家里的地板上玩拼图，玩积木和毛绒玩具。

一天晚上，吉迪恩从放干草的谷仓通过无线电呼叫。"金斯顿博士，"他说，"这里出了点状况。"

我不记得上次他称呼我金斯顿博士是什么时候的事了。这可能是对我所表现出的冷淡态度的一种反应，或者是他那里真出现了紧急的事情。我把珍娜放在越野车上夹在我两腿中间的位置，开车在亚洲象屋停了一下，我知道格雷斯应该在那儿准备晚餐。"你能看她一会儿吗？"我问她，"吉迪恩说有急事。"

格雷斯伸手拿了个桶，把它倒扣过来当凳子。"坐到这儿来，小南瓜，"她说，"看见这些苹果了吗？你每次递给我一个行吗？"她回头看了我一眼，"放心吧。"她说。

我开车到了谷仓，发现吉迪恩和克莱德两人正对峙着。克莱德是给我们供应干草的，是一个我们信得过的人。别的农夫常常想把发霉的干草卖给我们，因为他们觉得反正是给大象吃的，怕什么呢。克莱德双臂交叉在胸前站在那儿。吉迪恩一只脚蹬在一捆干草上站着。克莱德卡车上的干草只有一半卸下来运到了谷仓里。

"出什么问题了？"我问道。

"克莱德说他不收支票，因为上次那张被打回来了。可是我好像再没有现金了。而克莱德说，如果没有现金他就不让我卸剩下的那半车干草。"吉迪恩说，"所以叫你来，你也许有办法解决。"

上次支票被打回来是因为我们没钱了。没有多余的现金是因为我已经把钱用来买这个星期的瓜果蔬菜了。如果我们这次用支票支付还得被打回来，我已经把账上的最后一笔钱付给了兽医。

怎么能找到钱给女儿买下周的食物我都不知道，更别说给大象买干草了。

"克莱德，"我说，"我们现在经济上很困难。"

"全世界都很困难。"

"但我们是老客户了，"我回答，"你和我丈夫一起合作很多年了对吧？"

"没错，但是他没欠过我的钱。"他皱着眉头，"我不能把干草白送给你吧。"

"我知道。可我不能让大象挨饿呀。"

我觉得自己像陷在了沙坑里，慢慢地、无法挽回地将被灭顶。我需要做的应该是去筹钱，可是我没有时间。我的研究工作已经荒废了很长时间，好几个星期没碰了。我要想维持运营，不可能不努力估量一下新的捐助人的兴趣。

兴趣。

我看着克莱德："你现在把干草留下，如果你能容我下个月再给你钱，我会多付给你百分之十。"

"我为什么要那么做？"

"因为不管你是否承认，克莱德，我们合作时间这么长，你都应该相信我们才对。"

没什么应该不应该。我只是希望让他有点负疚感，让他感觉他是在把我们往绝路上逼，从而能有点假慈悲也好。

"百分之二十。"克莱德还了价。

我跟他握手成交。然后我爬上了卡车，开始把一捆捆干草卸下来。

一个小时后，克莱德开车走了，我坐在了一捆干草上。吉迪恩还在干活，把一捆捆的干草扔进谷仓储存好。他高高地举起干草，我是做不到他那样的。同时，随着他的每一个弯腰直起的动作，背部的力量显露无遗。

"嘿，"我说，"你就这样假装我不存在吗？"

吉迪恩没转身："我是从你那儿学的。"

"我该怎么办，吉迪恩？你有答案吗？相信我，我很想知道你的想法。"

他把手搭在腰间，面对着我。他汗流浃背，草末草梗粘在胳膊上。"我受够了做你的替罪羊。把兰花退回去吧。不付钱把干草弄回来吧。把他妈的水酿成酒吧。你还想让我干什么，艾丽斯？"

"西拉病了,我不应该出钱请兽医吗?"

"我不知道,"他生硬地说,"我不在乎。"

我站起身,他却一把推开我走了过去。"你当然在乎。"我大声说。我跟在他后面抹眼泪,"这一切都不是我想要的。我没想要管这个收容站。我不想为这些生病的动物操心,不想为发工资发愁,也不想担心会破产。"

吉迪恩在门口停住了脚步,转过身,门外的光线映照出他身体的轮廓。"那你想要什么,艾丽斯?"

上一次有人问我相同的问题是什么时候了?

"我就想做个科学家,"我说,"我想让人们知道大象的思维能力有多强,情感有多丰富。"

他走过来,挡住了我的视线:"还有呢?"

"我想让珍娜快乐。"

吉迪恩又往前迈了一步。跟我的距离这么近,我的脖颈上能感觉到他的呼吸,皮肤痒痒的。"还有呢?"

我曾经面对着冲过来的大象无所畏惧。我曾经毫不顾及别人的非议,赌上学术声誉跟着自己的感觉走。我曾经打理好行囊从头开始新的生活。但是看着吉迪恩的脸,说出心中所想是我做过的最具有勇气的事。"我也想快乐。"我小声说。

接着我们俩滚在了谷仓里高低不平的干草垛上,倒进了地上的草堆里。吉迪恩用手梳理着我的头发,伸进了我的衣服里。我的呼吸跟他的呼吸合在了一起。我们的身体就是我们要探索的风景,我们的手在抚摸对方身体的同时,就刻下一笔地图的印记。他进入我身体的那一刻,我终于明白了:现在我们终于找到了回家的路。

结束了疯狂以后,干草划着我的后背,衣服还在身上乱成一团,我就张口要说话。

"别说话,"吉迪恩说着把手指抵在我的嘴唇上,"什么也别说。"

他翻过来仰卧着。我枕在他胳膊上,压在一根血管上,能清楚地感觉到他的每一次脉搏跳动。

"我小的时候,"他跟我说,"我叔叔给我买了一个《星球大战》的人物玩偶。盒子里有乔治·卢卡斯的签名。那时候,我大概六七岁吧。我叔叔告诉我别把玩偶从盒子里拿出来。这样的话,将来会很值钱的。"

我侧过脸看着他:"那你把它拿出来了吗?"

"妈的,当然。"

我大笑起来:"我还以为你会告诉我你把它放在一个架子上供起来,现在可以拿出来卖了换干草呢。"

"对不起啊,那时我还是个小孩子。玩具放在盒子里怎么玩?"他稍微严肃了一点,"所以,如果他们盯得不紧我就偷偷地把它拿出来。我每天都跟天行者卢克一起玩。我是说,我带着它去上学,在澡盆里洗澡,睡觉的时候也放在被窝里。我喜欢那个小东西。是呀,它本身可能并不算什么贵重的东西,但是对我来说就是整个世界。"

我明白他的意思:做收藏品放在那儿不碰它,它可能会很值钱,但是偷偷拥有的时刻才真无价。

吉迪恩咧嘴笑着:"我很高兴把你从高高的架子上取下来了,艾丽斯。"

我捶了他胳膊一下:"你让我觉得自己好像没人要似的。"

"只是没找到合适的……"

我翻身压在他身上:"别说话了。"

他亲了我一下:"我还以为你不会主动要呢。"他说着又搂紧了我。

* * *

我们走出谷仓的时候已经是星辰满天。我的头发上粘着草梗,腿上都是泥。吉迪恩也好不到哪儿去。他登上了越野车,我坐在他后面,脸颊贴在他的后背上。我能闻到自己留在他身上的味道。

"我们怎么说呀?"我问。

他回头看了一眼。"我们什么都不说。"他一边回答一边打着了火。

吉迪恩把车先停在他的木屋门前跳下了车。屋里黑着灯,格雷斯还跟珍娜待在一起。他没敢在户外碰我,但是他深情地望着我。"明天?"他问。

这句话可以有许多种解释。我们可能是在安排时间给大象挪地方,去清洗象屋,给卡车换火花塞。但是他真正想说的是,我会不会又像之前那样躲避他。我们之间的事还会不会再发生。

"明天。"我回答。

一分钟以后我回到了自己的木屋。我把车停好下了车,把头发整理了一下,衣服拍拍干净。格雷斯知道我去了存放干草的谷仓,但是我的样子看起来不像是卸草去了,倒像是从战场上回来的。我用手擦了擦嘴,把吉迪恩的吻擦掉,心里想好了各种借口。

我打开了门,格雷斯在起居室里,珍娜也在。而抱着珍娜的是托马斯,他脸上带着灿烂笑容,那笑容足以照亮整个银河系。看到我,他把珍娜递给格雷斯,伸手去拿放在茶几上的包裹。然后他走到我的面前,眼睛又大又亮。他递给了我一棵根系朝上充作花朵的植物,一如两年前我第一次到达波士顿机场时的情景。"给你个惊喜。"他说。

珍　娜

　　田纳西的大象收容站在城里有一个漂亮的小店面，四周墙上贴着他们所有动物的大照片，还有一些牌子上写着每头大象的介绍。看到这些原来属于新英格兰收容站的大象的名字，我心里觉得怪怪的。我在一头叫莫拉的大象照片前站的时间最长。莫拉曾经是我妈妈最喜欢的大象。我目不转睛地盯着它，直到图像都开始模糊起来。

　　里面有一张桌子，上面都是要卖的书，还有圣诞节饰品以及书签。一个篮子里装满了毛绒玩具象。视频上循环播放着一群亚洲象在吼叫，声音就像新奥尔良摇摆乐队在演唱。还有两头大象在水龙带下嬉戏，就像夏天城里的孩子打开了消防栓玩水一样。另外，还有一个小的视频播放器在解释保护性人象接触。大象从前是在驯养师的训练棒或负面强化手段下度日，现在饲养员会用正面强化手段对大象进行训练。大象和饲养员之间永远有一道屏障，不仅能保证饲养员的安全，还能让大象心情放松，大象不高兴参与了就可以走开。这种方式始于2010年，视频上说，这种方式对那些与人类自由接触后产生严重不信任的大象非常有用。

　　自由接触就是你可以随意走进象栏里。我妈妈和我们的饲养员过去就是这样做的。我在想会不会是发生在我们收容站的命案，以及因此造成的收容站的分崩离析导致了这个变化呢？

在游客中心里只有我和另外两个人,他们俩都穿着运动鞋,系着腰包。"我们这里不接待游客参观,"一个工作人员解释说,"我们的原则就是让大象按照自己的方式生活,而不是把它们当展品。"那两个游客点点头,因为从原则上来说这没错,但我能看出来他们还是很失望。

而我在悄悄地到处找地图。霍恩瓦尔德城区就一个街区,根本看不出来附近哪有一个占地两千七百英亩之巨的大象收容站的影子。除非大象都到商店里买东西去了,否则它们哪里有什么藏身之处呢?

我在那两个游客的前面先从前门出来了,转到后面的小型员工停车场。那里有三辆轿车和两辆皮卡。车门上都没有大象收容站的任何标志。车可能是任何人的。但是我挨个趴在副驾驶的车窗上往里瞅了一下,看看有没有表明车主身份的东西。

一辆轿车属于一个当妈妈的,因为里面有带吸管的杯子,地上散落了一些麦片。

两辆轿车属于花花公子哥,里面有骰子,还有打猎的装备。

看到第一辆皮卡车,我就撞上大运了。司机的遮阳板下面夹着一沓子纸片,上面印着大象收容站的标志。

皮卡的装货平台上有一大堆乱蓬蓬的干草,这可是好事。因为这么热的天里如果只有一层金属光板,非把我烙熟了不可。我藏到了装货平台上,这很快就成为我喜欢的交通工具了。

不到一个小时之后,我就一路颠簸着来到了一座高高的电子开关控制的金属大门前。这辆车的司机是个女人,她按了一组密码把大门打开了。开了大约一百英尺远,又来到了第二道门前,她像之前一样按密码开了门。

她开车的时候,我开始观察周围的情况。这个收容站四周用常规的铁链子连接在一起做栅栏,但是里层的象栏是钢管和钢缆。我不记得我们那时候是什么样子了,但是这看起来更自然,更有序。这里面积很大,一望无际。有山丘森林,有池塘草地,几间大大的象屋点缀其间。一切都是那么翠绿,颜色有点刺眼。

车停在了其中一个象屋,我赶紧躺平了,不希望司机下车后看见我。我听到车门砰的一声关上了,然后是脚步声,随着这个饲养员走进象屋里,传来了一头大象快乐的叫声。

我像火箭一样蹿下了车。我沿着象屋的另一边墙体潜行着,顺着沉重的钢缆栅栏走过去,看到了第一头大象。

这是头非洲象。我可能没有我妈妈那么专业,但这还是能分辨出来的。从我站的地方看不出是公是母,但是它的体型极为巨大。不过这也算是废话,因为当你离它只有三英尺,中间只隔着一些钢铁的时候,大象在你眼里还会是什么样?

说起钢铁,在这头大象的象牙上还真有些金属的东西,就好像象牙在金子里沾了一下的效果。

突然,这头大象摇晃着脑袋,扇动着大耳朵,释放出一团发红的烟尘弥漫在我和它之间。声音很响出乎意料,我向后趔趄一下,咳嗽起来。

"谁让你进来的?"一个声音呵斥道。

我转过身来看见一个男人像铁塔一样站在面前。他的头发一直剃得干干净净。皮肤是深棕色的。相比之下,他的牙齿就像通了电一样闪闪发光。我想他可能会揪着我的衣领把我拖到门外边去,或者喊来保安或是负责驱逐外来闯入者的其他什么人。可是,他睁大了眼睛盯着我,就好像面前是个幻影一样。"你长得真像她。"他轻声说着。

没想到我这么容易就找到了吉迪恩。不过,也许我跑了一千英里的路程来到这儿,老天该开眼吧。

"我是珍娜——"

"我知道,"吉迪恩说着看了看我旁边,"她在哪儿?艾丽斯在哪儿?"

希望就像一只气球,在喘口气的时间里就泄了气。"我还希望她在这儿呢。"

"你是说她没跟你一起来吗?"他脸上浮现出失望的神情,这么说吧,那表情也是我的镜像。

"那么说你不知道她在哪儿了?"我问道。我感觉腿有些发软。我无法相信我一路走来,找到了他,却是一无所获。

"当年警察来的时候,我尽力替她遮掩。我不知道到底发生了什么,但是妮维死了,艾丽斯失踪了……所以我告诉警察说,我认为她带上你逃跑了,"他说,"这一直是她的计划。"

霎时间,我的血液里充满了阳光。她是要我的;她是要我的;她是要我的。但是在她计划的实施过程中,出了很可怕的问题。本来以为吉迪恩是解开这个谜底的关键一环,会将秘密揭示出来,结果他竟然跟我一样一无所知。"她的计划里没有包括你在内吗?"

他看着我,想要弄明白我对他和我妈妈的关系知道多少。"我本来以为我是的,但是她从来没联系过我。她失踪了。结果证明,她只是利用我来达到目的而已。"吉迪恩承认说,"她爱我。但是她爱你比爱我多太多了。"

我已经忘了我现在身在何处,是眼前的大象举起长鼻子高叫了一声才提醒了我。太阳热辣辣地照在我的头皮上。我头晕目眩,感觉就像在大海上漂流了好几天,确信自己看到了救命船,把最后一颗信号弹发出去以后才发现那只是海市蜃楼而已。这头有着可笑的金属象牙的大象让我想起了我小时候就很害怕的旋转木马。我甚至都想不起来是在什么时候,在什么地方我爸妈带我去过那个嘉年华,但是那些吓人的木马,有着不动的马鬃和可怕的大牙,把我给吓哭了。

我现在的感觉跟那时是一样的。

吉迪恩一直盯着我看,这很奇怪,就好像他想看看我的皮肤底下和脑子里都有什么。"我想你该去见个人。"他说着迈步沿着栅栏走去。

也许这是一种考验。也许他要看到我真的绝望了才会带我去见我妈妈吧。我不能让自己抱有希望,但是我跟在他后面的时候却是越走越快一步不落。说不定呢。说不定呢。说不定呢。

感觉我们在出奇的酷热中走了三十英里。我们爬上那座小山包的时候我的衬衫已经被汗水浸透了。在山顶上,我看见了另一头大象。他不用说我就知道那是莫拉。它把长鼻子优雅地放在篱笆的高处,两端的突起一开一合地就像玫瑰花一样。我知道,它记得我,跟我记得它一样铭心刻骨。

我妈妈确确实实真的没在这里。

它的眼睛很深邃,半睁半闭。耳朵在阳光下是透明的,我都能看到上面纵横交错的血管。热浪从它的身上散发出来。它的皮肤如同制好的皮革,很粗糙,像恐龙皮一样。它把长鼻子上的褶皱像波浪般伸展开,越过篱笆伸向了我。它的呼吸喷在我的脸上,有一股夏天的味道和草味。

"我就是因为它才留下来的,"吉迪恩说,"我想的是有一天她会回来看看莫拉吧。"莫拉伸出长鼻子卷住了他的胳膊,"它刚到这里的时候非常难过。不愿意离开象屋,就待在它的隔间里脸冲着角落不出来。"

我想到了我妈妈日记里写的那些东西:"你认为它因为踩了妮维而感到内疚吗?"

"也许吧,"吉迪恩说,"也许它是害怕会受到惩罚。或许是它也在思念你妈妈吧。"

莫拉低吼着,就像汽车的马达在轰鸣,震得我周围的空气都在颤抖。

莫拉捡起了旁边地上的一块松木。它把象牙在木头边缘蹭了一下,接着用鼻子把木头拎了起来按在沉重的钢栅栏上。她又在树皮上蹭了蹭,把它扔在了地上,用蹄子来回滚着。"它在干吗?"

"在玩呢。我们把树砍倒,给它剥树皮玩。"

大约十分钟以后,莫拉把木头又拎了起来,像举一根牙签似的把它举得跟栅栏齐高。"珍娜,"吉迪恩大叫一声,"躲开!"

他一把推开我,把我护在身下。木头在离我们几英尺远的地方掉了下来,正好是我刚才站着的地方。

他放在我肩膀上的手很温暖。"你没事吧?"他说着拉我站起来,对我笑了笑,"上次我抱你的时候你才刚两英尺高。"

但是我挣脱开他,蹲下来看着这个莫拉扔给我的"礼物"。这段木头有三英尺长十英寸宽,一根很重的木棒。莫拉用牙在上面划出了很多痕迹,是一些没有规律的纵横线条和凹槽,看不出什么意思。

但是,你如果仔细看就不一样了。

我用一根手指划着这些线条。

我凭着想象,能识别出一个字母 U,一个字母 S。一个树结沿着木头的纹理起伏,就像字母 W。在木头的另一边,看见一个半圆形夹在两条长长的划痕之间,是字母组合 I-D-I。

是科萨语:甜心。

吉迪恩可能觉得我妈妈不会回来了,但是我却开始相信她就在我身边。

正在这时,我的肚子咕噜咕噜叫了起来,声音很响,跟莫拉叫似的。"你饿了。"吉迪恩说。

"我没事。"

"我给你拿点吃的吧,"他坚持说,"我知道艾丽斯会希望我这么做的。"

"好吧。"我说,我们又走回皮卡车把我带到的第一个象屋跟前。他的车是一辆黑色的大厢货,他先把副驾驶位置上的一盒工具拿开,然后让我坐了上去。

行车途中,我能感觉到吉迪恩一直在偷偷用余光瞄着我。好像他在努力记住我的脸还是什么的。这时我才意识到他穿的是新英格兰收容站的工作服:红色马球衫和工装短裤。在霍恩瓦尔德的大象收容站里,大家都穿的都是一身卡其布。

这有点不合情理。"你说你在这里工作多长时间了?"

"哦,"他说,"好多年了。"

令我感到奇怪的是,在两千七百英亩这么大的收容站里,我怎么会一下子就先撞见了吉迪恩,而不是别的什么人呢?

当然,除非是他故意安排的。

可能不是我找到了吉迪恩·卡特莱特,而是他找到的我吧?

我的思维方式变得像弗吉尔一样,不过从自我保护的角度来看,这也不一定是坏事。没错,我出发来这儿的时候就是铁了心要找到吉迪恩的。但是现在找到他以后,我却开始怀疑我到这里来是不是很明智了。我实实在在地感觉到害怕了。我脑子里第一次想到也许吉迪恩跟我妈妈的失踪有关。

"那天夜里的事你还记得吗?"他问,仿佛他听到了我的心声。

我脑子里浮现出吉迪恩开着车把我妈妈从医院里接走,停下车,双手掐着我妈妈的脖子的画面。我能想象他也这么对我。

我努力让自己的声音保持平静。我在想如果换作是弗吉尔,他要想从嫌犯那里套出信息的话他会怎么做。"不记得。那时我那么小。我想那天晚上我一直在睡觉吧。"我目不转睛地看着他,"你呢?"

"很不幸,我记得。我真希望我能把这一切都忘了。"

此时,我们差不多已经进城了。快速掠过的长条状的住宅区逐

Leaving time

渐被方盒子一样的商店和加油站所替代。

"为什么?"我脱口而出,"是因为你杀了她吗?"

吉迪恩突然一个转弯,开始减速。他看起来就像被我扇了个耳光一样。"珍娜……我爱你妈妈,"他郑重说,"我在尽力保护她。我想跟她结婚。我想照顾你们。还有那个孩子。"

就这么一句话,车里的空气凝固住了。我感觉鼻子和嘴巴都被塑料给蒙住了。

也许是我听错了。也许他说的是他要照顾我,孩子。可实际上不是。

吉迪恩慢慢地把车停了下来,低着头。"你不知道。"他低声说。

我一下子把安全带的扣子按开,同时也把副驾驶的门打开了。我拔腿就跑。

我听见身后的车门砰的一声关上了,吉迪恩也下车了,在后面追我。

我跑进了我看到的第一个建筑里,是一家餐馆。我经过女服务员的身边跑到了后面,通常厕所所在的位置。在女厕所里我把门给锁上,爬上洗手池,把旁边墙上的一扇窄窗户打开了。我能听见厕所外面嘈杂的人声,吉迪恩在求人进来找我。我从窗户钻出去,落在了餐馆后面过道里的一个盖着盖儿的垃圾桶上,拔腿就开始跑。

我全力跑过树林。一直跑到了市郊才停下来。接着,一天半以来我头一次开了手机。

有信号,还有三格电。有四十三条外婆发来的短信息。我没看这些短信,而是拨通了塞拉妮蒂的号码。

电话响到第三声时,她接了电话。我太激动了,开始放声大哭。"求你了,"我说,"我需要帮助。"

艾丽斯

坐在非洲象屋的阁楼里,我在想,我才是那个疯了的人吧,我不是第一次这么想了。

那时候,托马斯已经回家五个月了。吉迪恩已经把墙又粉刷了一遍。地面上有些破抹布,墙根底下放着一排墙漆桶,除此之外一无所有。那曾经吞没了我丈夫全部正常心智的证据已经痕迹全无。很多时候,我会说服自己曾经有过的那些插曲都只不过是我的想象而已。

今天,大雨瓢泼。珍娜穿着她的新雨靴去上学特别兴奋,因为那双鞋被设计得像瓢虫一样。那是她两岁生日时格雷斯和吉迪恩送她的礼物。因为天气的缘故,大象们都待在象屋里。妮维和格雷斯在折叠和填装信封,为筹集资金的宣传活动做准备。托马斯正在从纽约回来的路上,之前他一直在那儿跟TUSK野生动物保护组织的工作人员会谈。

托马斯从来没告诉过我他去哪儿治疗了,只说不是在本州。还说当他发现一开始计划要去的医疗机构现在关门了以后,就驱车去了另一家。我不知道该不该相信他,但是他看起来好像已经恢复正常了。于是,即便有疑问,我还是没有追问。我没有要求看记录,也没有多猜测什么。因为上次我多事的时候,差一点被掐死了。

他康复归来的时候带回了新的药物,还有三个私人投资者开的支票。(他们是病友吗？我很纳闷，但是看在支票没有被打回的份上，我没有很在意。)他接管了收容站的经营责任，就像他从来没有离开过一样。但如果说这个经营责任的转移是无缝对接的话，他在我们婚姻中的回归可不是这样。尽管他有几个月的时间没有再犯过躁郁症或抑郁了，我始终无法相信他，他对此也心知肚明。我们俩就是韦恩图的两个圆，重叠的部分就是珍娜。现在，每当他在办公室待的时间很长的话，我就会怀疑他又像以前那样偷偷在写那些乱七八糟的东西了。当我问他是不是感觉还好的时候，他就会指责我在给他施加压力，然后把门给锁上了。这成了恶性循环。

我开始梦想着要离开了。带上珍娜离家出走。我可以开车到幼儿园去接她，然后不回来就行了。有时候，当我跟吉迪恩在一起缠绵的时候，我会勇敢地说出我的想法。

可是我没有付诸行动，因为我怀疑托马斯知道了我跟吉迪恩在一起的事情。我不知道法庭会把孩子的抚养权判给谁：爸爸有精神病，而妈妈却出轨了。

托马斯和我已经好几个月没有睡在一起了。晚上七点半，我把珍娜哄睡以后，会给自己倒一杯酒，然后在沙发上看书一直到睡着为止。我跟他的交流仅限于珍娜醒着的时候在她面前彬彬有礼地说话，她睡着的时候激烈地争吵。我去象栏时还会把珍娜带在身边。因为在她更小的时候，她在大象跟前的那次死里逃生已经让她有了教训。而且，一个在大象收容站里长大的孩子怎么能不习惯跟大象在一起呢？托马斯仍然认为这么做早晚会出事，而实际上，我更害怕单独把女儿留在他一个人身边。一天晚上，我照例把珍娜带到象栏里以后，他使劲拽住我的胳膊，把我胳膊都抓青了。他在我耳边压低声音说："哪个法官会认为你是一个合格的母亲？"

我突然意识到了，他不仅是在说珍娜应不应该在象栏里的问题，他跟我一样在考虑单独抚养权的问题。

是格雷斯提议说也许该考虑送珍娜去幼儿园了。她现在快两岁半了,跟社会的唯一接触就是我们几个大人和那几头大象。我接受了她的建议,因为这样,我就不用每天为她跟托马斯在一起的那三个小时提心吊胆了。

如果那时你问我我是谁,我恐怕难以回答。带着满是胡萝卜和苹果片的午餐盒把珍娜送到城里上幼儿园的妈妈?把莫拉的悲伤情绪研究写成论文投到学术期刊,每次投稿都会对着那个大白信封祈祷一遍再投入邮箱的研究人员?在波士顿鸡尾酒会上穿着黑色的小礼服站在托马斯身旁,当轮到他上台讲述大象保护问题的时候拼命为他鼓掌的妻子?在情人怀里才身心绽放,好像情人是这个世界上唯一的雨露阳光的女人?

我人生的四分之三都感觉是在演戏,好像我只要从舞台上走下来就能不再过这种虚伪的生活。一离开大众视野,我就想要与吉迪恩在一起。

我是个骗子。我在伤害那些根本没意识到我正在伤害他们的人。而且,我现在内心还不够强大,无法阻止自己的伤害行为。

可是大象收容站的空间很小,基本没有什么隐私可言。尤其是两人产生了私情,而伴侣也都在一起工作的情况下更是如此。我们有过几次户外密会,有一次是突然心血来潮就在亚洲象屋的门后,完全是不顾一切的玩命行为。所以,也许不能说这是讽刺,只是因为绝望,让我找到了一个安全僻静的幽会地点,一个托马斯永远不会涉足,妮维和格雷斯永远也不会想到要去看一眼的地方。

门打开了,我还是习惯性地屏住了呼吸。吉迪恩站在大雨里,正把雨伞收起来。他把雨伞靠在旋转楼梯的金属栏杆上走进了屋里。

我等他的时候已经在地上铺了一块罩布。"外面简直就是倾盆大雨。"吉迪恩哈着气说。

我站起来开始解开他的马球衫。"那就应该把你的湿衣服脱下来。"我说。

"多长时间?"他问。

"二十分钟。"我说。这是我能消失不被人发现的最长时间了。多亏吉迪恩,他从来不埋怨,也从来不拖着我不放。我们就在这种有限的时间内尽情疯狂。有点自由总比没有强。

我趴在他身上,头贴在他的胸膛。我闭上眼睛让他亲吻我,抱我起来让我的双腿缠在他身上。从他的肩膀上看过去,透过窗户上的那层塑料布,我看着雨水顺流而下,像在进行一次大清洗。

我真不知道格雷斯站在门口看我们看了多长时间,雨伞抓在手上,任自己被狂风暴雨肆虐。

* * *

原来是珍娜的学校来电话了,说她在发烧、呕吐,问能不能来个人接她回去。

格雷斯本来可以自己去,但是觉得应该告诉我一声。我告诉了她我要去非洲象屋,可她到那儿没看见我。她看见了吉迪恩的雨伞。她当时想也许他会知道我去哪儿了。

我哭了。向她道歉。我求她原谅吉迪恩,别把这事告诉托马斯。

我也不理吉迪恩了。

我又一头扎入到研究工作中,因为我无法跟任何人一起干活了。妮维不愿意跟我说话。格雷斯不能跟我说话,一说话就哭。吉迪恩更是心知肚明。我一直大气不敢出,担心他们随时都会向托马斯提出离职。后来我想明白了,他们不会这么做的。他们在哪儿能找到一起照顾大象的工作呢?这就是他们的家,他们也许比我更把这里当作家。

我开始为逃跑做打算。我看过父母绑架自己孩子的那些报道。他们会把头发染成别的颜色,用假身份和假名字把孩子偷偷地带出边境。珍娜还小,长大以后对这儿的生活不会有那么深刻的记忆。而我,我可以找点别的事做。

我不会再发表文章了。我不能冒险这么做,托马斯会因此找到我,然后把珍娜从我身边夺走。如果隐姓埋名能让我们安全地生活,难道不值得吗?

我甚至把我的衣服和珍娜的衣服打了个包,零零散散地各处扣下点钱,都藏在电脑包的夹层里,终于攒了几百美元。我希望能用这笔钱给我们带来一个全新的生活。

在我准备实施逃跑计划的那天早上,我在心里反复把各个步骤想了无数遍。

我会给珍娜穿上她最喜欢的外套,穿上那双粉色的运动鞋。会给她吃她最喜欢的华夫饼,切成条让她沾着枫糖吃。也会像往常一样让她拿一个喜欢的毛绒玩具带在车上。

但是我们不会去学校。我们会开过那座房子,开上高速公路,等有人开始怀疑的时候我们早就跑远了。

我在心里反复把各个步骤想了无数遍之后,吉迪恩手里拿着一张纸条冲进了木屋,问我看没看见格雷斯。他眼巴巴地看着我的眼睛,希望得到肯定的回答。

纸条是格雷斯手写的。她说等他看到这张纸条的时候,一切都来不及了。后来我得知,吉迪恩醒来的时候发现这张纸条就在洗手间的台子上放着。用一堆小石头压着,那堆石头堆成了一个小小的标准的金字塔形。也许格雷斯在将自己沉于康涅狄格河底之前,兜里放进去的石头也摆成了这个形状吧?她跳河的地方离她丈夫熟睡的地方不到两英里。

塞拉妮蒂

促狭鬼这个词就像时代精神或幸灾乐祸这些德语词一样,人人都认为自己认识,但是没谁真正明白。翻译过来的意思是"吵闹的鬼",很有道理。它们是灵界里吵闹的霸王。它们会在那些轻率尝试超自然事物或者情绪大起大落的少女身上附体,因为这两种人都比较容易吸引愤怒的能量。我以前曾告诉我的主顾们,促狭鬼很明显只是不高兴。它们通常都是被冤枉的女人或者遭背叛的男人的鬼魂,那些人没有找到机会进行回击。那种沮丧就会通过某种形式发泄出来,比如对某一家人进行啃咬或掐拧,把柜门或房门弄得哐哐响,盘子在房间里嗖嗖飞起来,百叶窗开开关关。在有些时候,这些事情发生的同时还伴有别的现象,比如同时刮过一阵风把挂在墙上的画吹落在地,地毯上突然着起火来。

或者洪水泛滥。

弗吉尔用衣角擦了擦眼睛,想要弄明白这一切:"你是说我们被一个鬼魂给撵出了那个房子吗?"

"一个促狭鬼,"我说,"但是不用较真。"

"你觉得那是格雷斯?"

"这样才能合理解释这一切。她因为丈夫背叛了自己而跳河自尽了。如果真有谁会回到这里以水作法闹鬼,一定就是她。"

弗吉尔点点头,若有所思:"妮维似乎觉得她女儿还活着呢。"

"实际上,"我明确指出,"妮维说她女儿很快就回来。她没具体说是以什么形式回来。"

"这一切对我来说还真是费解,"弗吉尔承认说,"我习惯看那些实实在在的证据。"

我伸手抓过他的衣襟,帮他拧了拧水。"是呀,"我讥讽地说,"我想这不算是实实在在的证据吧。"

"那么说是吉迪恩伪造了妮维的死,然后她找了个机会到了田纳西的这所属于她女儿的房子里落脚了。"他摇了摇头,"为什么呢?"

我回答不了这个问题。可我也不必回答了,因为我的电话响了。

我在包里掏了半天终于摸到了电话。我认识这个号码。

"求你了,"珍娜说,"我需要帮助。"

*　　*　　*

"慢点说。"弗吉尔说,已经说了五遍了。

她哽咽着,但是眼睛哭红了,流着鼻涕。我在包里摸着纸巾,可是只找到了擦眼镜布,我把这个递给了她。

她给我们指方向时完全是孩子式的:你开过一个沃尔玛超市,然后有个左转弯。然后看见一个华夫饼屋,我肯定是在过了那个饼屋以后转的弯。实话说吧,就这样还能找到她真是个奇迹。我们找到她的时候,她躲在一家连锁加油站的篱笆和垃圾桶的后面,在一棵树上。

珍娜,真他妈见鬼了,你在哪儿呢?弗吉尔大声喊着。听到了弗吉尔的声音,她才从树枝树叶里探出头来,就像一片绿星星中的一颗小月亮。她小心翼翼地从树上下来,一脚踩空便掉进了弗吉尔的怀里。我接住你了,他跟她说,一直抱着她没松开。

"我找到吉迪恩了。"珍娜说,声音又急又抖。

"在哪儿?"

"在收容站。"

她又开始哭起来。"一开始我觉得可能是他伤害了我妈妈。"她说,我看到弗吉尔的手指在她肩膀上捏紧了。

"他碰你了吗?"弗吉尔问道。我完全相信,如果珍娜给出了肯定的回答,弗吉尔能亲手杀了他。

她摇摇头:"这只是……一种感觉。"

"能跟着感觉走很好,亲爱的。"我说。

"但是他说那天晚上我妈妈给送到医院以后,他再没见到过我妈妈。"

弗吉尔紧闭双唇:"他可能是在睁眼说瞎话。"

珍娜的眼里又充满了泪水。这让我想起了妮维,想起了那间哭泣不已的屋子。"他说我妈妈怀孕了。是他的孩子。"

"我知道我的通灵能力有点失灵,"我嘟囔了一声,"但是我可没看出来这个。"

弗吉尔放开了珍娜,开始来回踱步。"那是个动机。"他开始喃喃自语,在脑子里思考着所有这一切。我看着他伸着手指头数着什么,摇摇头否定了,再从头开始数。最后,他转身对着珍娜,一脸严肃:"有件事要告诉你。你跟吉迪恩在收容站的时候,塞拉妮蒂和我跟妮维在一起。"

她猛一抬头:"妮维·鲁尔已经死了。"

"不,"弗吉尔说,"是有人想让我们以为妮维·鲁尔死了。"

"我爸爸吗?"

"发现被大象踩踏的那具尸体的人不是你爸爸,是吉迪恩。法医和警察到现场的时候,吉迪恩坐在她的旁边。"

她擦了擦眼睛:"但是确实是有一具尸体呀。"

我低下头,让珍娜自己把一切有机地结合起来。

可她思考的结果却完全出乎我的意料。"不是吉迪恩干的。"她坚称,"一开始我也以为是他干的。但是她怀了他的孩子。"

弗吉尔向前迈了一步。"完全正确。"他说,"这正说明了吉迪恩不可能杀她。"

*　　*　　*

我们离开以前,弗吉尔去了加油站的洗手间,留下我和珍娜在一起。她的眼睛还是红红的。"如果我妈妈……真的死了……"她越说声音越小,"她会等我吗?"

人们愿意相信他们有一天会与过世的亲人再相聚。这会让活着的人感觉好一点。可是死后的世界有好几层呢。这不同于我们这个世界,大家都生活在一个地球上,所以总会在什么地方不经意碰见什么人。

然而,我觉得珍娜一天之内经历的已经够多了。"亲爱的,她此时此刻可能就跟你在一起。"

"我没感觉到呀。"

"灵魂的世界是模仿我们所见到的真实世界、真实的物品而建的。你可能走进外婆的厨房,而她正在那儿沏咖啡。你可能正在铺床的时候她从开着的门前经过。但时不时地,边界会变得模糊,因为你们生活在同一个空间里。你们就像在一个容器里的油和醋互不相容。"

"那么,"她说,声音沙哑,"我是真不能带她回来了。"

我本可以骗她。我可以说让她高兴的话,可是我不会这样做。"是的,"我跟她说,"你不能。"

"那我爸爸会怎样?"

我没法回答她。我不知道弗吉尔是不是要想办法证明托马斯那天晚上杀了他妻子。还是说在那个人精神如此糟糕的情况下,事情会变得更难办。

珍娜抱着双膝坐在野餐用的桌子上:"我曾经有个朋友,叫查塔姆,她总是跟我谈起巴黎,就好像那里是人间天堂一样。她想去索邦大学上学。她要沿着香榭丽舍大街散步,她要坐在咖啡馆里看着那些骨感的女人从街上走过,等等。在她十二岁的时候,她姨妈出差去巴黎把她带去了,给了她一个惊喜。她回来以后,我问她那里是不是和她心里想的一样,你知道她怎么回答?那里跟其他任何城市也没什么不一样。"珍娜耸耸肩,"我到这儿的时候,没想过会是这种感觉。"

"到田纳西?"

"不是。我想是到……终点。"她抬起头,泪水盈眶,"你知道吗?我现在知道了她没想扔下我不管,可我并没有释然的感觉。一切如前。她不在这儿。而我在。我心里还是空落落的。"

我伸手搂住她。"完成一段旅途是很了不起的事。"我跟她说,"只是没人告诉过你,你到了地方还得转过身来踏上回家的路。"

珍娜迅速地抹了把眼泪:"如果事情像弗吉尔说的那样,我想在我爸爸进监狱之前去见见他。"

"我们还不知道他会不会——"

"那不是他的错。他当时不知道自己在干什么。"

她说话的语气这么坚决,我意识到她自己也不一定是这么想的。她只是*需要*这么想。

我把她搂紧了,让她趴在我肩膀上哭了一会儿。"塞拉妮蒂,"珍娜的脸埋在我的衬衫里问道,"我需要和她说话的时候你能帮我吗?"

人死必有其因。当我还有能力做一个灵媒的时候,我最多帮客人进行两次灵魂对话。我想要帮助人们度过悲伤,而不只是做一个通往死人的免费直拨电话。

当我对此得心应手之时,当露辛达和德斯蒙德还能保护我不受那些找我帮忙的灵魂的伤害之时,我知道如何进行屏蔽。这样就使我不会在半夜时分受到那些排队来找我给活人传递消息的灵魂的干扰。使我能按照自己的方式来使用我的超能力,而不受他们的牵制。

可是,现在我宁愿用我的全部私人时间去换取跟灵魂沟通的能力。我永远也不想作假来骗珍娜,她不该受到那种对待,所以,我不可能满足她的要求。

但是,我却像之前一样,看着她的眼睛说:"当然。"

*　　*　　*

回家那长长的旅途可以说是又沉闷又充满艰辛。因为珍娜是未成年人,没有得到她的监护人的许可,我们都上不了飞机。没办法我们只好连夜开车回去。我听着收音机以防睡着,然后大概在马里兰州边界的地方弗吉尔开口说话了。他先回头看了一眼,确定珍娜还在熟睡之中。

"如果说她死了,"弗吉尔说,"我该怎么办?"

一开口就说这个让我很吃惊。"你是说艾丽斯吗?"

"是。"

我迟疑了一下:"我想你肯定很清楚这一切都是谁干的,那你就去抓他们呗。"

"我不是警察了,塞拉妮蒂。现在看来我可能就不应该做警察。"他摇了摇头,"一直以来我都觉得是杜尼搞砸了这一切。现在看来是我。"

我看了他一眼。

"我是说,那天在大象收容站可以说是一团糟。周围都是野生动物的情况下,我们都不知道该如何保护案发现场。托马斯·梅特卡夫当时精神不正常,可我们当时并不知道。有人失踪却没人报警。失踪的人当中还有一个成年女性。而那正是我要找的。所以当我发现浑身又是土又是血的一个失去意识的人,我就想当然了。我告诉急救人员说是艾丽斯,他们就把她送医院去了,医院也就按这个名字收治入院了。"他转过身去看着车窗外面,过往车辆的车灯映出了他的剪影,"她没有身份证明。我应该跟着去的。我见过她,可现在怎么想不起来她长什么样了呢?她的头发是金色的还是红色的?我当时怎么就没注意呢?"

"因为你的注意力都放在她的救治上了,"我说,"别自责了。你又没有**故**意误导大家。"我开导他说,这让我想到了自己作为黑巫师的近年经历。

"你错了。"他转过来面对着我,"我把证据给掩埋了。还记得在妮维身上发现的那根红头发吗?我在法医报告里看到那根头发的时候,我还不知道是艾丽斯的,但是我**的确**知道这意味着这个案子绝不是偶然事故那么简单。可是我仍然听信我搭档的话,认为公众只想要安全感,大象踩死人是很可怕,但是谋杀案更可怕。所以我就把法医报告的相关那页抽了出来,就像杜尼所说的,我成了英雄。我成了升职为警探的最年轻的人,你知道那件事吗?"他摇了摇头。

"那页纸你是怎么处理的?"

"升任警探仪式的那天早晨我把它放在了衣兜里。然后我开上车从悬崖上冲了下去。"

我一脚踩住了刹车:"你做了什么?"

"最先赶到现场的人以为我已经死了。我想我是心脏停跳了,可是很显然这件事我也搞砸了。因为我在康复医院苏醒过来了,血管里打满了奥施康定,全身剧痛,十个比我还壮的壮汉都不一定能承受得了。不用说,我没有回到原来的工作岗位。情报局对一心想死的人可没那么友好。"他看着我,"现在你知道我到底是什么样的人了。我无法忍受之后二十年里,明知道自己不是好人还假装好人。至少现在我告诉大家我是一个酗酒的失败者的时候,我没有骗人。"

我想到了珍娜,竟然雇了一个假灵媒和一个有着自己的秘密的侦探。我想到了所有的证据都表明了十年前在收容站发现的那具尸体就是艾丽斯·梅特卡夫,而我竟然一次都没感觉出来。

"我也有事情要告诉你,"我坦白说,"记得你一直问我能不能跟艾丽斯·梅特卡夫的灵魂对话吗?我说不能,还说这就是意味着她很可能没死吗?"

"记得,我猜你的超能力需要重新校准吧。"

"不仅是校准那么简单。自从我给麦考伊参议员的儿子做占卜出错以后,我就完全失去了通灵能力。我是黔驴技穷了。完蛋了。枯竭了。车上这个转向操纵杆都比我有超能力。"

他大笑起来:"你在告诉我你是个骗子?"

"比这更糟。因为我原来不是。"我看了他一眼。从后视镜里看,他的眼睛周围蒙着一层绿光,就好像他是超人一样。但是他不是,他一身毛病,伤痕累累,像战场上的伤兵,跟我无异。我们大家都一样。

珍娜失去了妈妈。我失去了信誉。弗吉尔失去了信心。我们都不完整了。但是,有那么一会儿,我觉得如果我们在一起,可能我们就都是完整的。

我们进入了特拉华州境内。"我觉得如果她再努力找找的话,不至于找到我们两个这么差的人来帮她吧。"我叹了口气。

"所以我们就更有理由要把错的一切改正过来了。"弗吉尔说。

艾丽斯

我没到佐治亚去参加格雷斯的葬礼。

她被葬在家族墓地里,她父亲的身边。吉迪恩去了,妮维当然也去了。但是经营大象收容站的现实情况意味着无论离开的理由有多么迫切,总要有人留下来照顾这些动物。格雷斯的尸体一周以后才被冲上岸,那段时间可真是难熬。那一周里,吉迪恩和妮维还抱有希望,认为格雷斯还在什么地方好好地活着呢。我们全体人员都加入到了搜寻她的队伍之中。托马斯想要再找一个饲养员,可是这也不是一朝一夕就能定下来的事。而现在,在缺员一多半的情况下,我和托马斯就得二十四小时连续工作才行。

托马斯告诉我吉迪恩已经从葬礼上回到收容站的时候,我可没有想当然地认为他是为我回来的。事实上,我不知道自己还有什么可期待的。我们的私情已经维持了一年的时间,一段极为快乐的时光。发生在格雷斯身上的事是一种惩罚,是我们欠下的孽债。

只不过这一切不是**发生**在格雷斯的身上,而是由她自导自演的。

我不愿意总想着这件事,于是我让自己埋头做事,比如打扫象屋,把地面擦得光可鉴人。给大象做很多供它们娱乐的玩具。把非洲象栏北端那些长得高过栅栏的灌木给砍掉。即使知道修整花墙是吉迪恩的活,我也自己干。我让自己忙得团团转,那样就不会胡思乱想,而是只顾着眼前干的活。

我第二天早晨才看见吉迪恩,我正在厨房里准备给大象喂食的苹果"药球",吉迪恩拉着一车干草来到了同一个象屋。我放下手中的刀跑到门口,抬手想招呼他过来,可是最终我还是退回到阴影中。

说真的,我能跟他说什么呢?

他把车上的草卸下来,手臂一曲一伸把干草捆摞成了一个金字塔型。我看了他几分钟,最后鼓足勇气,迈步走到了阳光下。

他略一迟疑,把手中的干草捆放下了。"西拉的腿又瘸了,"我说,"有空去看看行吗?"

他点点头,避开了我的目光:"还有别的事要我做吗?"

"办公室的空调坏了。但是那事不急。"我紧紧抱着自己的胳膊,"我非常抱歉,吉迪恩。"

吉迪恩踢了一脚干草捆,在我们俩之间掀起了一股灰尘。我站在他跟前半天,他才看了我第一眼。他的眼睛还是布满血丝,看着就像有什么东西在他身体里炸开了一样。我想那可能是羞愧。

我伸出手,但是他躲开了,我只是手指碰到了他。然后他转身背对着我又抓起了一捆干草。

我对着太阳眨了眨眼睛,回到了象屋的厨房里。令我震惊的是,妮维就站在我几分钟之前站着的地方,用勺子把花生酱挖出来填到我已经去了核的苹果里。

托马斯和我都没想到妮维这么快就会回来。毕竟她刚刚埋葬了自己的孩子。"妮维……你回来了?"

她干着活儿,没有抬头看我。"我又能去哪儿呢?"她说。

* * *

过了几天,我把自己的女儿给弄丢了。

我们俩当时在木屋里,珍娜因为不想躺下睡觉而哭闹着。最近,她特别害怕睡着。她把睡着的时间不叫睡觉,而称之为"离别时刻"。她认为她一旦闭上眼睛,等睁开眼睛我就肯定不在这儿了。不管我做什么说什么都没法让她相信这不是真的,她哭闹着,直到筋疲力尽支撑不住为止。

我想办法给她唱歌,抱着她摇着。我把一美元的纸币折成小象哄她,这个办法通常能让她分心,停止哭闹。最后能让她睡着的唯一办法就是我蜷起身体成一个圈,把她围在中间,形成一个像蜗牛壳一样的保护她的窝。我刚从这种姿势直起腰,吉迪恩就来敲门了。他需要人帮他立起一个电网,好让他能修整非洲象栏里的一些地方。大象喜欢挖坑存淡水,但是这些坑,对它们自己以及我们走路和开车都很危险。我们可能会掉进坑里扭了腿,或者磕了脑袋,也可能会把车轴弄断。

电线得两个人一起弄,尤其是在非洲象栏里。一个人把电网连起来,另一个人得开车把大象赶到远离电网的地方。我不愿意跟他去,是事出有因:第一,我不想让珍娜睁开眼睛发现我不在,这不是让她最害怕的事情成真了吗?第二,我现在不知道以什么身份跟他待在一起。"去找托马斯吧。"我向他建议。

"他进城了。"吉迪恩说,"妮维正在给迪安清洗鼻子。"

我看了看正在沙发上熟睡的女儿。我可以把她弄醒带在我身边。可是费了这么长时间才把她哄睡了,而且托马斯要是知道了还会像以往一样对我大发雷霆。或者我也可以帮吉迪恩干二十分钟活,最多二十分钟,然后在珍娜醒来之前赶回来。

我选择了后者,十五分钟我们就干完了,配合得又快又顺。默契的配合让我心如刀绞,我有那么多的话要跟他说啊。

"吉迪恩,"干完活,我说,"我能做什么?"

他的眼睛看着别处:"你想她吗?"

"想,"我小声说,"我当然想呀。"

他的脸绷了起来,鼻孔翕动着,牙关紧咬。"所以我们不能再这样下去了。"他嘟囔着。

我快要窒息了:"因为我对格雷斯的死感到难过吗?"

他摇了摇头。"不是,"他说,"是因为我没感到难过。"

他的嘴因为哭泣而扭曲着。他跪倒在地,把脸埋在了我的肚子上。

我亲吻了他的头顶,用手把他搂在怀里。我紧紧地拥着他,生怕一松手他就散架了。

*　　*　　*

十分钟以后我开车冲回了木屋,却发现前门开着。也许是我走时太匆忙忘了关了,我这么想着走进了门,却发现珍娜不见了。

"托马斯,"我大声喊着,跑出了门,"托马斯!"

一定是他带着她呢,一定是。我祈祷着,不断祈祷着。我想到了她睁开眼睛发现我不在的情景。她哭了吗?吓坏了吧?去找我了?

我之前很有把握教会了她如何保护自己。她能学会的。托马斯说她会受伤的话不是真的。但是现在我看着象栏,看着栏杆之间小孩子很容易就能爬过去的空隙。珍娜现在三岁了。她认识路。她要是走出了门,爬过了栏杆该怎么办?

我用无线电呼叫了吉迪恩,他一听到我声音里的恐惧就立刻赶来了。"到象屋里找找看。"我求他,"到象栏里看看。"

我知道这些大象在动物园和马戏团里都跟人在一起,但是这不一定能保证它们对闯入它们领地的人不进行攻击。我还知道它们喜欢男性低沉的声音,我每次跟它们说话就会压低嗓音。因为尖锐的声音让它们紧张,它们把女性的高音跟焦虑联系在一起。而小孩的声音跟女性的声音属同一类型。

我曾知道一个人,他在野生动物保护区深处有间房子。他带着他的两个女儿一路砍伐丛林前进,结果被一个野象群给围住了。他告诉女儿们把身体缩成球状,体型越小越好。他说,*不管发生什么*

事,都不要抬头看。两头巨大的母象上前闻了闻女孩们,还推了推她们,但是没伤到女孩子的一根汗毛。

但是我没在珍娜的跟前,不可能告诉她把身体缩成球状。她也不会害怕,因为她见过我跟大象打交道。

我把车开进了离得最近的非洲象栏里,因为我觉得珍娜不可能跑太远。我开车快速地查看了象屋、池塘,还有大象在凉爽的早上有时候会光顾的高地。我站在山丘上的最高处,拿出望远镜去尽力捕捉那些在移动的东西。

我含着眼泪在周围转了二十分钟,心里琢磨着怎么跟托马斯交代孩子丢了的事。然后,无线电里传来了吉迪恩的声音。"我找到她了。"他说。

他让我回自己的木屋去跟他会合。结果我在那儿看到珍娜正坐在妮维的大腿上,嘴里吃着一颗棒棒糖,手里弄得黏糊糊的,嘴唇上都是糖。"妈妈,"珍娜说,把它伸向我,"我大声叫了。"

可是我没看她,我在盯着妮维。她好像对气得发抖的我视而不见。妮维的手放在我女儿的头上,好像在祈福祷告。"有人醒来大哭着,"她说,"在找你。"

这不是辩白,而是解释。如果出了事,我才是罪魁祸首,因为是我把孩子一个人丢在家里的。

突然之间,我知道我不能喊叫,不能责难妮维没经过我同意就把女儿抱走了。

当时,珍娜需要妈妈,我却不在;而妮维需要一个孩子,让她觉得自己还是个妈妈。

在那时看来,就好像是老天的安排。

* * *

我见过的大象最令人奇怪的举动发生在图利保护区。那是在一个河岸边,经过长时间的干旱,河道已经干涸,各种不同的动物都会经过那里。事情发生的前一天晚上,有人看见有几只狮子出没。事发当天早上,在高高的河岸上有一只豹子。但是那些食肉动物都走了,而一头叫做玛雷亚的大象生了一头小象。

这是一次很正常的生产。它生产的时候象群面朝外保护着它。小象一落地,大象们就此起彼伏地高声吼了起来。它用自己的腿支撑着让小象站了起来。它给它裹了一层土,把它引荐给家族成员,大家都抚摸它,跟它打了招呼。

突然,一头名叫塔托的大象开始沿着长长的河床走过来。它只是跟这个象群很熟,但不是一个家族的。我不知道它离开了自己的家族,单独要做什么。它走近了新出生的小象,用鼻子卷起小象的脖子把它拎了起来。

我们总是会看到象妈妈把鼻子伸进小象的肚皮下面或者四腿之间,把它拎起来,想让新生的小象动起来。但是卷起小象的脖子就不正常了。没有象妈妈会有意那么做。塔托迈步的时候,小象就从它的鼻子上滑落下来。它每滑落一点,它的鼻子就举得更高一些,想把小象牢牢抓住。最后,小象狠狠地摔落在了地上。

这下可是让象群忍无可忍了,它们开始采取行动。象吼声高高低低地响成一片,阵营开始乱了起来。家族成员抚摸着新生的小象看它是不是有事,想证明它没受伤。玛雷亚把小象拢过去放在了自己的身子下面。

对于这种情况我有太多不能理解的地方了。我曾见过大象把孩子从水里捞起来,以防它们溺水。我曾见过大象把躺在地上的孩子拎起来,帮它们自己站起来。可是我从没见过一头大象就像母狮子叼小狮子那样把孩子拎着走。

我不知道塔托是怎么想的,它怎么可能那么轻易地把别的大象幼崽拐走。我不知道它的本意是不是拐走它,还是它闻到了狮子和豹子的味道,觉得小象处于危险之中。

我不知道象群在它试图把小象带走的时候为什么不采取行动。没错,它年龄是比玛雷亚大一些,但它不是这个家族的成员呀。

我们给那头小象起名叫莫拉特莱基,茨瓦纳语的意思是**失踪者**。

* * *

差点把珍娜弄丢的那天晚上,我做了个噩梦。在梦里,我坐在塔托差点带走莫拉特莱基的那个地方附近。我正看着它们的时候,大象们都往高处走去,饥渴的河床里开始有水流动起来了。水汩汩地流着,水流越来越大,流速越来越快,一直拍打着没过了我的脚面。我看见格雷斯站在河对岸。她穿着衣服走进了河里。她伸手到河底捡起了一块光滑的石头,把它塞进自己的上衣里。她一遍遍重复着相同的动作,把裤子、外衣口袋都装满了,一直到难以做出同样的动作。

然后她朝着河流的更深处走去。

我知道水有多深,很快就会发生什么事情。我试图大声喊格雷斯,但就是发不出声音。我一张开嘴,就吐出了一千块石头。

然后突然之间**我**成了被重压在水里的那个人。我感到水流把我的辫子冲散了。我拼命呼吸,可每喘一口气,就吞进去一块石头,有玛瑙、尖锐的方解石、玄武岩、页岩还有黑曜石。我眼盯着水彩一样的太阳,沉了下去。

我惊恐万分地醒来,吉迪恩的手捂着我的嘴。我又踢又打滚地跟他扭打着,最后他滚到了床的一侧,而我在床的另一侧。我们之间隔着那道我们早该开口说出来却没有说出来的话语屏障。

"你在尖叫,"他说,"你的叫声能把整个营地都喊起来。"

我意识到天上已经出现了第一抹血红的朝霞。我本来只想眯一小会儿,却睡着了。

托马斯一个小时以后醒来的时候,我已经回到了木屋的起居室,胳膊搂着珍娜小小的身体睡在了沙发上。什么也不可能越过我把她带走,绝不可能再让她醒来的时候发现我不在。他看了我一眼,好像还没睡醒,慢吞吞地走进厨房去找咖啡了。

只不过他从我身旁经过的时候我并没睡着。我在想我这辈子的每一个夜晚都是如此黑暗,如此无梦,只有一个值得一提的例外,那就是当我的想象力超速运转的时候,每个午夜时分都变成了一幕幕哑剧,上演着我最深的恐惧。

上演最后一幕的时候,我已经怀孕了。

珍　娜

我外婆看着我就像见了鬼一样。她使劲地抓着我,用手摸着我的肩膀和头发,就好像在验货一样。但在她的每一个动作中都带有一种恶意,就好像我狠狠地伤了她,她要报复一样。"珍娜,天哪,你去哪儿了?"

我真有点希望把塞拉妮蒂和弗吉尔带来就好了,本来他们主动要送我回家的,那样的话就能让外婆和我的见面变得顺畅。现在可好,我们俩之间就像隔着乞力马扎罗山。

"对不起,"我低声含糊地说,"我有点……事。"我把格蒂当了挡箭牌,赶紧从她身边逃开。我的狗开始舔我的腿,就好像世界末日到来了一样。它向我扑过来的时候,我把脸埋在了它的脖子里。

"我以为你离家出走了。"她说,"我以为你可能在吸毒。酗酒。报纸上总有报道说那些好女孩因为回答了陌生人的问题就被绑架了。我很担心,珍娜。"

外婆还穿着她那件停车场管理员的工作服,但是我看到她的眼睛是红红的,脸色苍白,好像没睡觉的样子。"我给所有人都打了电话。给艾伦先生打了,他说你没在给他看孩子,因为他妻子和儿子都到加利福尼亚去看她妈妈去了。……还有学校……你那些朋友——"

我惊恐地看着她。她到底都给谁打电话了?除了查塔姆,我跟谁都没有来往,可是查塔姆早就不在这儿住了。也就是说,我外婆随便找一个小孩就问人家我是不是在她家过夜了,这更让人无地自容了。

我想秋天我是不能回学校上学了。接下来的二十年我能不能去上学都不好说。我很懊恼,非常生她的气,我已经是个失败者,妈妈死了,爸爸在精神不正常的情况下把她杀死了,再让我成了整个年级的笑柄,叫我怎么能受得了?

我把格蒂从身边推开。"你也给警察打电话了吗?"我问,"或者这仍然是你的一个没解开的心结?"

外婆的手抬了起来,好像要打我,我缩了一下脑袋。这可是本周第二次有人打我,都是应该爱我的人。

但是外婆根本就没碰我。她抬手向楼上一指。"回你房间去。"她跟我说,"我不让你出来就在里面待着。"

* * *

我已经两天半没洗澡了,所以我一头钻进了浴室。我往浴缸里放热水,水很热,在小小的房间里形成了一团水汽,镜子上也蒙上了一层雾气。这样,我脱光衣服的时候就看不见自己了。我坐进浴缸里,膝盖抵住前胸,就这样让水哗哗地流着,里面的水差不多与缸沿一样高了。

我深吸了一口气,沿着浴缸的斜坡底滑着躺在了缸底。双臂交叉着就像躺在棺材里那样,把眼睛尽量睁大。

粉色白花的浴帘看起来就像万花筒。不断有气泡从我鼻子里冒出来,就像日本神风特攻队员。我的头发在眼前飘着,像水草一样。

我发现她时就是这个样子,我想象我外婆说的话,就像在水底睡着了一样。

我想象塞拉妮蒂在我的葬礼上和弗吉尔坐在一起,说我看起来很安详。我想弗吉尔葬礼以后回到家甚至会为了我喝上一杯,或者六杯。

再不从水里蹦出来就坚持不住了。胸口上的压力那么大,我脑袋里闪现出肋骨突然折断,胸膛被压扁的情景。眼前金星乱冒,像水下放烟花一样。

在我妈妈死前的那几分钟里,是不是就是这种感觉?

我知道她不是溺水而亡,可是她的胸腔被压碎了。我看过验尸报告。她的头骨也开裂了。在那之前是不是先在头上遭到重击了?她看到砸向她的东西了吗?时间是不是放慢了脚步,声音变成了一波又一波的色彩?她能不能感觉到手腕那薄薄的皮肤下面血细胞在流动?

我就想感受一次她的感觉。

即便丢了性命也在所不惜。

当我觉得身体憋得要爆炸了一样,水就要钻进鼻孔进入我的身体,我就要像破船一样沉底的时候,我的手抓住了浴缸的边沿,把自己从水里拉了出来。

我大口地喘着气,我咳嗽得很厉害,水里出现了血迹。头发盖在脸上,双肩抖动着。我的胸口抵着缸壁,对着垃圾桶呕吐起来。

突然,我记起了小时候在浴缸里发生的事,那时我自己还坐不直,坐起来就像一个鸡蛋东倒西歪的。我妈妈会坐在我后面,让我坐在她的两腿之间。她先给自己抹肥皂再给我抹。我在她手里就像一条滑滑的小鲤鱼。

有时候她会唱歌。有时候她会念学术期刊上的文章。我坐在她的腿弯里,用一个七彩颜色的橡胶杯子玩水,把杯子装满水,倒在我自己的头上和她的膝盖上。

我意识到,我已经感觉到了我妈妈的感觉。

被爱的感觉。

*　　*　　*

你能想到《白鲸》里的亚哈船长在被从船上拉到海里之前的那几秒钟在想什么吗？他会不会对自己说，好吧，倒霉，不过那头白鲸值得这样吗？

当《悲惨世界》里的沙威意识到他缺乏冉阿让的仁慈的时候，他有没有耸耸肩再去找个新的营生呢，比如织毛衣或者玩玩《权力的游戏》？不会的。因为不把冉阿让作为憎恨的对象，他就不知道自己是谁了。

我花了很多年时间去寻找我妈妈。而现在，所有的迹象都说明，即便我爬过地球上的每一寸地方都不可能找到她了。因为，她已经不在地球上了，十年前就离开了。

死亡是终点，如此彻底。

之前我想我会哭的，可是我并没有哭泣，今后也不会。我内心里的那片荒野，出现了最小的一点令人欣慰的绿色：她丢下我不是出自她的本意。

接下来要面对的事实就是，那个杀害她的人最有可能就是我爸爸。我不知道这个事实为什么没让我感到太吃惊。也许因为我根本不记得我爸爸了。我知道他的时候他早已经离开了，生活在他自己头脑创造出来的那个世界里。因为我已失去过他一次了，现在也就没有再次失去的感觉。

可我妈妈不一样。我一直想要她，一直心存希望。

弗吉尔要做的事情就是抠细节，因为对这个案子的调查有很多地方都已经搞砸了。他说，明天他会想办法对那具大家都认为是妮维的尸体进行DNA检测。因为那样我们就都懂了。

可笑的是，我这么多年所要达到的高要求现在都达到了，即最终查出真相，我可以有个了断。这也是学校的辅导员把我关在她那间愚蠢的办公室里总要跟我说的话。但是还有一件事我没有做到，即找到我妈妈。

我开始重读我妈妈的日记,但是我读不进去,看了就觉得憋得慌。于是我把自己的"私房钱"拿出来,都是一美元,一共六张。我把钱叠成了小象。桌子上出现了一群象。

然后我打开电脑。我把NamUs的网址输进去,点击鼠标浏览新的失踪案件。

一个十八岁的男孩把妈妈送到北卡罗来纳的威斯敏斯特上班以后就失踪了。他驾驶的是一辆绿色的道奇车,车牌号码是58U-7334。他留着披肩的金发,指甲又长又尖。

康涅狄格州的西哈特福德有一个七十二岁的老妇人患有妄想型精神病,还在治疗中。她告诉工作人员说要去太阳马戏团试镜,就离开了疗养院。她穿着蓝色的牛仔裤和印着一只猫的汗衫。

北达科他州的埃伦代尔,一个二十二岁的姑娘跟着一个不明身份的男性离开家以后就再也没回来。

我可以一整天点击浏览这些不同的链接。把这些都看完了就还会有几百个新的案件出来。有数不胜数的人离开了,在爱他们的那些人心里留下了一个空洞。最终,会有胆大而愚蠢的人来试图把那个空洞给填上。可是这种努力无济于事,相反那些无私的人在自己的心灵上也留下了一个缺口。诸如此类的事情。我们的心灵如此地残缺不全还能活着真是奇迹。

有那么一瞬间,我让思绪天马行空,想象我的生活可能会是这个样子的:我妈妈,我的小妹妹还有我,下雨的星期天围着毯子一起窝在沙发上,她一边一个地搂着我们一起看言情片。我妈妈对我大喊大叫让我把汗衫捡起来,因为起居室不是我的洗衣筐。我要去参加初中的舞会,我妈妈给我梳头,妹妹在洗手间对着镜子假装涂睫毛膏。我要去约会,正往衣服上别花的时候我妈妈不停地拍照片,我假装很烦的样子,但实际上我心里兴奋极了,为了她和我一样觉得这一时刻极具纪念意义。一个月以后跟这个约会的男孩分手了,妈妈拍拍我的后背,跟我说他就是个白痴,否则怎么能不爱我这样的女孩呢?

我房间的门开了,外婆走了进来。她坐到了床上:"你第一个晚上没回家,也没跟我联系的时候,我一开始的想法是你没意识到我会有多么担心你。"

我低着头,脸上发烧。

"但是紧接着我就意识到我错了。你比任何人都更清楚,因为你知道有人失踪了是什么感受。"

"我去田纳西了。"我老老实实坦白。

"你去哪儿了?"她问,"怎么去的?"

"坐汽车。"我告诉她,"我去了那个收留了我们那些大象的收容站。"

外婆的手捂住了胸口:"你跑了一千英里就是去看一个动物园?"

"那不是动物园,可以说正相反。"我纠正她说,"没错,我就是去了那儿。因为我在找一个认识我妈妈的人。我觉得吉迪恩可能会告诉我,妈妈发生了什么事。"

"吉迪恩。"她重复着这个名字。

"他们那时在一块工作。"我说。我没说的是:他们之间有私情。

"然后呢?"外婆问道。

我点点头,慢慢地从脖子上把丝巾解下来。它那么轻,我觉得可能都称不出它的重量,像一片云,一口气,一段记忆。"外婆,"我小声说,"我想她是不在了。"

直到此刻我才意识到这些话犹如刀片一样,能割断你的舌头。此刻,我无论如何也说不出第二句话了。

外婆伸手抓住丝巾,像缠绷带一样把它缠在自己的手上。"是啊,"她说,"我也这么想的。"

接着她把丝巾扯成了两半。

我大叫起来,非常震惊:"你在干吗?"

外婆又把我摆在桌子上的那些我妈妈的日记本一把抱了起来:"这是为你好,珍娜。"

我泪如泉涌:"这些东西不是你的。"

看到她拿走了我妈妈留给我的所有东西,我伤心欲绝。她在剥我的皮,现在我是赤裸裸的完全暴露无遗。

"它们也不是你的。"外婆说,"这不是你的研究,不是你的历史记录。田纳西?一切都太过火了。你需要开始过你自己的生活,而不是过她的生活。"

"我恨你!"我尖声喊道。

可是外婆已经开始朝门外走去。她在门口停了一下:"你一直在找家人,珍娜。可是她一直就在你的眼皮子底下。"

她离开以后,我抓起桌上的订书机朝门上扔了过去。然后我坐了下来,用手背擦了一下鼻子。我开始计划我怎么才能把那条丝巾找回来把它给缝好了。怎么才能把那些日记本给偷回来。

但是,不可改变的是,我没有妈妈了,永远都不会有。我无法改变我的人生,我只能磕磕绊绊继续走下去。

面前的电脑上我妈妈的失踪案还在屏幕上显示着,描述得很详细。可这一切都不再有意义了。

我打开了NamUs网站的相关网页,只点击了一下,便将内容全部清空了。

* * *

我小时候外婆教我的最早的事就包括着火的时候如何从屋子里逃生。家里卧室的窗户下面都有一个折叠的应急梯子以备不时之需。如果闻到了烟味,如果摸着门发现是热的,我就应该把窗户打开,把梯子架好顺着墙面爬到安全的地方去。

　　对于一个三岁的孩子来说,我根本就抬不起来那个梯子,更不用说把窗户撬开了。我知道这个仪式意味着什么,这是要杜绝一切可能对我造成的伤害。

　　我想这种迷信起作用了,因为我们的房子从来没着过火。但是那个落满灰尘的梯子还放在我卧室的窗户下面,被我当成书架、鞋架,还有放书包的地方,就是从来没有用来逃生。直到今天。

　　这次我给外婆留了个条。我会罢手的。我承诺道,但是你得给我最后一次机会说再见。我保证明天晚上会及时赶回来吃晚饭。

　　我打开了窗户,把梯子架好。梯子看起来不是很结实,不一定能承受住我的重量。我在想如果房子着火了踩着梯子本来是为了逃生,结果却摔死了,那得多么可笑。

　　我顺着梯子下来,只下到车库的斜坡屋顶上,根本没多大用处。不过我现在可是个脱逃术专家了,我一步步挪到房檐边上,用手指钩住雨水槽。从那儿到地面也就大约五英尺高,跳下去就可以了。

　　我的自行车还在老地方,靠在前门廊的栏杆上。我跳上了车开始蹬起来。

　　半夜里骑车感觉不一样。我就像一阵风,感觉自己是隐形人。因为一直在下雨,街道上湿漉漉的,人行道上除了我车轮压过的地方到处是亮晶晶的。汽车的尾灯让我想起了我以前在国庆节的时候玩的荧光棒,在黑暗中闪闪发光,用手挥舞着就能用灯光写出一连串字母。我凭着感觉骑着车,因为我看不见路标。不经意之中我已经到了布恩的市中心,到了塞拉妮蒂家楼下的酒吧门前。

　　这里还是人声嘈杂,热闹非凡。除了几个典型的醉汉,还有几个裹着紧身裙的女孩靠在摩托车手的胳膊上。几个骨瘦如柴的家伙斜倚在墙上,喝酒的间歇出来抽着烟。自动点唱机的声音传到了大街上,我听见有人煽动的声音"快喝!快喝!快喝!""嘿,宝贝,"一个家伙含糊地说,"给你来杯喝的怎么样?"

"我才十三岁。"我说。

"我叫劳尔。"

我低下头推车经过他身边,把车拽进了塞拉妮蒂家的楼道里。我把车拖上楼,又一次进到她家的门厅里,这次可小心翼翼地不去碰那张桌子。但是我正想轻轻地敲门的时候,门却开了。要知道这是半夜两点呀。

"你也睡不着觉吗,亲爱的?"塞拉妮蒂说。

"你怎么知道我来了?"

"你拽着那个玩意上来可不会像仙女一样无声地飞上楼吧?"她退后一步让我进了屋。屋里还是我记得的第一次来时的样子。那时我还认为找到我妈妈是这个世界上我要做的头等大事呢。

"我很吃惊你外婆能让你这么晚骑车过来。"塞拉妮蒂说。

"我没告诉她。"我在沙发上坐下来,她坐在了我旁边。"这可真够烂的。"我说。

她没假装没听懂我的话:"我说,别这么快就下结论。弗吉尔说——"

"去他的弗吉尔,"我说,"弗吉尔说得再好听,她也活不过来了。想想吧。如果你跟你丈夫说你怀了别人的孩子,看看你丈夫还能不能高高兴兴地办个宝宝派对。"

我无论如何都没办法恨我爸爸,对他只有可怜,真的,一种隐隐的痛。如果是我爸爸杀了妈妈,我觉得他最后也不可能坐牢。他已经失去了自由,没有哪个监狱会比他受到的心灵桎梏更具惩罚意义了。我外婆说的一点没错,她是我真正拥有的唯一的家人了。

我知道这都是我的错。我知道是我求塞拉妮蒂帮我找妈妈的。是我把弗吉尔也拉进来的。这是好奇心使然。就好像你生活在地球上最大的有毒废料填埋场的顶端,如果你不往下挖,你所知道的就是你的草是绿色的,你的花园生机勃勃。

"人们都不知道其中的艰难,"她说,"当我的主顾来找我,想跟索尔叔叔或亲爱的外婆对话的时候,他们一门心思就是要问声好,要讲一些在生前不曾跟这些人说的话。可是,打开一扇门,总要关上吧。你是可以问声好,可最终还是要说再见的。"

我面对着她:"你和弗吉尔在车里说话那会儿,记得吗?那时候我没睡着。你们说的话我都听见了。"

塞拉妮蒂僵住了。"好吧,这么说你知道我是个骗子了。"她说。

"可你不是骗子。你找到了那条项链。还有钱包。"

她摇摇头:"我只是在正确的时间到了正确的地方。"

我想了一会儿:"做灵媒不就是这么回事吗?"

我敢说她从来没这么想过。对一个人来说是偶然,对另一个人就是必然。既然找到了想要找的,不管是像弗吉尔所说的瞎猫撞上了死耗子,还是灵媒的本能,还有什么关系吗?

她从地上拉起条毯子把自己的脚盖上,往旁边拽了拽把我的脚也盖上了。"也许吧。"她不再坚持,"不过这跟以前还是不一样。以前别人的想法一下子就出现在我的脑子里。那种联系有时候如水晶一般清晰,有时候就像在山里打电话,声音断断续续的。但是跟你走在草丛里偶然发现了一个亮闪闪的东西可绝不是一回事。"

我们俩缩在毯子里,闻着上面海潮夹杂着印度食物的味道。外面,雨点在敲打着玻璃窗。我意识到这个场景跟我之前心里描绘的情景很相近,我妈妈如果还活着我的生活就会是这个样子。

我看了塞拉妮蒂一眼:"你想念以前的生活吗?就是能听到过世的人在说什么?"

"想。"她承认。

我把头靠在她的肩膀上。"我也想。"我说。

艾 丽 斯

吉迪恩的怀抱是这个世界上最安全的地方。我跟他在一起的时候就会忘记很多烦恼:忘记了托马斯大起大落的情绪要把我吓死了。忘记了每一天早晨以争吵开始,每一天晚上以托马斯带着秘密把自己锁在办公室里,也把他自己的心锁死在黑暗里来结束。跟吉迪恩在一起的时候,我会假装我们三个就是我一直希望拥有的一家人。

然后我发现将会有第四个人了。

"一切都会好起来的。"我告诉他这个消息的时候他跟我保证说。可我不太信他的话,他又不可能预知未来。我只希望他会只属于我。

"你没看出来吗?"吉迪恩说,发自内心的高兴,"我们注定要在一起。"

也许是吧,不过付出的代价太大了:他的婚姻;我的婚姻;格雷斯的生命。

尽管如此,我们还是带着灿烂的心情一起畅想着。我想要带吉迪恩回非洲去,让他去看看那些不可思议的动物们在没有受到人类侵扰的时候是什么样子的。吉迪恩想搬回南方去,那是他的家乡。我又萌生了带珍娜离开的想法,但是这次我想象着吉迪恩会跟我们一起走。我们摆出了一副拔腿就走的架势,可是却一步也没迈出去。因为有两个陷阱一直等着我们跳呢：他得告诉他岳母；我得告诉我丈夫。

但是我们必须得尽早才行，因为时间长了我的身体就显形了。

有一天，吉迪恩到我干活的亚洲象屋里来找我。"我跟妮维说了有孩子的事。"他说。

我一下子呆住了："她怎么说？"

"她说我应该得到我应得的。然后她就走开了。"

就这样，这一切不再是空想了，变成了现实问题，意味着如果他能勇敢地面对妮维，我就得有勇气面对托马斯。

我一整天都没见到妮维，也没见到吉迪恩。我跟着托马斯从一个象栏到另一个象栏，他到哪儿我就跟到哪儿。我给他做了晚饭。我让他帮忙给迪安泡脚，我通常都是求妮维和吉迪恩帮忙做这件事的。几个月来我一直躲着他，今天我一反常态跟他谈起了一个新饲养员的求职信，问他有没有决定要雇新员工。我跟珍娜一块躺下直到把她哄睡着了，我又起身来到托马斯的办公室开始看一篇摘要文章，就好像我跟他一起使用这个地方是很正常的事。

我以为他会让我滚出去，可是，他对我笑了，伸出了橄榄枝。"我都忘了以前我们俩肩并肩工作的日子有多么美好了。"他说。

决心就像一件瓷器，不是吗？纵使你的本意是最好的，只要出现一根头发丝一样的裂纹，早晚都会裂成碎片。托马斯给自己倒了一杯苏格兰威士忌，又给我倒了一杯。我把自己的那杯放在桌子上没动。

"我爱上了吉迪恩。"我脱口而出。

他的手停在了玻璃瓶上。然后他拿起杯子把自己的那份一饮而尽。"你以为我是瞎子吗？"

"我们要走了，"我跟他说，"我怀孕了。"

托马斯坐了下来。他手捂着脸开始哭起来。

我盯着他看了一会儿,心里纠结着是该安慰他,还是该恨自己把他弄到这个境地,失败的收容站,对他不忠的妻子,还有他自己的精神问题。

"托马斯,"我求他,"说句话吧。"

他抬高了嗓门:"我做错什么了?"

我跪在他的面前。那一刻,我看到了,看到了在博茨瓦纳被热浪模糊了眼镜的那个男人;看到了在机场拿着树根迎接我的那个男人;看到了有着自己的梦想并邀请我加入其中的那个男人。那个人对我来说真是久违了。可这是因为他消失了,还是因为我不再看了?

"你没做错什么,"我回答,"是我的问题。"

他伸出一只手抓住了我的肩膀,另一只手狠狠地打了我一个耳光,我嘴里出血了。

"婊子。"他说。

我捂着脸向后倒去。他向我逼过来,我躲开他,从地上爬起来跑出了房间。

珍娜还在沙发上熟睡着。我跑到她跟前,下决心这是我最后一次从这个屋子里走出去,一定要把珍娜带走。她需要的衣服、玩具或者别的什么东西我回头可以买给她。可是托马斯抓住了我的手腕扭在我的背后。我又摔倒在地,他先够着了孩子,把她小小的身体抱了起来。她蜷缩进他的怀里。"爸爸?"她叹了口气,还在半梦半醒之间。

他用手臂搂住珍娜,转过身不让她看我。"你想走吗?"托马斯说,"我不留你。但是你要想把我的女儿带走?除非我死了。"

他对我笑着,笑容特别特别可怕。"或者你死了更好。"他说。

她会醒来,而我将不在她身边。她最害怕的事变成了现实。**对不起,宝贝。**我心里对珍娜说。然后我扔下了她,跑去搬救兵了。

弗吉尔

即便我能找到十年前埋葬的那具尸体,我也不可能得到法庭的许可。我不知道我该想着去找谁。我不能溜进墓地里,就像怪物弗兰肯斯坦那样,去把当年我认为是妮维·鲁尔的尸体给挖出来。但是,尸体在送去墓地埋葬之前,法医要先做尸检。尸检的时候会采集DNA的样本给州实验室检测,然后储存起来存档给他们的后世子孙备查。

我现在是一介平民,根本就不可能让州实验室把证据交给我。这就意味着我得找到一个能让他们提供证据的人。于是,半个小时以后,我就靠在布恩警察局的证据室的桌板上,开始对拉尔夫甜言蜜语了。"你又来了?"他叹了口气。

"有什么办法呀?我特别想你。昨天晚上梦见你了。"

"我上次已经冒险让你进来了,弗吉尔。我不能因为你丢了工作。"

"拉尔夫,你和我都知道除了你,头儿不会把这个工作交给任何人的。你就像那个守护魔戒的霍比特人。"

"你说什么?"

"你就是警察局的迪·布朗。二十世纪九十年代,没有他,谁知道凯尔特人队的存在呀,对不对?"

拉尔夫一笑起来皱纹就更深了。"好吧,既然你这么说了,"他说,"你还真说对了。这些年轻人什么都不懂。我每天早上到这儿来,都有人把那些废物给挪了地方,想了个新招要用电脑把它们重新分类归档,你猜怎么着? 全他妈找不着了。我又把它们放回原位了事。你知道我怎么说,如果要不是……"

我点着头,就好像他的每一个字我都听进去了。"这就是我所说的,你是这台机器的神经中枢,拉尔夫。没有你一切都玩不转了。我就知道找你帮忙是找对人了。"

他耸耸肩,尽量显出低调的样子。我怀疑他是不是知道我在夸大其词忽悠他,故意说好听话要从他那儿得到好处。在楼上的休息室里,那些警官们很有可能还在说他太老了,动作慢吞吞的,不一定哪天就倒在证据室里死了,一个星期都不会有人发现的。

"你还记得我在查一个旧案子,对吗?"我说着向他靠近点,让他也加入这个秘密,"我想要从州实验室那里弄到一份血液的DNA样本。你能不能打几个电话帮我把这事给办了?"

"如果能我一定办。但是州实验室五年前发生了水管爆裂。那些存档卡片被毁了,整整八年的证据全部毁掉了。就好像1999—2007年这段时间根本没存在过。"

我脸上的笑容僵住了。"那也要谢谢你。"我跟他说完,赶紧趁着没人看见从警察局里溜了出来。

我把车停在办公楼前的时候还在琢磨怎么把这个消息告诉珍娜,结果看见塞拉妮蒂的大众甲壳虫车就停在门前。我刚从卡车上下来,珍娜就冲到我面前,劈头盖脸一堆问题:"你发现什么了? 有办法弄清楚被埋的人是谁吗? 已经十年了,会不会有问题?"

我看了她一眼:"你给我带咖啡来了吗?"

"什么?"她说,"没有。"

"那就给我弄点再回来。严刑拷问现在还太早了点。"

我爬上楼去办公室,知道珍娜和塞拉妮蒂在后面跟着呢。我把门锁打开,爬过那些堆成了山的证据,到了办公椅跟前,瘫坐下来。"要找到十年前被认为是妮维·鲁尔的那个人的 DNA 样本比我想的要困难。"

塞拉妮蒂看了看我的办公室,可以说这里比爆炸现场还要混乱。"在这里你还能找到什么东西真是奇迹,亲爱的。"

"我没在这儿找。"我争辩说,心里在想我为什么要费劲地给相信魔法的人去解释警察保存证据的流程问题呢?这时,我的目光落到了桌子上一摞陈年旧物上面的一个小信封上。

那里面装着我在受害人衣服接缝处找到的一片指甲。

就是那件让珍娜大惊小怪的工作衫,因为那上面有血迹。

* * *

塔露拉看了一眼塞拉妮蒂然后伸手抱住了我。"维克多,你可真好。我们从来不知道我们在实验室里做的东西实际上起了什么作用。"她满面笑容对着珍娜,"你把妈妈找回来了一定非常高兴吧。"

"哦,我不是……"塞拉妮蒂说,同时珍娜也说:"嗯,真不是。"

"事实上,"我解释说,"我们还没找到珍娜的妈妈。塞拉妮蒂在帮我破这个案子。她是个……灵媒。"

塔露拉径直走向塞拉妮蒂:"我有个姨妈。她一辈子都在跟我说她要留给我一对钻石耳环。可是她没留下遗嘱就死掉了。你都不知道,连耳环的影儿我都没见到。我想知道是哪个卑劣的表姐妹把它们偷走了。"

"如果我听到什么消息一定告诉你。"塞拉妮蒂含糊地说。

我举起了带来的那个纸袋子:"我还需要你帮个忙,露露。"

她眉毛一挑:"据我所知上一次欠我的人情还没还呢。"

我堆起两个酒窝:"我保证。这个案子一结就还。"

"这算不算你在行贿,要我优先给你检测呢?"

"看怎么说了,"我挑逗她说,"你喜欢贿赂吗?"

"你知道我喜欢什么……"塔露拉低语。

我花了好一会儿才摆脱她的纠缠,把袋子里的东西晃了晃倒在无菌操作台上。"我想让你好好看看这个。"那件工作衫很脏,破破烂烂的,几乎是黑色的了。

塔露拉从柜子里拿出一支棉签,沾湿了,在工作衫上面刮了几下。棉签头变成了粉棕色。

"已经过去十年时间了,"我跟她说,"我不知道它分解的程度有多厉害。不过我还是特别希望你能告诉我这个线粒体DNA跟珍娜的是不是匹配。"我从口袋里拿出装着指甲的那个信封,"还有这个。如果我的直觉没错的话,这两者中有一个匹配,一个不匹配。"

珍娜站在金属操作台的另一边,一只手轻轻掠过那件工作衫的衣边,另一只手按在自己的颈动脉上摸着脉搏。"我要吐了。"她嘟囔了一句就冲出了屋子。

"我去看看。"塞拉妮蒂说。

"不,让我去。"我跟她说。

我在楼后的砖墙边上找到了珍娜,我们俩曾经在那儿傻笑来着。只不过,现在的她在干呕着,她的头发挂在脸上,双颊发红。我把手搭在她后背上。她用袖子擦了一下嘴:"你在我这么大的时候得过感冒吗?"

"我想我得过。"

"我也得过。那样我就不上学了。但是我外婆得上班。所以没有人给我把头发从脸上拨开,给我递块毛巾擦擦脸,给我拿杯姜汁或其他什么东西。"她看了我一眼,"那样该多好呀,你知道吗?可是我有个妈妈却有可能已经死了,有个爸爸却杀了我妈妈。"

她顺着墙壁瘫坐在地上,我也在她旁边坐下。"我现在对这个也不是很清楚。"我承认说。

珍娜转身面对着我:"你什么意思?"

"你可是第一个说你妈妈不是杀人凶手的人呀。尸体上的那根头发证明在被踩踏的地方她跟妮维有过某种接触。"

"可是你说你在田纳西看到了妮维。"

"我是看到了。我确实认为当年弄混了,当时被认为是妮维·鲁尔的尸体实际上不是她。但这不是说妮维就跟此案无关。我让露露检测那块指甲的原因就在于此。假如衣服上的血迹跟你妈妈的一致,而指甲不匹配,就说明她死之前有人跟她有过争斗。也许是争斗失控了。"我解释说。

"妮维为什么想要伤害我妈妈呢?"

"因为你妈妈有了吉迪恩的孩子,感到生气的可不只是你爸爸一个人呢。"我说。

* * *

"全世界的人都知道,母亲的复仇具有世界上最强的杀伤力。"

那个给她咖啡续杯的女服务员用奇怪的眼神看了她一眼。

"你应该把这句话绣在枕头上。"我跟塞拉妮蒂说。

我们坐在我办公室楼下的那家餐馆里。我原以为珍娜因为恶心不想吃东西呢,但让我吃惊的是,她饿极了。她吃掉了自己那整整一盘子的烤饼,还吃掉了一半我的。

"实验室要多久才能出结果呢?"塞拉妮蒂问道。

"我不知道。露露知道我想越快越好。"

"我还是不明白,吉迪恩为什么对那具尸体的事撒谎呢?"塞拉妮蒂说,"他找到艾丽斯的时候肯定知道那是她呀。"

"那很简单。如果说尸体是艾丽斯,他就是嫌疑犯。说那是妮维,他就是受害人。妮维从医院里醒来,想起发生的事情以后就逃跑了,她害怕因谋杀被逮捕。"

塞拉妮蒂摇摇头:"你知道吗,如果你做私人侦探做腻了,你可以做一个很棒的黑巫师。你可以靠冷读术发财。"

现在，餐馆里的其他人都在奇怪地看着我们。我想要是谈谈天气或者波士顿红袜队可能就没事，但是谈谋杀案调查或者超能力就有问题了。

刚才那个女服务员走了过来："如果你用完餐了，我们要用这张桌子。"

这简直是胡扯，因为餐馆里一半的位置都是空的。我想据理力争，但是塞拉妮蒂却摆了摆手。"去他妈的吧。"她从口袋里掏出一张二十美元的钞票，足够餐费外加三美分的小费，把钞票拍在桌子上起身走了出去。

"塞拉妮蒂？"

珍娜一直没说话，我几乎把她给忘了。"你说弗吉尔会成为一个很好的黑巫师。我怎么样？"

她笑了笑："亲爱的，我以前就说过你拥有的通灵才能很可能比你自己想得厉害多了。你有一个老练的灵魂。"

"你能教我吗？"

塞拉妮蒂看了看我，又看了看珍娜："教你什么呀？"

"怎么做一个灵媒呀。"

"亲爱的，运作方式不是你想的那样——"

"那么，到底是怎么运作啊？"珍娜追问道，"你也不知道，对不对？实际上，在很长很长一段时间里你都没法运作了。所以，试着干点儿别的事情才是好主意。"

珍娜转过来面向了我："我知道你看重的是实实在在的事实、数据和证据。但是你也说过，有时候你看一样东西看了十二次，可是只有在看到第十三次时你想找的东西才能出现在眼前。那个钱包、项链，甚至那件带血的工作衫，所有这一切搁置了十年的时间都没有人发现。"然后她又转向了塞拉妮蒂，"你记得昨天晚上我说你能找到那些东西是因为你在正确的时间到了正确的地点吧？好吧，当时我也在那儿。会不会这些东西是为了让我发现,而不是让你发现呢?你无法听到我妈妈的消息的原因会不会是她想跟我说话而不是跟你说话呢?"

"珍娜,"塞拉妮蒂轻柔地说,"那就是问道于盲了。"

"试试能有什么损失呢?"

她干笑了一声,怅然若失:"哦,我想想啊。失去我的自尊?失去内心的平静?"

"失去我的信任?"珍娜说。

塞拉妮蒂从珍娜的头顶上跟我对了一下眼神,好像在说,帮帮我。

我明白珍娜为什么需要这个,因为不这样的话就无法形成一个完整的闭环,而是一条线及很多散乱的线条,发散引导你走向你从没想要走的方向。事情的收尾至关重要。我可以举出很多例子来说明这个道理。比如,如果你是个警察,你告诉一个孩子的父母说他们的孩子遇到车祸了,父母都会追问极为详细的问题,例如,当时路面上有冰吗?车是不是为了躲开牵引式挂车而急转弯了?他们需要最后时刻的细节,因为他们余下的生命中就剩下这个了。再比如,我早就应该告诉露露我以后不会再约她出去了,因为不这么告诉她,她就始终抱有一线希望。这也是为什么艾丽斯·梅特卡夫让我十年以后还是放不下。

我这个人,看电影时不管多烂的片子都会坚持看完。看书时总是作弊先从最后一章开始看,生怕还没看完哪天就死掉了。我不喜欢半途而废,永远在猜测结局的那种感觉。

这就有点意思了,因为这就意味着我,弗吉尔·斯坦霍普,一个实事求是的大师,证据"大拿",必须对塞拉妮蒂兜售的那些超自然的废话给予至少那么一点点的信任。

我耸耸肩,对塞拉妮蒂说:"也许,她说的有道理。"

艾 丽 斯

小孩子记不住小时候的事情是因为他们不具备语言描述能力。他们的声带只有到了一定的年龄才能发育好。这就是说,他们的喉咙只在最紧急的情况下才能发挥作用。实际上,婴儿大脑的杏仁核对喉头有一种直接的发音控制作用,让婴儿在遇到极端情况的时候快速地发出喊声。研究表明这种声音尽人皆知,任何人,包括从来没接触过小孩子的大学男生,听了都会伸出援助之手。

随着孩子长大,声带日渐成熟,就能说话了。孩子的哭声在两三岁的时候会发生变化。随着它的变化,人们伸手帮忙的意愿也不那么强烈了,不仅如此,对这些哭声的反应实际上还带着很厌烦的情绪。因此,孩子学习"使用自己的语言",因为这是他们唯一能得到关注的方式。

但是,最初的那种发音控制,即从杏仁核到喉头的那条神经究竟发生了什么变化?怎么说呢……什么变化也没有。甚至当声带在它周围不断成熟起来的时候,它还待在原地,只是很少发挥作用了。只有在下列情况下它才可能发挥作用,比如出外宿营的时候有人在黑暗中从你的床底下跳出来,或者你在街上走到拐弯的地方正好迎面碰到一只浣熊,或者遇到了其他的极端恐怖情况。这时发出的是"警报"声。事实上,这种情况下发出的声音很可能是你在平时无论如何都无法再现的。

塞拉妮蒂

回首我对通灵还特别擅长的时候,如果我想要跟哪个过世的人联系,我就会指望灵界导师德斯蒙德和露辛达。我把他们想象成电话接线员,帮我直接连线到一个办公线路上,因为这比我搞个开放日招一大群灵魂来我这儿,我再从中选出我想与之说话的人可高效多了。

那叫做公开渠道,即你把招牌挂出去,开门做生意,打起十足的精神。这有点像是新闻发布会,大家同时高声提问。顺便一提,对于灵媒来说,这就像地狱一般。不过我觉得这总比把探头伸出去了,却没有任何反应要好一些。

我让珍娜找一个她认为对她妈妈比较特别的地方,于是我们三个就回到了那个大象收容站所在地,徒步走到了一棵巨大的橡树跟前,橡树的树枝就像巨人一样守护着一大片紫色的蘑菇。"我有时候会到这儿来闲逛,"珍娜说,"我妈妈以前常带我到这儿来。"

这简直就不像在人间,那些蘑菇形成了一小块魔毯。"这些蘑菇在其他地方怎么不长呢?"我问道。

珍娜摇摇头:"我不知道。我妈妈的日记上说,莫拉的孩子就埋在这个地方。"

"也许这是大自然的纪念方式吧。"我猜想。

"更有可能的是这儿的土壤里含有的硝酸盐成分特别高。"弗吉尔嘟嘟囔囔。

我狠狠瞪了他一眼："别有负面的想法。那些灵魂能感觉出来。"

弗吉尔看起来就好像要去做牙根管手术似的。"我是不是应该到那边去还是怎么着？"他用手指着很远的地方。

"不，我们需要你。这跟能量有关，"我说，"灵魂就是靠能量显现的。"

于是我们都坐了下来，珍娜很紧张，弗吉尔很不情愿，而我，孤注一掷。我闭上了眼睛，心里向那些强大的力量许了个小小的愿望：如果能让我为她做成这件事，我就永远都不会再要求超能力了。

也许珍娜说得对，也许她妈妈一直在努力与她交流，而到现在为止，她都不愿意接受艾丽斯已经不在了的事实。也许她终于做好倾听的准备了。

珍娜小声说："那么，我们是不是应该拉着手呢？"

以前有客户问我，他们怎么才能告诉自己的亲人自己很想他们。就在刚才你已经说了，我会这样告诉他们。事情就是这么简单。所以我告诉珍娜说："告诉她你为什么要跟她说话。"

"那不是明摆着吗？"

"对我是，对她可能不是。"

珍娜咽了口唾沫："嗯，我不知道你能不能思念一个你几乎没有记忆的人，可我就是这样。我以前常常编故事来解释你为什么一直不能回来找我。比如，你被海盗抓走了，不得不在加勒比海周围航行找金子。但是每天夜里你都会看着天上的星星想着，不管怎么说，至少珍娜也能看见这些星星。或者你是得了失忆症，你每一天都在想办法找到各种线索去了解你的过去，这些线索就像一个个小箭头会把你引向我。或者你是在为国家执行一项秘密任务，你不能说出你是谁，否则就暴露身份了，当你终于能回来的时候，会有彩旗飘扬,人群欢呼,我会见到一个英雄妈妈。我的英语老师都说我有最不可思议的想象力,可是他们不明白,对我来说,这不是幻想出来的,而是非常真实的,有时候真实到令我心痛不已,就好像跑得太狠了肋间刺痛,或者生长痛发作时腿疼的感觉。但是我发现也许你不能来找我了。所以我就想办法去找你吧。"

我看了看她:"有什么感觉吗?"

珍娜深吸了一口气:"没有。"

不管艾丽斯·梅特卡夫在什么地方,怎么才能让她停下来倾听呢?

有时候老天给了你一种能力。而你看见一个女孩,她害怕永远见不到妈妈了,你就终于明白该做什么了。

"珍娜,"我倒抽一口气,"你能看见她吗?"

她猛地转头往四周看去:"在哪儿?"

我手一指:"在那儿。"

"我什么都没看见。"她说着,就要哭了。

"你要集中注意力……"

连弗吉尔也眯着眼睛探过身来。

"我不能……"

"那就说明你不够努力,"我抢白了一句,"她越来越亮了,珍娜,那道光正在吞没她。她要离开这个世界了,这是你最后一次机会了。"

怎么才能引起一个母亲的注意呢?

她孩子的哭声。

"妈妈!"珍娜尖声喊着,把嗓子都喊哑了,最后扑倒在那一片紫色蘑菇上。"她走了吗?"珍娜哭着,疯了一般,"她真的走了吗?"

我爬过去用胳膊搂住了她,心里想着怎么跟她说我根本就没看见艾丽斯呢。我骗她是想让她倾其全部感情喊出那个词。弗吉尔站起身,对我怒目而视。"这根本就是说瞎话。"他抱怨说。

"这是什么?"我问。

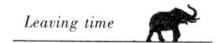

我伸手去摸那个尖锐的物体,它扎在我腿肚子上,疼得我一哆嗦。它埋在那些蘑菇伞的下面,难以辨认。我从蘑菇根部挖下去,找到了一颗牙齿。

艾丽斯

我一直在说大象有一种不可思议的能力,让自己接受死亡,不会让悲伤长久地影响它们的生活。

可是也有例外。

在赞比亚,一头小象因为盗猎而成了孤儿,它便跟一群公象混在了一起。就像小男生们会彼此靠近互相撞击肩膀打招呼,而姑娘们会互相拥抱一样,这些公象的行为对于年轻的母象来说太不一样了。公象们接纳它跟它们在一起是因为可以和它交配,它就像《西区故事》里的那个"大众情人"一样。但是它们不是很乐意带着它。它十岁的时候就生了小象,因为没有妈妈教它,它也没有在母象群里做过"预备妈妈",所以它对待自己的孩子就像公象对待它那样。小象睡着的时候它就站起身走开了。小象醒来就会开始低吼着找妈妈,而它对孩子的呼唤置若罔闻。而对比之下,象群里的小象要是叫了,至少会有三头母象赶紧跑过来看看它是不是出什么事了。

野生环境下,年轻的母象会先做很长时间的"预备妈妈",然后才会有自己的后代。它可能会先给象群里出生的小象做上十五年的大姐姐。我曾见过那些小象跑到胸部还没发育好或者还没有奶的未成年的母象跟前,吮吸它们的奶头寻求安慰。但是那些年轻的母象会把前腿岔开,就像它们的母亲或阿姨那样,骄傲地做出喂奶的样子。它会表现得像个妈妈一样,虽然在没发育成熟之前不会有实质性的责任。但是如果没有家族成员来教它怎么喂养孩子,事情可就不太对劲了。

我在兰斯堡工作期间,也发生了同样的事情。在那里,一群新安置来的年轻公象开始攻击汽车。它们害死了一个游客。在保护区发现了四十多头白犀牛的尸体,后来我们才意识到是这些未成年的公象攻击了它们。它们的行为如此具有攻击性绝不是正常现象。

年轻母象不关心自己孩子的古怪行为和那些好斗的年轻公象的共同特征是什么呢?很显然它们缺乏父母的引导。但这是唯一的影响因素吗?所有这些大象都目睹过家族成员被选择性猎杀的场面。

我在野生环境下进行的悲伤研究,比如象群失去了母象头领而造成的悲伤,必须与大象看到家族成员的横死而产生的悲伤做对比。因为这两者的长期影响有很大的不同。如果是自然死亡,象群会鼓励处于悲痛中的大象尽快走出来继续自己的生活。如果是人为的大屠杀,那么从字面也能看出,大象就失去了支持自己的族群。

至今动物研究界还是不太愿意相信大象会因为目睹家族成员被杀而遭受创伤,继而影响它们的行为。我想这不是科学上的反对,而是政治上的羞耻。毕竟我们人类才是这种暴行的罪魁祸首。

最起码,研究大象的悲伤情绪时很重要的一点就是,要记住死亡是很正常的事情,而谋杀不是。

珍 娜

"那是莫拉孩子的牙齿。"我告诉弗吉尔。这时,我们已经在两小时前跟塔露拉见面的那间屋子等着了。我也一直是这么告诉我自己的。因为实在没办法去想还有别的可能性。

弗吉尔把那颗牙齿拿在手里,反反复复地看着。这让我想起了我妈妈日记里关于大象用脚反复拨弄那些象牙碎块的描述,就是外婆从我这儿拿走的那些日记本里记的。"对于大象来说这牙太小了吧。"他说。

"你知道,这里还有别的动物出没。费舍尔猫,浣熊,小鹿等等。"

"我还是觉得我们应该把它交给警察。"塞拉妮蒂说。

我没法直视她的眼睛。她已经告诉我她刚才的小诡计了,就是我妈妈压根儿就没出现(至少就她所知)。但是由于某种原因这让我感觉更不好了。

"我们会的,还没到时候。"弗吉尔应承道。

门开了,空调的凉气一丝丝地吹过来。塔露拉走了进来,很恼火的样子:"太荒唐了吧?我不是只为你一个人工作,维克。我是在帮你忙才——"

他拿出了那颗牙:"我向上帝发誓,露,你帮我做了这个我永远不再麻烦你了。我们也许发现了艾丽斯·梅特卡夫的遗骨。别管衣衫上的血迹了。如果你能检出这个的DNA……"

"我用不着检测,"塔露拉说,"这不是艾丽斯·梅特卡夫的牙齿。"

"我告诉过你这是颗动物的牙齿。"我嘟哝着。

"不,是人的牙齿。我在牙科诊所干过六年,记得吗?这是第二颗白齿,我闭着眼睛也认识。不过是一颗乳牙。"

"什么意思?"弗吉尔问道。

塔露拉把牙还给了他:"这是颗小孩的牙齿。很可能是五岁以下的小孩。"

我嘴里突然冒出的疼痛是我从来都没有过的,就像洞穴里藏着岩浆。我眼前金星乱飞。这是硬生生的一跳一跳的神经疼。

事情的真相就是这样的。

* * *

我醒来的时候,我妈妈已经走了,就像我一直以来就知道会发生的情况一样。

这就是我不愿意闭上眼睛的原因,因为一旦闭上了,人们就消失了。而一旦人们消失了,你就不知道他们还会不会回来了。

我看不见妈妈。我看不见爸爸。我开始大哭起来,然后别的什么人,一个不是他俩的人,把我抱了起来。别哭,她轻声说。看,我有冰激凌。

她把它给了我。那是一根巧克力雪糕,我吃得太慢,雪糕融化了,弄得我满手都是,把我的手染成跟吉迪恩的手一样的颜色了。我喜欢这样,因为这样我们俩就一样了。她给我穿上了外套,还有鞋子。她告诉我我们要去探险。

屋子外面的世界看起来太大了,就跟我闭上眼睛睡觉的感觉是一样的,我担心在黑暗中没人能再找到我了。这时我开始哭起来,然后我妈妈就会来了。她会跟我一起躺在沙发上,我不再去想黑夜会怎样吞噬我们。等我记得再去想这个问题的时候,太阳又现身了。

但今晚我妈妈没有来。我知道我们在往哪儿走。我有时候会在那个地方的草丛里疯跑,是我们观察大象的地方。但是我不应该再去那儿了。我爸爸会大喊大叫反对的。我喉咙里酝酿着哭声,可是还没等我哭出来,她背着我颠了几下说,珍娜,现在,就你和我,我们要玩一个游戏。你喜欢玩游戏,对不对?

是的,我喜欢游戏。

我能看见林子里有大象在躲躲藏藏。我觉得我们可能就是要玩这个游戏。一想到和莫拉玩捉迷藏,我就觉得很好笑。我咯咯地笑着,心里想它会不会在后面用长鼻子尾随我们呢。

好多了,她说,这才是我的好女孩,这才是我的快乐女孩。

但我不是她的好女孩或者快乐女孩。我属于我妈妈。

躺下,她跟我说,平躺着看天上的星星。我们来看看你能不能在星星当中找到那头大象。

我喜欢玩游戏,所以我照做了。可是我看到的只有黑夜,像倒扣过来的碗,月亮从里面掉出去了。要是那只碗掉下来把我扣在里面了怎么办?我要是被藏起来了,我妈妈找不到我该怎么办?

我开始大哭起来。

嘘,她说道。

她的手放在我的嘴上使劲按了下来。我想逃开,因为我不喜欢这个游戏。她的另一只手上拿着一块大石头。

* * *

我觉得我睡着了一会。梦里我听见了我妈妈的声音。我能看见的就是那些树都斜靠在一起,就好像要说什么秘密的事情,这时莫拉从树林中冲了出来。

然后我就到了另一个地方,外面,半空中飘荡着,看着我自己。

就像我妈妈给我放我小时候的录像,我虽然还在这里,却在电视里看到了自己一样。那个我被驮着一颠一颠地,走了很长的路。当莫拉把我放下来以后,它用后蹄拨弄着我,我想它肯定特别擅长玩捉迷藏,因为它的动作那么轻柔。今年春天一只鸟宝宝从窝里掉了出来,我妈妈教我摸它时动作一定要轻,假装是一阵风吹过一样。莫拉用鼻子拍我的时候,我感觉就是那样的。

所有的一切都是柔软的:它喷在我脸颊上的鼻息,还有它盖在我身上的桔黄山柳菊树枝,就如同一条保暖的毯子。

* * *

塞拉妮蒂一会儿站在我面前,一会儿又不见了。"珍娜?"我听见她说,接着她又变成了黑白影像,像静电干扰一样斑驳。

我不在实验室里。我哪儿都不在。

那种联系有时候如水晶一般清晰,有时候就像在山里打电话,声音断断续续的。塞拉妮蒂曾这么说过。

我想要听清楚,但是我只听见了断断续续的只言片语,接着就断线了。

艾丽斯

他们一直没找到她的尸体。

我曾亲眼看见过珍娜,可是等警察到那儿的时候,她却不见了。我是从报纸上看到消息的。我不能告诉他们我见过她,就在象栏里的地上躺着。当然,我也不能跟警察联系,因为他们会来找我。

于是我在八千英里之外密切注意着布恩市的情况。我不再记日记了,因为每一天都在告诉我,我失去了自己的孩子。我担心等我把整本日记都写完了,过去的我和现在的我之间存在的那一道峡谷就会变得太宽,我都没法看到对面了。我接受过一段时间的心理治疗,但是对造成悲伤的原因我说了假话(说的是车祸),用的是假名(汉娜,这个词是对称的,就算你把它掉了个也是同一个意思①)。我问医生,孩子没了,夜里却仍然能听到她在哭,还会被那个想象中的声音惊醒,这正常吗?醒过来之后有那么快乐的几秒钟,认为她还在隔壁睡觉呢,这正常吗?他说,对你来说是正常的。于是我不再去找他治疗了。他本应该说的话是,事情永远都不可能再正常起来了。

*　　*　　*

1999年,当我第一次听说癌症正在夺走我妈妈的生命的时候,

---

① 汉娜的英文是Hannah。

我失去理智地开着车穿过丛林,想要从这个消息中逃脱出去。出乎我的预料,我碰到了五头大象的尸体,它们的鼻子都被砍掉了,还有一头吓得不知所措的象崽。

它的鼻子软绵绵的,耳朵半透明,肯定不到三周大。但我那时并不知道怎么去细心照料它,它的故事也就没有一个快乐的结局。

我妈妈也是。我从博士后研究中请了六个月的假去陪她,直到她过世。当我回到博茨瓦纳的时候,已是孑然一身,我全身心投入工作让自己忘记悲伤,却只发现这些巨硕的动物对待死亡的态度是如此洒脱。它们不会反复纠结在某些问题上,比如我为什么没在母亲节那天给她打电话;为什么总是跟她吵架,却没有告诉她,她的自立精神一直都是我学习的榜样;为什么总是说我工作太忙了或者没有钱,所以不能飞回家过感恩节、圣诞节、新年,过我的生日。这些想法萦绕心间,简直要我的命,像拧螺丝一样每拧一圈就让我的负罪感变得更深重。几乎是不经意间,我开始研究大象的悲伤情绪。我从学术角度给自己找到了各种各样的理由,说明这个研究确实是非常重要的。但实际上,我想要做的是向这些动物学习,因为它们对悲伤情绪的处理在我看来是那么的轻松。

我第二次失去亲人返回非洲疗伤的时候,正值偷猎愈演愈烈之时。那些猎杀者变聪明了。以前他们猎杀的都是最老的大象,因为它们的象牙最大。他们现在是随便找一头小象作为目标,因为他们知道象群会因此而聚拢来进行保护,这样自然就让猎杀者的大规模猎杀变得很容易了。很久以来大家都不愿意承认南非的大象再次陷入了岌岌可危的境地,可实际情况就是如此。在莫桑比克边境的大象被偷猎的情况很严重,那些失去了母亲的小象都吓得跑进了克鲁格公园。

我躲在南非期间遇到了一头小象。它的妈妈被偷猎者在肩部打了一枪,伤口溃烂倒下了。小象拒绝离开妈妈的身边,靠喝尿活了下来。我在丛林里一看到它们,就知道应该对那头母象实施安乐死。而我也知道,这样也会导致小象的死亡。

我不会再让这种事发生了。

*　　*　　*

我在南非的法拉波瓦建了一个救助中心,是按照达芙妮·谢尔德里克夫人在内罗毕的大象孤儿院的模式建的。实际上道理很简单,即一旦小象失去了家,我们必须提供一个新家。人类饲养员二十四小时陪在小象身边,用奶瓶喂养它们,给它们爱和亲情,夜里就睡在它们旁边。饲养员实行轮岗制,这样小象就不会特别依赖某一个饲养员。我有过这方面的教训,即如果小象对哪一个人特别依赖的话,哪怕这个人只休一两天假,它们都会陷入抑郁之中。那种悲伤甚至会导致死亡。

这些饲养员从来不会打他们照顾的对象,甚至做做样子都不会。呵斥一下就起作用了,这些小象宝宝特别想讨好这些饲养员。可是它们什么事情都记得,所以事后一定得给它们多一点温情,这一点很重要,以免让挨训的小象认为自己不是因为淘气而受罚,而是因为自己不招人待见。

我们给小象宝宝喂配方奶,五个月以后会煮燕麦粥喂它们,就跟给人类的婴儿加辅食一样。我们会添加椰子油来给它们提供母乳里才能得到的脂肪。我们通过看它们的脸颊来判断它们的成长,就像人类婴儿的脸庞,应该是胖嘟嘟的。到两岁的时候,它们就搬到一个新地方,那里的象年龄稍微大一点。有些饲养员还会在不同的地方轮换岗位,这样新搬家的小象能认识他们。它们还能认出那些已经从幼儿园毕业的以前的同伴。饲养员这时候就不跟大象一起睡觉了,但是都在能听到象屋动静的范围内。每天他们都会领着这些小象去克鲁格公园结识那些野生象群。中心里那些年长的母象会争夺位置看谁能做头领。它们把新的象宝宝纳入麾下,每一头母象都会收养自己的小象假装做妈妈。小象先走出去,稍微年长的紧随其后。最终它们都会融入一个野生象群之中。

少数情况下,甚至有现在已经处于野生状态的大象回来求助的。比如有一次,一个年轻的妈妈奶水没了,眼看着孩子要保不住了。还有一次,一头九岁大的公象被金属线圈式的陷阱套住了腿。它们不是对所有的人类都信任,因为它们最清楚人能造成的伤害有多大。不过很显然它们并没有因为少数人的行为而对我们失去信任。

当地人开始称呼我艾丽女士,是艾丽斯小姐的简称。最终,这个名字成了我们中心的名字。*如果发现了象宝宝,就把它送到艾丽女士那儿。*如果我们喂养的失去亲人的大象最终离开了这里,高高兴兴地融入了它们本来的家园克鲁格公园的野象群中,我们就成功了。毕竟,我们养育自己的子女也是要让他们有一天能离开我们独自生活的。

但是没有理由让他们离开得太早。

弗 吉 尔

你有过这种记忆吗？小的时候，你认为天上的云朵摸起来一定像棉花一样，然后有一天你知道了它们都是小水滴构成的。如果你想登上一朵云彩在上面打盹的话，你就会从上面掉下来狠狠地摔在地上。

我首先扔掉了那颗牙齿。

只不过实际上不是我扔掉的，因为扔掉就意味着我一直在拿着它。我的手更像是没有一点儿阻力了，所以那颗牙只是穿透了手掌掉落在了地板上。我抬起头，完全崩溃了，我伸手去抓最靠近身边的东西，恰好抓住了塔露拉。

我的手穿过了她的身体，而她的身体却像是烟云构成的，打着旋儿消散开去。

同样的事情也发生在了珍娜身上。她一会儿闪进来一会儿闪出去，她的脸因恐惧而扭曲着。我试着大声呼喊她的名字，可是声音听起来好像是从深深的井底发出的。

我没来由地想起了在机场排队的那些人，我加塞儿的时候他们都没有反应。那个工作人员把我拉到一边说，你不应该在这儿。

我记得在那个餐馆里的时候，先后有六个服务员从我和珍娜身边经过，对我们视而不见，最后只有一个注意到了我们的存在。会不会是因为别人都看不见我们呢？

我想到了我的房东阿比,她的穿着就好像刚参加完禁酒集会,现在我意识到她可能还真是我想的那样。我想到了证据室的拉尔夫,他实在太老了,我还当警察那会儿他就是老古董了。塔露拉,那个女服务员,那个机场工作人员,阿比,拉尔夫,所有这些人,他们都跟我一样,身在这个世界,却不属于这个世界。

我想起了那次车祸。想起了我脸上的泪水,收音机里埃里克·克莱普顿的歌声,在急转弯的时候我踩下了油门。我胳膊紧绷着,不想让自己成为一个把车转向避开危险的懦夫。最后一刻我冲下了山,把安全带解开了。尽管心里有所准备,但冲击落地的那一刻还是让我很震惊。挡风玻璃碎片扑到我脸上,方向盘的立柱插入了我的胸口,身体被甩了起来。在那光荣而无声的一刻,我飞了起来。

* * *

在从田纳西开车回家的漫长旅途中,我曾问塞拉妮蒂她觉得死是种什么样的感觉。

她想了一下。你是怎么睡着的?

你什么意思?我说,就那么睡着了呗。

没错。你醒着,然后你迷糊了一会儿,接着你就像一道光一样昏睡过去了。你的身体放松下来。嘴角松弛。心率放缓。你从三维空间中游离出去。还有某种程度上的意识。但是绝大部分意识好像在另一个空间。暂停的动画状态。

现在,我可以补充一点。睡着的时候,你梦见的那个世界在你看来是完全真实的。

塞拉妮蒂。

我费劲地转过身来看着她。可是突然之间我变得如此轻盈,没有任何重量,我甚至不用动,我只是想我应该在哪儿我就在哪儿了。我眨眨眼睛,她就在眼前了。

她跟我,跟塔露拉,跟珍娜都不一样,她的身体没有飘散也没有闪光,她是实实在在的。

　　塞拉妮蒂,我这么想着,她就转过头来。

　　"弗吉尔?"她轻声说。

　　尽管塞拉妮蒂说了她是一个差劲的灵媒,尽管我曾经也这么认为过,但是当我从这个世界完全消失的最后一刻,我想到的却是:她是一个他妈的了不起的灵媒。

艾丽斯

你知道,我失去了两个孩子。一个是我熟悉和喜爱的,另一个从未谋面。我在离开医院之前就知道我流产了。

现在,我拥有了一百多个孩子,我清醒的每时每刻都被它们占据着。我跟其他从伤痛中走出来的人一样,变得很脆弱,让自己像龙卷风一样忙得团团转,我们甚至都没意识到这样会造成多严重的自我毁灭。

一天当中最难熬的时候就是这一天结束的时候。如果可能,我会去做一个饲养员,跟小象们一起睡在幼儿园里。但是"艾丽女士"需要有人去做抛头露面的事情。

这儿的人都知道我曾经在图利保护区做过研究,我曾在美国住过很短的一段时间。但是大多数人都没有把我过去的学术生涯与现在的活动家身份联系起来。我不做艾丽斯·梅特卡夫已经很长时间了。

就我所知,她也死了。

*　　*　　*

我醒来的时候,正在高声尖叫着。

我不喜欢睡觉,如果必须睡觉,我就想睡得死死的,不做梦。出于这个原因,我通常会工作到筋疲力尽,然后每天晚上沉沉地睡上两三个小时。我每一天每一刻都在想念珍娜,但是我已经很久没想过托马斯或吉迪恩了。我知道托马斯至今还在精神病院里。在一个雨季的夜晚,我喝多了,醉醺醺地上网搜索,发现吉迪恩当兵了,死在了伊拉克。当时有一颗土炸弹在一个人潮拥挤的公共广场上爆炸了。我把报道他被追授荣誉勋章的那张报纸复印了一份。他被埋在阿灵顿。我想如果我有机会回到美国,我会去看看他的。

我躺在床上看着天花板,让自己慢慢回到这个世界上。现实如此冰冷,我每次都得先把脚趾头伸进去试试,等适应了其中的恐惧才敢再往里蹚。

我的目光落在了我过去的人生遗留下来的一个物品上面,现在它在南非陪伴着我。那是一截木棒,大约有两英尺半长,八英寸宽,是从一棵年头不长的树上砍下来的。树皮已经扒掉了,树干上留下一些没有规律的条条圈圈的图案。它就像一个特别漂亮的土著图腾,但是如果你好好地看一看,你一定会发现那上面有需要解读的信息。

成为我们那些动物的新家园的田纳西大象收容站建了一个网站,我可以浏览他们的进展,同时他们所做的工作也唤起了人们对遭囚禁的大象的关注。大约在五年前,他们举行了一次圣诞集资拍卖会。当时他们有一头母象刚去世。那头大象喜欢扒树皮消遣,在树干上刻下了一些最令人不可思议的精致图案。他们将它的"艺术作品"出售以筹集资金。

我马上就知道了,那头母象就是莫拉。我无数次亲眼见过它这么做,把我们给它玩耍的白桦树和松树的木头段抵在象屋的栏杆上,用象牙把那些树皮撕扯下来。

南非的"艾丽女士"大象孤儿院想要对收容站给予帮助是很正常的事情。但是人们永远都不会知道我就是那个寄支票的人。随着寄来的东西,他们附上了一张我那么熟悉的照片,照片上方有着精致的笔迹:安息吧,莫拉。人们也永远不会知道我对着那张照片哭了一个小时。

过去的五年里,那块木头就在我的床对面的墙上挂着。可是现在我正看着它的时候,它却从墙上掉了下来,摔在地上裂成了整齐的两半。

正在此时,我的电话响了。

"我找艾丽斯·梅特卡夫。"一个男人的声音说道。

我的手变得冰凉:"请问你是谁?"

"布恩警察局的米尔斯警探。"

这一天终于还是来了。现在,所有的一切都找上门来了。"我是艾丽斯·梅特卡夫。"我小声说。

"好啊,女士,我冒昧地说一句,您可真难找啊。"

我闭上了眼睛,等着更多指责的话。

警探说:"梅特卡夫夫人,我们找到了您女儿的尸体。"

塞拉妮蒂

前一分钟我还和其他三个人站在一家私人实验室里，后一分钟屋子里却只剩下了我一个人，趴在地上找一颗掉落的牙齿。

"您有什么事？"

我把那颗牙齿放在衣兜里，转过身来看到了一个穿着白大褂的留着胡子的男人。我迟疑地走到他跟前，使劲地拍了他肩膀一下。"你是真的在这儿。"

他缩了一下，揉揉锁骨，看着我就像看着一个疯子。也许我是疯了。"是，但是你怎么在这儿？谁让你进来的？"

我不想告诉他的是，我怀疑让我进来的"那个人"是一个游荡在地球上的灵魂，一个鬼魂。"我在找一个叫塔露拉的员工。"我说。

他的表情松弛下来："你是她生前的朋友吗？"

生前。我摇摇头："只是认识。"

"塔露拉三个月前去世了。我猜她可能是以前不知道心脏有问题。她正在准备参加她的第一个半程马拉松比赛，训练当中犯病了。"他把手插进大褂的口袋里，"我很抱歉告诉你这个坏消息。"

我跌跌撞撞地走出了那家实验室，一路上经过了前台的秘书，一个保安，还有一个坐在混凝土墙上打电话的女孩。我分不清楚谁是人谁是鬼。所以我就低头看着地面，避免跟他们有眼神接触。

我坐在车里，把冷气开到最大，闭上了眼睛。弗吉尔就曾经坐在车里。珍娜也曾坐在后排的座位上。我跟他们说过话,身体有过接触,清清楚楚地听到过他们的声音。

清楚地听到过声音。我掏出手机开始翻找最近的通话记录。应该有珍娜的电话,她在田纳西州又害怕又孤独的时候给我打过电话。可转念一想,能量总是由灵魂在主宰着。没人的时候门铃会响,打印机会出毛病,没有风暴灯也会闪。

我回拨了那个号码,听到了一句录音。此号码已经停止服务。

事情不可能是我想的这样。不可能,我意识到,因为人们都见过我跟弗吉尔和珍娜一起出现在公共场所。

我发动了引擎,轰鸣着冲出了停车场,开回今天早上服务员很没礼貌的那家餐馆。我走进那座房子的时候,头上有个铃响了起来。点唱机里克里希·海德正在唱着《口袋里的铜钱》。我伸长脖子朝红色的隔板里面看去,想找到今天早上给我们点餐的那个女人。

她正在接待一群穿着足球服的小孩子。"嘿,"我说,打断了她的服务,"你还记得我吗?"

"三分钱的小费我永远都忘不了。"她嘟囔着。

"当时跟我坐在一起的有几个人?"

我跟着她走到了收银台。"这是脑筋急转弯吗?你就一个人。可是你点的东西够非洲一半的孩子吃的。"

我张嘴想说珍娜和弗吉尔各自点了要吃的东西,可这不是事实。他们告诉了我他们想吃什么,然后就都去了卫生间。

"我跟一个三十多岁的男人还有一个十来岁的小女孩坐在一起。男的留着板寸,大热天的穿着件法兰绒的衬衫……那个女孩乱蓬蓬的红头发梳着一条辫子……"

"你瞧,女士,有很多地方你可以去寻求帮助,可是这里不是那种地方。"服务员说着从钱柜底下拿出一张名片递给了我。

我低头一看,上面写着:格拉夫顿县精神健康服务。

＊　＊　＊

　　我坐在布恩市政厅里，旁边放着一瓶红牛，还有2004年开始的一摞出生、死亡及婚姻记录。

　　我看过很多遍妮维·鲁尔的死亡证明，我想我都可以背下来了。

死亡的直接原因:1)钝力损伤。2)造成原因:大象踩踏。
死亡性质:事故。
案发地点:新罕布什尔州布恩市新英格兰大象收容站
案发经过:不详。

　　接下来找到的是弗吉尔的死亡证明。他死于十二月初。

死亡的直接原因:1)胸部穿刺伤。2)造成原因:机动车事故。
死亡性质:自杀。

　　当然珍娜·梅特卡夫没有死亡证明，因为她的尸体一直没找到。
　　现在，我找到了那颗牙。
　　在法医的报告里没有错误。妮维·鲁尔确实是那天晚上死在收容站的人。而当时失去了意识的那个女人就是艾丽斯·梅特卡夫，弗吉尔把她送到了医院，最后她失踪了。
　　按照这个逻辑，我终于确信艾丽斯·梅特卡夫之所以不跟我联系，甚至也不跟珍娜联系的原因是什么了。艾丽斯·梅特卡夫极有可能还活着。

　　＊　＊　＊

　　我查阅的最后一个死亡证明是查德·艾伦的，珍娜跟我说的她照看的那个不招人喜欢的孩子就是他的小孩。"你认识他吗?"办事员从背后看到，问我说。

"不算认识。"我含糊地说。

"真是可惜。一氧化碳中毒。全家都死了。事情发生的那年我在上他的微积分课。"她看了一眼桌子上那摞文件,"你需要复印件吗?"

我摇摇头。我只需要亲眼看一看。

我对她表示了感谢,然后回到自己的车里。我开始漫无目的地开着车,因为我也真的不知道要去哪儿。

我想起了去田纳西那架飞机上的那个乘客,我在飞机上开始跟弗吉尔说话的时候,他把头埋进了杂志里。当时他肯定觉得我是一个自说自话的疯女人。

我想到了一起去哈特维克精神病院看望托马斯的情景,那里的病人都能不费劲儿地看到珍娜和弗吉尔,但是那里的护士和护工却只跟我一个人说话。

我记起我第一天遇见珍娜的情景,当时我的主顾兰厄姆夫人突然就冲了出去。是因为她听到了我跟珍娜说的话吗?我说如果她不马上离开,我就叫警察。但是当然,兰厄姆夫人看不见珍娜清清楚楚地出现在我的前厅里。她还以为我的话是针对她说的。

我意识到我开到了一个熟悉的地方。弗吉尔的办公室就在对面的楼里。

我把甲壳虫停下从车里下来。今天特别热,我脚下的柏油路都晒化了,在人行道的缝隙里长着的蒲公英也晒蔫了。

楼里的空气有一种不同的味道,是一种更陈旧、更腐败的霉味。门上的玻璃碎了,但是以前我一直没注意到。我走上二楼,到了弗吉尔的办公室门前。门锁着,里面黑黑的。门上贴了个告示:出租。海厄辛斯房产,电话603-555-2390。

我的脑袋嗡嗡的,好像是偏头痛的前兆。但是我想这种声音实际上代表了我所知道的一切,我所相信的一切在受到质疑。

我一直认为灵魂和鬼魂之间的差别巨大，前者很顺利地过渡到了另一个水平面，后者却在这个世上有所牵绊。我以前见过的鬼魂都很顽固。有时候它们没意识到自己已经死了。它们能听见人们在它们的房子里吵闹的声音，认为是它们在遭遇闹鬼。它们有自己要做的事，它们会失望，会生气。它们陷入了困境无法自拔，所以我承担起责任让它们得以解脱。

　　但是，那是我有能力认出它们的原形的时候。

　　我一直认为灵魂和鬼魂之间的差别巨大，可我从来没意识到死人和活人之间的差别会这么小。

　　我从包里拿出珍娜第一次来见我时写下她的相关信息的那个笔记本。上面有她的名字，是一种像一串泡泡一样的未成年人手写体。还有地址，格林利夫大街145号。

　　三天前我和弗吉尔到珍娜家找她的时候，发现她根本不住在这个地方。现在这里跟三天前没什么两样，可我却明白了她完全有可能是住在这儿的。只是现在的房主不知道而已。

　　我之前来的时候见到的那个母亲开了门。她的小男孩还是像个跟屁虫一样抱着妈妈的腿。"又是你？"她说，"我已经告诉过你了，我不认识那个女孩。"

　　"我知道。很抱歉又来打扰您。但是，我最近有一个……不太好的消息是关于她的。我想要搞明白一些事情。"我用手揉揉太阳穴，"你能告诉我你什么时候买的这座房子吗？"

　　我背后传来了夏天的背景乐，隔壁的孩子们正在尖叫着玩滑梯，栅栏后面有一条狗在狂吠，一台轰响的割草机在工作。远处传来冰激凌售卖车上的风琴音乐。这条街上充满了生机。

　　这个女人看上去要当着我的面关上门，但是我声音里的某种东西阻止了她，让她改了主意。"2000年，"她说，"那时我丈夫和我还没结婚。住在这儿的女人死了。"她低头看了看自己的儿子，"我们不喜欢在孩子面前谈这种事情,你明白我的意思吧。他的想象力过于丰富,有时候夜里会睡不着觉。"

人们总是对自己不懂的事情感到恐惧,于是就会把这些事情包装起来,把它们变成可以理解的东西。过于丰富的想象力。害怕黑暗。也许甚至是精神病。

我蹲下来面对着她的儿子。"你看到什么人?"我问。

"一个老奶奶,"他小声说,"还有一个小女孩。"

"她们不会伤害你,"我跟他说,"不管别人怎么说,她们是真的。她们只是想跟你们共享这房子,就像学校里其他的小朋友想跟你分享玩具一样。"

他的妈妈一把拉开了他。"我要报警了。"她愤怒地恫吓我。

"如果你儿子生下来就是蓝头发,尽管你们家族里从来就没有过这种情况,尽管你不明白为什么会有小孩是蓝头发,因为你在生活里从来就没遇到过这种情况……你还会爱他吗?"

她开始关门了,但是我伸手挡住门,顶着不让她关上:"你会吗?"

"当然。"她厉声说。

"现在你孩子的情况就跟那一样。"我跟她说。

回到车里,我把那个笔记本从包里拿出来翻到了最后一页。就像拆毛衣时拉线脱扣一样,珍娜的笔迹一点一点消失了。

*　　*　　*

我刚跟接待的警官说我发现了人骨,就被带进了后面的一间屋子里。我跟那个警探说了我所知道的全部事情。那个警探是个年轻的小伙子,名叫米尔斯,看起来他一周顶多能刮两次胡子就不错了。"如果你查一下档案,你就会发现2004年的一个死亡案件,发生在当时还是一个大象收容站的地方。我认为这可能是那里发生的第二起命案。"

他好奇地看着我:"你知道这个案子……为什么?"

如果告诉他我是灵媒,我就会到那个精神病院去跟托马斯做邻居了。要不就有可能被他用手铐铐上,认定我是个会交代出一件不为人知的谋杀案的杀人狂。

但是弗吉尔和珍娜对我来说完全是真实的。他们对我说的每一句话我都深信不疑。

天哪,孩子,这不就是灵媒该做的事吗?

我脑子里的声音很微弱,但是很熟悉。慢悠悠的南方口音,说话的语调起起落落像唱歌似的。我知道露辛达来了。

* * *

一个小时以后,两个警官陪着我一起来到了那个自然保护区。用**陪伴**这个词有点美化了,我是被塞进了警车的后座上,因为没人相信我的话。我没走现成的小路,而是像珍娜以前做的那样步行穿过深深的草丛。警察们扛着铁锹拿着筛具。我们走过了发现艾丽斯的项链的那个池塘,转了半圈绕过去之后,我们来到了地上长满紫色蘑菇的橡树下。

"就是这儿,"我说,"我就在这儿发现的那颗牙齿。"

警察还带来了一个科学取证专家。我不知道他做什么,土壤分析,或是骨骼分析,或许两者都做。可是他揪下一个蘑菇伞。"紫蜡蘑,"他判断说,"是一种含氨菌类。生长在氮浓度很高的土壤里。"

该死的弗吉尔,我心里想,他说对了。"只有这一个地方有,"我告诉那个专家,"这个保护区里别的地方都没有。"

"这说明这里有一个埋得很浅的坟墓。"

"一头小象也埋在这个地方。"我说。

米尔斯警探挑了下眉毛:"你是个信息中心,是吗?"那个科学取证专家指挥着其中的两个警官,就是开车带我来的那两个,开始了有系统的挖掘。

他们从昨天我和珍娜及弗吉尔站过的那地方的另一头开始挖,用筛子把一堆堆的土进行过滤,看看是不是有好运气挖出一些分解了的骨头碎片。我坐在大树的荫凉里面,看着土堆越来越高。警察们撸起了袖子,有个人跳进了挖的坑里去往外淘土。

米尔斯警探在我旁边坐了下来。"那么,"他说,"跟我说说发现那颗牙的时候你在这里干什么?"

"野餐。"我骗他说。

"自己一个人吗?"

不。"是的。"

"那头小象是怎么回事?你是怎么知道那个的?"

"我是那家人的老朋友,"我说,"所以我还知道梅特卡夫的孩子一直没找到。我觉得那个女孩应该有个像样的墓地,你说呢?"

"警探?"一个警察招手让米尔斯到他正在挖的坑那里去。黑色的土里有一堆白色的东西。"太沉了搬不动。"他说。

"那就在它的四周挖土。"

我站在坑边上,警察用手在把骨头上的土拨掉,就像小孩在堆沙堡而海水不断地涌上来摧毁他们的作品。最终出现了一个轮廓。眼窝。本应长出象牙的两个洞。蜂窝状的头骨,在顶部削掉了一块。那种对称图形就像罗夏墨迹测验①中的一样。**你看见了什么?**

"我说的没错吧?"我说。

自此以后,没人再怀疑我说的话了。挖掘工作以逆时针方向,分四片扇形展开。在第二片扇形里,他们只发现了一块锈蚀的刀具。在挖掘第三片扇形的时候,我耳畔响着人们有节奏的抬土的刷

---

① 罗夏墨迹测验是著名的人格测验,由十张经过精心制作的墨迹图构成,都是对称图形,且毫无意义。

刷声,淘土的沙沙声,突然间静了下来。

我抬头看到其中一个警察手里托着一个小小的扇形胸廓。

"珍娜。"我轻声说道。可是回应我的只有风声。

*　　*　　*

几天来,我一直想在另一个世界找到她。我想象着她沮丧、迷惑的样子,最糟糕的是她很孤独。我也求德斯蒙德和露辛达去找找珍娜。德斯蒙德说,珍娜想好了就会来见我的。她要消化的东西太多了。露辛达提醒我说,我的灵魂导师之所以七年杳无音讯,是因为我需要时间重新相信自己。

如果这是真的,我问她,那我现在为什么还不能跟我想要交谈的灵魂谈话?

要耐心。德斯蒙德说,要找到你想要的,得先知道你失去了什么。

我已经忘了德斯蒙德总是满嘴新时代的神棍名言。我没有对此生气,相反,我只是感谢了他,耐心等待着。

我给兰厄姆夫人打电话,要给她免费占卜以补偿上次的无礼。她不太情愿,但是我知道她是那种从"好市多"超市穿过去就是为了吃试吃食品,以此替代出去下馆子的人,所以我知道她不会拒绝我的。她来了以后,我头一次没骗她,真让她和她丈夫波特说上话了。结果发现他死后就像他生前一样是个混蛋。她现在想从我这儿得到什么呢?他抱怨说。她总是不满足。看在上帝的分上,我以为我死了她就不会再烦我了呢。

我跟她说:"你丈夫就是一个自私不懂得感恩的混蛋,他希望你别再缠着他了。"我重复了他说的话。

兰厄姆夫人沉默了一会儿。然后她回答说:"这些话确实像波特说的。"

"嗯。"

"但是我爱他。"她说。

"他不值得你爱。"我跟她说。

当她过几天再来的时候带来了一个朋友,她这次是就财务和一些重要的决定来寻求我的建议的。那个朋友又叫来她的姐姐。不知不觉中,我又开始顾客盈门了,时间上已经安排不开了。

但是我每天下午会给自己留出午休的时间,而且通常都是在弗吉尔的墓地度过的。那里很容易找到,因为布恩市只有一个公墓。我给他带去我认为他会喜欢的东西。比如蛋卷,《体育画报》,甚至还有杰克丹尼威士忌。我把酒倒在他的坟墓上。至少有可能会把杂草杀死吧。

我跟他说话。我告诉他报纸上表扬我立功了,帮助警察找到了珍娜的尸体。报纸的头版连续登载了大象收容站的衰落经过,就好像在上演着布恩版《冷暖人间》。我告诉他我被列为涉案人员,后来米尔斯警探证明了妮维·鲁尔死亡的那天晚上我正在好莱坞录制我的一期节目。

有一天下午,天空乌云密布的时候我问他:"你跟她说过话吗?你找到她了吗?我很担心她。"

弗吉尔还是没有反应。我问德斯蒙德和露辛达这是怎么回事,他们说如果弗吉尔已经过渡到了那个世界,他可能还没搞明白怎么才能回访这个世界。需要集中大量的能量和注意力才行,得学习一段时间。

"我想你。"我跟弗吉尔说,我说的是心里话。我曾有过一些同事,他们假装喜欢我,但实际上只是嫉妒我。我有一些熟人想要跟我混在一起,那是因为我被邀请去参加好莱坞的狂欢晚会。但是我从来就没有过很多真正的朋友。肯定没有一个这么不相信我却仍然无条件接受我的朋友。

除了那个戴着立体声耳机的墓园管理员推着一台除草机在墓

园里转悠以外，大多数时候我都是一个人待在墓地里。可是今天，围墙边上在进行着什么活动。我看到了一小群人，也许是要举行葬礼吧。

我意识到在墓地那边的其中一个人我认识。是米尔斯警探。

他立刻认出了我。这是长着粉色头发的好处之一。"琼斯女士，"他说，"很高兴再次见到你。"

我对他笑了笑："我也很高兴。"我向周围看了看，发现没有我一开始想的那么多人。一个穿黑衣服的女人，还有两个警察加上墓园管理员。管理员正在把新挖的土盖在一个小小的木质棺材上。

"你今天能来真是太好了，"他说，"我肯定梅特卡夫博士一定会很感激你的支持。"

听到有人喊自己的名字，那个女人转过身来。她的脸苍白而皱缩，一头狮子鬃毛一样的红发。我好像又看到了珍娜，活生生的，只是年龄大些，经历了更多的情感创伤。

她伸出手来，我费了那么大的力气去寻找这个女人，现在她就站在我的面前。"我是塞拉妮蒂·琼斯，"我说，"是我找到了您的女儿。"

艾 丽 斯

我宝贝的尸体没剩下多少了。

作为科学家,我知道尸体埋得浅更容易分解掉。食肉动物会把骨架上的腐肉一点点地吃掉。孩子的尸体不很结实,又多胶原蛋白,在酸性的土壤中很容易腐化。即便如此,看到那一小把细细的骨头,就像家里玩的挑棍子游戏,我还是无法接受。一块脊椎骨,一个头骨,一块股骨,六块指骨。

余下的部分都不见了。

说实话,我差一点就不回来了。我心里有一种等着另一只靴子落地的感觉,心里纠结着觉得这就是个圈套等我往里跳,我一下飞机就会被戴上手铐。可这是我的孩子呀。这是我等了很多年的最终结果。我怎么能不去呢?

米尔斯警探费心安排了所有的一切,我从约翰内斯堡飞了回来。看着珍娜的棺材被放进了那个像张开嘴尖叫着的地缝里,我在心里想的是,这仍然不是我女儿。

简短的葬礼之后,米尔斯警探问要不要给我弄点吃的,我摇摇头。"我太累了,"我说,"我要休息一下。"可是我并没有回到旅馆去,而是租了辆车去了哈特维克精神病院,托马斯已经在那儿住了十年。

"我来看托马斯·梅特卡夫。"我跟前台的护士说。

"你是？"

"他妻子。"我说。

她看着我，一脸惊诧。

"有什么问题吗？"我问。

"不，"她恢复了常态，"只是很少有人来看他。沿着走廊过去，左手第三个房间。"

托马斯的门上贴了张贴纸，一个笑脸。我推开门，看见一个男人坐在窗边，手里卷着一本书放在腿上。第一眼看上去我觉得是弄错了，这不是托马斯。托马斯不是白头发，托马斯不驼背，不是窝胸缩肩的样子。但是他一转过来，脸上的笑容使他产生了变化，那个我记忆中的男人又回来了，在那副新的外表之下。

"艾丽斯，"他说，"你究竟去哪儿了？"

经过了这么多年这么多事，竟问出如此直接又如此荒唐的问题，我笑了笑。"哦，到处走走而已。"我说。

"我有那么多的话要跟你说。我都不知道从哪儿说起。"

然而，还没等他开口，门就开了，一个护工走了进来："我听说有人来看你了，托马斯。你愿意下楼去活动室吗？"

"你好，我是艾丽斯。"我自我介绍说。

"我说过她会来的吧。"托马斯补充说，很得意的样子。

护工摇了摇头。"活见鬼了。我听说了很多关于您的事，女士。"

"我想艾丽斯和我更愿意私下谈谈。"托马斯说，我觉得心里堵得慌。我本希望这十年的时间也许会把我们不得不说的话的尖锐棱角磨钝了，可是我太天真了。

"没问题。"护工说，对我挤了一下眼睛退了出去。

此刻托马斯就要问我那天晚上发生在收容站的事情了。我们会从当年中断的那个可怕而充满火药味的时刻接续下去。"托马斯，我非常非常抱歉。"我说，先缴了械。

"你应该道歉,"他回答,"你是这篇论文的第二作者。我知道你的研究对你很重要,而且跟我的研究不太搭边,但是你比任何人都明白要在别人剽窃你的假设之前首先发表自己的成果。"

我眨眨眼睛看着他:"你说什么?"

他把手里的书递给了我:"看在上帝的分上,小心一点。这里到处是贼。"

苏斯博士写的书,《绿色的鸡蛋和火腿》。

"这是你写的文章吗?"我问。

"加了密的。"托马斯小声说。

我到这里来,满怀希望能找到仍然在世的亲人。一个能驱散我生命中最糟糕的那一夜的黑暗,帮我分担那份沉重记忆的人。事与愿违的是,托马斯深深地困在了过去,已经无法接受未来。

也许这样更有益健康。

"你知道今天珍娜做了什么吗?"托马斯说。

我热泪盈眶:"告诉我吧。"

"她把冰箱里她不喜欢吃的蔬菜都拿了出来,说要拿给大象吃。我告诉她吃蔬菜对她有好处,她说这是在做实验,大象是她的对照组。"他咧开嘴对我笑了一下,"她三岁就这么聪明,她二十三岁会是什么样呀?"

我们在一起有过幸福的时光,那时一切正常,收容站经营顺利,托马斯也没犯病。他曾经怀抱我们刚出生的孩子说不出话来。他爱过我,也爱过她。

"她会很了不起的。"托马斯说,自己回答了自己的问题。

"是,她会的。"我哽咽着说。

* * *

回到旅馆,我脱了鞋,脱了外衣,把窗帘严严实实地拉上了。我坐在桌前的转椅上,看着镜子里的自己。这张脸上看不到平静。我原以为如果我接到了电话说女儿找到了,我就不会在现实和假设之间纠结徘徊了。可实际上,并不是这样。我还是没有解脱的感觉,还是不能释怀。

电视机黑黢黢的屏幕在嘲笑我。我不想打开电视。不想听那些播音员告诉我这世界上新发生了什么可怕的事,告诉我那无尽的悲剧。

有人敲门了,我大吃一惊。我在这个地方没有认识的人。那就只有一件事了。

他们终归还是来抓我了,因为他们知道了我干的事。

我深吸了一口气,下定了决心。真的没有什么了。我一直在等着这一天。不管怎么样,我现在知道珍娜在哪儿了。南非的那些象宝宝现在有懂行的人在照顾着。说真的,我准备好了。

但是,我打开了门,却是那个长着一头粉色头发的女人站在门口。

她的头发看起来就像棉花糖,我过去常常给珍娜吃的东西,她特别喜欢吃甜的。南非的荷兰语管它叫"鬼的呼吸"。

"你好。"她说。

她的名字。好像是跟"萨拉""尼提"相近的发音……

"我是塞拉妮蒂。今天早些时候见过的。"

是那个找到了珍娜尸体的女人。我看着她,心里在纳闷她想要干什么。也许是要报酬?

"我告诉你是我找到了你的女儿,但是我撒谎了。"她声音颤抖地说。

"米尔斯警探说你给他了一颗牙齿——"

"是的。但实际情况是,珍娜先找到了我。一周多一点之前。"她犹豫了一下,"我是个灵媒。"

也许是看到我女儿的尸骨被埋葬引起的压力,也许是意识到托马斯被困在这一切都没发生的过去是多么的幸运,也许是飞了二十二个小时现在还在倒时差的缘故,总之这让我怒火中烧,忍无可忍。我用手抓住塞拉妮蒂的胳膊使劲儿摇晃她的身体。"你好大的**胆子**!"我说,"你怎么敢让我女儿的死成了现实?"

她向后一趔趄,没想到我会动手。她那个大背包里的东西都掉在了我们之间的地上。

她跪下来把东西都扫进了包里。"我**最**不愿意这么做了。"她说,"我来是要告诉你珍娜非常爱你。她不知道她已经死了,艾丽斯。她觉得是你抛弃了她。"

这个骗子在做的事是极其危险的。我是个科学家,她说的话是不可能的,但是它仍会撕扯我的心。

"你来这儿的目的是什么?"我刻薄地说,"要钱吗?"

"我能看见她,"这个女人坚持说,"我能跟她说话,能触碰到她。我之前也不知道她是个灵魂,我以为她是个十来岁的小女孩。我看着她吃东西,大笑,骑自行车,用手机查语音信息。她看起来就像现在的你一样真实。"

"为什么找**你**,"我听见自己问道,"她为什么要去找你?"

"我想是因为没几个人能看见她,我是其中之一。我们周围都是**鬼魂**,彼此交谈,住旅馆在麦当劳吃东西,做那些你我通常会做的事情。但是只有那些能看见它们的人才不会怀疑。像小孩子、患精神疾病的人,还有灵媒。"她迟疑了一下,"我想她来找我是因为我能听到她说的话。但是我想她**待在**这个世界上不走是因为她知道我能帮她找到你,可是当时我不知道。"

我开始哭了起来。我眼前模糊一片。"走吧。你走吧。"

她站起身来,还想要说什么,但是又想了一想,点了点头,开始朝走廊那头走去。

我往地上瞥了一眼,看见了它。一张小纸片,是从她的包里掉出来的,无意中留在了地上。

我应该关上门。我应该进到屋里。可是我没有,我蹲下来把它捡了起来,一个小小的折纸大象。

"你从哪里弄的这个?"我小声问道。

塞拉妮蒂停下了脚步。她转过身来看到了我手里的折纸象。"从你女儿那里。"

百分之九十八的科学都是能够量化的。你可以做研究一直做到精疲力竭。你可以给重复的动作计数,给自我孤立或者攻击性的行为计数,一直到视线模糊不清为止。你可以将它们相互参照,证明这些行为都是受到创伤的表现。但是你永远也无法解释大象为什么会把自己最喜欢的一个轮胎放在它最好的朋友的坟墓上。无法解释什么原因使得失去孩子的母象最终会抛下孩子的尸体走开了。这些就是科学无法测量和解释的那百分之二。可是,不能解释不意味着不存在。

"珍娜还说什么了?"我问。

塞拉妮蒂缓缓地朝我迈了一步:"很多事情。你在博茨瓦纳的工作。你的运动鞋和她的是亲子配。你把她带到了象栏里,她爸爸对此非常生气。她一直不停地在寻找你。"

"我明白了,"我说着闭上了眼睛,"她是不是也告诉了你我是个杀人犯?"

* * *

我和吉迪恩到了木屋的时候,前门敞开着,珍娜不见了。我喘不上气,脑子一片空白。

我跑进了托马斯的办公室,心想也许他把孩子带在了身边。但是托马斯一个人在办公室,头枕着胳膊,桌子上散落着倒出来的药片和半瓶威士忌。

看到他没跟我女儿在一起,我先是轻松了一下,随之又担心起来，因为我意识到我仍然不知道珍娜在哪儿。就跟以前一样，她醒了，却发现我不在。她最害怕的噩梦，现在变成了我的噩梦。

是吉迪恩想出来一个主意，我头脑已经不清楚了。他用无线电联系正在进行夜间巡视的妮维，她没有回应，所以我们开始分头寻找。他朝亚洲象屋那边去，我跑进了非洲象栏。这种情况似曾相识。跟上次珍娜不见了的情形很相似，所以当我看见妮维站在非洲象栏里时没有感觉惊奇。**你把孩子带走了吗？**我大喊。

天漆黑一片，几片云掠过月亮，所以我能辨认出来的那一点点环境是银白色的，一切都是飘忽不定的状态，就像一部老电影模模糊糊看不清楚。但是我说出**孩子**这两个字的时候，我还是注意到了她一怔。她嘴角的笑容就像刀子一样锋利。她问道，**失去女儿你有什么感觉？**

我努力往四周看了看，可是天太黑了，我只能看到面前几英尺的地方。**珍娜！**我高声喊着，但是没有回应。

我抓住了妮维。**告诉我你对她做了什么。**我使劲地摇晃着她想让她说出答案。可是她就是一直在笑，在笑。

妮维很强壮，但是我最终还是用手卡住了她的喉咙。**告诉我。**我对她喊着。她大口喘着，扭动着身体。如果说白天在象栏里很危险，因为大象在里面挖了很多水坑，那么夜里这里就相当于是雷区一样，但是我不在乎。我就想要得到答案。

我们磕磕绊绊地一会儿往前一会儿往后，然后我绊了一下。

珍娜那小小的身躯就躺在地上，满身是血。

破碎的心发出的声音破哑又难听。而伤心痛苦如瀑布一般奔流而下。

失去女儿你有什么感觉？

愤怒涌上心头，在我全身奔涌，让我忍无可忍冲向了妮维。**你害了她**，我大声喊着，可是内心里我却在想，不，**是我害的**。

妮维比我力气大,跟我搏斗是为了活命。而我跟她搏斗却是因为我女儿的死。接着我们俩掉进了一个旧水坑里。我尽力抓住妮维,抓住任何能抓住的东西,然后就什么都不知道了。

接下来的一切我想不起来了。可是上帝知道,在过去的十年里我天天在努力回忆着。

我醒来的时候,天还是黑的,我的头一阵阵地疼痛。鲜血顺着我的脸和后脖颈流下来。我从那个水坑里爬出来,头晕目眩根本站不起来,手脚并用地支撑起身体。

妮维仰面看着我,她脑袋顶上裂开了一个大口子。

而我孩子的尸体却不见了。

我哭了起来,退后几步,摇摇头,尽力不去看刚才珍娜所在的,现在却什么都没有的地方。我爬起来就开始跑。我跑是因为孩子又一次消失了。是因为我记不起来我是不是把妮维·鲁尔给杀了。我一直跑到天旋地转,在医院里醒来。

*　　*　　*

"是护士告诉我说妮维已经死了,珍娜不见了。"我跟塞拉妮蒂说。她坐在转椅上,我坐在床边上,"我不知道该怎么办。我看见了我女儿的尸体,可是我不能跟任何人说我见过。因为那样的话他们就会知道是我杀了妮维,他们就会把我抓起来。我想也许吉迪恩发现了珍娜把她转移了,但是若是那样的话,他也就有可能看见我杀了妮维,我不知道他是不是已经报警了。"

"但是妮维不是你杀死的,"塞拉妮蒂跟我说,"她是被大象踩死的。"

"踩踏是后来的事。"

"她很可能跟你一样摔倒了,伤到了头。即使是因为你才发生的这一切,警察也会理解的。"

"如果他们发现我和吉迪恩有私情就不会了。如果在此事上撒了谎,我就得撒谎到底。"我低下了头,"我吓坏了。逃跑很愚蠢,可是我还是跑了。我当时就是想静下心来,想清楚我应该怎么办。可是我所看到的就是我的自私以及为此付出的极大代价:那个孩子,吉迪恩,托马斯,大象收容站。珍娜。"

妈妈?

我一直盯着旅馆房间桌子后面的那面镜子。我看到的不是一个粉色头发化着浓妆的四十几岁的女人,而是一个年轻的女孩。

是我。她说。

我吸了口气:"珍娜?"

她的声音轻快,得意洋洋。我就知道。我知道你还活着。

这一句话就让我承认了十年前逃跑的原因,也是让我的逃跑成为可能的原因。"我知道你死了。"我轻声说。

你为什么离开?

我的眼里充满了泪水:"那天晚上,在地上,我看见你的……我知道你已经离开了人世。否则我不会离开的。我永远会想办法找到你。可是一切都太晚了。我救不了你,所以我试着救我自己。"

我以为你不爱我了。

"我爱你,"我透不过气来,"特别特别爱你。但是做得不够好。"

在塞拉妮蒂坐着的椅子后面,在那张桌子后面的镜子里,影像变得清晰起来,我看见了一件背心上衣。她耳朵上的两个小金环。

我把转椅转过去让塞拉妮蒂面对着镜子。

她的额头很宽,下巴很尖,像托马斯。她有雀斑,那是我在瓦瑟学院时的克星。她的眼睛长得跟我一模一样。

她长成了一个漂亮的小姑娘。

妈妈,她说,你给我的爱是百分之百的。是你让我留在了人间,直到找到你。

事情能这么简单吗?爱怎么会不是惊天动地、海誓山盟,不是许下不能兑现的承诺,却是一纸原谅呢?爱是用琐碎的记忆连成一条线,把你带回一直等你的那个人身边。

这不是你的错。

这句话让我崩溃了。直到她把这句话说出来,我才认识到我内心是多么想听到这句话呀。

我可以等你,我女儿说。

我看着她镜子里的眼神。"不,"我说,"你已经等得够久了。我爱你,珍娜。我始终爱你,永远爱你。因为你离开一个人并不意味着你在心里也放下了。即使你见不到我,你内心深处也知道我在。即使我见不到你,"我说着声音哽咽起来,"我也知道你在。"

我的话一说完,就看不见她的脸了,只剩下了塞拉妮蒂的影像,还有我的,反射在镜子里面。她看起来十分震惊,很茫然。

但是塞拉妮蒂并没有看我。她盯着镜子里正在消失的一个点,珍娜正在走着,胳膊和腿那么细瘦,她永远也不会再长大了。她的身影越来越小,我意识到她不是正在离开我,而是在走向什么人。

我不认识等她的那个人。他留着板寸头,穿着一件蓝色的法兰绒衬衫。那不是吉迪恩,我以前从来没见过这个人。但是他举手打招呼的时候,珍娜挥手回应着他,很激动的样子。

然而站在他旁边的那头大象我认识。珍娜在莫拉的跟前停下,莫拉用鼻子卷起了我的孩子,给了她我不能给的拥抱。然后他们一起转身走远了。

我睁大眼睛看着这一切,一直到她完全从我的视线里消失了为止。

珍　娜

有时候，我会回去看她。

我都是在白天和黑夜交替的时候去看她。我去的时候她都会醒来。她给我讲那些来到大象幼儿园的大象孤儿的事。她告诉我上周她在野生动物服务大会上讲话了。她告诉我一头小象接受了一条狗做朋友，就跟西拉和格蒂一样。

我把这段时间看作是我不曾有过的睡前故事时间。

我最喜欢的是一个真实的故事，讲的是南非来的一个叫"象语者"的人。他的真实姓名是劳伦斯·安东尼，他就像我妈妈一样不放弃任何一头大象。当两个非常野性的象群因为它们强大的破坏力要被射杀的时候，他拯救了它们，把它们带到了自己的保护区重新安置了下来。

劳伦斯·安东尼去世以后，两个象群花了大半天的时间穿过祖鲁兰地区的丛林，聚集在他家房子的院墙外面。而之前它们已经有一年多的时间没到过这里了。这些大象在那儿待了两天，默默地伫立致哀。

没人能解释大象怎么会知道安东尼去世了。

我知道答案。

如果你想到了你所爱的且已经失去的那个人，你就已经跟他们在一起了。

其余的只是细枝末节而已。

作者的话

尽管这本小说是虚构的,但悲哀的是,全世界的大象所处的困境却是实实在在的。因为非洲大面积的贫困状态和亚洲象牙买卖的甚嚣尘上,为了得到象牙而进行的偷猎愈演愈烈。资料显示这种偷猎案件在肯尼亚、喀麦隆、津巴布韦有,在中非共和国、博茨瓦纳、坦桑尼亚以及苏丹也有。据传约瑟夫·科尼用从刚果民主共和国偷猎得来的象牙进行非法交易,并以此为他的乌干达反政府武装提供资金。大部分的非法象牙通过治理不严的边境被运到了肯尼亚和尼日利亚的港口,然后再转运到亚洲国家。最近香港特区政府就截获了两批来自坦桑尼亚的总价值达两百万美元的非法象牙。就在我写这本书不久前,津巴布韦有四十一头大象被杀,非法获取了净值达十二万美元的象牙。他们给大象的水源里投放了氰化物,毒死了这些大象。

当一个象群的构成不均衡的时候,你就知道它们遭到了偷猎。在五十岁的大象中,公象的象牙重量是母象象牙重量的七倍多,所以公象是偷猎者的首选目标。然后会轮到母象。母象头领通常身材最巨大,象牙也最重,而一旦母象头领死了,可不仅仅意味着一头大象的死亡,还要加上那些失去母亲的幼象的性命。乔伊斯·普尔和伊恩·道格拉斯-汉密尔顿是两位研究野生大象的专家,他们全身心地致力于阻止偷猎,广泛宣传非法象牙交易会造成包括象群崩溃在内的各种后果,以提高人们的意识。现在有统计说在非洲每年会有三万八千头大象遭到屠杀。按照这个速度,那块大陆上的大象不到二十年就要绝迹了。

然而,大象所面临的威胁还不仅仅是偷猎。人们还捕捉大象卖给那些野生动物园、其他动物园和马戏团。上世纪九十年代,因为在南非的大象数量激增,还进行了系统的选择性猎杀。人们在直升机上对整个大象家族发射麻醉剂,大象不能动弹,但是意识却很清醒。人们再下到地面在象群里穿行,在大象完全清醒的情况下,把子弹依次地射入每一头大象的耳朵后面。后来这些猎手明白了那些小象不愿意离开妈妈的尸体,于是当他们准备给小象重新找地方安置的时候,小象就被拴在这些尸体上。一些幼象被卖给了国外的马戏团和动物园。

这些大象有时候会很幸运地在田纳西霍恩瓦尔德大象收容站这样的地方结束囚徒生活。虽然托马斯·梅特卡夫的新英格兰大象收容站是虚构的,但是谢天谢地,田纳西那个大象收容站是真的。不仅如此,我小说里写的大象故事都是基于田纳西那个收容站里的大象身上发生的令人心碎的真实故事。就像这本书里写的大象西拉一样,收容站里的大象塔拉也有一个犬类同伴。旺达的原型叫西西,也是一场洪水的幸存者。莉莉的原型是雪莉,它经历过一场船上失火和袭击,一只后腿受伤很严重,现在走路还很困难。在本书中形影不离的奥莉芙和迪安,是一直难分难舍的米丝蒂和杜莱利的化名。那头有个性的非洲象赫斯特,原型是弗洛拉,它因为津巴布韦的大型选择性猎杀而成了孤儿。世界上致力于让曾遭受囚禁和被迫劳作的大象安度晚年的收容站很少,这些母象们很幸运,成了为数不多的几个收容站里的一员。它们的故事只是一个缩影,还有无数的大象仍然在马戏团里遭受虐待,或者被圈在动物园的恶劣环境里。

我呼吁所有热爱动物的人们访问一下 www.elephants.com 这个网站，那是田纳西霍恩瓦尔德大象收容站的网站。除了可以看到实时的视频之外（提请注意，这样可能会耽误你好几个小时的宝贵工作时间），你还可以"领养"一头大象，或者捐资以纪念某位动物保护人士，或者给所有的大象喂食一天。多少钱都可以，欢迎大家各尽所能。还可以访问全球大象收容站的网站（www.globalelephants.org），它有助于设立全世界范围的大象自然收容站。

对于那些想了解更多关于偷猎或野生大象情况的人，或者想为早日出台阻止此类事情发生的国际法规而努力的人，请访问下面的网址：

www.elephantvoices.org，www.tusk.org，www.savetheelephants.org.

最后，我要列出对我写这部小说起到极大帮助作用的其他素材。艾丽斯的许多研究都借鉴了这些人在现实生活中的非凡的研究成果和深刻见解。

Anthony, Lawrence. *The Elephant Whisperer*. Thomas Dunne Books, 2009.

Bradshaw, G.A. *Elephants on the Edge*. Yale University Press, 2009.

Coffey, Chip. *Growing Up Psychic*. Three Rivers Press, 2012.

Douglas-Hamilton, Iain, and Oria Douglas-Hamilton. *Among the Elephants*. Viking Press, 1975.

King, Barbara J. *How Animals Grieve*. University of Chicago Press, 2013.

Moss, Cynthia J., Harvey Croze, and Phyllis C. Lee, eds. *The Amboseli Elephants*. University of Chicago Press, 2011.

Masson, Jeffrey Moussaieff, and Susan McCarthy. *When Ele-

phants Weep. Delacorte Press, 1995.

O'Connell, Caitlin. *The Elephant's Secret Sense.* Free Press, 2007.

Poole, Joyce. *Coming of Age with Elephants.* Hyperion, 1996.

Sheldrick, Daphne. *Love, Life, and Elephants.* Farrar, Straus & Giroux, 2012.

还有很多一直在研究大象和象群生活的研究人员写的学术论文。

在写这本书的过程中，有很多时候，比如在我研究大象的悼念方式，大象做妈妈的技能以及大象的记忆力的时候，我都会觉得大象说不定比人类进化得更高级。如果说你从这部小说中有所受益的话，我希望是你对这些美丽的动物的认知能力和情感有所了解，并明白了一个道理：保护这些动物要靠我们所有人的共同努力。

朱迪·皮考特
2013年9月

致 谢 词

养育一头小象靠全象群的共同努力。同样,这本书的完成也是很多人的共同心血。我要感谢所有这些"共同妈妈"们,是他们帮助我使这本书逐渐成熟,出版面世。

感谢米利·努森和曼哈顿助理地方检察官玛莎·巴什福德给了我陈年积案方面的知识。感谢罗德岛警署的侦缉警长约翰·格拉索尔,他让我了解了大量的侦探工作知识,并对我提出的各种不着边际的问题一直不厌其烦。感谢艾伦·威尔伯提供的体育方面的知识,以及贝蒂·马丁提供的关于蘑菇(及其他方面)的知识。感谢《捉鬼队》里的电视明星杰森·霍伊斯,他出名以前我们就是老朋友了,他介绍我认识了奇普·科菲,一个了不起的非常有天赋的灵媒。他跟我分享了他做灵媒的各种经历,他的见地让我惊叹不已。他让我知道了塞拉妮蒂该有怎样的思维脉络。任何一个持怀疑态度的人,只要跟奇普待上一个小时准会改变想法。

田纳西大象收容站是田纳西州霍恩瓦尔德的一个真实所在,它占地两千七百英亩,是收容那些在表演和囚禁中生活了一辈子的亚洲象和非洲象的场所。非常感谢他们能让我进到收容站里面,亲眼看到了他们为治愈大象的身心疾病所作出的非凡努力。我跟现在还在这里工作或曾经是这里员工的人做了交谈,他们是:吉尔·摩尔,安吉拉·斯皮维,斯科特·布莱斯,以及很多其他的在任饲养员们。谢谢你们让我的小说找到了现实的依据,更重要的是,谢谢你们每一天的努力工作。

感谢阿尼卡·易卜拉辛,我在南非的公关代表,当我跟她说我需要找一位大象专家的时候,她眼都没眨一下。感谢珍妮特·塞利尔,南非国家生物多样性研究所应用生物多样性研究部的资深科学家。她对野生大象的了解堪称浩瀚无边,她向我介绍了博茨瓦纳图利风景区的象群情况,审查了此书并保证了相关知识陈述的准确性。非常感谢TUSK野生动物保护组织的梅雷迪斯·奥格尔维-汤普森介绍我认识了乔伊斯·普尔,他在大象的研究和保护这个领域里的名气就像音乐界的摇滚明星一样,他写的一些关于大象行为的文章是最具深远影响意义的文献,能与这样一位专家直接交谈让我至今仍然难以置信。

我要感谢瓦瑟学院的心理学副教授阿比吉尔·贝尔德做我的"研究死党",深入浅出地给我讲解认知和记忆方面的知识以及很多学术文章,没有一个人会像她一样,也就只有她,会在华氏110度的天气下穿着黑色羊绒衫跟我一起拼起了一副大象的骨架。"博茨瓦纳战队"还包括我的女儿萨曼莎·范·里尔,我的"小死党"。感谢她对我言听计从,为我的研究整理了一千多张照片,还给她的毛茸茸的蓝色方向盘套起了个名字叫布鲁斯,我想要的东西总是藏在她的某个裤兜里,说要就能拿出来。野生环境下的大象母女终其一生都不离左右,我希望也能有那样的幸运。

这本书标志着我在兰登出版社旗下的巴兰坦图书公司找到了一个新家。我很荣幸与这些了不起的员工在一起工作,他们以极大的热情在幕后为这本小说耕耘着。感谢吉娜·森屈罗,利比·麦奎尔,金·霍维,戴比·阿洛夫,珊于·狄龙,瑞切尔·金德,丹尼斯·克罗宁,斯科特·香农,马修·施瓦茨,乔伊·麦加维,埃比·克里,特丽莎·索隆,保罗·佩佩以及其他战斗在一线的不知名的勇士们。你们的热情和创造力每天都鼓舞着我,不是所有的作者都这么幸运的。感谢公关部的梦之队:卡米莉·麦克达菲,凯思琳·兹雷拉克,以及苏珊·科克伦,她是最棒的啦啦队长,无与伦比。

与一个新编辑共事有点像一场旧时的东正教婚礼,你相信别人给你选的另一半,但是不到掀开面纱的最后一刻,你不知道对方长什么样。嗯,用这个比喻来衡量的话呢,詹妮弗·赫尔希就是掀开面纱让你大吃一惊的人,一个编辑奇才。她的每一句评语、每一个建议都闪耀着真知灼见,体现出她的优雅和智慧。我觉得这本书的每一页都浸透着我们两个人的心血。

感谢劳拉·格罗斯,我能说的就是,没有你的支持和不屈不挠,我的生活绝不会是今天这个样子。我崇拜你。

感谢我母亲简·皮考特,四十年前她是我作品的第一位读者,今天仍然是我作品的第一位读者。正因为我们之间的母女亲情和爱,我才能写出珍娜这个人物。

最后,我要感谢我其他的家人,凯尔,杰克,萨米(再次感谢),还有蒂姆。这本书写的就是让我们爱的人跟我们在一起不分离,是你们让我知道了这才是世界上最重要的事情。

Leaving
Time